作者简介

杨 滨 1964年生于北京,祖籍山西临汾。1987年毕业于陕西师范大学中文系,获得文学学士学位。2009年毕业于上海师范大学,获得古典文献学博士学位。现为烟台大学国际教育交流学院院长,硕士研究生导师,主要从事中国古代文学、中国文化等的研究和教学工作。已发表《庄子天人本体论》《简论庄子思想的理论构架》等学术论文十余篇。

山东省社会科学规划研究项目

项目编号:15CWXJ13

飞鸟与诗学

中国古代诗歌鸟类意象系列的主题学研究

杨　滨◎著

人民日报学术文库

人民日报出版社

图书在版编目（CIP）数据

飞鸟与诗学：中国古代诗歌鸟类意象系列的主题学
研究／杨滨著 . —北京：人民日报出版社，2017. 10
ISBN 978－7－5115－5021－7

Ⅰ.①飞…　Ⅱ.①杨…　Ⅲ.①古典诗歌—诗歌研究—
中国　Ⅳ.①I207. 22

中国版本图书馆 CIP 数据核字（2017）第 249674 号

书　　名：飞鸟与诗学：中国古代诗歌鸟类意象系列的主题学研究
著　　者：杨　滨

出 版 人：董　伟
责任编辑：马苏娜
封面设计：中联学林

出版发行：人民日报出版社

社　　址：北京金台西路 2 号
邮政编码：100733
发行热线：（010）65369509　65369846　65363528　65369512
邮购热线：（010）65369530　65363527
编辑热线：（010）65369522
网　　址：www. peopledailypress. com
经　　销：新华书店
印　　刷：三河市华东印刷有限公司

开　　本：710mm×1000mm　1/16
字　　数：248 千字
印　　张：15. 5
印　　次：2018 年 1 月第 1 版　　2018 年 1 月第 1 次印刷

书　　号：ISBN 978－7－5115－5021－7
定　　价：68. 00 元

目　录
CONTENTS

绪　论

　　当我们检阅古代各个时期的诗歌时就会发现,在许许多多的作品中都有"飞鸟"的身影出现。其数量之惊人、风格之多样、佳作之充裕、历史之悠久,蔚为壮观,远非中国古诗中的其他动物意象所能比。

　　我们以清代康熙四十五年文华殿大学士张玉书等奉敕编纂的《佩文斋咏物诗选》作为意象统计的文本,来比较一下历代咏物诗中飞鸟意象与其他意象的差别。此书所录咏物诗上起古初,下迄明代,是我国古代最为完备的一部咏物诗歌总集。全集按照诗歌所咏之物分为天、日、月、星、河汉、风、雷电(附雹)等四百八十六类,附类四十九类,可以说囊括了自然界的日月风云、雨雪雾霜、山水泉石、草木虫鱼,人世间如农樵渔夫、仙道僧佛、亭台楼阁等,遍及天地间的一切,可谓洋洋大观。其中,"总禽鸟类"按照鸟的种类一鸟一卷,有四十五卷,外加"杂鸟"一卷,共有四十六卷之多;远远多于兽类的二十三卷、"水族类"六卷和"总虫类"十一卷。其卷数甚至多于"山总类"三十四卷、"水总类"二十六卷、"食物总类"三十二卷,仅排在卷数最多的"总树类"、"总花类"之后。所以足见古代咏鸟诗歌创作的数量之多。

　　然而,与创作的繁荣景象相比,历代对飞鸟诗的研究,特别是站在近代以来的学术立场上的研究,却显得较为单薄。在 20 世纪引进新理论、采用新方法前,传统的飞鸟诗"研究"大致可分为三种:

　　一是名物注疏。主要是用在对《诗经》《楚辞》等早期经典的阐释中。对"鸟"的注释与对诗中其他草木虫鱼的注释一样,都是"所以通诂训之指归,叙诗人之兴咏",①目的是为了辨析古今物类,更好地疏解诗意。如在《诗经》方面,无论是通

---

①　(清)阮元校刻:《十三经注疏·尔雅注疏》,北京:中华书局影印本,1980 年版,第 5581 页。

篇的传笺,如毛传、郑笺、正义之属,还是对诗中物类的专疏,如陆疏之类,都包含了对早期各种鸟类的辨名、释义等研究。而且伴随着《诗经》的传播和接受,这些研究对于后世飞鸟意象传统的形成和发展意义重大。

二是比兴研究。此类研究最早也是起自于对《诗经》《楚辞》的阐释,进而广泛地渗透到几乎所有古代诗学论述当中。在诗歌的创作、评说,以及诗歌美学的构建等方面,是否采用比兴手法,是否达到比兴的要求,都成为评说诗歌优劣的一种重要的衡量尺度和境界要求。所谓"《关雎》兴于鸟,而君子美之,为其雌雄之不乖居也",①以及"故善鸟香草,以配忠贞;恶禽臭物,以比谗佞",②都主张所有诗中的飞鸟等万物都有着特殊的诗学意蕴,也都是比兴创作的最好体现。这些认知开辟了我国诗学发展中的比兴传统。唐代皎然《诗式·用事》云:"取象曰比,取义曰兴,义即象下之意。凡禽鱼、草木、人物、名数,万象之中义类同者,尽入比兴,《关雎》即其意也。"③在古人看来,诗中比兴的根本就在感发物类、托寄人情。因此,在古人的诗性世界里,花鸟可以传情、山川可以寄怀。所谓"夫诗之本在声,而声之本在兴;鸟兽草木乃发兴之本。"④本着这样一种诗学传统,古代飞鸟诗创作除极少数是所谓单纯的状物之作,绝大部分诗篇或比喻、或象征、或拟人,都无非寄托讽喻、借鸟抒情,未出广义的比兴范围。

三是作品编选。在古代,尽管没有为飞鸟诗编辑的专门的诗集,但在一些类书、总集中有为飞鸟单独列出的分部、子目。如唐代徐坚等编的《初学记》卷三十《鸟部》、欧阳询主编的《艺文类聚》卷九十一至九十三《鸟部》上中下、宋代李昉等编的《太平御览》卷九百一十四至九百二十八《羽族部》等,其中都收录了部分古代飞鸟诗作品。此外,尤为重要的是在这些类书的鸟目之下,编选、保存了许多古代有关鸟类的神话、传说,为我们更好地研究古代飞鸟诗的创作语境和意象传承提供了宝贵的文化背景资料。还有清代张玉书等奉敕编纂的《佩文斋咏物诗选》分类收录了近三千首飞鸟诗,亦可谓古代飞鸟诗之集大成者。

---

① 国学整理社原辑:《诸子集成·淮南子》第七册,北京:中华书局1954年版,第353页。
② (宋)洪兴祖:《楚辞补注》上,北京:中华书局,1957年,第8-9页。
③ 张伯伟:《全唐五代诗格汇考》,南京:江苏古籍出版社,2002年版,第230页。
④ (宋)郑樵:《通志·昆虫草木略序》,转引自胡经之编《中国古典文艺学丛编》(一),北京:北京大学出版社,2001年版,第41页。

以上这些研究都属于古代诗学传统范围内的理论概括和总结。20 世纪以来的古代飞鸟诗研究尽管成果不多,但已表现出许多不同于古代传统的新的方面。

一、采用人类学的方法,研究早期诗歌——特别是《诗经》中的飞鸟诗。如闻一多先生作于 30 年代的《诗经通义》(甲),广泛利用甲骨、金文材料,采用民俗学、人类学的视角,以《左传·昭公十七年》所载鸟师纪官为上古图腾社会之遗迹,进而论述《三百篇》中以鸟起兴者导源于古代的图腾崇拜。其见解新颖而有据。①这一人类学取向自 80 年代以来已成为《诗经》研究的又一重要分支。

赵沛霖《兴的源起》一书,在具体考察各种原始兴象与宗教观念内容之间关系的基础上,论证了"兴"起源的历史积淀过程,指出"兴"起源的实质是宗教观念内容向艺术形式积淀的结果。在该书第一章《原始兴象与宗教观念》中,列有《鸟类兴象的起源与鸟图腾崇拜》专节,认为《诗经》中以鸟类为兴象的诗歌,许多都与怀念祖先与父母有关,其源在于远古的鸟图腾崇拜。②他还详细地论述了鸟图腾崇拜的宗教观念及其被引入诗歌的过程。赵先生把诗歌兴象的研究深入到了原始宗教生活的领域,在学术界产生了积极的影响。

美国学者王靖献在 1974 年发表的《钟与鼓——〈诗经〉的套语及其创作方式》一书中,把《诗经》中的"兴"与美国学者米尔曼·帕里发明的"帕里——劳德"理论联系起来研究,指出:《诗经》中的"兴"是借助于套语,以某个象征性景物引起听众联想和共鸣的手法。并在第四章以《诗经》的飞鸟诗为例,分析认为"(诗中)每一出现鸟的诗章也丰富了其它章的感情因素,并逐渐使它们共有的主题——孝子思归——得到了强化。诗歌意义的统一是通过对作为诗歌主题的鸟所分别代表的许多形象的溶合来达到的"。③这一研究理论和方法对国内的诗歌意象主题研究有一定的启发影响。

刘毓庆的《〈诗经〉鸟类兴象与上古鸟占巫术》一文,从上古有关鸟类记载所携带的文化信息入手,在考察《诗经》鸟类兴象产生的观念背景的基础上,对《诗

---

① 闻一多:《闻一多全集》第二册,北京:生活、读书、新知三联书店,1982 年版,第 107 页。
② 赵沛霖:《兴的源起——历史积淀与诗歌艺术》,北京:中国社会科学出版社 1987 年版,第 23 页。
③ 王靖献著,谢濂译:《钟与鼓——〈诗经〉的套语及其创作方式》,成都:四川人民出版社,1990 年版,第 151 页。

经》中的鸟类兴象的起源与意义,提出了新的见解,揭示了《诗经》鸟类起兴意象与远古鸟情占卜习俗的部分联系。①

以上研究对于更加深入地理解《诗经》中的飞鸟诗,以及进一步研究某些飞鸟母题的来源和发展都具有重要的借鉴意义。

二、采用意象研究的方法,对古代飞鸟诗中的飞鸟意象与创作背景、作品风格、诗人个性关系和意义进行研究。由于飞鸟诗原属于咏物诗,所以有些研究也包含于对咏物诗的研究之中,与对其他所咏之物的研究相提并论。其中更多的是以意象研究的视角对某一时代、某一诗人及其作品的飞鸟意象进行研究,并且已经取得了不少的成果。

以时代分,魏耕原的《先秦两汉诗坛的飞鸟意象》②和《飞鸟意象穿翔魏晋诗赋的衍变历程》③分别论述了先秦两汉和魏晋时期飞鸟意象的发生、发展历程。认为先秦两汉诗里的飞鸟意象具有明显的群体性、类别性特征。直至魏晋文学自觉时代,建安文学的群鸟乱飞,衍变为阮籍苦闷的模糊鸟,再发展到个性化的陶诗田园自由鸟。飞鸟意象才成为带有诗人明显的主体性的诗歌意象,使飞鸟意象在诗赋的创作中别开生面。戴伟华的《唐诗中"杜鹃"内涵辨析》④通过对"杜鹃啼血"和"望帝化鹃"传说的辨析,指出在唐诗作者使用这两个具有母题性的意象时,既有分别单独使用的情况,也有将二者合并使用的。但并不能因此混为一谈。其他有关唐代飞鸟意象的研究论文还有黎远方的《唐诗中鸟的意象研究》⑤,其从承前性和开拓性两方面对唐诗中丰富多彩的鸟的意象进行研究,从爱情诗、言志诗、身世诗、忧患怀人诗、物候诗等角度论述唐诗对前代鸟的意象的继承性,从描绘歌颂型与讽刺揭露型论述其开拓性。李虎子在《唐诗中凤凰意象的世俗化和唯美化》⑥一文中阐明,在唐代凤凰的神异和威严慢慢消失,从祥瑞、凤喻人和唐人生

---

① 刘毓庆:《〈诗经〉鸟类兴象与上古鸟占巫术》,《文艺研究》2001 年第 3 期,129 – 140 页。

② 魏耕原:《先秦两汉诗坛的飞鸟意象》,《社会科学战线》2002 年 2 期。

③ 魏耕原:《飞鸟意象穿翔魏晋诗赋的衍变历程》,《陕西师范大学学报》(哲学社会科学版),2003 年第 5 期。

④ 戴伟华:《唐诗中"杜鹃"内涵辨析》,《华南师范大学学报》(社会科学版),2007 年第 3 期。

⑤ 黎远方:《唐诗中鸟的意象研究》,《桂林市教育学院学报》,2000 年第 4 期。

⑥ 李虎子:《唐诗中凤凰意象的世俗化和唯美化》,《四川大学学报》(哲学社会科学版),2001 年第 5 期。

活中的凤凰三个方面可以看出唐诗中凤凰意象的世俗化和唯美化。

以诗人分,研究的论文数量较多,但涉及的诗人和探讨的问题却较为集中。裴登峰于1994年发表的《三曹诗歌中的飞鸟形象》①是较早研究飞鸟诗的专题论文。文中概括分析了三曹诗中几种飞鸟类型,并指出由于他们父子同具诗人的素质使飞鸟都能被摄入作品中,成为构成其作品具有动人意境的必不可少的要素;又由于他们各自性情、经历、诗才的差别使其对事物的感受和理解不同,故他们在作品中虽都写飞鸟而它们在各自的作品中却承担着不同的任务,充当着不同的角色,从而使飞鸟形象体现出的意蕴也各具千秋。

阮籍《咏怀诗》中的飞鸟意象与他的创作心态紧密相关,充满了矛盾和悲哀的意味。何玉兰的《漫谈阮籍〈咏怀〉的飞鸟意象》②、李捷的《论阮籍诗歌中的鸟意象》③、秦丙坤的《阮籍〈咏怀诗〉中的飞鸟意象与三重世界》④等,从不同的侧面,分析论述了飞鸟意象所蕴含的阮籍的"高洁之志、孤独之情、超世之心",以及在阮籍的飞鸟诗里映射出来其生命中的理想世界、现实世界和心灵世界。

其他还有不少针对嵇康、陶渊明、李白、杜甫、韦应物、苏轼等著名诗人的飞鸟诗的研究论文。它们大多能结合诗人的个性特征、生活经历,以及时代背景、文化传统作深入、细致的探索和发掘,并已有了许多不同层面的创获,也形成了一些相对一致的看法和结论。如"归鸟"之于陶渊明,"大鹏"之于李白,"鹰"之于杜甫等,即如此。

三、作品鉴赏类

目前所见近代以来最早、也是最为集中的对部分古代飞鸟诗进行鉴赏品评的集子,是1987年由林坚等人选评的《历代咏鸟诗品评》。全书以古代咏鸟诗中出现过的八十五种鸟为分类,再分别选取不同时期的咏鸟诗加以品评,选诗近千首,比较全面地反映出中国古代咏鸟诗创作的风貌和表现不同鸟类的诗歌创作的特

① 裴登峰:《三曹诗歌中的飞鸟形象》,《社科纵横》,1994年第5期。
② 何玉兰:《漫谈阮籍〈咏怀〉的飞鸟意象》,《乐山师专学报》(社科版),1991年第2期。
③ 李捷:《论阮籍诗歌中的鸟意象》,《西北第二民族学院学报》(哲学社会科学版),1997年第2期。
④ 秦丙坤:《阮籍〈咏怀诗〉中的飞鸟意象与三重世界》,《贵州社会科学》2001年第6期。

点,因而也是研究古代飞鸟诗重要的参考文献。①

　　由张秉戍、张国臣主编的《花鸟诗歌鉴赏辞典》是一部将部分古代咏花诗和咏鸟诗合编在一起的书。书中"花部"在前,"鸟部"在后。所选编的咏鸟诗有近五百首,对每首诗都有较为详细的分析、鉴赏,便于阅读欣赏。② 还有韩学宏著、杨东峰摄影的《唐诗鸟类图鉴》,以鸟为篇,在精美的飞鸟照片上,配以相关唐诗作品和解说,图文并茂,感受真切,不失为一种诗歌鉴赏的新途径。③ 其他与飞鸟诗有关的诗集多与咏物诗挟缠在一起,如刘逸生《唐人咏物诗评注》,陈新璋《唐宋咏物诗鉴赏》,王德明、李苏澜《古代咏物诗精选点评》,李起敏、白岚玲选注《历朝花鸟咏物诗》,王天仁《中国古典咏物精品》,陶今雁《中国历代咏物诗辞典》等。在这些书中,编撰者依据自己对咏物诗的理解,选取了一些具有代表性的咏物诗,并且加以评点,这样在诗歌的鉴赏方面能给读者提供一定的帮助。同时在这些书的前言或后记部分,作者以较为简短的篇幅,对咏物诗的内涵进行界定,简单叙述了咏物诗发展历程,并且就咏物诗的成就、基本特征等方面进行了说明。虽说不是为飞鸟诗而编写的,但它们对咏物诗的研究有助于加深对飞鸟诗的理解。

　　此外,值得一提还有贾祖璋先生写成于 30 年代的《鸟与文学》一书。④ 作者将自然科学与文学结合起来,通过飞鸟诗歌解释一些鸟类的自然行为,其根本目的并不在于解决文学的问题。

　　古代"飞鸟诗"的范围,实在是庞然可观。首先,它的存在贯穿整个古代文学的历史进程;其次,它几乎出现于所有古代诗人的创作之中。因此,本文仅以具有代表意义的部分中国古代飞鸟诗为主要研究对象,着重研究其意象生成和发展、诗人的创作及特点,以及飞鸟诗的诗性思维、表达和存在等关键问题,以求深入探讨其所包涵的深广的诗学意义。由于中国古代的"飞鸟诗"创作,可谓作者云集、作品纷呈,一时难以合聚、通观,故本文的研究主要凭借前人选编的含有飞鸟诗的各类诗集,撷其英华,以求窥其云梦奥妙。

---

① 林坚等选注:《历代咏鸟诗品评》,哈尔滨:黑龙江人民出版社,1987 年版。
② 张秉戍、张国臣主编:《花鸟诗歌鉴赏辞典》,北京:中国旅游出版社,1990 年版。
③ 韩学宏著:《唐诗鸟类图鉴》,杨东峰摄影,郑州:中州古籍出版社,2005 年版。
④ 贾祖璋:《鸟与文学》,上海:上海古籍出版社,2001 年版。

第一章

"飞鸟诗"创作及其历史变迁

清代俞琰曾对咏物诗的发展脉络作了纵向的概括,他的《咏物诗选》自序云:"故咏物一体,三百导其源,六朝备其制,唐人擅其美,两宋、元、明沿其传。"①飞鸟,作为一种自然物象被采撷入诗也是始于《诗经》的时代,其后飞鸟诗的发展、沿革,亦与俞长仁所言咏物一体的情况相一致,都经历了由初创、拓展、繁荣,并不断创新,走向多元的过程。

第一节　先秦时期"飞鸟诗"的初创

一、《诗经》中的"飞鸟诗"与鸟意象

我国最早见诸记载的"飞鸟诗"出自于《诗经》。早期先民长期形成的对飞鸟的普遍认识、信仰和观念,无疑是构成当时"飞鸟诗"创作的文化背景和土壤。然而,诗三百自春秋结集以后,其所谓出自于民歌的原创的意义被用诗的现实目的所改变;原始儒家对它的经典认知,也使得对于诗三百的阐释逐渐具有了超乎文本之上的意义,这里当然也包括对《诗经》中的"飞鸟诗"的理解。

《诗经》中有许多诗篇都包含有飞鸟的意象,采用飞鸟意象的诗句共有90余处。尽管《诗经》中所涉及的草木虫鱼也十分丰富,但都比不上所写的鸟类那样种类众多,多姿多彩。据明代冯复京所撰《六家诗名物疏》"释鸟"一门统计,《诗经》

---

① （清）俞琰：《咏物诗选》,成都：成都古籍书店,1984年版,第4页。

中共有鸟类42种之多,比鱼类多20种,比虫类多10种。这一"飞鸟"的种类数,就是与清初《佩文斋咏物诗选》中历代咏鸟诗所写到的鸟的种类数(约56种)相比,也不相上下。

在《诗经》的飞鸟意象中除了一种非人间的神雀——凤凰外,其他都是生活在现实世界、与人亲密相伴的凡鸟。这里,既有翱翔于山林陆地的黄鸟、喜鹊、鸤鸠、燕子、雉、雁、鹌鹑、鸡、晨风、鸮、仓庚、脊令、隼、桑扈、鸒(乌鸦)、鹜(秃鹫)、鸢(鹰)、凫鹥等,也有游弋于水泽沙洲的雎鸠、鹈鹕、鹳、鸿、鸴(鹣鸠)、鸊、鸳鸯、鹤、白鹭等。可以肯定,飞鸟在《诗经》的时代一定是人类生活环境中无处不在的生灵,因而也是最能兴发人们情感活动的自然物象,是人们最常借以抒情言志的美好意象。

当时的诗人歌者通过对飞鸟的形象刻画,表达、抒发了极为丰富的情感内涵。如《雎鸠》《鸳鸯》歌咏爱情,《燕燕》《雄雉》感伤远别,《鸨羽》刺劳役,《晨风》怨不归,《鸤鸠》比君子,《鸿雁》抚流民,《秦风·黄鸟》"挽三良",《小雅·黄鸟》思远人,《大雅·凫鹥》谢公尸,《商颂·玄鸟》颂祖先。可以说,《诗经》的飞鸟诗,几乎涉及当时人们情感生活的方方面面。

而作为早期的诗歌创作,其表现手法也各有不同。既有《豳风·七月》中"春日载阳,有鸣仓庚"的生动描写(赋),也有《小雅·斯干》中"如跂斯翼,如矢斯棘,如鸟斯革,如翚斯飞,君子攸跻"的形象比喻(比)。然而,《诗经》中对飞鸟意象使用最多的还是兴的手法。在《诗经》中,以鸟起兴的诗章共有82章,它们分别出现于41首诗中。如下表所示:

《诗经》中鸟类兴辞简表

分类	篇名	鸟名	章	兴辞
周南	关雎	雎鸠	1	关关雎鸠,在河之洲。
	葛覃	黄鸟	1	黄鸟于飞,集于灌木,其鸣喈喈。
召南	鹊巢	喜鹊 鸤鸠	1	维鹊有巢,维鸠居之。
			2	维鹊有巢,维鸠方之。
			3	维鹊有巢,维鸠盈之。

续表

分类	篇名	鸟名	章	兴辞
邶风	燕燕	燕子	1	燕燕于飞,差池其羽。
			2	燕燕于飞,颉之颃之。
			3	燕燕于飞,下上其音。
	凯风	黄鸟	4	睍睆黄鸟,载好其音。
	雄雉	野鸡	1	雄雉于飞,泄泄其羽。
			2	雄雉于飞,下上其音。
	匏有苦叶	野鸡	2	有弥济盈,有鷕雉鸣。济盈不濡轨,雉鸣求其牡。
		雁	3	雝雝鸣雁,旭日始旦。
鄘风	鹑之奔奔	鹌鹑喜鹊	1	鹑之奔奔,鹊之强强。
			2	鹊之强强,鹑之奔奔。
王风	兔爰	野鸡	1	有兔爰爰,雉离于罗。
			2	有兔爰爰,雉离于罦。
			3	有兔爰爰,雉离于罿。
郑风	风雨	鸡	1	风雨凄凄,鸡鸣喈喈。
			2	风雨潇潇,鸡鸣胶胶。
			3	风雨如晦,鸡鸣不已。
唐风	鸨羽	大雁	1	肃肃鸨羽,集于苞栩。
			2	肃肃鸨翼,集于苞棘。
			3	肃肃鸨行,集于苞桑。
秦风	黄鸟	黄鸟	1	交交黄鸟,止于棘。
			2	交交黄鸟,止于桑。
			3	交交黄鸟,止于楚。
	晨风	晨风	1	鴥彼晨风,郁彼北林。
陈风	墓门	鸮	2	墓门有梅,有鸮萃止。
	防有鹊巢	喜鹊	1	防有鹊巢,邛有旨苕。

续表

分类	篇名	鸟名	章	兴辞
曹风	候人	鹈鹕	2	维鹈在梁,不濡其翼。
			3	维鹈在梁,不濡其咮。
	鸤鸠	鸤鸠	1	鸤鸠在桑,其子七兮。
			2	鸤鸠在桑,其子在梅。
			3	鸤鸠在桑,其子在棘。
			4	鸤鸠在桑,其子在榛。
豳风	东山	鹳	3	鹳鸣于垤,妇叹于室。
		仓庚	4	仓庚于飞,熠耀其羽。
	九罭	鸿	2	鸿飞遵渚。
			3	鸿飞遵陆。
小雅	四牡	雎(鹪鸠)	3	翩翩者雎,载飞载下,集于苞栩。
			4	翩翩者雎,载飞载止,集于苞杞。
	常棣	脊令	3	脊令在原,兄弟急难。
	伐木	鸟	1	伐木丁丁,鸟鸣嘤嘤。出自幽谷,迁于乔木。嘤其鸣矣,求其友声。
	出车	仓庚	6	春日迟迟,卉木萋萋。仓庚喈喈,采蘩祁祁。
	南有嘉鱼	雎	4	翩翩者雎,烝然来思。
	采芑	隼	3	鴥彼飞隼,其飞戾天,亦集爰止。
	鸿雁	鸿雁	1	鸿雁于飞,肃肃其羽。
			2	鸿雁于飞,集于中泽。
			3	鸿雁于飞,哀鸣嗷嗷。
	沔水	隼	1	沔彼流水,朝宗遇害。鴥彼飞隼,载飞载止。
			2	沔彼流水,其流汤汤。鴥彼飞隼,载飞载扬。
			3	鴥彼飞隼,率彼中陵。
	黄鸟	黄鸟	1	黄鸟黄鸟,无集于榖,无啄我粟。
			2	黄鸟黄鸟,无集于桑,无啄我梁。
			3	黄鸟黄鸟,无集于栩,无啄我黍。

续表

分类	篇名	鸟名	章	兴辞
小雅	小宛	鸠	1	宛彼鸣鸠,翰飞戾天。
		脊令	4	题彼脊令,载飞载鸣。
		桑扈	5	交交桑扈,率场啄粟。
	小弁	鸒(乌鸦)	1	弁彼鸒斯,归飞提提。
	桑扈	桑扈	1	交交桑扈,有莺其羽。
			2	交交桑扈,有莺其领。
	鸳鸯	鸳鸯	1	鸳鸯于飞,毕之罗之。
			2	鸳鸯在梁,戢其左翼。
	车辖	鷮(野鸡)	2	依彼平林,有集维鷮。
	菀柳	鸟	3	有鸟高飞,亦傅于天。
	白华	鹙(秃鹙)鹤	6	有鹙在梁,有鹤在林。
		鸳鸯	7	鸳鸯在梁,戢其左翼。
	绵蛮	黄鸟	1	绵蛮黄鸟,止于丘阿。
			2	绵蛮黄鸟,止于丘隅。
			3	绵蛮黄鸟,止于丘侧。
大雅	旱麓	鸢(鹰)	3	鸢飞戾天,鱼跃于渊。
	凫鹥	凫鹥	1	凫鹥在泾。
			2	凫鹥在沙。
			3	凫鹥在渚。
			4	凫鹥在中。
			5	凫鹥在亹。
	卷阿	凤凰	7	凤凰于飞,翙翙其羽,亦集爰止。
			8	凤凰于飞,翙翙其羽,亦傅于天。
			9	凤凰鸣矣,于彼高岗。梧桐生矣,于彼朝阳。菶菶萋萋,雝雝喈喈。

续表

分类	篇名	鸟名	章	兴辞
周颂	振鹭	白鹭		振鹭于飞,于彼西雝。
鲁颂	泮水	鸮	8	翩彼飞鸮,集于泮林。食我桑椹,怀我好音。

这些鸟类起兴,有些用于引起全诗的歌咏,有些引起的是一章的歌咏,而有一些只是出于重章歌咏的需要来使用的。而且,这些鸟的起兴与诗意之间的关联带有早期原始思维、文化积淀、歌诗创作等的因素和特点,形成了许多微茫难解的悬疑。因此,与其他起兴句一样,以飞鸟作为意象的起兴与诗意间的曲折关系也是历代《诗经》学者争讼不绝的话题。近代以来传自西方的民俗学、文化人类学等研究理论和方法,引出了许多对此一问题的有益探讨,如图腾说、生殖崇拜说、巫术文化说等,都试图对《诗经》中的"飞鸟"意象给出更为合理的阐释。

另外,由于时代的变迁和认知的不同,历代对《诗经》中的"飞鸟诗"的理解,大致又可分为两个层面:一是诗歌原创的层面,一是后人解诗、用诗的层面。二者既有深刻的关联,又有历史的差异。

从原创的层面看,《诗经》的最初作者应是来自周代社会的各个阶层,他们上至帝王、下及百姓,既是各种社会生活的参与者,也是不同类型的歌诗的创作者和欣赏者。所谓原创,实际应包括歌者的首倡,也包括来自宫廷乐师对各阶层歌诗采集、编演的再创作。因此,这些作品既反映了当时社会各阶层的生活内容和情感旨趣,同时,也包含着极为深厚的历史积淀和民间信仰。其中,尤以鸟兽草木为意象的比兴创作最具艺术和文化特征。赵敏俐先生在《中国古代歌诗研究——从〈诗经〉到元曲的艺术生产史》书中说:"现存《诗经》正是周代社会对于歌诗艺术多种需求——即省风知气、颂美讽谏等政治功能、朝廷礼仪功能与艺术消费功能相混合的产物。"①这极有可能就是《诗经》原创时的实际情形。而对于原创的飞鸟诗中所包含的早期文化信息,至今仍有许多难解之谜。

---

① 赵敏俐:《中国古代歌诗研究——从《诗经》到元曲的艺术生产史》,北京:北京大学出版社,2005 年版,第 96 – 97 页。

　　而从解诗、用诗的层面讲,发源于先秦、壮大于两汉的儒家经典阐释,使得《诗经》的作品附着了太多不可移易的经典意义和价值;这些经典之意又得以以诗教文化的传承方式,代代相传、薪火相接,构成了古代文人诗性品质的一支十分重要的文化渊源。这几乎是古代"诗经学"对我国古代诗学的全部的意义和价值所在。

　　因此说,《诗经》中的"飞鸟诗",其外在形象虽取自于现实世界,但在诗歌创作和解说中却被赋予了更多超乎现实之外的观念意义;它们是某种"意"的特定符号,不可作单纯的自然物象来看待。

　　我们以《诗经》飞鸟诗中最具代表性的一篇《周南·关雎》为例,从历代对"雎鸠"的解说中便能看到这一鲜明的特点。清人陈大章《诗传名物集览》卷一"关关雎鸠"条下对诗中的"雎鸠"鸟有一个全面地历史概括:

　　朱传:雎鸠,水鸟,一名王雎。状类凫鹥,今江淮间有之。生有定偶而不相乱,偶常并游而不相狎,故毛传以为挚而有别。列女传以为人未尝见其乘居而匹处,盖其性然也。又语录,见人说淮上有之,状如鹗,差小而长,雌雄两两相随不失,立处须隔丈来地,所谓挚而有别也。

　　尔雅:雎鸠,王雎也。郭注:雕类,江东呼之为鹗,好在江渚山边食鱼。

　　禽经:王雎,鱼鹰也,亦曰白鹥,亦名白鷢。

　　郑笺:挚,至也。谓雌雄情意至,然而有别。

　　韩诗:雎鸠,贞洁慎匹,以声相求,隐蔽乎无人之处。

　　陆玑疏:雎鸠,大小如鹗,深目,目上骨露。幽州人谓之鹫。

　　扬雄、许慎皆曰白鷢,似鹰,尾上白。

　　郑渔仲云:尾边有一点白。风土记:白鹥,鹬属,于义无取,盖苍鹍。大如鹥而色苍,其鸣夏和顺,游于水而息于洲,常只不双。陆佃云:鹗性好峙,所谓鹗立。俗云,雎鸠,交则双翔,立则异处,是谓挚而有别。传云:挚鸟不双,是也。

　　左传杜注:雎鸠,挚而有别,故为司马,主法则。严氏诗缉:左传郑子五鸠,备见于诗。雎鸠氏,司马,此诗是也。祝鸠氏,司徒,鹘鸠也。四牡、嘉鱼之雏是也。鸤鸠氏,司空,布谷也。曹风之鸤鸠是也。爽鸠氏,司寇,大明之鸠是也。鹘鸠氏,司事,鸧鸠也,非斑鸠;小宛之鸣鸠,与氓食桑葚之鸠是也。

蔡氏名物解:凡鸠,皆阳鸟也。刚而能制,真若乎阳,和而不同,有不可犯之道,故谓之雎鸠。又谓之鹗,王大也。于鸠为大故,又谓之王雎。勒以法度,足以一众,故雎鸠氏为司马。阴阳,自然变化,论雎鸠不再匹。

淮南子:关雎兴于鸟,君子美之,为其雌雄之不乖居也。

欧阳本义:先儒辨雎鸠甚众,惟毛公得之。曰挚而有别,谓捕鱼而食,鸟之猛挚者也。郑氏释挚为至,非也。鸟兽,雌雄皆有情意,孰知雎鸠之独至哉?或曰,诗本述后妃淑善之德,不宜反以猛挚之物比之。曰:不取其挚,取其别也。雎鸠之在河洲,听其声则和,视其居则有别,此诗人之所取也。

正字通:雎,从且。与盱睢、恣睢、睢水、睢阳之睢,从目,义别,俗作雅,非。按尔雅止曰王雎。郑郭陆许诸家,皆以为雕鹗之类,盖附尔雅白鹭而讹也。

黄直翁引夹漈曰:凫类,在水边,尾有一点白。旧说雕,误。朱子特主其说,则固不能无疑于诸家矣。长笺谓王雎如鸭。风土记疑为苍鹢。近代冯元敏谓状似鸳鸯,通雅定为属玉,盖各得其形似。而郝氏指为布谷,钱氏以为杜鹃,则又拟非其伦矣。①

从这一大段的解说中可以看出,古人对诗中出现的"雎鸠"鸟的理解都是从感物比兴的角度出发,研究"诗人之所取"的原因。具体而言,就是先确定了比兴的意义,再说明取"雎鸠"为比兴的缘由。这也是毛传从一开始就确定下来的注诗方法,即先说诗的主旨,再依主旨铺衍物象。这就导致为了符合歌咏"后妃之德"的主题而以"挚而有别"附会"雎鸠"鸟性的结果。此一论断在历史上虽然影响巨大,但由于它的主观独断也常常被人质疑。如前文所引欧阳永叔:"鸟兽雌雄皆有情意,孰知雎鸠之独至哉?"在自然万物中,雌雄笃于情意者多矣,何以独取雎鸠为兴?另一方面,以这种解诗的理念和方法还会出现,当对诗歌主旨的理解发生变化时,原来言之凿凿的鸟性也不得不随之而改变。同样是这篇《关雎》,李光地《榕村集》卷十八《关雎》曰:"《关雎》之诗为三百篇之首,其义不可以不求也。古说所谓后妃之德者,固已得之,但辞有未达耳。如以'窈窕淑女'者即为后妃,而'辗转

---

① (清)陈大章:《诗传名物集览》卷一,上海:商务印书馆,民国二十六年版,第1—2页。

反侧'之忧,乃为他人愿望之词,则所谓性情之正者亦在他人,不在后妃矣。……是故贤圣之君,侧席求贤,至于积精思形梦寐,世之所以盛也。求焉而意不切,用焉而诚不至,世之所以哀也。文王之兴,其后妃有盛德,故其思淑女也,无异君子之思贤臣焉。"①所谓"侧席求贤"之意当是后来的生发,只看到诗歌后半的君子之"求",而割裂了前半的关雎之"和"。如此一来,雎鸠鸟的意义和作用也就大不一样了。

诸儒对《诗经》中的"飞鸟"作如此解说,客观上是缘于春秋时期用诗、赋诗的传统,后来才逐渐发展成为儒家诗学的理论认识。

二、《诗经》鸟类兴辞的诗学功能

有关《诗经》中兴辞与诗意之间的关系,历来存在三种不同的看法。一种是认为二者无任何意义上的关联,兴辞只是诗歌的一种起头的方法,且重在起调。一种认为二者存在意义关联,只是这种关联有的表现得较为显明易懂,而有的则较为隐晦难解。还有一种是试图调和前两种说法,认为《诗经》中有些篇章的兴辞与诗意有关,有些则无关。随着诗歌创作的历史发展和诗学研究的逐渐深入,对这一问题的思考也历久弥新,不断取得新的创获。特别是近代以来对《诗经》兴辞所作的人类文化学、宗教神话学、发生学等方面的研究,开辟了新的研究视野,并已取得了前所未有的重要成果。如闻一多先生的《诗经通义》《神话与诗》和赵沛霖先生的《兴的源起——历史积淀与诗歌艺术》等,都堪称极具代表性的典范之作。

在二位先生的研究中,都曾深入讨论了《诗经》中以"鸟"起兴的问题。闻一多先生认为《诗经》中以"鸟"起兴的诗都与原始图腾崇拜有关。② 赵沛霖先生说:《诗经》中以"鸟"起兴的诗,都是"以鸟类为'他物'起兴来引起有关怀念祖先和父母的'所咏之词'"。③ 二位先生突破传统《诗经》的比兴研究中经学阐释、诗学阐释的局限,以及单纯文字学、修辞学的框架,深入原始神话、宗教等社会生活、意识形态的层面,发掘隐藏在兴辞背后的原始意涵,以探寻《诗经》兴辞与诗意关系的

---

① 引自刘毓庆:《〈诗经〉百家别解考》上册,太原:山西古籍出版社,2002年版,第29页。
② 闻一多:《闻一多全集》第二册,北京:生活·读书·新知三联书店,1982年版,第107页。
③ 赵沛霖:《兴的源起——历史积淀与诗歌艺术》,北京:中国社会科学出版社,1987年版,第23页。

内在规律的人类文化学研究思路,已得到学术界的普遍认可,并对《诗经》的诗学研究也产生了积极的影响。

　　《诗经》中有许多诗篇的起兴都包含有"鸟"的意象。一般以为,分析鸟的种类是解说《诗经》"鸟"类兴辞的关键,所以,过去的研究往往是先从不同种类的鸟的身上,找出其特异的生理特征或生活习性,然后再说明它们的某些特性对诗人创作的影响,以及与诗歌意义上的关联。如说"关关雎鸠",朱熹《诗集传》卷一说:"雎鸠,水鸟,一名王雎,状类凫鹥,今江淮间有之。生有定偶而不相乱,偶常并游而不相狎。故毛传以为'挚而有别'。"①又《朱子语类》卷八十一云:"雎鸠,毛氏认为'挚而有别'。……盖'挚'与'至'同,言其情意相与深至,而未尝狎,便见其乐而不淫之意。此是兴诗。兴,起也,引物以起吾意。如雎鸠是挚而有别之物、荇菜是洁净和柔之物,引此起兴,犹不甚远。"②再如杨慎《升庵经说》卷四"燕燕于飞,差池其羽"条说:"师旷《禽经》曰:'鸟向飞背宿,燕向宿背飞,此物理也。'故庄姜以为送归妾之比,取其背飞之义,送别之情也。"③他们都认为是鸟的种类及其习性决定了诗歌起兴的情感取向。

　　如果照此推论,在《诗经》的"鸟"类兴辞中,同一种"鸟"或具有相同生理特征的"鸟",所引起的诗章的抒情主题就应是相同,抑或是相近的;反之,不同种类的"鸟"则应兴起不同的抒情主题。然而,《诗经》中鸟类兴辞的情况却并非如此。例如,同是以"黄鸟"起兴的诗章,其所引起的诗情便不尽相同。《周南·葛覃》首章中由"黄鸟于飞,集于灌木,其鸣喈喈"所构成的起兴,兴起的是"女子归宁父母,以惬其怀亲之愿"的欢愉之情。在《邶风·凯风》中,"睍睆黄鸟,载好其音"兴起的却是孝子感佩母亲仁爱、自责亲过之情。而《秦风·黄鸟》兴起的是"哀三良殉秦"的悲愤之情。还有《小雅·黄鸟》兴起流亡思归之情。《小雅·绵蛮》兴起"微臣刺乱"的忧苦之情。

　　另一方面,在《诗经》兴辞中还有以不同种类的"鸟"兴起相同、相近诗意的情况。如用以兴起对婚嫁的赞美之情的"鸟",就至少包括有:雎鸠(《周南·关

---

① (宋)朱熹:《诗集传》,上海:上海古籍出版社,1987年版,第1页。
② (宋)黎靖德编:《朱子语类》第六册,北京:中华书局,1986年版,第2096页。
③ (明)杨慎:《升庵经说》上册,北京:中华书局,1985年版,第64页。

雎》)、喜鹊和鸤鸠(《召南·雀巢》)、鸳鸯(《小雅·鸳鸯》)、野鸡(《小雅·车辇》)
等不同种类的"鸟"。

可见,在《诗经》的"鸟"类兴辞中,仅看"鸟"的种类及其特征,似乎并不能最
终断定诗章中兴辞与抒情主题的情感联系。

在对《诗经》的"鸟"类兴辞进行仔细分析后我们发现:其中,虽有对某一种
"鸟"的个体性特征的生动描绘,如用"关关"写雎鸠鸣、以"雝雝"写雁鸣等,但更
多的是侧重描写"鸟"的通适性的特征,即几乎所有的"鸟"所共有的鸣叫、飞行、
集止等,由此,我们想到《诗经》的作者或编演者会不会正是采用对"鸟"的通适性
描写作为兴辞的核心意象,并借助于其他的意象描写,与之共同构成某种特定的
情境、氛围或抒情基调,从而作用于诗章,引出深情的歌咏呢?

我们先对有关"鸣叫"的兴辞作一考察。

在《国风》的"鸟"类兴辞中,对鸟的"鸣叫"有两种写法。一种是直接使用动
词"鸣",或伴以描写鸟鸣的种种拟声词。如以下各章:

> 《周南·关雎》首章:关关雎鸠,在河之洲。窈窕淑女,君子好逑。
>
> 《周南·葛覃》首章:葛之覃兮,施于中谷,维叶萋萋。黄鸟于飞,集于灌
> 木,其鸣喈喈。
>
> 《邶风·匏有苦叶》二章:有弥济盈,有鹭雉鸣。济盈不濡轨,雉鸣求其
> 牡。三章:雝雝鸣雁,旭日始旦。士如归妻,迨冰未泮。
>
> 《郑风·风雨》首章:风雨凄凄,鸡鸣喈喈。既见君子,云胡不夷。
>
> 二章:风雨潇潇,鸡鸣胶胶。既见君子,云胡不瘳。三章:风雨如晦,鸡鸣
> 不已。既见君子,云胡不喜。
>
> 《小雅·伐木》首章:伐木丁丁,鸟鸣嘤嘤。出自幽谷,迁于乔木。
>
> 嘤其鸣矣,求其友声。相彼鸟矣,犹求友声。矧伊人矣,不求友生。神之
> 听之,终和且平。

显然,这类兴辞都是以禽鸟的"鸣叫"为兴象的。通过比较可以看到,由它们
所兴起的这些诗歌的情感内容是明确而且相近的,即与人们的婚恋或交友的内容
相关;并且,其所兴发的全诗抒情基调也是充满了怀想、思念和相知相亲的美好感

情。在这些诗章的起兴句中，鸟的"鸣叫"，而非鸟的种类，才是兴辞的核心意象。因此，由于受到禽鸟"鸣叫"兴辞所具有的特定的情感指向的影响，围绕着这一核心意象，在诗中引起一系列与之相关的意象共同完成对诗歌情感的生发和衍义。无论是《关雎》中汤汤大河的沙洲、《匏有苦叶》中浅浅积水的车辙，还是《葛覃》中生长着萋萋葛草或高大树木的山谷，甚至《风雨》中凄凄潇潇的风雨，都能与之构成美好的表达恋情、亲情和友情的情感主题。

《诗经》中以鸟的"鸣叫"作为起兴的兴辞，之所以能够兴起与"婚恋"与"求友"相关的诗情，最初大概与先民们最为朴素的生活观察和情感体验相关，即如诗中所歌咏的"雉鸣求其牡""嘤其鸣矣，求其友声"等。而一当这种"经验"在观念层面成长为"普遍记忆"，并以某种特定的语言形式固定下来，如"鸣叫"及所有描写鸣叫的种种拟声词，便成为歌诗创作中，乃至整个生活观念中特定的情感符号。

与此一"普遍记忆"和"语言形式"相关，在《诗经》中，即便是一些采用"赋"法的诗，由于用"鸟鸣"作开头，也就可以引发相同的情调：

> 《郑·女曰鸡鸣》首章：女曰鸡鸣，士曰昧旦。子兴视夜，明星有烂。将翔将翔，弋凫与雁。
> 《齐·鸡鸣》首章：鸡既鸣矣，朝既盈矣。匪鸡则鸣，苍蝇之声。

甚至，《诗经》中有些描写其他动物"鸣叫"的兴辞，也是如此：

> 《召南·草虫》首章：喓喓草虫，趯趯阜螽。未见君子，忧心忡忡。亦既见止，亦既觏止，我心则降。
> 《小雅·鹿鸣》首章：呦呦鹿鸣，食野之苹。我有嘉宾，鼓瑟吹笙。吹笙鼓簧，承筐是将。人之好我，示我周行。

而作为一种普遍的观念性的存在，我们还可以在与《诗经》同时代的其他文献中找到类似的用例。如《周易·中孚》九二：

> 鸣鹤在阴，其子和之。我有好爵，吾与尔靡之。

《诗经》中另一种写鸟的"鸣叫"的兴辞是间接描写,即不直接写其"鸣",而是写其"音"。这种写法只有两例:

> 《邶风·凯风》四章:睍睆黄鸟,载好其音。有子七人,莫慰母心。
> 《邶风·雄雉》二章:雄雉于飞,下上其音。展矣君子,实劳我心。

《凯风》一篇写孝子有感于母亲劬劳,自责不能慰悦母心。《雄雉》则是写丈夫徭役于外、妇人自遗阻隔的思念(在此章诗的兴辞中,其兴象核心不在"音",而在"飞",见下文的论析)。仅从"鸟鸣"起兴的角度看,同样是写"鸟鸣",但仅仅是"鸣"与"音"的一字之变,却兴起了与"鸣叫"起兴的诗歌所不同的情感基调和诗情主题。由此也说明,作为一种观念形态的"集体记忆",必然依托于特定的语言形式,而不能随意改变。

下面,我们再来考察有关鸟的"飞翔"的兴辞。

在以鸟的"飞翔"起兴的兴辞中,最为典型的固定句式就是"××于飞"。其例如下:

> 《邶风·燕燕》首章:燕燕于飞,差池其羽。之子于归,远送于野。
> 瞻望弗及,泣涕如雨。二章:燕燕于飞,颉之颃之。之子于归,远于将之。瞻望弗及,伫立以泣。三章:燕燕于飞,下上其音。之子于归,远送于南。瞻望弗及,实劳我心。
> 《邶风·雄雉》首章:雄雉于飞,泄泄其羽。我之怀矣,自诒伊阻。
> 二章:雄雉于飞,下上其音。展矣君子,实劳我心。
> 《小雅·鸿雁》首章:鸿雁于飞,肃肃其羽。之子于征,劬劳于野。
> 爰及矜人,哀此鳏寡。二章:鸿雁于飞,集于中泽。之子于垣,百堵皆作。虽则劬劳,其究安宅。三章:鸿雁于飞,哀鸣嗷嗷。维此哲人,谓我劬劳。维彼愚人,谓我宣骄。

仅从句式上来看,其中三例的首章都是以"××于飞,××其羽"为起兴,其余五章又有两章以"××于飞,上下其音"起兴。由它们所引发的诗章的抒情主题也极为相近,都与"远行""怀人"相关。

《燕燕》自孔颖达以下,注家多以为是写"卫庄姜送归妾"的,而近人以为它是一首送远嫁的诗。①《雄雉》则《小序》以为刺卫宣公之淫乱;②自朱熹以来,一改旧说,"以为妇人思其君子久役于外而作"。③《鸿雁》一篇,《小序》云:"美宣王也。万民离散,不安其居,而能劳来、还定、安集之,至于矜寡,无不得其所焉。"④自来诸家皆以为是写"使臣"的辛苦,只有朱熹以为是流民自作,以追叙其远征劬劳之苦的诗歌。⑤ 既然都是"远行",无论是已远行,还是将远行,在古人看来似乎并不是一件令人感到愉快的事,所以这些诗章的情感基调便是充满感伤的,而非欣喜的。

这种句式同样也出现于《周易》之中,且表现得十分典型:

> 《明夷》初九:明夷于飞,垂其翼。君子于行,三日不食。有攸往,主人有言。

当然,在《小雅》中有一处例外,即《小雅·鸳鸯》首章:"鸳鸯于飞,毕之罗之。君子万年,福禄宜之。"这里的"鸳鸯于飞,毕之罗之"兴起的是对新婚的贺喜和祈福,与前面几例相对固定的用法不同。也许在此例中,其兴象核心不在"飞",而在"鸳鸯",所谓"鸳鸯,匹鸟也"。⑥

《诗经》中还有些其他写鸟类"飞翔"的起兴句,虽没有采用"××于飞"的固定句式,但以"鸟飞"的兴象所引起的集体记忆,构成了诗章相对统一的抒情氛围和情感基调;诗人在此基础之上,既遵循着某种符合社会文化规约的套路,同时,又有根据特定现实需要的即兴发挥和创作,从而形成对相似情感、情调的多种多

---

① 程俊英:《诗经译注》,上海:上海古籍出版社,2004年版,第40页。
② (清)阮元校刻:《十三经注疏·毛诗正义》,北京:中华书局影印本,1980年版,第302页。
③ (宋)朱熹:《诗集传》,上海:上海古籍出版社,1987年版,第14页。
④ (清)阮元校刻:《十三经注疏·毛诗正义》,北京:中华书局影印本,1980年版,第431页。
⑤ (宋)朱熹:《诗集传》,上海:上海古籍出版社,1987年版,第81页。
⑥ (宋)朱熹:《诗集传》,上海:上海古籍出版社,1987年版,第109页。

样的表现。如《秦风·晨风》的:"鴥彼晨风,郁彼北林。未见君子,忧心钦钦。如何如何,忘我实多。"《小雅·小宛》的:"宛彼鸣鸠,翰飞戾天。我心忧伤,念昔先人。明发不寐,有怀二人。"《小雅·四牡》的:"翩翩者鵻,载飞载下,集于苞栩。王事靡盬,不遑将父。"《小雅·沔水》的:"鴥彼飞隼,载飞载止。嗟我兄弟,邦人诸友。莫肯念乱,谁无父母。"《豳风·九罭》的:"鸿飞遵渚,公归无所,于女信处。"在这些诗章中,大多抒发的也还是"怀人"(特别是"怀父母")"怨奔波"的情感内容,以及悲怨、伤感的情绪。同样,在《周易·渐》的九三爻辞亦有"鸿渐于陆,夫征不复,妇孕不育"这样类诗的表述。

除了用鸟的"鸣叫"和"飞翔"作为兴象的核心,鸟的"集止"也是《诗经》兴辞中经常出现的重要兴象。

通过上文的分析我们知道,鸟"飞"的兴象主要在于兴起"'远行''怀人'的情感内容,以及悲怨、伤感的情绪"。而在《诗经》兴辞中,鸟的"集止"兴象也具有与之相近似的情感内涵。

在《诗经》的《国风》和《小雅》中,带有鸟的"集止"兴辞的典型诗章如:

1.《唐风·鸨羽》首章:"肃肃鸨羽,集于苞栩。王事靡盬,不能蓺黍稷。父母何食?悠悠苍天,曷其有极?"《小序》说:"《鸨羽》,刺时也。昭公之后,大乱五世,君子下从征役,不得养其父母,而作是诗也。"① 朱熹《诗集传·鸨羽》认为此诗的创作是"民从征役而不得养其父母,故作此诗"。② 诗中叙写从征役、思父母之义甚明。

2.《秦风·黄鸟》首章:"交交黄鸟,止于棘。谁从穆公?子车奄息。维此奄息,歼我良人! 如可赎兮,人百其身!"据《左传·文公六年》载:"秦始任好卒,以子车氏之三子奄息、仲行、鍼虎为殉,皆秦之良也。国人哀之,为之赋《黄鸟》。"③ 可见,《秦风·黄鸟》的作义亦可谓"凿凿有据"。但它与"远行"有什么关系呢?其实,这首诗应是一首生者对死者临别送死的"哭歌"。后来王粲以此为题材而作的《咏史诗》最是贴近《秦风·黄鸟》的本义:"秦穆杀三良,惜哉空尔为。结发事

---

① (清)阮元校刻:《十三经注疏·毛诗正义》,北京:中华书局影印本,1980 年版,第 365 页。
② (宋)朱熹:《诗集传》,上海:上海古籍出版社,1987 年版,第 48 页。
③ 杨伯峻编著:《春秋左传注》第二册,北京:中华书局,1981 年版,第 546 – 547 页。

明君,受忍良不訾。临殁要之死,焉得不相随?妻子当门泣,兄弟哭路垂。临穴呼苍天,涕下如绠縻。"①送死,无疑是一种别样的送行,其悲愤之情亦可想见。

3.《小雅·黄鸟》首章:"黄鸟黄鸟,无集于穀,无啄我粟。此邦之人,不我肯谷。言旋言归,复我邦族。"《毛传》说:"宣王之末,天下室家离散,妃匹相去,有不以礼者。"②有人依此以为"室家相弃而作"。③ 而朱熹说是:"民适异国,不得其所,故作此诗。"④亦如是。

4.《小雅·绵蛮》首章:"绵蛮黄鸟,止于丘阿。道之云远,我劳如何?饮之食之,教之诲之。命彼后车,谓之载之。"《绵蛮》一篇,《小序》认为是"微臣刺乱也"。⑤《诗集传》说:"此微贱劳苦,而思有所托者,为鸟言以自比也。"⑥方玉润《诗经原始》则以为是"王者加惠远方人士也"。⑦ 虽对其叙写对象的看法还有分歧,但其"行役在外"的悲怨主题却是可以确定的。

将这些诗章的兴辞排列在一起,首先看到的便是它们近乎一致的句法结构,即"××鸟,集(止)于××"。前一句是对鸟的形态描绘,后一句则是对鸟所集止的地方的说明。尽管,兴辞中对鸟的形态描绘也相当得生动传神,而鸟的集止有在草丛灌木,也有在庄稼丘陵,但它们都不是这类兴辞中的核心意象。其兴象核心就是鸟的"集"或"止"。有了这个核心以及围绕它所构成的氛围或场景作为诗章的起兴,便能从一开始就为全章,乃至全诗定下抒情的基调。至于所采用的固定句式,如前所述,是对某种集体观念的语言表现形式。因此,不能随意变更。即便是同样的意象,如用于不同的句式中,其构成的场景、引发的情调也会随之有所变化,甚至会兴起截然不同的情感主题。如同样是"集""止"的意象,《陈风·墓门》二章的兴辞"墓门有梅,有鸮萃止"兴起的是对不良之人的谴责,而《小雅·车舝》二章"依彼平林,有集维鷮"的起兴,兴起的却是对燕尔新婚的美好情感。

至于在《诗经》时代,人们为什么用对鸟的飞翔和集止的歌咏来兴起表达远

---

① 俞绍初:《王粲集》,北京:中华书局,1980 年版,第 7 页。
② (清)阮元校刻:《十三经注疏·毛诗正义》,北京:中华书局影印本,1980 年版,第 434 页。
③ 陈子展:《诗经直解》下册,上海:复旦大学出版社,1983 年版,第 626 页。
④ (宋)朱熹:《诗集传》,上海:上海古籍出版社,1987 年版,第 83 页。
⑤ (清)阮元校刻:《十三经注疏·毛诗正义》,北京:中华书局影印本,1980 年版,第 498 页。
⑥ (宋)朱熹:《诗集传》,上海:上海古籍出版社,1987 年版,第 116 页。
⑦ (清)方玉润:《诗经原始》,北京:中华书局,1986 年版,第 466 页。

行、怨别等诗情,目前尚无十分确切的、且能通用的解释。①

由以上对《诗经》中"鸟"类兴辞的诗学研究,我们可以做出一个基本的推论:《诗经》中以"鸟"起兴的兴辞包含着某些特定的、且具有普遍意义的观念形态,它们依托于特定的语言形式而存在,并且在诗中,构成特定的兴象核心;诗歌围绕它们所营构的抒情氛围和场景来呈现其意义,从而最终起到调动创作者(或编演者)与欣赏者情感互动的作用。

三、毛传、郑笺对《诗经》"鸟"意象的训释及其诗学影响

《诗经》中的名物可谓品类繁多,在有关《诗经》的传注类著作中,对各种名物的辨识也因此占有重要的位置。产生于两汉时期的毛传、郑笺,对于《诗经》的名物训诂无疑具有奠基的意义。

《诗经》名物中动植物的名目最为丰富,有人统计,《诗经》中直接涉及草木虫鱼鸟兽的就有250篇,占整个诗篇的82%;而以草木虫鸟为篇名的就有110篇,占整个诗篇的三分之一。② 又据余家骥的统计:"在《诗经》中,有草名一百零五条,木名七十五条,鸟名三十九条,兽名六十七条,虫名二十九条,鱼名二十条,共计三百三十五条。"③

毛传、郑笺在对《诗经》动植物的诂训中,对"鸟"的训释有六十四处之多。传、笺互为发明,不仅辨明了《诗经》中各种"鸟"的名实,并且指明其修辞的功能,甚至包括其所具有的主题意义。

这些对"鸟"的训释,对后世传统诗学有关鸟的意象、主题等的发展都产生了极其深刻而又长远的影响。因此,研究这一问题,无疑具有探源和发微的意义。

————————————

① 赵沛霖《兴的源起——历史积淀与诗歌艺术》一文在分析《邶风·燕燕》时说:"以'燕燕于飞'起兴,其意义与原始诗歌'燕燕往飞'所体现的怀念祖先的观念和情感是相一致的。"刘毓庆在《〈诗经〉鸟类兴象与上古鸟占巫术》一文中说:"以鸟的飞行或处止状态以及鸣声占卜吉凶,这是鸟情占卜中常见的现象。这种鸟情,在鸟占中具有怎样的意义,我们不好确定。但从诗之情绪上看,它与离别有关。"(《文艺研究》2001年第3期第135页)

② 孙关龙:《〈诗经〉草木虫鱼研究回顾——兼论〈诗经〉草木虫鸟文化》,见中国诗经学会编《第四届诗经国际学术研讨会论文集》,北京:学苑出版社,2000年,第78页。

③ 余家骥:《〈诗经〉名物训诂史述略》,《内蒙古师大学报(哲学社会科学版)》1992年第4期。

孔颖达《毛诗正义》说:"诂者,古也;古今异言,通之使人知也。训者,道也;道物之貌以告人也。"并引《尔雅序篇》说:"释诂,释言,通古今之字,古与今异言也。释训,言形貌也。"①马瑞辰在《毛诗传笺通释·杂考各说(一)》中说:"毛公传《诗》多古文,其释《诗》实兼诂、训、传三体,故名其书为《诂训传》。"并举例说明:"尝即《关雎》一诗言之:如'窈窕,幽闲也','淑,善;逑,匹也'之类,诂之体也。'关关,和声也'之类,训之体也。若'夫妇有别则父子亲,父子亲则君臣敬,君臣敬则朝廷正,朝廷正则王化成',则传之体也。"②郑玄作笺,以尊毛为主,又汲取三家诗说,对毛传未明之处作了很多补充和订正。但在体例上仍依毛传,通其名实,道其形貌,辨其修辞,明其义理。

毛传、郑笺对《诗经》中"鸟"的训释亦多遵循这一基本模式。

首先,以词义诂训,辨明"鸟"的类属和特征。

1. 单纯释名。如:《周南·葛覃》之"黄鸟,抟黍也。"《秦风·晨风》之"晨风,鹯也。"《小雅·四牡》之"雏,夫不也。"等。

2. 释名后,再述其形貌、特征。如:《召南·鹊巢》之"鸠,鳲鸠,秸鞠也。鳲鸠不自为巢,居鹊之成巢",《邶风·燕燕于飞》之"燕燕,鳦也。燕之于飞,必差池其羽"等。

3. 单以其物性特征为训。如:《曹风·候人》之"鹈,洿泽鸟也",《小雅·南有嘉鱼》之"雏,一宿之鸟",《小雅·鸳鸯》之"鸳鸯,匹鸟也"等。

这种诂训的方法,在辨明"鸟"的名实、解决基本词义等方面,是有其客观性的,且其所释内容大多与所训鸟类的自然物性有关。这也是由诗歌文本的创作实际所决定的。

其次,以比兴之喻,明确"鸟"意象的修辞功能。

对《诗经》赋、比、兴作出理论概括,盖始于郑玄。孔颖达《诗经正义·毛诗序疏》引郑玄注曰:"赋之言铺,直铺陈今之政教善恶。""比,见今之失,不敢斥言,取比类以言之。""兴,见今之美,嫌于媚谀,取善事以喻劝之。"③但在毛传、郑笺中未

---

① (清)阮元校刻:《十三经注疏·尔雅注疏》,北京:中华书局,1980 年版,第 269 页。
② (清)马瑞辰:《毛诗传笺通释》,北京:中华书局,1989 年,第 5 页。
③ (清)阮元校刻:《十三经注疏·毛诗正义》,北京:中华书局影印,1980 年版,第 271 页。

见明确定义。

毛传虽"独标兴体",但对诗中"鸟"的训释,已有几处以比喻解说兴辞之例。如:

> 《周南·关雎》首章:"关关雎鸠,在河之洲。[毛传]兴也。关关,和声也。雎鸠,王雎也。鸟挚而有别。……后妃说乐君子之德,无不和谐。又不淫其色,慎固幽深,若雎鸠之有别焉。"

> 《邶风·匏有苦叶》二章:"济盈不濡轨、雉鸣求其牡。[毛传]濡,渍也。由辀以上为轨。违礼义不由其道,犹雉鸣而求其牡矣。飞曰雌雄,走曰牝牡。"

> 《秦风·晨风》首章:"鴥彼晨风、郁彼北林。[毛传]兴也。鴥,疾飞貌。晨风,鸇也。郁,集也。北林,林名也。先君招贤人,贤人往之,驶疾如晨风之飞入北林。"

> 《小雅·黄鸟》首章:"黄鸟黄鸟,无集于谷,无啄我粟。[毛传]兴也。黄鸟宜集木啄粟者,喻天下室家不以其道而相去,是失其性。"

如例所示,毛传用"若""犹""如""喻"等喻词,说明了这些"鸟"意象与诗意之间的比兴修辞关系。正如清代陈奂《诗毛氏传疏·葛藟》所言:"曰'若'曰'如'曰'喻'曰'犹',皆比也,《传》则皆曰兴。比者,比方于物。兴者,托事于物。作诗者之意,先以托事于物,继乃比方于物,盖言兴而比已寓焉矣。"[①]

如果说毛传以喻说兴还只是极少的十余例,那么,郑笺则几乎将毛传所标之兴辞全部按比喻加以训解,因而也确立了其以兴为喻的解诗范式。请看示例如下:

> 《邶风·雄雉》首章:"雄雉于飞,泄泄其羽。[毛传]兴也。雄雉见雌雉,飞而鼓其翼泄泄然。[郑笺]兴者,喻宣公整其衣服而起,奋讯其形貌,志在妇人而已,不恤国之政事。"

---

① (清)陈奂:《诗毛氏传疏》第二册,上海:商务印书馆,1934年版,第52页。

《郑风·风雨》首章："风雨凄凄、鸡鸣喈喈。［毛传］兴也。风且雨,凄凄然,鸡犹守时而鸣,喈喈然。［郑笺］兴者,喻君子虽居乱世,不变改其节度。"

《唐风·鸨羽》首章："肃肃鸨羽、集于苞栩。［毛传］兴也。肃肃,鸨羽声也。集,止。苞,稹,栩,杼也。鸨之性不树止。［郑笺］兴者,喻君子当居平安之处。今下从征役,其为危苦,如鸨之树止然。"

可见,毛郑所言"鸟"的比兴之义,既建立在"鸟"的基本物性的基础之上,但又不局限于此。它们是与毛郑对每首诗歌主题的规定紧密相关,因此,也就常常超越"鸟"的自然性,而成为传达儒家诗教观念的媒介。

再次,以美刺为纲,赋予"鸟"意象以诗教内涵。

毛传、郑笺在对诗意的解说上都遵循汉代儒家诗教的传统,将《诗经》作品与政治、道德的教化相结合,所谓"风以动之,教以化之","先王以是经夫妇、成孝敬、厚人伦、美教化、移风俗"(《诗序》);并以此对《诗经》作品做出价值功能的评判,分为美刺两类。朱自清先生说:"《诗序》主要的意念是美刺,《风》、《雅》各篇序中明言'美'的二十八,明言'刺'的一百二十九,两共一百五十七,占《风》、《雅》诗全数百分之五十九强。"①《毛诗》中的《序》是对诗旨的题解,决定着传文对诗意诂训的方向。因此,毛传、郑笺对诗中"鸟"意象的训解,亦多切合《序》文或美或刺的题旨。

如上例的《邶风·雄雉》就是一首"刺"诗。毛传训"雄雉"说:"雄雉见雌雉,飞而鼓其翼泄泄然。"如果不看《序》所言"刺卫宣公也。淫乱不恤国事,军旅数起,大夫久役,男女怨旷。国人患之,而作是诗",我们很难想到,"雄雉"的鼓翼而飞,所指是卫宣公,而不只是"雄雉"鸟性的自然表现。因此,郑笺将此句释为"喻宣公整其衣服而起,奋讯其形貌,志在妇人而已,不恤国之政事",是正合《序》意而作出的合理引申。当然,所谓"合理",是指符合毛公将此诗附会历史而引申出来的政教之理。至于是否符合诗歌创作者的本意,或者说是否符合以"雄雉"意象作为诗章起兴的诗的本意,就另当别论了。

再如《豳风·东山》,是一首"美"诗。《序》说:"周公东征也。周公东征,三年

---

① 　朱自清:《经典讲义·诗言志辨》,北京:中国青年出版社,2009 年版,第 149 页。

而归。劳归士,大夫美之,故作是诗也。一章言其完也,二章言其思也,三章言其室家之望汝也,四章乐男女之得及时也。君子之于人,序其情而闵其劳,所以说之,说以使民,民忘其死,其为《东山》乎?"此诗的三、四两章都有以"鸟"为比兴的诗句。三章云:"鹳鸣于垤、妇叹于室。"毛传解释为"垤,蚁冢也。将阴雨则穴处先知之矣。鹳好水,长鸣而喜也",显然是与《序》所确定的"美"的题旨相吻合的。一个"喜"字,用以摹画室家之妇预感征夫归来的喜悦。然而,面对诗中"洒扫穹室,我征聿至。有敦瓜苦,烝在栗薪。自我不见,于今三年。"的哀叹,郑玄似乎并不认同毛公的"喜"感,而将此句笺为:"鹳,水鸟也,将阴雨则鸣。行者于阴雨犹苦,妇念之则叹于室也。"其以思妇的悲苦叹息为训,也更加贴合歌者的感情。但是,对四章"仓庚于飞、熠耀其羽"的笺注,郑玄还是回到"美"诗的概念之下,笺为"仓庚仲春而鸣,嫁娶之候也。熠耀其羽,羽鲜明也。归士始行之时,新合婚礼。今还,故极序其情以乐之",一派其乐融融了。对于此诗的主题,《齐诗》的看法就与《毛诗》不同。"《齐说》曰:东山拯乱,处妇思夫。劳我君子,役无休止。又曰:东山辞家,处妇思夫。伊威盈室,长股赢户。叹我君子,役日未已。"[1]显然,《齐诗》认为这是一首"处妇思夫"之作,其抒情的基调是"悲"而不是"喜"。如果依此为序,那么对诗中"鸟"意象的训释也定会与毛、郑不同。

黄侃的《训诂学讲词》提出:"小学之训诂贵圆,而经学之训诂贵专。"许嘉璐先生解释说:"所谓圆,就是讲究字词的基本义、概括义……所谓专,即随文而释,是……该字词在此处的具体义。"[2]其实,经学训诂之"专",不只是随文而释的具体义,还应包括贯穿其中的儒家政教伦理的观念义。正是由于有这样的观念义,故而造成在毛传、郑笺对《诗经》"鸟"意象的训诂中,出现因题旨而训释、随题旨而变化的现象。

1. 因诗歌题旨而训释"鸟"性,与"鸟"的自然属性不一致。

正如前文所言,毛郑对诗中"鸟"性的训释,虽都是因题而训,但大多是与所训鸟类的自然物性有关。然而,由于先立美刺的序例,这些训释中也会有为了迎合

---

① (清)王先谦:《诗三家义集疏》(上册),北京:中华书局,1987 年版,第 531 页。
② 参见许嘉璐《研究古代典籍与文化者的福音》,http://news.sina.com.cn/o/2003 - 09 - 30/0745843514s.shtml。

诗的题旨而以假托或编造鸟性来训释诗意的情况。

我们以著名的《周南·关雎》为例。毛传:"雎鸠,王雎也。鸟挚而有别。"郑笺:"挚之言至也。谓王雎之鸟,雄雌情意至,然而有别。"毛郑之所以如此解释,是与《诗序》所确定的诗旨相关。毛公认为此诗是咏"后妃之德"的,而所谓"后妃之德"即其所概括的:"爱在进贤,不淫其色,哀窈窕,思贤才,而无伤善之心焉。"

"雎鸠"作为一鸟名,《尔雅》释为:"雎鸠,王雎也。"郭注:"雕类,今江东呼之为鹗,好在江渚山边,食鱼。"①《说文解字》:"白鷢,王雎也。"《禽经》:"王雎,鱼鹰也,亦曰白鷐,亦曰白鷢。"而《本草纲目》中李时珍的解说则更为全面:"卷四九,鹗。[释名]鱼鹰(禽经)、雕鸡(诗疏)、雎鸠(周南)、王雎、沸波(淮南子)、下窟乌。[时珍曰]鹗状可愕,故谓之鹗。其视雎健,故谓之雎。能入穴取食,故谓之下窟乌。翱翔水上,扇鱼令出,故谓沸波。《禽经》云:'王雎,鱼鹰也。尾上白者名白鷢。'。"②从这一段记述可以看出,"雎鸠"作为一种生长于江渚的水鸟,其天然习性是多方面的,且与后妃之德并无直接的关联。

然而,由于毛郑将"挚而有别"的主题义赋予了"雎鸠",在他们的引领下,后世注诗者不断以"雎鸠"的"挚而有别"之性引申出对后妃之德的层层比附。至朱熹《诗集传》更生发出"雎鸠"具有"生有定耦而不相乱,耦常并游而不相狎"的离奇鸟性。

欧阳修在其《诗本义》中已对此存有疑义:"先儒辨雎鸠者甚众,皆不离于水鸟,惟毛公得之,曰:鸟'挚而有别',谓水上之鸟,捕鱼而食,鸟之猛挚者也。郑氏转释'挚'为'至',谓雌雄情意至者,非也。鸟兽雌雄皆有情意,孰知雎鸠之情独至也哉。或曰:'诗人本述后妃淑善之德,反以猛挚之物比之,岂不戾哉?'对曰:'不取其挚,取其别也。'"③

2. 对"鸟"性的训释随题旨不同而变化,造成同一种"鸟"在不同诗篇中的意象特征不一致。

毛郑对鸟性的训释也会随着诗旨的不同而发生变化。如《唐风·鸤鸠》,

① (清)阮元校刻:《十三经注疏·尔雅注疏》,北京:中华书局影印本,1980年版,第119页。
② (明)李时珍:《本草纲目》(点校本第四册),北京:人民卫生出版社,1981年版,第2673页。
③ (唐)欧阳修:《诗本义》卷一,《四部丛刊》三编,上海:上海书店,1935年版,第485页。

《序》曰:"刺不壹也。在位无君子,用心之不壹也。"首章:"鸤鸠在桑、其子七兮。[毛传]兴也。鸤鸠,秸鞠也。鸤鸠之养其子,朝从上下,莫从下上,平均如一。言执义一则用心固。[郑笺]兴者,喻人君之德当均一于下也,以刺今在位之人不如鸤鸠淑善。"

鸤鸠,即大杜鹃,俗称布谷、郭公、获谷等。这种鸟不会建巢,而将卵产于灰喜鹊、大苇莺、伯劳等鸟的巢中,由其他鸟代孵代育。《召南·鹊巢》所描述的正是这一情形:"维鹊有巢,维鸠居之"。而在《鸤鸠》的传笺中,为了"刺"不壹其德的国君,却将其训为善养其子的模范了。这不仅与《召南·鹊巢》的训释不统一,也有违于"鸤鸠"的自然属性。

3. 随题而释也造成同一种"鸟"在诗中的意象功能不一致。即毛郑会赋予同样的"鸟"意象各不相同的比兴含义。

《诗经》中以写"鸡鸣"开篇的诗共有三首,即《郑风·女曰鸡鸣》《郑风·风雨》和《齐风·鸡鸣》。但由于《诗序》所定的题旨各不相同,所以,传笺中对各篇中"鸡鸣"的比兴之义的训释也大相径庭。

《郑风·女曰鸡鸣》毛序:"女曰鸡鸣,刺不说德也。陈古义以刺今不说德而好色也。"首章:"女曰鸡鸣、士曰昧旦。[毛传]无。[郑笺]此夫妇相警觉以风兴,言不留色也。"

《郑风·风雨》毛序:"风雨,思君子也。乱世则思君子不改其度焉。"首章:"风雨凄凄、鸡鸣喈喈。[毛传]兴也。风且雨,凄凄然,鸡犹守时而鸣,喈喈然。[郑笺]兴者,喻君子虽居乱世,不变改其节度。"

《齐风·鸡鸣》毛序:"鸡鸣,思贤妃也。哀公荒淫怠慢,故陈贤妃贞女,夙夜警戒,相成之道焉。"首章:"鸡既鸣矣、朝既盈矣。[毛传]鸡鸣而夫人作,朝盈而君作。[郑笺]鸡鸣、朝盈,夫人也、君也,可以起之常礼。"

总之,毛传、郑笺虽然以"鸟"的自然属性为训诂的基础,实质上却是与其儒家政教伦理的思想相统一。而以道德礼义为训释的理据,也致使为了符合其主观要求,对一些"鸟"意象在不同诗歌中的训释往往会出现不相一致之处。

毛传、郑笺对《诗经》中"鸟"意象所作的这种以美刺比兴为主的经学式训诂,对后世的诗学影响是多方面的。

首先,毛郑所确立的"鸟"与诗意之间的比兴关联,影响到后世咏鸟诗的创作模式。

自然界的动植物本来与人类创作的诗歌并无必然的意义关联。《诗经》所汇集的周人的歌诗中,采用以自然物象起兴的创作手法,并非都具有道德伦理的意味。有些诗中的自然物象与诗意的关系至今也还是难解的文化之谜。

然而,通过毛传和郑笺的训释,在自然物象与诗意之间明确建立起美刺比兴的意义关联,从而也奠定了儒家对《诗经》经学阐释的典范。这种经学阐释涵盖《诗经》中所有鸟兽草木,也可以说,是毛郑赋予了这些鸟兽草木以美刺比兴的含义和功能。这也与儒家的"诗言志"(《尚书》)"人心之动,物使之然也"(《乐记》)的诗学观相统一。扩大而言之,儒家经学家这种对诗歌中物事与人情关系的价值取向,也造就了中国古典诗歌触物兴情、托物言志的创作传统。

毛郑对"鸟"的阐释也包含于其各种名物训诂之中。其对《诗经》中"鸟"的训解,使得诗中的"鸟"意象区别于单纯的自然物象或诗歌意象,而成为具有丰富的政教内涵和比兴功能的特殊意象。影响所及,后世的咏鸟诗也大多成为诗人寄托深远的托物讽喻之诗,而非单纯歌咏"鸟"的自然物象之美的诗歌。

其次,毛传、郑笺对一些"鸟"意象的比兴阐释,发展成为后世咏鸟诗常见的创作主题。

如毛郑将《小雅·鹤鸣》中"鹤鸣九皋"之句训为比喻"身隐而名著"的贤者,从而奠定了"鹤"在古典诗歌创作中特定的主题,即象征君子高洁的品格和卓立的精神。后世咏鹤、写鹤的诗不少,但大都未出此一主题范围。唐代李远的《失鹤》写道:"秋风吹却九皋禽,一片闲云万里心。"这里的"九皋禽"就是指"鹤",是对《诗经》"鹤鸣九皋"的化用。白居易创作的组诗《池鹤八绝句》,以禽鸟对话的方式,赞美"鹤"卓尔不群的高贵品质。如《鹤答鸡》:"尔争伉俪泥中斗,我整威仪松上栖。不可遣他天下眼,却轻野鹤重家鸡。"《鹤答鸢》:"无妨自是莫相非,清浊高低各有归。鸾鹤群中彩云里,几时曾见喘鸢飞?"可以说"鹤"自《诗经》以后早已成为诗人以其"生成云水性,偶与凤鸾群"(清代佟法海《咏鹤》)的品格为赞美高隐情怀的主题象征物。

再如毛郑对《大雅·卷阿》中"凤凰"的解说。根据《毛序》的说法,《卷阿》是"召康公戒成王"的诗,以"言求贤用吉士也"。诗中第七章:"凤凰于飞、翙翙其羽、亦集爰止。[毛传]凤凰,灵鸟,仁瑞也。雄曰凤,雌曰凰。翙翙,众多也。[郑笺]翔翔,羽声也,亦众鸟也。爰,于也。凤凰往飞翔翔然。亦与众鸟集于所止。众鸟慕凤凰而来,喻贤者所在,群士皆慕而往仕也。因时凤凰至,故以喻焉。"余下三句"蔼蔼王多吉士、维君子使、媚于天子",也正符合郑笺所作的训释。这首诗的主题十分明确,即以"凤凰"喻天子,众鸟喻群士;因凤凰来仪,故群贤毕至。而此诗的第九章:"凤凰鸣矣,于彼高冈。梧桐生矣,于彼朝阳。[毛传]梧桐,柔木也,山东曰朝阳。梧桐不生山岗,大平而后生朝阳。[郑笺]凤凰鸣于山脊之上者,居高视下,观可集止,喻贤者待礼乃行,翔而后集。梧桐生者,犹明君出也,生于朝阳者,被温仁之气,亦君德也。凤凰之性,非梧桐不栖,非竹实不食。"余下二句"菶菶萋萋、雝雝喈喈。[毛传]梧桐盛也,凤凰鸣也。臣竭其力则地极其化,天下和洽则凤凰乐德。[郑笺]菶菶、萋萋,喻君德盛也;雝雝、喈喈,喻民臣和协。"更引申出对"凤凰"之性、君王之德的赞美,以及天下和洽、君臣和协的主题。

其实,关于"凤凰",在毛郑之前已有文献记载。甲骨文中,"凤是帝与王往来的使者"[1]。《荀子》《论语》等的相关论说也证明了"凤为帝使"的说法。而在《庄子》《楚辞》和出土文献中还能看到南方楚地早已存在的崇凤的信仰。至汉代,《说文》《山海经》等文献中也有"凤凰"为神鸟、"见则天下安宁"的解说。因此,可以认为,毛郑对"凤凰"的传笺是在前人历史积淀的基础上,结合儒家政教伦理所作的合乎礼义的解释。而随着《毛诗郑笺》影响的扩大,逐渐确定为"凤凰"诗歌创作的主题之一,即企望君主清明、天下安宁、群贤毕集、其乐融融。后世"凤凰"诗歌也多有对这一主题的咏唱。如韩愈《岐山下诗》中的"丹山五彩羽,其名为凤凰。昔周有盛德,此鸟鸣高冈。和声随祥风,窈窕相飘扬";欧阳修的《咏凤诗》"南山有鸣凤,其音和且清。鸣于有道国,出则天下平";等等。

其他,在毛传、郑笺中还有以"止则相耦,飞则为双"的"鸳鸯"喻"大平之时,交于万物有道,取之以时",以"鸿雁于飞,哀鸣嗷嗷"写征夫"劬劳于野"的悲叹等,也都成为后世常见的诗歌主题。

再次,毛郑以美刺解诗的原则,影响到后世咏鸟诗对"鸟"意象的善恶选择。

王逸《楚辞章句》的《离骚经序》说:"《离骚》之文,依《诗》取兴,引类譬喻。故善鸟香草,以配忠贞;恶禽臭物,以比谗佞;灵修美人,以媲于君;宓妃佚女,以譬

---

① 张光直:《青铜挥麈·作为巫具的鸟》,上海:上海文艺出版社,2000年版,第321-322页。

贤臣;虬龙鸾凤,以托君子;飘飘云霓,以为小人。"①

刘勰《文心雕龙·比兴》也说:"《关雎》有别,故后妃方德;鸤鸠贞一,故夫人象义。义取其贞,无从于夷禽;德贵有别,不嫌于鸷鸟;明而未融,故发注而后见。……楚襄信谗,而三闾忠烈,依诗制骚,讽兼比兴。"②

二人都认为屈骚继承了《诗经》的比兴传统,不仅以禽鸟等物象作为比兴的材料,且按照美刺的原则将用于比兴的自然物象都分出善恶的不同。事实上,毛郑对《诗经》中"鸟"的训诂也的确多按美刺比兴之义分别善恶。

其所谓善鸟之喻,如:以"雎鸠"的"挚而有别"喻"后妃说乐君子之德"(《关雎》);以"黄鸟"的喈喈飞鸣"兴女有才美之称,达于远方"(《葛覃》);以"鸡"的守时而鸣"喻君子虽居乱世,不变改其节度"(《风雨》);以"隼"的"飞乃至天"喻"士卒尽勇,能深攻入敌也"(《采芑》);以"鹤"的"鸣于九皋、声闻于野"喻"贤者虽隐居,人咸知之"(《鹤鸣》);以"桑扈"的"飞而往来有文章"喻"君臣以礼法威仪升降于朝廷,则天下亦观视而仰乐之"(《桑扈》);以"凤凰"飞至、众鸟集止喻"贤者所在,群士皆慕而往仕也"(《卷阿》);以"鹭"的振飞"杞宋之君,有洁白之德,来助祭于周之庙,得礼之宜也。其至止亦有此容,言威仪之善如鹭然"(《振鹭》);等等。

其所谓恶禽之喻,如:以"枭""鸱"之恶声,喻"褒姒之言无善"(《瞻仰》);以"鸮"集于梅上而鸣,"以喻陈佗之性本未必恶,师傅恶而陈佗从之而恶"(《墓门》);以"鸢"飞而至天,喻"恶人远去不为民害"(《旱麓》);以"鸳之性贪恶而今在梁。鹤洁白而反在林"相对比,"兴王养褒姒而馁申后,近恶而远善"(《白华》)。

这些对"鸟"意象所作的善恶的训释,与作品共同构成了有关"鸟"的诗歌意象的文化认知和态度,表现于后世咏鸟诗歌中,即多以善鸟比善人、善事,以恶禽比恶人、恶事,褒贬讽喻,界限分明。咏"善鸟"的,如前文所举的"鹤""凤凰"等诗例,而写"恶禽"的,如南朝鲍照《代空城雀》诗:"高飞畏鸱鸢,下飞畏网罗。"杜甫《北征》诗:"鸱鸟鸣黄桑,野鼠拱乱穴。"韦应物《鸢夺巢》诗:"野鹊野鹊巢林梢,鸱鸢恃力夺鹊巢。吞鹊之肝啄鹊脑,窃食偷居还自保。凤凰五色百鸟尊,知鸢为害

---

① (宋)洪兴祖:《楚辞补注》上,北京:中华书局,1957年版,第8-9页。
② 周振甫:《文心雕龙注释》,北京:人民文学出版社,1981年版,第394页。

何不言。"明代王廷陈《咏怀》:"民食美刍豢,鸱鸢甘臭陈。"等皆是。

四、楚地的凤鸟文化与屈骚的飞鸟兴喻

(一)楚地的凤鸟文化

早期文献中已透露出古代南方与"凤"有着某种特殊的关系。《庄子·秋水》载有:"南方有鸟,其名为鹓鶵,子知之乎?夫鹓鶵发于南海而飞于北海,非梧桐不止,非练实不食,非醴泉不饮。"鹓鶵为鸾凤之属,且在庄子的记述中已表现出非凡神异的品行。《山海经·南山经》云:"又东五百里,曰丹穴之山,其上多金玉。丹水出焉,而南流注于渤海。有鸟焉,其状如鸡,五采而文,名曰凤皇,首文曰德,翼文曰义,背文曰礼,膺文曰仁,腹文曰信。是鸟也,饮食自然,自歌自舞,见则天下安宁。"言凤凰五彩皆为道德之文。又云:"东五百八十里,曰南禺之山,其上多金玉,其下多水。有穴焉,水春辄入,夏乃出,冬则闭。佐水出焉,而东南流注于海,有凤皇、鹓鶵。"《大荒南经》也有"有载民之国。帝舜生无淫,降载处,是谓巫载民。巫载民盼姓,食谷,不绩不经,服也;不稼不穑,食也。爰有歌舞之鸟,鸾鸟自歌,凤鸟自舞"的记载。可见,鸾凤在早期的神话传说中不仅属于神鸟,其自歌自舞更是载民之国安居乐业、太平吉祥的表征。还有西汉焦延寿所著《焦氏易林》"贲之"云:"凤生五雏,长于南郭。"东汉班固《白虎通·五行》有"时为夏,夏之言大也。位在南方。其色赤。其音徵,徵,止也,阳度极也。其帝炎帝者,太阳也。其神祝融,祝融者,属续。其精为鸟,离为鸾。"。这些文献中所记载的"凤"类的鸟均出于南方或长于南方,可见,南方的凤鸟文化由来已久,且对其为高尚、祥瑞之鸟的认知也流传至广。

近世的考古发现也从实物的方面很好地印证了这些文献的记载。1991年,湖南省考古所在怀化地区黔阳县高庙挖掘了一处距今7000多年的新石器时代早期遗址,出土了绘有凤鸟纹的陶器(湖南省考古研究所资料,发掘者贺刚先生1996年在一次学术会议上提供)。比高庙遗址年代略晚,但仍属新石器时代早期的是1986年春在长沙县南托乡三兴村发掘的一处遗址,出土了绘有鸟纹的陶器。如一件彩陶罐的腹部,绘有一只长尾鸟。可惜鸟身残毁,仅存头、尾。但从其尖喙、长尾的形状来看,应是凤鸟之形。在另一些陶釜、陶碗之上,也有若干或具体或抽象的凤鸟纹。1955年出土于湖北省天门市石家河的罗家柏岭遗址的一件环形玉雕

凤和同属于石家河文化遗存的澧县孙家岗 14 号墓中佩形玉雕凤。毋庸置疑,江汉地区的先民早在距今 7000 年前就已形成了崇凤的文化传统。

楚人是从中原南迁至河南西南部丹水流域的一支祝融的部落,迁徙时间大致是从夏至商代晚期。《国语·郑语》载祝融后裔有八姓,"其后中微,或在中国,或在蛮夷,弗能纪其世。"《左传·昭公十二年》中记载楚灵王时右尹子革的一段话:"昔我先王熊绎,辟在荆山,筚路蓝缕,以处草莽;跋涉山林,以事天子。唯是桃弧棘矢,以共御王事。"熊绎大致属于周成王中期。《史记·楚世家》:"举文、武勤劳之后裔,而封熊绎于楚蛮,封以子男之田,姓芈氏,居丹阳。"在熊绎之前楚国一直未被中原政权承认,中原视楚为蛮夷;熊绎之后,楚国才正式成为周天子分封的诸侯国。此后楚国的历代君王经过连年征战,开疆辟土,国力日渐兴盛,终于在楚庄王时期,成为"问鼎中原"的春秋霸主。楚国在长期的征伐和兼并战争中,不断与其他地域的文化融合,如"巴蜀""百越""百淮"等,从而形成了独具特色的楚文化。而产生于新石器时代的凤鸟文化,经历了漫长的历史的变迁和文化的融合,最终经过楚人继承和发展,形成了独具特色的、盛行于春秋战国时期的楚凤文化。具体表现在:

首先,凤鸟图案广泛地存在于出土的楚国春秋战国时期的各种器物之上。漆器、青铜器、玉器、丝织品,或饰以凤纹,或本具凤形;其中富有代表性的,如奇特精美、身形硕大的木胎漆绘凤雕像,迄今也已出土不少。仅出自江陵雨台山楚墓的就有 36 件,而在江陵马山 1 号楚墓所出的丝织品上,则有众多奇艳华贵的彩凤耀人眼目。

其次,楚凤体态丰繁,身形不一。燕雀型、鹤型、鸿雁型、雄鸡型、锦鸡型、大鹏型、鸥袅型等皆有之。虽有万千之态,但身形大抵轻灵活泼、奔放雄健。其昂首张翼,或呈嘶鸣之状,或显歌舞之态,宛然自由生命的象征。如在江陵马山 1 号楚墓出土的 18 幅刺绣纹样中,凤与龙斗的有 8 幅,其中凤进龙退、凤胜龙败的 5 幅,势均力敌的 3 幅。更有甚者,在一件绣罗禅衣上,有着一凤斗二龙一虎的纹样。① 这幅绝妙的凤龙虎会战图,充分展现了凤非凡的神通和法力。而虎座立凤雕像,凤鸟高大威武而虎矮小卷伏于地,可见楚人对凤鸟的崇敬。"集壮、美、奇于一身,令

---

① 张正明:《楚文化史》,上海:上海人民出版社,1995 年版,第 178—179 页。

观者神旺"。于 1949 年在战国楚墓中出土的著名的《龙凤仕女图》帛画中的凤,昂首展翅,长尾自然地向上翻飞,充满着生机和力量。

再次,楚人以独特的艺术的形式展现凤鸟的象征意义。如长沙出土的一件战国时的凤纹漆盘,畅游于祥云中的双凤呈 S 形,长冠相触,如影随形,互为呼应,给人以欢快自由、幸福吉样的感觉。这种成双成对的形象,可以说是我国颇富民族特色的"喜相逢"图案的原始。① 再如包山楚墓出土的一件富丽华贵的凤鸟双联杯,其造型为一展翅的凤鸟,双翅负双杯。两杯有孔相通,若盛酒则一盈俱盈,若饮酒则一亏同亏。这应是用于婚姻的合卺礼仪器皿。② 楚地巫风炽盛,楚人多幻想奇思,赋凤以神异的性状,寄喻自己的意念,也在情理之中。"楚人把凤设想成我们现在从楚国文物上所看到的那些模样,无非因为他们相信凤同他们这个民族有一种神秘的亲缘关系,所以把自己认为美好的特性和特征都给了凤。"③

凤鸟是楚人心目中高贵的神鸟。楚人深信自己的祖先是祝融,而祝融正是凤的化身。楚人认为凤鸟具有导引人灵魂飞升的神奇力量,因此楚衣物、葬器均绣凤雕凤,显示凤鸟有至高无上的地位。如上文所述,出土的楚文物如"人物龙凤帛画""虎座凤鸟鼓架""彩绘对凤纹漆耳杯"等均有凤鸟图纹,且多为楚国王公贵族的陪葬之物。在现实中,楚人也常用鸾凤来比拟具有高尚志趣的人。根据《史记·楚世家》记载,楚庄王三年不出号令,大臣伍举因此上言进谏,引"有鸟在于阜,三年不飞不鸣"问于庄王,楚庄王顺势回答:"三年不飞,飞将冲天;三年不鸣,鸣将惊人"。

(二)屈骚的飞鸟兴喻

屈原被流放于江滨,忧思罔极,于是透过诗的世界表达内心的悲愤和抑郁。诗人"因归鸟而致辞"(《思美人》),常将飞鸟的意象与情感融合一体,生动的飞鸟形象和鲜明的对比手法,饱含政治理想与抱负无法实现的悲哀,也进一步突显出作者深刻的悲愤情志。

屈原作品的意象思维深刻凝炼,鸾鸟凤凰,燕雀乌鹊,既托物以比兴,更寓情

---

① 徐华铛:《中国龙凤》,北京:中国轻工业出版社,1998 年版,第 8 页。
② 黄文进、黄凤春:《包山 2 号楚墓礼俗二题》,《江汉考古》,1989 年,第 2 期。
③ 张正明:《楚史》,武汉:湖北教育出版社,1996 年版,第 16 页。

而写志。分析屈骚中飞鸟的喻意则主要可从"意象"与"文化"两方面解读:一方面,作为"文学意象"中的飞鸟显然是屈原政治遭遇的比附。鸡鹜翔舞的杂群乱象,是诗人对现实世界中小人得志、忠佞不分的形象批判。另一方面,作为"楚文化"图腾的凤鸟,是楚人敬祖尊本的具体象征。强化凤凰祥瑞的特征,并赋予它理想化的人格精神,是屈原独特的诠释。屈原作品中提到凤凰的地方大约有 14 次,单《离骚》一篇即三致意。高飞远游的凤鸟形象,具体深刻的表现了激越的楚文化意蕴。

1. 神鸟、凡鸟与忠佞意象的比附

"飞鸟"在屈骚作品中所扮演的角色一如王逸《离骚经序》所言:"善鸟香草,以配忠贞;恶禽臭物,以比谗佞。"①屈骚刻意突显"善鸟"与"恶禽"的鲜明对比,往往影射现实世界中是非颠倒、黑白不分、忠佞易位的实况。作品中提及的"善鸟"有:鸾鸟、凤凰、鸷鸟、黄鹄、玄鸟等。"恶禽"则有:鸱鸮、鸡、燕雀、乌鹊、凫雁、鸩、鸠等。悲愤的屈原显然自伤不遇于时,故托意寓情于飞鸟意象之中,展现一个悲剧性格的诗人内心世界的冲突。如《涉江》:"乱曰:鸾鸟凤凰,日已远兮。燕雀乌鹊,巢堂坛兮。"对比强烈,发抒愤慨于世道浑浊,悲叹自己于生不逢时。

虽说天地不仁,飞鸟本无善恶之分。然而在屈原作品中,从凤凰到鸡鹜,屈原显然想透过"神鸟"与"凡鸟"的对举,展现人的超凡与平凡的不同区别;同时,也映衬现实世界黑白是非的深刻矛盾。如《怀沙》云:"变白而为黑兮,倒上以为下。凤皇在笯兮,鸡鹜翔舞。同糅玉石兮,一概而相量。"将鸾鸟、凤凰与燕雀、乌鹊并论,以同揉玉石之喻,藉以为对贤智与小人的比拟,显示善恶不分的政治混乱。再如《悲回风》云:

鸟兽鸣以号群兮,草苴比而不芳。鱼葺鳞以自别兮,蛟龙隐其文章。

是以飞鸟走兽群鸣相呼之时,贤人犹如芳草合叶般沉默无言,来比喻俗人谗口众多,君王却往往被蒙蔽,而忠直的贤者往往隐而不芳。所以可见屈原运用"飞鸟"象征的诗句,无不流露出其内心深切的政治热诚。

---

① (宋)洪兴祖:《楚辞补注》上,北京:中华书局,1957 年版,第 8－9 页。

2. 人格理想的表征

屈原在作品中营造了一个奇特夸张的神游世界,也塑造了人格化的凤凰意象。《离骚》一篇之中多次以凤鸟为喻,表白取向高尚的意志和精神:

鸾鸟为余先戒兮,雷师告余以未具。吾令凤鸟飞腾兮,继之以日夜。
凤凰既受诒兮,恐高辛之先我。欲远集而无所止兮,聊浮游以逍遥。
扬云霓之蔼蔼兮,鸣玉鸾之啾啾。朝发轫于天津兮,夕余至乎西极。
凤凰翼其承旗兮,高翱翔之翼翼。

王逸注曰:"鸾,俊鸟也;皇,雌凤也。以喻仁智之士。"在诗中,凤凰、鸾鸟已不只是神话中的神鸟,而成为能够协助诗人追求理想、孜孜求索的仁智之士的化身,屈原是将他们与代表乱臣贼子的乌鹊等恶禽相对比,希望能够与志同道合者同行。

又如《九章·涉江》:

乱曰:鸾鸟凤凰,日已远兮。燕雀乌鹊,巢堂坛兮。露申辛夷,死林薄兮。腥臊并御,芳不得薄兮。阴阳易位,时不当兮。怀信侘傺,忽乎吾将行兮。

王逸注云:"鸾鸟,俊鸟也。有圣君则来,无德则去,以兴贤臣难进易退也。"

其后,宋玉《九辩》中亦承继屈骚中凤凰意象的高傲姿态以抒抑郁之感怀:

谓骐骥兮安归?谓凤凰兮安栖?变古易俗兮世衰,今之相者兮举肥。
骐骥伏匿而不见兮,凤凰高飞而不下。鸟兽犹知怀德兮,何云贤士之不处?骥不骤进而求服兮,凤亦不贪餧而妄食。

宋玉作《九辩》本为"贫士失职而志不平"发出不平之叹,其中以"凤凰安栖"为喻,显然是延续屈原"善鸟"意象而来。王逸因此于"凤高飞而不下"句注云:"智者远游,之四方也。"此中之意旨无疑延续屈原《离骚》借"凤凰"以为仁智之士的意象象征;更以凤凰的失落,抒发心中抑郁的悲愤。

屈原借助于神奇意象的营造,使情感的表现带有某种的暗喻性,因而形成了诗歌超乎现实之上的虚幻色彩。其中,他的飞鸟意象突破了《诗经》的比兴传统,引类譬喻,将飞鸟意象赋予了典型化的思想与情感;善鸟恶禽以比忠奸的意象建构,更丰富了飞鸟意象以及飞鸟诗歌的文化内涵。自屈原之后,以"善鸟比忠贞,恶禽比奸佞"的意象逐渐成为文人诗歌中一种母题性的意象,也创出古代"飞鸟诗"中"凤凰"意象的一大特色。

第二节　两汉魏晋南北朝"飞鸟"寓意系统的建构和创新

两汉魏晋南北朝,是我国古代"飞鸟诗"创作最具变化和最有发展的时期。一方面,在"飞鸟诗"中大量采用经史文籍中的飞鸟形象入诗,并将其转化为诗的意象;另一方面,也创作出了许多新鲜真切的飞鸟意象,形成了新的飞鸟意象系列。

一、两汉诗歌中"飞鸟"意象创作的文人化倾向

一般认为,现存的两汉诗歌主要包括两大部分,即乐府民歌和文人歌诗。两汉民歌虽多源于民间创作,然而其中言及"飞鸟"的诗与《诗经》相比真可谓少之又少,只在极少的几篇作品中有"飞鸟"意象。如有诘屈难懂的咏雉诗《鼓吹曲辞·雉子斑》,也有感念先人的《琴曲歌辞·仪凤歌》;既出现了不同于《诗经》比兴意象的白鹄(《艳歌何尝行》)、孔雀(《古诗为焦仲卿妻作》),也有类似《诗经·鸱鸮》的"鸟言诗"①《相和曲辞·乌生》。但从对后代"飞鸟"意象创作的影响来看,它们的力量实在太微弱了。

与之相较,两汉文人诗歌中采用的"飞鸟"意象要更为丰富,在用法上也多能

---

① 钱钟书说:"在中国古代文学作品里,'禽言'跟'鸟言'有点分别。'鸟言'这个名词见于《周礼》的《秋官司寇》上篇,想象鸟儿叫声就是在说它们鸟类的方言土话。像《诗经》里《豳风》的《鸱鸮》和皇侃《论语集解义疏》卷三所引《论释》里的'雀鸣喈喈喈喈',不论是别有寄托,或者是全出附会,都是翻译'鸟言'而成的诗歌。……模仿着叫声给鸟起一个有意义的名字,再从这个名字上引申生发,来抒写情感,就是'禽言'诗,像元稹的《思归乐》和白居易的《和思归乐》,或清人乐钧《青芝山馆诗集》卷一多至三十八首的《禽言》。"(《宋诗选注》,北京:生活·读书·新知三联书店,2002年版,第242－243页。)

在承袭中有所发明。汉初,汉高祖作楚歌《鸿鹄》,将两种高飞之鸟并举,既取《诗经·鸿雁》中的远征之意,又取《楚辞·卜居》("宁与黄鹄比翼乎? 将与鸡鹜争食乎?")的比德之喻,创造出"鸿鹄高飞,一举千里"的动人意象,成为后代诗歌中不断出现的"高鸟"意象的滥觞。

至汉末,此一"鸿鹄高飞"的意象,又与《山海经》中"比翼鸟"的传说(《山海经·海南经》:"比翼鸟在(结匈国)其东,其为鸟青、赤,两鸟比翼。一曰在南山东。"又《西山经》:"崇吾之山......有鸟焉,其状如凫,而一翼一目,相得乃飞,名曰蛮蛮,见则天下大水。")相结合,在文人诗中生发出"黄鹄比翼"的新意象,并成为象征夫妻、情侣和朋友间相思离别情意的诗意符号。如古诗《西北有高楼》的"愿为双鸿鹄,奋翅起高飞"、《步出城东门》的"愿为双黄鹄,高飞还故乡"、《李陵录别诗二十一首》其六的"愿为双黄鹄,送子俱远飞"等皆是。

而另一个与之相关的"鸿雁南翔"的意象,也在此时的诗歌创作中渐渐定型。有关鸿雁随季节迁徙的记载早在《礼记·月令》中就已经出现了:"孟春之月......鸿雁来;季秋之月......鸿雁来宾;季冬之月......雁北乡。"候鸟随季节的迁徙本来只是一种自然现象,但对于古代农耕社会的人们来说,却成为表明季节变换的最典型的物候特征之一。于是,鸿雁就与人的生活发生了更为密切的关联。雁来而春至,雁去而冬来;诗人由此而感发己心,将它写入诗章。《诗经·小雅·鸿雁》就以"鸿雁于飞"的兴象引起对征人在外劬劳的悲叹。号为"悲秋之祖"的宋玉《九辩》则更以"雁壅壅而南游兮,鹍鸡啁哳而悲鸣"的描写,渲泄"贫士失职"的失意怅惘之情。而在汉代文人诗的创作中,南来北往的"鸿雁"在引发两汉诗人独特的情感体验的同时,也被赋予了更多的象征意义。武帝刘彻的《秋风辞》籍"秋风起兮白云飞,草木黄落兮雁南归"的秋之意象,不仅渲染出浓郁的悲情,还融入屈原《离骚》中"惟草木之零落兮,恐美人之迟暮"的诗意,引发青春难再、老之将至的感慨,极大地丰富了此类"悲秋"诗歌的内涵。在堪称汉末佳作的蔡琰《胡笳十八拍》中,女诗人身遭离乱、被掳胡地,仰望大雁迁飞而日日思归,吟唱出"雁南征兮欲寄边声,雁北归兮为得汉音,雁飞高兮邈难寻,空断肠兮思愔愔"的诗句,叨叨絮絮,悲悲切切,激昂酸楚,自成一体。此外,东汉班固在《汉书·苏武传》中所叙写的"雁足传书"的动人故事,也为"鸿雁"的文学意象增添了颇具诗性情怀的要素。

两汉其他采用飞鸟意象创作的诗歌,如朱穆的《与刘伯宗绝交诗》继《诗经·

鸱鸮》《庄子·秋水》之后,仍把"鸱鸮"看作是"饕餮贪污,臭腐是食。填肠满嗉,嗜欲无极"的恶禽,并以之为诗歌意象来讥刺无行之人。张衡《思玄诗》则以"鸣鹤交颈,雎鸠相和"的传统意象抒写了"处子怀春"的意趣。而司马相如所作的《琴歌二首》,大胆突破《诗经》、屈宋楚辞中"凤凰"的意象传统,借《尔雅》"雄凤雌凰"之说,铺衍出遨游四海的"凤求凰"的靡丽情节,并以他和卓文君的传奇爱情故事为其脚注,一举改变了"凤凰"只是比德、呈祥的神圣象征,使之更成为点染人间美好爱情的动人意象。后代诗中以"凤凰合鸣"喻新婚和美的,如"比翼和鸣双凤凰,欲栖金帐满城香。"(卢纶《王评事驸马花烛诗》)"交颈文鸳合,和鸣彩凤连。"(梁铉《天门街西观荣王聘妃》)等;而以"离鸾别凤""鸾凤分飞""分鸾""孤凤忆离鸾"等写夫妻或情人分离的深深愁怨或绵绵思心的,如"离鸾别凤烟梧中,巫云蜀雨遥相通。幽愁秋气上青枫,凉夜波间吟古龙。"(李贺《琴曲歌辞·湘妃》)"鸾凤分飞海树秋,忍听钟鼓越王楼。"(房千里《寄姜赵氏》)"礼娶嗣明德,同牢夙所钦。况蒙生死契,岂顾蓬蒿心。……分鸾岂遐阻,别剑念相寻。"(杨衡《夷陵郡内叙别》)"但觉游蜂绕舞蝶,岂知孤凤忆离鸾。"(李商隐《当句有对》)等,可谓比比皆是,渐成定局。

汉代文人诗歌除了对传统"飞鸟"意象的继承和拓展,似只有汉末才子蔡邕的《翠鸟诗》在汉诗创作中创出一种新的"飞鸟"意象和喻义:

> 庭陬有若榴,绿叶含丹荣。翠鸟时来集,振翼修形容。回顾生碧色,
> 动摇扬缥青。幸脱虞人机,得亲君子庭。驯心托君素,雌雄保百龄。

这是我国观存最早的一首咏翠鸟的寓言诗。在这首咏鸟诗中,蔡邕以身形娇小、色彩艳丽的"翠鸟"为自喻的形象,并为"翠鸟"构想出一个有限、然而可以托身的空间。然而,它曾是从猎人追捕下逃脱出来的幸存者,如今愿意把自己的生命托付给若榴树的主人。这首诗可以说是蔡邕自身经历的形象比拟,从中也可以看出汉末文人身处乱世的惶恐之情。全诗所采用的以单只小鸟为喻抒写诗人个体的人生悲怨的写法,极具个性色彩;同时,也从一个侧面,隐约透露出东汉末期文人渐趋精神自觉的历史动向。

二、汉魏六朝"禽鸟赋"对禽鸟意象的类型化创作

与早期诗歌如《诗经》《楚辞》相比,汉魏六朝的"禽鸟赋"已不再只是将"禽鸟"用作比兴的材料,而是作为通篇赋咏的主要对象了。

赋作为文体的出现,最早是战国时荀子作的赋篇。从现存的荀子五篇小赋来看,都是以主客问答的方式分别描写一件事物。即所谓"述客主以首引,极声貌以穷文。斯盖别诗之原始,命赋之厥初也。"(刘勰《文心雕龙·诠赋》)。从一开始就体现了赋是以状物为主的特征,同时,也开启了咏物赋先河。

至汉代,赋体文学渐趋于繁盛,形成了"写物图貌,蔚似雕画"的总体风貌。刘勰《文心雕龙·诠赋》说:"汉初词人,顺流而作。陆贾扣其端,贾谊振其绪,枚马播其风,王扬骋其势,皋朔已下,品物毕图。繁积于宣时,校阅于成世,进御之赋,千有余首,讨其源流,信兴楚而盛汉矣。"所谓"品物毕图",即将各种物类全部用赋来描绘。因此,从总体来看,赋体文学就是以写物为其专长的。无论是骚体赋、大赋还是小赋,"体物写志"是它们共同的内容要求。

在以状物为主的赋体文学大的创作背景下,题材上又别出一类,即以专咏某物为主要内容的单题咏物的咏物赋(当时并无此概念)。其体制较综合性的大赋要短小,内容也更为专一。我们仅据费振刚主编《全汉赋》收录的 293 篇两汉时期的作品中,咏物赋就有 69 篇之多,且题材广泛。其单篇所咏既有生活用具,如书、扇、屏、笔、棋、灯、杖、几、衣、炉、琴等,又有动植物,如鹏鸟、鹤、鹿、雀、蝉、鸿、马、鹦鹉、龙等,还有霖雨、温泉、风、暑,有酒、梨、果等。魏晋以后,大赋衰微,而咏物的小赋却有着长足的发展。严可均的《全上古三代秦汉三国六朝文》收录的魏晋六朝时单题咏物赋就有 512 篇,占此时全部六朝赋作 1156 篇的 44.3%,接近一半。①

"禽鸟赋"是这一时期咏物赋中的一个重要组成部分。不仅作品数量多,创作水平高,且参与创作的诗人作家也人数众多,真可谓作品纷呈、作家云集。我们从台湾吴仪凤《咏物与叙事——汉唐禽鸟赋研究》书中的《历代禽鸟赋目录》所列篇目统计出:汉魏禽鸟赋共有 33 篇(其中已佚 7 篇,存疑 2 篇,残篇 1 篇),两晋禽鸟

---

① 有关数据参考王琳的《六朝辞赋史》,黑龙江教育出版社,1998 年版。

赋共有 49 篇(其中已佚 1 篇,逸句 4 篇),南北朝禽鸟赋共有 29 篇(其中逸句 4 篇),合计有 111 篇之多。

自汉初至东汉末创作禽鸟赋的作家有贾谊、王褒、刘向、傅毅、班固、班昭、张衡、赵壹等 14 人,建安时有阮瑀、王粲、陈琳、应玚、杨修和三曹父子等 8 人。两晋时创作最丰,作者包括阮籍、傅玄、孙楚、羊祜、钟会、左芬、成公绥、张华、傅咸、夏侯湛、潘岳、嵇含、挚虞、卢谌、顾恺之、桓玄等约 30 人。南北朝时期的禽鸟赋几乎都是南朝作家创作的,属于北朝的只有 2 人,即魏澹和卢思道,而南朝作家则包括谢灵运、谢惠莲、刘义庆、颜延之、谢庄、鲍照、谢朓、江淹、沈约、何逊、萧子辉、萧统、萧纲、萧绎、庾信、徐陵、陈叔宝等 20 余人。

在以往的赋学研究中,有关禽鸟赋的论述和评说主要见于以下几种形式。一是在赋史中论及;二是研究汉魏六朝咏物赋的论著、论文中包含相关论述;三是对诗人作家赋作的研究中有所涉及;四是对某一篇或一类禽鸟赋的研究论文;五是关于禽鸟赋的总体研究的专著、专论。其中,关于禽鸟赋的专著、专论,少之又少,且各有侧重。

王德华《唐前辞赋类型化特征的文体思考》一文中指出:"唐前赋体创作的类型化特征不仅充分表现在作品创作中,同时已被当时的文学批评所论及,在创作与批评上都是一个十分引人注目的现象。""本文所言唐前辞赋类型化,是指唐前辞赋同类题材代有继作,一方面表现为主题或曰题材的一致,另一方面也具有大致相同的外在体式,在内容与形式两个方面历时地呈现出类型化的特征。"①

(一)赋题雷同的现象较为普遍

比较集中的,如咏"鸡"和"雉"的赋有 17 篇,咏"鹦鹉"的有 15 篇,咏"鹤"的有 6 篇,咏"鸿""鹄"和"雁"的有 7 篇,咏"鸳鸯"的有 4 篇,其他还有 3 篇、2 篇的。汉魏六朝的禽鸟赋共百余篇,而其中没有雷同的单篇只有 11 篇。

这些作品,既有所谓文人集团的同题共作,也有隔代的因袭、附和之作。

据史料记载,早在西汉景帝时,梁孝王门下就聚集了一批善属辞赋的文人,《史记·司马相如列传》载:"梁孝王令与诸生同舍。相如得与诸生游士居数岁,乃

---

① 王德华:《唐前辞赋类型化特征的文体思考》,《文艺理论研究》,2008 年第 4 期,第 56 – 62 页。

著〈子虚〉之赋。"又《汉书·枚乘传》即言:"梁客皆善属辞赋,乘尤高。"而据《西京杂记》中记载:

> 梁孝王游于忘忧之馆,集诸游士,各使为赋。枚乘为《柳赋》……路乔如为《鹤赋》……公孙诡为《文鹿赋》……邹阳为《酒赋》……公孙乘为《月赋》……羊胜为《屏风赋》……韩安国作《几赋》不成,邹阳代作……邹阳、安国罚酒三升,赐枚乘、路乔如绢,人五匹。①

从这一段记录可以看出:当时已经形成了文人集团中以辞赋相尚的风气,而且他们所创作的也都是以单题咏物为主的辞赋;其中也包含有禽鸟赋。这种以辞赋相尚的风气,至武帝时更为盛行。在武帝身边就聚集了严助、朱买臣、司马相如、吾丘寿王、东方朔等言语侍从。简宗悟的《汉赋史论》中说:"武帝之后,昭、宣、元、成,大体承此遗风,因此辞赋历久不衰。"②

从建安、魏晋到南北朝的文人集团,主要有:以曹操为领袖,以曹丕、曹植为核心的邺下文人集团,贾谧"二十四友",竟陵王萧子良"竟陵八友",昭明太子文学集团,萧纲文人集团,等等。虽然,这些文人集团所处的历史背景不同,文学好尚也有变化,但大都仍以诗赋创作为主体,奉和玩赏,竞相模范,而成为一时之盛。

因此,建安以后,在这些文人集团内部,诗赋的同题创作的情况比较普遍。仅就禽鸟赋而言,如建安邺下集团的成员中,就有阮瑀、王粲、陈琳、应玚、曹植五人同作《鹦鹉赋》;杨修、曹植同作《孔雀赋》;王粲、曹植同作《白鹤赋》;王粲、曹丕同作《莺赋》;王粲、曹操、曹植同作《鹖(鸡)赋》等。又如西晋武帝时,《鹦鹉赋》便有左芬、成公绥、傅玄、傅咸等人之作;《孔雀赋》有钟会、左芬之作;《雉赋》和《山鸡赋》有孙楚、傅玄、傅咸之作;《鹰赋》有傅玄、孙楚、成公绥之作;《雁赋》有孙楚、羊祜之作等。吴仪凤在《咏物与叙事——汉唐禽鸟赋研究》一书中说:"虽然缺乏资料而难以确定这些同题的赋作是在什么样的背景下创作出来的,不过,西晋时宫廷中依然盛行着建安以来那种文人间彼此同题共作的文学风气,这一点是可以确

---

① 成林、程章灿:《西京杂记全译》,贵阳:贵州人民出版社,1993 年版,第 134 - 147 页。

② 简宗悟:《汉赋史论》,台北:东大图书公司,1993 年版,第 212 页。

定的。"①再如梁朝简文帝萧纲、湘东王萧绎、徐陵、庾信四人也有同作《鸳鸯赋》。

　　而那些隔代的因袭、附和之作,大多是由于原创即为名篇;影响所及,后代辞人触类而发,或为共鸣之作,或制新变之篇。比如《鹤赋》,自西汉路乔如首创(见《西京杂记》,存疑),建安有王粲、曹植作《白鹤赋》,西晋孙楚、东晋桓玄都作有《鹤赋》,直到南朝宋时还有刘义庆作《鹤赋》、鲍照作《舞鹤赋》。再如《鹦鹉赋》,汉末祢衡的首创见于史载,而自建安迄于萧梁,跨越几百年,同题附和之作达十五篇;唐以后,作《鹦鹉赋》者更是累世不绝。明代谢榛《四溟诗话》卷三评说:"祢平正《鹦鹉赋》,走笔立成,脍炙千古。"②可谓实情。

　　(二)由于同题共作,加之文体自身特点所限,各篇禽鸟赋在作法上有许多相近和相同之处

　　台湾吴仪凤在对禽鸟赋的专题研究中将作品分成了两类,即咏物体禽鸟赋和叙事体禽鸟赋。并且进一步解释说:"从表面上看来,二者间最主要的区分关键在于作品的写作形态,而并非题材内容上的差别。"③"咏物是透过对物的描写展现个人的思想情感,叙事则是透过故事的叙述而达到某种效果,这种效果可以是一种理念的传达,或个人心志的表露,也可以是娱乐或教育的目的。"④

　　其实,从禽鸟赋的表现方法上讲,与叙事相对应的应是抒情、议论等;而传统的"咏物""咏怀""咏史"等更多还是从题材内容上而言的,即属于创作题材或写作对象的问题。因此,同样是"咏物",就既可以以叙事为主,也可以以抒情、议论为主。所以,"叙事"作为类的属性属于表现手法,是不能与"咏物"属于题材的一类相并列的。

　　单就以咏物为主的禽鸟赋的写作形态而言,大致可以分为托物言志、咏物抒怀和纯咏物三种情况。

　　所谓托物言志的一类,即假托禽鸟的身份、口吻敷衍人间情事。在这一类赋

---

① 吴仪凤:《咏物与叙事——汉唐禽鸟赋研究》,台北:花木兰文化出版社,2007 年版,第 97 页。
② (清)丁福保辑:《历代诗话续编》,北京:中华书局,1983 年版,第 1185 页。
③ 吴仪凤:《咏物与叙事——汉唐禽鸟赋研究》,台北:花木兰文化出版社,2007 年版,第 28 页。
④ 吴仪凤:《咏物与叙事——汉唐禽鸟赋研究》,台北:花木兰文化出版社,2007 年版,第 42 页。

中,禽鸟以第一人称的身份扮演着作者所赋予的情感形象;作者则借助这一形象来寄托情志。作品如贾谊的《鵩鸟赋》、赵壹的《穷鸟赋》、曹丕的《莺赋》、曹植的《鹞雀赋》等。

贾谊的《鵩鸟赋》,以鵩鸟入室,引出对祸福相依、生死有命的感喟。赋中假借鵩鸟臆度,表达了对作者"知命不忧"的劝慰。赵壹的《穷鸟赋》是为了感激友人相救而作。赋中自比身陷险境的穷鸟,并以第一人称叙述自己所遭受的种种不幸和灾厄;对在危难之中伸出援手的友人深表感激之情,最后祝愿友人福寿永年。曹丕的《莺赋》写了一只被密网捕捉的莺,在悲叹自己命之将泯之际,忽得明主豢养,"唯今日之侥幸,得去死而就生,讬幽笼以栖息,厉清风而哀鸣"。曹植的《鹞雀赋》则以鹞与雀的对话展开情节,表现了鹞的愚钝和雀的巧辩,最后以雀的胜利而告终。在这些赋中,禽鸟往往被理解为作者的化身;禽鸟所经历的种种境况,发抒的种种感喟,也会使人自然联想到作者的一些生活经历和情感体验。

与托物言志的一类相区别,咏物抒怀和纯咏物的禽鸟赋都是作者站在第三者的角度,摹写禽鸟,或言浅而旨深,或拟容而采丽。

其所谓咏物抒怀,即通过对禽鸟的描写来抒发赋作者的思想感情。这一类作品在汉魏六朝的禽鸟赋中篇数最多,内容也最为丰富。在此,我们只举其个别代表加以说明。

如具有典范意义的祢衡的《鹦鹉赋》,是在黄祖之子黄射宾客大会上的奉命之作。全赋先对这只来自西域的灵鸟做了细致的描绘,并给予了极高的赞美:说它"虽同族于羽毛,固殊智而异心。配鸾皇而等美,焉比德于众禽?",继而描写了它的被捕而关进雕笼的哀伤,其情状如"女辞家而适人,臣出身而事主。彼贤哲之逢患,犹栖迟以羁旅"。故其鸣叫"音声凄以激扬,容貌惨以憔悴。闻之者悲伤,见之者陨泪。放臣为之屡叹,弃妻为之歔欷"。最后作者借以鹦鹉的口吻表达了与其"心怀归而弗果,徒怨毒于一隅",还不如"讬轻鄙之微命,委陋贱之薄躯。期守死以报德,甘尽辞以效愚",以保全生命的态度,即所谓"宁顺从以远害,不违迕以丧生"。结合祢衡一生高才多舛的坎坷命运,不难想象,赋中"鹦鹉"实乃作者心中的情感意象。元代祝尧《古赋辩体》卷四对祢衡《鹦鹉赋》的注说:"盖以物为比,而寓其羁栖流落、无聊不平之情,读之可为长唏。凡咏物题,当以此等赋为法。其为辞也,须就物理上推出人情来,直教从肺腑中流出,方有高古气味。"

再如张华的早期作品《鹪鹩赋》。晋书中张华的本传记载："初未知名,著《鹪鹩赋》以自寄。"可见其写作的目的。又载："陈留阮籍见之,叹曰:'王佐之才也!'由是声名始著。"张华出身于微寒之家,但"华学业优博,辞藻温丽,朗赡多通,图纬方伎之书莫不详览。少自修谨,造次必以礼度。勇于赴义,笃于周急。器识弘旷,时人罕能测之"。①《鹪鹩赋》中的"鹪鹩",实为张华本人的自喻。开篇的序文写道:

> 鹪鹩,小鸟也,生于蒿莱之间,长于藩篱之下,翔集寻常之内,而生生之理足矣。色浅体陋,不为人用,形微处卑,物莫之害,繁滋族类,乘居匹游,翩翩然有以自乐也。彼鹜鹏惊鸿,孔雀翡翠,或渚赤霄之际,或托绝垠之外,翰举足以冲天,觜距足以自卫,然皆负矰婴缴,羽毛入贡。何者? 有用于人也。夫言有浅而可以托深,类有微而可以喻大,故赋之云尔。

小小的鹪鹩虽然色浅体陋、形微处卑,没有"鹜鹏惊鸿,孔雀翡翠"那样高强的本领和美丽的外表,却也因此"物莫之害,繁滋族类,乘居匹游,翩翩然有以自乐也"。《鹪鹩赋》的正文,通篇颂扬的就是一种"静守约而不矜,动因循以简易。任自然以为资,无诱慕于世伪",无为不争而又自在得意的生活状貌,然而,其中也隐约透露出作者对自身门陋家薄、无以交游的政治处境的落寞情怀。张华自从政以来,一直在官场游走,为西晋王朝奔走终身,最后死于王位权力斗争。难怪苏轼有云:"阮籍见张华《鹪鹩赋》,叹曰:'此王佐才也!'观其意,独欲自全于祸福之间耳,何足为王佐乎? 华不从刘卞言,竟与贾氏之祸,畏八王之难,而不免伦、秀之虐。此正求全之过,失《鹪鹩》之本意。"②

纯咏物的一类禽鸟赋,篇幅一般较为短小,且少有寄托,多侧重于对禽鸟的外貌特征及习性的描写。《鹦鹉赋》是这一时期文人同题共作较多的篇章,其中就有不少即属于了无寄托的纯粹咏物之赋。

---

① (唐)房玄龄等撰:《晋书》第四册,北京:中华书局,1974 年版,第 1072 页。
② (宋)苏轼:《东坡志林》卷四,中华书局,1981 年版,第 92 页。

魏应瑒《鹦鹉赋》：

何翩翩之丽鸟，表众艳之殊色，被光耀之鲜羽，流玄黄之华饰，苞明哲之弘虑，从阴阳之消息，秋风厉而潜形，苍神发而动翼。

魏陈琳《鹦鹉赋》：

咨乾坤之兆物，万品错而殊形，有逸姿之令鸟，含嘉淑之哀声，抱振鹭之素质，被翠羽之缥精。

晋傅咸《鹦鹉赋》：

有金商之奇鸟，处陇坻之高松，谓崇峻之可固，然以慧而入笼，披丹唇以授音，亦寻响而应声，眄明眸以承颜，侧聪耳而有听，口才发而轻和，密暠景而随形，言无往而不复，似探幽而测冥，自嘉智于君子，足取爱而扬名。

晋桓玄《鹦鹉赋》：

有遐方之令鸟，超羽族之拔萃，翔清旷之辽朗，栖高松之幽蔚，罗万里以作贡，婴樊绁以勤瘁，红腹赪足，玄颔翠顶，革好音以迁善，效言语以自骋，翦羽翮以应用，充戏玩于轩屏。

梁昭明太子《鹦鹉赋》：

有能言之奇鸟，每知来而发声，乍青质而翠映，或体白而雪明，喙前钩而趋步，翼高舞而翩翻，足若丹而三布，目如金而双圆。

这一类纯咏物的禽鸟赋虽不同于大赋那样的铺张扬厉，却也能够在一定程度上体现出"赋体物而浏亮"（陆机《文赋》）的文体特征。刘勰《文心雕龙·诠赋》说："至于草区禽族，庶品杂类，则触兴致情，因变取会；拟诸形容，则言务纤密，象其物宜，则理贵侧附：斯又小制之区畛，奇巧之机要也。"这也是咏物小赋与鸿裁雅文的大赋的区别所在吧。当然，其中也会有一些"雕虫"之作正符合了挚虞《文章流别论》中对"今之赋"的批评："古诗之赋，以情义为主，以事类为佐；今之赋，以事形为本，以义正为助。情义为主，则言省而文有例矣；事形为本，则言当而辞无常矣。"①

---

① （清）严可均校辑：《全上古三代秦汉三国六朝文·全晋文》卷七十七，北京：中华书局，1958 年版，第 1905 页。

纵观汉魏六朝禽鸟赋的写作形态,都未超出以上三种类型。同时,在篇章结构上,记载较为完整的禽鸟赋还大都保持着赋体文学"倡序总乱"的传统,也形成较为一致的写作模式。这也可以看做类型化的一个方面吧。

(三)禽鸟意象和主题的类型化

与以上两个方面相比,禽鸟赋中意象和主题的类型化影响更为深远。

在对禽鸟的意象选取上,文人们所关注的"禽鸟",相对于自然界存在的丰富鸟类而言,不仅数量较少,并且也较为集中。分析这一时期禽鸟赋中所涉及的"禽鸟"大致可以分为三类:一类是自然野生的,如鹰、鹞、鸿、雁、燕、乌、鸥、鹡鸰、鹧鸪等;一类是驯养玩赏的,如鸡、鹤、鹦鹉、孔雀、鸳鸯、鸡鹑、斑鸠等;一类是神话传说的,如凤、玄鸟、神雀、大鹏等。这其中,除个别是单篇题咏,大都是同题共作的篇章。究其原因,虽然与文人对自然鸟类的接触、认知局限有关,但正如前文所分析的,应该是与文人及文人集团间的竞相模仿的文学趣尚有着更为直接的关联。

这一关联不仅表现在对禽鸟意象的选取上,更表现为对创作禽鸟赋的题材、主题的相互认同。题材方面的认同主要表现在对同题共作的好尚;而主题方面的认同则与文人们所处的相似的社会背景和政治处境有关,因而也具有明显的类型化的特征。

在主题的表现方面,我们根据作品也可以概括出几个大的类别,即忧生悲叹类、寄居感恩类、欣赏娱乐类、逍遥自得类等;而且,有些作品除了主题之外,还包含有多重的情感内容,它们与主题相辅相成,也相映成趣。

1. 忧生悲叹类。在此类赋中,作者多是感叹所赋之禽鸟,因遭网罗捕捉而陷于笼圈,断翮哀鸣、不得复返的悲哀,并因此引发对生命无常的忧伤和感喟。作品如传为张衡所作的《鸿赋》,《太平御览》卷九百一十六卷记有:"平子《赋》曰:'南寓衡阳,避祁寒也。若其雅步清音,远心高韵,鹓鸾已降,罕见其俦,而鍛翮墙阴,偶影独立,嗟喋秕稗,鸡鹜为伍,不亦伤乎?余五十之年,忽焉已至,永言身事,慨然其多绪,乃为之赋,聊以自慰。'"①从这篇仅存的赋序中,我们已可以感受到作者的浩叹和悲戚。再如曹植的《白鹤赋》:

---

① 引自费振刚等辑校:《全汉赋》,北京:北京大学出版社,1993 年版,第 848 页。

嗟皓丽之素鸟兮,含奇气之淑祥。薄幽林以屏处兮,荫重景之馀光。

狭单巢于弱条兮,惧冲风之难当。无沙棠之逸志兮,欣六翮之不伤。承邂逅之侥幸兮,得接翼于鸾凰。同毛衣之气类兮,信休息之同行。痛美会之中绝兮,遘严灾而逢殃。共太息而祗惧兮,抑吞声而不扬。伤本规之违忤,怅离群而独处。恒窜伏以穷栖,独哀鸣而戢羽。冀大纲之解结,得奋翅而远游。聆雅琴之清韵,记六翮之未流。

赵幼文注云:"此赋曹植借喻白鹤,象征自己品德的纯正。在曹丕即位之后,身受极为沉重之政治迫害,幽禁独处,死生莫测。唯一希望是如何能够解除法制的控制,争取人身自由,且籍以消除曹丕疑忌心理。词语直抒胸臆,流露凄苦的情绪。"①这样的解释也是符合作品实际的。

其他还有王粲《莺赋》《鹦鹉赋》、杨修《孔雀赋》、阮籍《鸠赋》、鲍照《舞鹤赋》等。其中的大部分作品也还包含有对禽鸟的赞美、欣赏,以及表达无奈寄居的感伤等。

2. 寄居感恩类。相对于上一类赋的主题而言,此一类赋虽然也描写了禽鸟被禁锢或受困的处境,但却表达了对收养它的主人的感恩,或对自己苟且寄居的无奈。如《西京杂记》所载路乔如的《鹤赋》:

白鸟朱冠,鼓翼池干。举修距而跃跃。奋皓翅之□□。宛修颈而顾步,啄沙碛而相欢。岂忘赤霄之上,忽池籞而盘桓。饮清流而不举,食稻粱而未安。故知野禽野性,未脱笼樊。赖吾王之广爱,虽禽鸟兮抱恩。方腾骧而鸣舞,凭朱槛而为欢。

赋中在描绘了一只鹤的形象、姿态、习性之后,以对君王的报恩、承欢作结,表现出作者企慕的心态。此外还有前文分析过的赵壹《穷鸟赋》、祢衡《鹦鹉赋》,以及王粲《鹖赋》、曹植《莺赋》等,皆是此类作品。

3. 欣赏娱乐类。此一类赋又可分为两种主题表现形态,一是对自然界禽鸟的

---

① 赵幼文:《曹植集校注》,北京:人民文学出版社,1984 年版,第 240 页。

欣赏,大都以"雁""鹰""乌"等为写作对象。如孙楚的《雁赋》:

> 有逸豫之隽禽,禀和气之清冲。候天时以动静,随寒暑而污隆。飒同集于旷野,纷群翔于云中。翳朝阳之景曜,角声势于晨风。族类阜繁,数则千亿。迎肃秋而南游,背青春而北息。沂长川以鸣号,凌洪波以鼓翼。任自然而相伴,穷天壤于八极。

和羊祜的《雁赋》:

> 鸣则相和,行则接武。前不绝贯,后不越序。齐力不期而并至,同趣不要而自聚。当其赴节,则万里不能足其路;苟泛一壑,则众物不能易其所。临空不能顿其翼,扬波不能瀺其羽。

两篇赋主要描写大雁候天时而动、南北万里迁飞的特性,赞美大雁高飞远举、自由翱翔的高超能力。特别是羊祜的《雁赋》更着重写出了雁阵的壮观景象。

再如傅玄所作的《鹰赋》,形象地勾勒出苍鹰雄壮凶猛、霸气纵横的英姿:

> 含炎离之猛气兮,受金刚之纯精。独飞于林野兮,复徊翔于天庭。左看若侧,右视如倾。劲翮二六,机连体轻。勾爪悬芒,足如枯荆。觜利吴戟,目颖星明,雄姿邈世,逸气横生。

二是对人工驯养的禽鸟的玩赏。如钟会的《孔雀赋》:

> 有炎方之灵鸟,感灵和而来仪。禀丽精以挺质,生丹穴之南陲。戴翠毛以表升,垂绿蕤之森纚。裁修尾之翘翘,若顺风而扬麾。五色点注,华羽参差,鳞交绮错,文藻陆离。丹口金辅,玄目素规。或舒翼轩峙,或蹀足踟蹰,鸣啸郁咿。(《历代赋汇》卷一百二十八)

再如傅咸的《鹦鹉赋》:

有金商之奇鸟,处陇坻之高松,谓崇峻之可固,然以慧而入笼,披丹唇以授音,亦寻响而应声,眄明眸以承颜,侧聪耳而有听,口才发而轻和,密暑景而随形,言无往而不复,似探幽而测冥,自嘉智于君子,足取爱而扬名。(《艺文类聚》卷九十一)

除了这些供人观赏的鸟之外,禽鸟赋还写了一些人工驯养的、用作格斗游戏、供人娱乐的禽鸟,比如"斗鸡""斗凫"等。

我国历史上有关"斗鸡"的记载早在《春秋左传》(昭公二十五年)中就已经有了:"季郈之鸡斗,季氏介其鸡,郈氏为之金距,平子怒。"后在《列子·黄帝》中对"斗鸡"的训练和教化更是作了精彩的描述:

纪渻子为周宣王养斗鸡,十日而问:"鸡可斗已乎?"曰:"未也,方虚骄而恃气。"十日又问。曰:"未也,犹应影向。"十日又问。"未也,犹疾视而盛气。"十日又问。曰:"几矣。鸡虽有鸣者,已无变矣。望之似木鸡矣,其德全矣。异鸡无敢应者,反走耳。"

据《汉书》记载,汉宣帝登基前,就常常"斗鸡于杜鄠之间"。曹魏时期的曹植、应场、刘桢等也都作过《斗鸡诗》。

与描写观赏鸟的禽鸟赋不同,写"斗鸡""斗凫"的赋侧重于对其刚猛的勇气和战斗的姿态的描写和刻画。如傅玄《斗鸡赋》:

玄羽黝而含曜兮,素毛类而扬精。红缥厕于微黄兮,翠彩薇而流青。五色错而成文兮,质光丽而丰盈。前看如倒,傍视如倾。目象规作,嘴似削成。高膺峭峙,双翅齐平。跃身辣体,怒势横生。爪似鍊钢,目如奔星。扬翘因风,抚翮长鸣。猛志横逸,势凌天廷。或踯躅跚蹒,或噏喋容与。或爬地俯仰,或抚翼未举。或狼顾鸱视,或鸢翔鹄舞。或佯背而引敌,或毕命于强御。于是纷纭翕赫,雷合电击。争奋身而相戟兮,竞隼鸷而雕睨。得势者凌九天,失据者沦九地。徒观其战也,则距不虚挂,翮不徒拊。意如饥鹰,势如逸虎。

（《历代赋汇》卷一百三十二）

通过对这些作品的分析可以看出,在欣赏娱乐类的禽鸟赋中,作者一般少有寄托;在写作方法上也多是以状物为主,也更符合刘勰所概括的"巧言切状,如印之印泥;不加雕削,而曲写毫介。故能瞻言而见貌,即字而知时也。"的近代诗赋的特点。

（四）逍遥自得类

这一类也可以再分为两种情形:或赞赏鸟类率性而为的自由自在,向往能够全身避害、闲逸放旷的理想生活,如张华《鹪鹩赋》、张望《鹍鹅赋》等;或认识到现实鸟类的局限,认为只有神话传说中的神鸟才是真正逍遥自得的,如傅咸《仪凤赋》、贾彪《鹏赋》等。

此外,从以上禽鸟赋的意象和主题分析的角度综合来看,相同的禽鸟意象不一定用以表现相同的主题;而相同的主题却可以借不同的禽鸟意象来加以表现。因此,在汉魏六朝的禽鸟赋中,禽鸟意象展现出比主题更为丰富多彩的面貌。

汉魏六朝禽鸟赋的类型化创作对诗歌创作也发生了极大的影响。林庚先生说:"汉代有赋家而无诗人,唐代有诗人而无赋家,中间魏晋六朝诗赋并存呈现着过渡的折衷状态。"[1]这中间的由赋家与诗人并存而发生的所谓"折衷""过渡"状态,也是魏晋六朝诗与赋相互作用、此消彼长的发展历程。在这个过程中,赋体文学因其体式上的高度成熟,对诗歌创作的叙事、状物,以及主题、意象的创造都产生直接或间接的影响;另一方面,诗歌以抒情为主的特质,以及对语言形式、声律规律的探索,也影响到这一时期的赋体文学逐渐趋向诗化的发展路径。

在此,我们着重探讨在汉魏六朝的文学背景之下,禽鸟赋的创作对禽鸟诗歌的创作影响。

实际上,这一时期的赋家和诗人往往是难以截然分开的。许多文人既是诗人翘楚,也是作赋的能手。因此,仅从诗歌创作的角度而言,这些诗人的诗作也大都表现出一个显著的特点,即以赋法作诗。这也可以看做是赋对诗歌创作的主要影响之一。

---

① 林庚:《唐诗综论》,北京:人民文学出版社,1987 年版,第 53 页。

所谓赋法,最早源于诗之六义。它的基本特征就是铺陈叙述,因此,也是诗歌创作最常使用的表现手法;甚至在某种意义上讲,它较之比兴具有更多的表现空间和诗学功能。康熙御制《历代赋汇序》云:"赋者,六义之一也。风雅颂兴赋比六者,而赋居兴比之中,盖其铺陈事理,抒写物情,兴比不能并焉,故赋之于诗功尤为独多。由是以来,兴比不能单行,而赋遂继诗之后,卓然自见于世。"在两汉的赋体文学创作中,赋法得到了充分的运用和发展;不仅在作品的创作方面取得了丰硕的成果,也促使文学作为语言艺术走向独立、自觉之路。

汉魏六朝诗歌对赋法的借鉴,概括地说,主要在于其追求形似、写实的铺陈描写的一面。在《三国志·魏志》的《武宣卞皇后》中裴松之引《魏略》云:"兰献赋赞述太子(曹丕)德美,太子报曰:'赋者,言事类之所附也。颂者,美盛德之形容也。故作者不虚其辞,受者必当其实。'。"[1]刘勰在评价两晋以来的文学创作时说:"自近代以来,文贵形似,窥情风景之上,钻貌草木之中。"(《物色》)自两汉以来的赋,特别是咏物赋"蔚似雕画"的描写,兼采绘画与雕塑的优点,达到了描写艺术的高峰。这种描写的方法移用到诗的创作当中,也成为当时诗歌最为重要的写作特点;而其中大多数诗篇都是用赋家的笔法来写的,不像后代诗歌那样,诗歌意象的组合,随着诗篇的意境构成而跳跃式地出现。徐公持先生说:"诗歌吸取了赋的'铺张扬厉'、'品物毕图'的艺术特长,用以强化诗歌的描写能力。"[2]

汉魏六朝的禽鸟诗在写作上吸收、借鉴了禽鸟赋的铺陈描写等手法,具有鲜明的叙事性、描述性。比如曹植的《斗鸡》诗:

> 游目极妙伎,清德厌宫商。主人寂无为,众宾进乐方。长筵坐戏客,斗鸡观闲房。群雄正翕赫,双翅自飞扬。挥羽邀清风,悍目发朱光。嘴落轻毛散,严距往往伤。长鸣入青云,扇翼独翱翔。愿蒙狸膏助,长得擅此场。

这首诗完全采用叙事的结构和铺叙的笔法,除句式为五言诗的格局之外,与

---

① (晋)陈寿撰、南朝宋·裴松之注:《三国志》,北京:中华书局影印,1998年版,第70页。
② 徐公持:《诗的赋化与赋的诗化——两汉魏晋诗赋关系之寻踪》,《文学遗产》,1992年第1期。

当时以咏物为主的禽鸟赋是极为相似的。黄节先生在《曹子建诗注·序》中说："陈王本《国风》之变,发乐府之奇,驱屈宋之辞,析扬马之赋而为诗。"①析赋为诗,正指明了曹植诗歌所具有的叙事、状物的特征。

再看其他文人所作《斗鸡诗》也都具有类似的特点:

刘桢《斗鸡诗》:

丹鸡被华采,双距如锋芒,愿一扬炎威,会战此中唐,利爪探玉除,瞋目含火光,长翘惊风起,劲翮正敷张,轻举奋勾喙,电击复还翔。

应玚《斗鸡诗》:

戚戚怀不乐,无以释劳勤,兄弟游戏场,命驾迎众宾,二部分曹伍,群鸡焕以陈,双距解长绁,飞踊超敌伦,芥羽张金距,连战何缤纷,从朝至日夕,胜负尚未分,专场驱众敌,刚捷逸等群,四坐同休赞,宾主怀悦欣,博弈非不乐,此戏世所珍。

庾信《斗鸡诗》:

开轩望平子,骤马看陈王,狸膏熏斗敌,芥粉壒春场,解翅莲花动,猜群锦臆张。

徐陵《斗鸡诗》:

季子聊为戏,陈王欲骋才,花冠已冲力,金爪复惊媒,斗凤羞衣锦,双鸾耻镜台,陈仓若有信,为觅宝鸡来。

与前文所列斗鸡赋、斗凫赋相比较便不难看出,这些诗也同样是在虚拟的故事场景中,对"鸡"的姿态、神情以及精神气质等方面,作精细的描写和刻画,与禽鸟赋有着异曲同工之妙。

当然,汉魏六朝的诗歌在继承汉赋铺陈的表现手法的同时,能够做到融情入景,以实写虚,这对后代诗歌写景状物、体物言志等产生了深刻的影响。但也可以说,如果没有汉赋艺术形式的启迪,是很难想象六朝诗歌能够在诗歌创作史上取得如此重大的进步的。是故明人陈山毓说:"知五七言而不知赋颂者,是弗炤江之

---

① 黄节注:《汉魏六朝诗六种》,北京:人民文学出版社,2008年版,第317页。

岷山而河之昆仑也。"①

此外诗人以赋法作诗,还被看作是使中国古诗由情趣富于意象向意象富于情趣的转变的主要原因。朱光潜先生《诗论》中说:"转变的关键是赋,赋偏重铺陈景物,把诗人的注意力从内心变化引到自然界变化方面去。从赋的兴起,中国才有大规模的描写诗;也从赋的兴起,中国诗才渐由情趣富于意象的《国风》转到六朝人意象富于情趣的艳丽之作。汉魏时代赋最盛,诗受赋的影响也逐渐在铺陈词藻上做功夫。有时运用意象并非为表现情趣所必需而是因为它自身的美丽,《陌上桑》、《羽林郎》、曹植《美女篇》都极力铺张明眸皓齿艳装盛服,可以为证。六朝人只是推演这种风气。"②的确,赋的写法对于诗歌中意象的丰富与发展、诗歌意境的营造所起到的历史作用是不能够忽视的。

赋与诗,在创作上还有一个重要的相互影响的方面,就是在题材、意象、主题等方面的互为借鉴。马积高的《赋史》说:"从文学对客观生活的反映来看,我国古典文学作品中,有不少题材和主题都是首先在赋作中出现的。"③

其实,仅从题材方面来说,汉魏六朝时期以单题咏鸟的诗歌并不多见。但在文人诗歌的创作中,采用禽鸟意象入诗,借鉴禽鸟赋的主题用以言志、抒怀,却不少见。如有关"鹤""凤凰""鸿鹄""大雁"等禽鸟的意象,既见于禽鸟赋中,也常出现于诗歌之中;并且,这些诗歌所表现的题材内容和情感主题也大都与当时禽鸟赋的主要类型相吻合。

以咏"鹤"的诗歌为例,如曹植《诗》:"双鹤俱遨游,相失东海傍。雄飞窜北朔,雌惊赴南湘。弃我交颈欢,离别各异方。不惜万里道,但恐天网张。"抒写"鹤"相失离群,又怕落入罗网的忧恐,这与他《白鹤赋》中"怅离群而独处""冀大网之解结"的感情基调和主题是一致的。阮籍的《咏怀诗》之二十一首:"云间有玄鹤,抗志扬哀声。一飞冲青天,旷世不再鸣。岂与鹑鷃游,连翩戏中庭。"表达他向往"玄鹤"一般卓尔不群的人格精神。鲍照《拟阮公夜中不能寐》的"鸣鹤时一闻,千里绝无俦。伫立为谁久,寂寞空自愁。",萧道成《群鹤咏》的"八风舞遥翮,九野弄

---

① (清)浦铣著:《历代赋话》,续修四库全书·集部·诗文评类,上海:上海古籍出版社,1995年版,第163页。

② 朱光潜:《诗论》,北京:三联书店,1984年版,第69页。

③ 马积高:《赋史》,上海:上海古籍出版社,1987年版,第11-12页。

清音。一摧云间志,为君苑中禽。",也都是对"鹤"的孤立、绝俗的品格的赞叹。而吴均所作的《主人池前鹤诗》则属于寄居感恩的一类:

> 本自乘轩者,为君阶下禽。摧藏多好貌,清唳有奇音。稻粱惠既重,华池遇亦深。怀恩未忍去,非无江海心。

我们甚至还可以看到,有的诗人以同样的意象和题材,既创作了赋也创作了诗。如鲍照创作有《舞鹤赋》和《代别鹤操》。前者叙写本为翱翔于蓬壶、昆阆的仙禽,却误落尘网,成为王宫金阙的宠物。尽管其天生藻质、舞姿曼妙,足以使观者"散魂而荡目",却也难掩内心"结长悲于万里"的惆怅和哀伤。而后者则是歌吟"别鹤"失群、杳无音讯的失落,和想要回归却难以如愿的悲怨之情。显然,这两篇鲍照的赋和诗,都不是单纯的咏物之作,而是诗人咏物抒怀、有所寄托的赋咏。"虽名为咏鹤,实有所寄托。作者感物及身,寄寓了自己作为一个文士以才华出众而被笼络羁束于统治者的抑郁心情,含蓄委婉地抒发了一个出身寒微的才士的怀才不遇的深沉慨叹。"①

综上所述,汉魏六朝是辞赋创作高度发达的时期,禽鸟赋作为其间咏物小赋的一支也得到了较为充分的发展;无论是对意象的继承和创新,还是对题材、主题的发掘,都取得了丰硕的成果。特别是这一时期的禽鸟赋创作所具有的明显的类型化趋向,既与文人集团活动为主的时代潮流紧密相关,同时,也在一定程度上限定了禽鸟诗赋创作的类型和表现的手法,从而也造成了禽鸟赋与禽鸟诗相互间的借鉴和影响,并且共同构筑了诗赋中部分禽鸟意象的寓意系列和创作范式,对后世的禽鸟诗赋创作产生了深远的影响。

三、魏晋诗歌中"飞鸟"意象系列的个性化创新

伴随着诗歌创作文人化的进程,这一时期诗歌"飞鸟"意象的创作,呈现出多姿多彩、个性鲜明的繁荣景象,这也使得魏晋时期成为我国古代"飞鸟"意象创作及其寓意系列建构的一个极为重要的发展阶段。

---

① 陈宏天主编:《昭明文选译注》第二册,长春:吉林文史出版社,1994年版,第767页。

首先,从创作规模看,这一时期几乎所有诗人,特别是著名诗人的创作中都有特色鲜明的"飞鸟"意象。"三曹"、陈琳、刘桢、徐干、阮瑀、应玚、繁钦、何晏、嵇康、阮籍、傅玄、张华、潘岳、陆机、左芬、左思、张翰、曹摅、杨方、习凿齿、陶渊明等人创作无出其外。这其中尤以阮籍、陶渊明诗作的"飞鸟"意象数量最多,也最具典型意义。其次,从意象创造看,自魏晋以下,博古通今、雅好辞章仍然是文人士子最基本的身份标识。曹丕《典论·论文》中言其父"雅好诗书文籍"。唐代姚思廉《梁书》江淹等传论云:"观夫二汉求贤,率先经术;近世取人,多由文史。"①所谓"近世"即指魏晋以来世风的转变。那些长期传授于文人阶层的诗书文籍,无疑为魏晋文人的诗歌创作提供了极为丰富的"飞鸟"意象的素材库,这也使得魏晋文人诗中"飞鸟"意象创作的文人色彩愈加鲜明。虽然魏晋诗歌中的"飞鸟"意象的品种、数量远不及《诗经》,并且相对集中在几种"飞鸟"种类上,但其比兴寓意的内容却更为丰富而又复杂,情感内涵也更为真切而又浓郁,因而对建构"飞鸟"意象系列的意义也更为深远。不仅如此,魏晋文人还创作了一系列新的"飞鸟"意象。

为了便于说明问题,我们将魏晋时期文人诗歌中的"飞鸟"意象概括为四种主要的意象系列。

(一)孤悲之鸟

由于此时刚刚经历汉末大乱,兵连祸结,饥疫横行,哀鸿遍野,烽火遍地。晋室内乱,惟戮是闻,"公族构篡夺之祸,骨肉遭枭夷之刑,群王被囚槛之困,妃主有离绝之哀"。② 惨烈悲极的生死遭遇使得诗人们在歌吟之中,流露出一股难以掩抑的人生孤独、悲哀之情。此时的"飞鸟诗",也无不沾染上这悲情的色调。无论是出自王粲、曹丕、曹植,还是作于阮籍、傅玄、陆机,诗中都时常闪现"孤悲之鸟"的身影:

> 上有特栖鸟,怀春向我鸣。(王粲《杂诗》)
> 孤禽失群,悲鸣云间。(曹丕《丹霞蔽日行》)
> 草虫鸣何悲,孤雁独南翔。(曹丕《杂诗二首》)

---

① (唐)姚思廉:《梁书·江淹列传》,北京:中华书局1973年版,第258页。
② (唐)房玄龄:《晋书·齐王冏传》,北京:中华书局1974年版,第1607页。

哀彼失群燕,丧偶独茕茕。(曹睿《长歌行》)

中有孤鸳鸯,哀鸣求匹俦。(曹植《赠王粲诗》)

孤雁飞南游,过庭长哀吟。(曹植《杂诗七首》)

孤鸿号外野,翔鸟鸣北林。(阮籍《咏怀诗八十二首》)

孤雏攀树鸣,离鸟何缤纷。(傅玄《放歌行》)

不睹白日景,但闻寒鸟喧。(陆机《苦寒行》)

在这些诗里,无论是什么种类的"飞鸟",在它们前面几乎无一例外地加上了"孤""离""寒""特栖""失群"等形容词,都表现出一种共同的"情感体验",即离群之悲、孤寒之痛。如此众多的诗作,无疑反映出整个时代的一种悲戚:社会的动荡、政治的角逐使人情谊浇薄、如履薄冰,虽在人间却无人情之温暖,而深陷极度的孤独、悲戚之中。这些独自悲鸣的"孤悲之鸟",也正是魏晋诗人对个体悲剧命运的形象写照。

然而,惨烈的现实处境,虽令诗人倍感孤寒,却也难以泯灭他们对生命的确证和温情的渴慕。于是,同样是在他们的诗中,一出出双飞合鸣的"飞鸟"的甜梦也在顽强地上演:

愿为晨风鸟,双飞翔北林。(曹丕《清河作诗》)

上有双栖鸟。交颈鸣相和。(曹睿《猛虎行》)

鸳鸯自朋亲。不若比翼连。(曹植《豫章行二首》)

愿为双飞鸟,比翼共翱翔。(阮籍《咏怀诗》)

鸿鹄相随飞,飞飞适荒裔。双翮临长风,须臾万里逝。(阮籍《咏怀诗》)

梦君如鸳鸯,比翼云间翔。(傅玄《青青河边草篇》)

思为河曲鸟,双游沣水湄。(陆机《拟东城一何高诗》)

虽然,汉末古诗中已有"愿为双鸿鹄,奋翅起高飞""愿为双黄鹄,高飞还故乡"的意象,但在魏晋文人的诗中,"比翼双飞"意象的象征性变得越加普遍而又强烈;诗人们采用它更多地是为了表达要冲破空间的局限,实现美梦的愿望。比之以往,魏晋诗歌中的"双飞"意象,显然更看重情的亲密、心的无间,所要打破的是对"情"的压抑、对人的迫害。而诸如"梦君如鸳鸯""思为河曲鸟",以及"双翮临长风,须臾万里逝"等的动情描写,又无不赋予这些"飞鸟"意象以更加饱满的"情"的意涵。可以说,正是经历了魏晋的创作实践,在古代诗歌的创作史上才真正完成了对"双飞鸟"或"比翼鸟"意象创作的寓意系统的构建。

（二）高翔之鸟

汉末大族争雄的现状和民族思想理性化的趋向,给文人士子的个性发展提供了一个并不多见的历史空隙。曹操首倡"唯才是举",虽然主要是着眼于政治的需要和人才的使用,但自他以后,魏晋士人更加看重个体的人格价值和审美感受已渐成风气。刘桢的"真骨凌霜,高风跨俗",嵇康的"性烈而才俊",阮籍的"恣情任性",陶渊明的"质性自然",无不是他们人格独立的特异风采。而这种精神风貌表现在文人士子创作的"飞鸟诗"中就是对鸾凤、玄鹤、云间鸟等"高翔之鸟"的形象刻画和自我比拟。

"凤凰"本是中国古人对多种鸟禽、某些游走动物及太阳、风等自然现象多元融合而产生的一种神物。它最早见于上古神话,《山海经·海外西经》云:"此诸夭之野,鸾鸟自歌,凤鸟自舞,凤皇卵,民食之。"又《南山经》有:"丹穴之山……有鸟焉,其状如鸡,五彩而文,名曰凤凰。……是鸟也,饮食自然,自歌自舞,见则天下安宁。"而最早见诸于诗歌的是《诗经》。《大雅·卷阿》云:"凤凰于飞,翙翙其羽,亦集爰止。蔼蔼王多吉士,维君子使,媚于天子。"此诗歌颂周成王礼贤求士,以致身边人才济济。然而,此诗中的"凤凰"似乎并没有什么神异之处或神话色彩,与《诗经》中其他以鸟起兴的用法也并无不同。

其后《论语·微子》有:"楚狂接舆歌而过孔子曰:'凤兮! 凤兮! 何德之衰? 往者不可谏,来者犹可追。已而,已而! 今之从政者殆而!'孔子下,欲与之言。趋而辟之,不得与之言。"这是楚人接舆以"凤凰"比孔子而作的楚歌。在楚辞中,屈宋作品也表现出这种"以凤比德"的传统。《涉江》云:"乱曰:鸾鸟凤凰,日已远兮。燕雀乌鹊,巢堂坛兮。"将鸾凤与燕雀、乌鹊对举,发抒愤慨于世道浑浊,悲叹自己于生不逢时。《怀沙》又云:"变白而为黑兮,倒上以为下。凤皇在笯兮,鸡鹜翔舞。同糅玉石兮,一概而相量。"以"凤凰在笯,鸡鹜翔舞"为喻,揭露诗人所面对的贤愚颠倒、善恶不分的政治混乱。在这些诗句中,诗人将"鸾凤"作为心目中的"善鸟"用以自况的喻意已十分明确。而在《离骚》中"吾令凤鸟飞腾兮,继之以日夜""凤凰翼其承旂兮,高翱翔之翼翼"等的描绘,又充分显示了诗人上下求索、志趣高远的精神风貌,由此,"凤鸟高翔"也就成为文人笔下一种表现高尚精神追求的独特意象。

魏晋诗人中,采用"鸾凤"入诗的创作大多是依此生发开来的。如刘桢在《赠送从弟诗三首》中写道:"凤皇集南岳,徘徊孤竹根。于心有不厌,奋翅凌紫氛。岂不常勤苦,羞与黄雀群。何时当来仪,将须圣明君。"诗人自比凤凰鸟,抒发了高尚志节、鄙视凡俗和企望明君的志趣。其他如王粲的"联翩飞鸾鸟,独游无所因"(《诗》),曹植的"神鸾失其俦,还从燕雀居"(《言志诗》),嵇康的"双鸾匿景曜,戢翼太山崖"(《五言赠秀才诗》)和"斥鷃擅蒿林,仰笑神凤飞"(《述志诗二首》其二)等,皆以此一意象自表心迹。

这其中,阮籍在其八十二首《咏怀诗》中对"高翔之鸟"的意象创造尤为丰富。阮诗中以"高鸟""鸿鹄""云间鸟"等意象表现了其超世之心。其四十九:"高鸟摩天飞,凌云共游嬉。岂有孤行士,垂涕悲故时。"其七十六:"纶深鱼渊潜,矰设鸟高翔。泛泛乘轻舟,演漾靡所望。"其二十四:"愿为云间鸟,千里一哀鸣。三芝延瀛洲,远游可长生。"还有其四十三:"鸿鹄相随飞,飞飞适荒裔。双翮凌长风,须臾万里逝。朝餐琅玕实,夕宿丹山际。抗身青云中,网罗孰能制。"由这些"高飞之鸟"所构成的意象群,已然成为诗人内心想要摆脱现世的困厄、追求精神自由的象征。与此相关,阮籍还常以"凤凰""玄鹤""青鸟"等意象喻其高洁之志。《咏怀诗》其七十九:"林中有奇鸟,自言是凤凰。清朝饮醴泉,日夕栖山冈。高鸣彻九州,延颈望八荒。"诗中"凤凰"渴饮醴泉,困栖山冈;鸣则响彻九州,望则纵览八荒,可谓胸怀大志,非同凡响。其二十一:"云间有玄鹤,抗志扬哀声。一飞冲青天,旷世不再鸣。岂与鹑鷃游,连翩戏中庭?""玄鹤"志在青天,不与鹑鷃为伍,象征高洁远大之士不与世俗小人同流合污。阮籍在诗中所创造的这些"高鸟"意象,不仅形象地表现了他的远大之思、孤傲之气,同时,他也在继屈宋之后,为后世文人诗歌创作创构了一系列清俊高雅的"飞鸟"意象。

(三)归飞之鸟

在魏晋诗人忧患百端的种种思想情感之中,"迁逝之感"最能触动人心。人世的变迁和生命的流转使人感到事事不定、人人自危。"回归",似乎成为诗人抒发人心思定、人心思安情怀的最佳途径。但是"家"在何处?人何以归?成为当时文人心中最为纠葛的情结。简而言之,此时的"回归"又可分为两面:一是由空间的迁移造成漂泊的悲伤和还乡的祈愿;一是由时间的流逝造成生命的迷惘和对人性复归的追寻。前者所归的是人外在的家,后者则是人内在的家;在诗中这两面又常常是难解难分的齐奏共鸣。而鸟儿们居有巢穴、行有伴侣,率性自由、交颈颉颃的身影无疑也就成为最能引起诗人无穷联想的自然物象。

"归鸟赴乔林,翩翩厉羽翼"(曹植《赠白马王彪》),归鸟入林,适得其所。而作者同曹彪等弟兄却有"林"不能同"归",有"树"不能同"栖",人不如鸟。作者在将鸟同人的比较中对兄弟不能相亲,感到"大别在数日"的现实伤痛。用归鸟反衬离人,使诗情倍加凄怆。曹丕在其父去世后看到"翩翩飞鸟,挟子巢枝"(《短歌行》)时,睹物兴情,触景伤怀,用鸟携子归巢这一客观景象,并通过对这种美好图景的羡慕来反衬父去子孤、父子亲情永绝这一人伦中的至痛极哀。其《燕歌行》其一中用"群燕辞归鹄南翔"来反衬"君何淹留寄他方"。以女子反诘、抱怨的口气,责问游子的迟迟不归,在表达效果上比平铺直叙也更加摄人心魄。

王粲《七哀》表达寄居荆州刘表时郁郁不得志、年命空流逝的悲慨:"羁旅无终极,忧思壮难任。"因而以"狐狸驰赴穴,飞鸟翔故林"的传统意象,抒发对能够像"飞鸟"般还归故林、展翅翱翔的人生祈愿的怀想。陆机的《东宫作诗》:"思乐乐难诱,曰归归未克。忧苦欲何为,缠绵胸与臆。仰瞻凌霄鸟,羡尔归飞翼。"写他在东宫时的羁旅之情。他们兄弟二人置身异乡,思乐不能,回归无路,忧苦缠绵,只能以羡慕飞鸟之仰观,托寄念归之深情。

而阮籍《咏怀诗八十二首》中"一去昆仑西,何时复回翔"的奇鸟"凤凰",以及陶渊明田园诗中那些"遐路诚悠,性爱无遗"的"翼翼归鸟",都已彻底透过现实时空的实有样态,而自由出入于个体心灵所营构的精神境界当中。只是阮籍的"凤凰"终因难以摆脱现实世界的纠缠,而使其"回翔"之举化为虚无,难以解脱,但陶渊明却将"归鸟"般的梦想付诸实现,终使其身心得到安顿。

(四)欢愉之鸟

与魏晋时主要表现人生悲慨的"飞鸟"意象不同,出现于建安时期部分公宴诗和赠答诗中的"飞鸟"意象还往往呈现欢愉之色。

《文心雕龙·明诗》说:"暨建安之初,五言腾踊,文帝陈思,纵辔以骋节;王徐应刘,望路而争驱;并怜风月,狎池苑,述恩荣,叙酣宴……"①可见,"狎池苑""叙酣宴"是建安文人一项重要的生活内容和诗歌题材,而宴飨活动无疑是当时普遍风行的文人雅集方式。曹植的《娱宾赋》就描写了当时文人娱游过程中的欢愉景象:"感夏日之炎景兮,游曲观之清凉。遂衍宾而高会兮,丹帷晔以四张。办中厨之丰膳兮,作齐郑之妍倡。文人骋其妙说兮,飞轻翰而成章。"②从中可以看出,文章写作已成为当时宴会中一项游乐内容。应场《公宴诗》、刘桢的《赠五官中郎将》等也都对此有生动地记述和描写。当时游宴欢会的场面可说是"傲雅觞豆之前,雍容衽席之上,洒笔以成酣歌,和墨以藉谈笑"。③ 在这些纵情欢宴的时刻,文人们所作的诗赋或渲写宴会的盛况,或发抒"绮丽不可忘"的欢愉,或赞美权贵的功德。仿佛世间的一切物象、景观都为这欢会而设,诗歌意象也因此变得生动活泼起来。请看几首与"飞鸟"意象相关的公燕诗:

王粲《诗》:

列车息众驾,相伴绿水湄。幽兰吐芳烈,芙蓉发红晖。百鸟何缤翻,振翼群相追。投网引潜鲤,强弩下高飞。白日已西迈,欢乐忽忘归。

曹丕《于玄武陂作诗》:

兄弟共行游,驱车出西城。野田广开辟,川渠互相经。黍稷何郁郁,流波激悲声。菱芡覆绿水,芙蓉发丹荣。柳垂重荫绿,向我池边生。乘渚望长洲,群鸟欢哗鸣。萍藻泛滥浮,澹澹随风倾。忘忧共容与,畅此千秋情。

刘桢《赠徐干诗》:

谁谓相去远,隔此西掖垣。拘限清切禁,中情无由宣。思子沉心曲,长叹不能言。起坐失次第,一日三四迁。步出北寺门,遥望西苑园。细柳夹道生。方塘含清源,轻叶随风转。飞鸟何翻翻,乖人易感动。

曹植《公燕诗》:

公子敬爱客,终宴不知疲。清夜游西园,飞盖相追随。明月澄清影,列宿

---

① 范文澜:《文心雕龙注》,北京:人民文学出版社1958年版,第66页。
② 赵幼文:《曹植集校注》,北京:人民文学出版社1984年版,第47页。
③ 范文澜:《文心雕龙注》,北京:人民文学出版社1958年版,第673页。

正参差。秋兰被长坂,朱华冒绿池。潜鱼跃清波,好鸟鸣高枝。神飚接丹毂,轻辇随风移。飘飘放志意,千秋长若斯。

阮修《上巳会诗》:

三春之季,岁惟嘉时。灵雨既零,风以散之。英华扇耀,翔鸟群嬉。澄澄绿水,澹澹其波。修岸逶迤,长川相过。聊且逍遥,其乐如何。坐此修筵,临彼素流。嘉肴既设,举爵献酬。弹筝弄琴,新声上浮。不有七德,知者所娱。清濑爵,菱荚芬敷。沈此芳钩,引彼潜鱼。委饵芳美,君子戒诸。

很显然,我们从这几首诗作中所表现的"飞鸟"意象可以读出不同于前面几种"飞鸟"意象的新鲜感受。除了这些诗歌内容所具有的鲜明的欢愉基调之外,从表现方面看,我们发现其比兴托喻的意味并不似前面几种"飞鸟"意象那样的鲜明和确定,此其一;其二,诗人对这些"欢鸟"的描写,大都是将其融入更大的自然环境之中,少有形而上的联想;其三,这些诗还表现出诗作者对自然景物的仔细观察和细腻感受。诗中所描绘的山川草木与飞鸟鸣禽情景逼真、相映成趣。无论是王粲的"幽兰吐芳烈,芙蓉发红晖。百鸟何缤翻,振翼群相追"、曹丕的"乘渚望长洲,群鸟欢哗鸣。萍藻泛滥浮,澹澹随风倾",还是刘桢的"遥望西苑园,细柳夹道生。方塘含清源,轻叶随风转。飞鸟何翻翻,乖人易感动"、阮修的"三春之季,岁惟嘉时。灵雨既零,风以散之。英华扇耀,翔鸟群嬉。澄澄绿水,澹澹其波。修岸逶迤,长川相过。聊且逍遥,其乐如何",无不是情真意切、神全貌美的写景佳构。

两汉魏晋诗歌创作中所形成的各种寓意丰富的"飞鸟"意象系列,对后代文人诗歌的意象创作和发展的影响极其深远。从此,鸿鹄、大雁、燕子、凤凰、鸥枭、玄鹤、鸳鸯,以及孤鸟、高鸟、归鸟、翔鸟、鸣鸟等,这些动人的"飞鸟"意象,不断出现于后来不同时期诗人的创作中。它们或为诗人的化身,或为情感的托寄;或写实,或比拟,生动而又形象地表现了诗人的思想感情。而有些意象系列在唐以后诗歌创作中已经成为具有确定含义的诗歌母题,为中国古代诗性文化增添了许多独具东方美感的艺术形象。

四、南北朝时飞鸟诗的创作

南朝飞鸟诗与当时咏物诗的发展同步。这一时期飞鸟诗与魏晋飞鸟诗相比愈趋丰富,不仅诗作者增多,而且艺术形式、技巧等都有所加强。其中刘宋揭其序幕,以鲍照为代表;齐永明诗人承先启后,成绩斐然。梁后期诗人的创作虽沿永明诗风,但常有新意。南朝飞鸟诗发展过程是和当时文学自身的发展变化、文人所处创作环境等紧密联系的,例如文人间切磋鼓励之风、寒门与士族政治力量的对比变化等,都对当时飞鸟诗的发展起了推波助澜的作用。

六朝时期人们开始将汉赋"形似"的理论运用到诗歌评论上,而张协最早开启了这一描写倾向。钟嵘在《诗品》中将张协的诗列为上品,评论道:"其源出于王粲。文体华净,少病累,又巧构形似之言。"①指出张协诗中对描写对象精致细密的特点。诗歌中这种风气的真正流行则是在刘宋元嘉时期,尤其是"元嘉三大家"——谢灵运、颜延之、鲍照。《诗品》上品评论谢灵运的诗曰:"其源出于陈思。杂有景阳之体,故尚巧似,而逸荡过之,颇以繁复为累。"②指出谢灵运学张诗而具有"巧似"的特点。《诗品》中品论颜延之的诗曰:"其源出于陆机。尚巧似,体裁绮密,情喻渊深,动无虚散,一句一字,皆致意焉。"③《诗品》中品论鲍照诗曰:"其源出于二张。善制形状写物之词,得景阳俶诡,含茂先之靡嫚,骨筋强于谢混,驱迈疾于颜延。总四家而擅美……然贵状巧似,不避危仄,颇伤清雅之调。"④由此可见,追求"形似"成为当时文学领域的一种风尚。所以刘勰在《文心雕龙·物色》中说:"自近代以来,文贵形似,窥情风景之上,钻貌草木之中。吟咏所发,志惟深远,体物为妙,功在密附。故巧言切状,如印之印泥,不加雕削,而曲写毫芥,故能瞻言而见貌,即字而知时也。"⑤这里所说的"近代"指的是晋宋以降直至齐梁这一段历史时期。六朝文人对诗歌"形似"特点的评论不只是一种从赋学理论词汇向诗歌理论词汇的传承与演变,而且是与当时山水诗的兴盛局面紧密联系。刘勰在《文心雕龙·明诗》中说:"宋初文咏,体有因革,庄老告退,而山水方滋;俪采百字之偶,争价一句之奇,情必极貌以写物,辞必穷力而追新,此近世之所竞也。"⑥

---

① 曹旭:《诗品集注》,上海:上海古籍出版社,1994年版,第149页。
② 曹旭:《诗品集注》,上海:上海古籍出版社,1994年版,第160页。
③ 曹旭:《诗品集注》,上海:上海古籍出版社,1994年版,第270页。
④ 曹旭:《诗品集注》,上海:上海古籍出版社,1994年版,第290页。
⑤ 范文澜:《文心雕龙注》,北京:人民文学出版社,1958年版,第694页。
⑥ 范文澜:《文心雕龙注》,北京:人民文学出版社,1958年版,第67页。

刘宋一代的文学开始从玄言诗的束缚中摆脱出来,把山水做为独立的审美对象,非常写实地描写山水。与在这一时期山水写景诗对景物的观察更加细致入微相统一,此时的飞鸟诗创作也注重以赋体文学铺陈的手法来表现飞鸟的细部特征。如谢灵运所作的飞鸟诗,虽说注重摄取自然景物的整体意象,但也不乏对琐碎景物或者物体细部特征的刻画,如《悲哉行》的"灼灼桃悦色,飞飞燕弄声",《登池上楼诗》中的"池塘生春草,园柳变鸣禽",无不刻划精细、自然传神。王玫在《六朝山水诗史》中说:"如果将山水诗中的景物描写看作是一幅全景画或远景,咏物诗中的花鸟禽鱼或一隅山水刻画则无异于工笔画,犹如近景和特写"①。

永明时期历时虽然仅有十一年,但它却是南朝政治、经济及文化相对稳定发展与繁荣的重要时期。《南齐书》卷五十三《良政传》记载:"永明之世,十许年中,百姓无鸡鸣犬吠之警,都邑之盛,士女富逸,歌声舞节,玄服华妆,桃花绿水之间,秋月春风之下,盖以百数。"②史书作者萧子显是南齐皇室后裔,因此书中不可避免存在一些溢美之辞,但这段评论或多或少也能反映出当时的一些实际情况,表明当时城市成为政治、军事、经济和文化中心,其中既有王侯显贵,也有商贩、船工、仕女,兴起浮华游乐的风气。稳定的社会环境给文人提供了比较舒适的物质条件,使他们能够潜心创作。同时当代君主对文学的爱好也促进了文人高昂的创作热情。赵翼在《廿二史札记》卷二十"齐梁之君多才学"中提到这一时期君主雅好文学,以文采相尚,对他们奖掖文坛的作用作了很高的评价。③ 在这种文化氛围中,文人们纷纷投入到文学尤其是诗歌的创作当中,也带动了飞鸟诗的创作。其中不仅帝王创作飞鸟诗,如萧衍有"花坞蝶双飞,柳堤鸟百舌。"(《子夜四时歌》),"如林鸣鸟。鸟有殊音。"(《赠逸民诗》),"飞鸟起离离。惊散忽差池。啾嘈绕树木。翩翩集寒枝。"(《古意诗二首》)等飞鸟诗,而且他们还要求臣下、文士创作飞鸟诗。这一时期以及以后的飞鸟诗很多都标明应令、应教、应命等,就是这种创作风气的反映,因为统治阶层对文学的爱好,奖掖文士以及永明时期文人间融洽的文学交流活动。当时集体赋诗也很流行。统治者或者府主经常诏命并亲自

---

① 王玫:《六朝山水诗史》,天津:天津人民出版社,1996 年版,第 303 页。
② (梁)萧子显:《南齐书·良政传》,北京:中华书局,1972 年版,第 913 页。
③ (清)赵翼:《廿二史札记》,北京:中华书局,1984 年版,第 245－248 页。

主持文士宴集赋诗,大量的应教、奉和以及相互间的唱和之诗产生了,所以这一时期有很多飞鸟诗歌是集体赋诗的产物。

这也使得当时飞鸟诗中的很多作品表现出寄托不高的特点,即在内容主旨上没有更高的追求,只是关注尽可能真实地描写物象。从诗歌的纵向发展来看,这类作品无疑是刘宋以来诗歌追求形似风格的延续与发展,从艺术效果来看,这样的作品追求形象逼真却导致艺术上缺少神采。如沈约的《咏湖中雁》虽被清人何焯誉为"咏物之祖"。① 描写不可谓不工,但正如明人陆时雍在《古诗镜》中所说:"诗须实际具象,虚里含神,沈约病于死质。"②此言确为中肯之论。

当然也有例外。其中有个别飞鸟诗人在诗中托物寄情表现内心的激烈情怀。如鲍照的《代别鹤操》:

> 双鹤俱起时,徘徊沧海间。长弄若天汉,轻躯似云悬。幽客时结侣,提携游三山。清缴凌瑶台,丹罗笼紫烟。海上悲风急,三山多云雾。散乱一相失,惊孤不得住。缅然日月驰,远矣绝音仪。有愿而不遂,无怨以生离。鹿鸣在深草,蝉鸣隐高枝。心自有所存,旁人那得知。

诗歌先以铺叙的手法写双鹤有愿难遂,无怨生离,再写鹿蝉各有其志而旁人不知,寄托了自己空有才干抱负却无法施展的忧愤不平之气。

而晋代郭愔的《咏百舌鸟诗》"百舌鸣高树,弄音无常则。借问声何烦,末俗不尚嘿。"则是以百舌鸟的枯噪,讽刺末俗之人的饶舌多言,风格诙谐尖刻。

再如张玉毅《古诗赏析》选梁初吴均《主人池前鹤》:"本是乘轩者,为君阶下禽。摧藏多好貌,清映有奇音。稻粱惠既重,华池遇亦深。怀恩未忍去,非无江海心。"其后评云:"诗咏鹤恋主人,盖自喻也。起二,揭过题面,本自乘轩,即占身分。三四,表其形声,而好貌从摧藏翻出,略见依人原非所乐。五六,颂主恩深,即补点题中'池'字。七句醒出恋主不去本旨,得末句一拓,转觉情深。"③恰当地说明吴

---

① (清)何焯《义门读书记》,上海:上海古籍出版社,1992 年版,第 701 页。
② 吴文治编《明诗话全编·陆时雍诗话》,南京:江苏古籍出版社,1997 年版,第 10695 页。
③ 张玉毅:《古诗赏析》,上海:上海古籍出版社,2000 年版,第 465 页。

均咏物诗善于托物寄情,而又能把情感的抒发和物象的描写相结合,找到咏物对象和诗人情感抒发的契合点。

梁后期飞鸟诗还出现借飞鸟意象抒写闺怨的作品。它们善叙怨情,间有感人之作。如萧纲的《夜望单飞雁诗》:

> 天霜河白夜星稀,一雁声嘶何处归。早知半路应相失,不如从来本独飞。

前两句,诗人先营造清冷的月夜烘托孤雁失群的悲鸣,最后写出内心的怨抑之思。虽然没有出现人的形象,但使读者仿佛感觉到失恋女子的悲哀心态。其他如咏双雁的诗,大多是借燕双栖双宿写"愿得长如此,无令双燕离"(萧纲《双燕离》)的观感,庾肩吾和诗写道:"可怜幕上燕,差池弄羽衣。夜夜同巢宿,朝朝相对飞。衔泥瞻乐善,相贺奉英徽。秋蝉行寂寞,恋此未辞归。"(《和晋安王咏燕诗》)。

齐梁飞鸟诗在意象的创新和刻画方面也有新的收获。一些飞鸟意象,在永明时期只是某个诗人以诗吟咏,还没有成为大家关注,或者说集体赋诗的题材。在梁后期诗人手中,这些飞鸟却得到了穷形尽相的描写,诗人分别设置不同的情境以表现所咏飞鸟的独特之处。如咏凫,不仅是单题吟咏,还有咏晨凫诗、咏寒凫诗、咏惊凫诗。比如"旅雁同洲宿,寒凫夹浦飞。"(萧纲《泛舟横大江》)、"晨凫移去舸,飞燕动归桡。"(萧绎《鸟名诗》)、"溜船惟识火,惊凫但听声。"(阴铿《五洲夜发诗》)。或者诗人针对某一飞鸟反复吟咏,如咏鹤诗,萧纲就曾写过《赋得舞鹤》《登板桥咏洲中独鹤》《别鹤》等。

诗人往往选单、独、双、枯、孤等词来形容刻画所咏飞鸟,营造出特定的情境,使得一些飞鸟意象的情感内涵得到了定型化的表现,影响及于后世。例如前举萧纲的《双燕离》,取意于鲍照的《咏双燕》,以双飞燕烘托形单影只的凄凉感,这时又有了咏孤燕的诗,进一步使燕成为寄托诗人"愿并迎春比翼燕,常作照日同心花"(江总《秋日新宠美人应令》)特定情感的意象,后世写燕抒情的比比皆是。再如阴铿的《咏鹤》:"依池屡独舞,对影或孤鸣。乍动轩墀步,时转入琴声。"虽是四句短诗,但诗人却以寥寥数语把仙鹤离群独舞的情态刻画得别有韵致。萧纲的诗用"意惑东西水,心迷四面云。谁知独辛苦,江上念离群。"(《登板桥咏洲中独鹤诗》)刻画孤鹤羁唳的原因,阴铿只以"对影或孤鸣"点出题旨,且给读者留下回味余地,用字凝炼可见一斑。

　　虽然从诗歌的总体风格而言,北朝诗歌与南朝诗歌有着比较明显的区别,但从飞鸟诗来看,北朝写飞鸟诗的诗人主要是由南入北的诗人,因而风格也与南朝飞鸟诗很接近。由南入北的这些诗人,虽说入北时间不同,但他们在南朝时期主要集中在梁、陈二朝,他们入北以后,更多将梁、陈诗歌的创作特征带入北朝,从而影响到北朝诗歌的创作。这其中既有诗人创作惯性的原因,同时也与北朝上层贵族对南朝咏物诗风的喜好有关系。

　　庾信仕梁时历湘东国常侍、尚书度支郎中、郑州别驾、东宫学士、建康令,聘魏时被西魏羁留不遣,留北二十八年,仕至骠骑大将军开府仪同三司,司宪中大夫,进爵义城县侯。庾信入北前是梁朝宫体诗的重要作家,其诗歌创作多为文酒诗会中的唱和之作,内容不出风花雪月、日常生活琐事的狭窄范围,体物精细、风格绮艳。入北之后,庾信所作的飞鸟诗主要还是延续了在梁朝时的风格。由于他在北周的文学地位并没有发大的变化,依旧是文学重臣,"世宗、高祖并雅好文学,信特蒙恩礼,至于赵、滕诸王,周旋款至,有若布衣之交"。① 因此在一些咏物诗中,流露自己的感激之情。《咏雁》一诗就流露出自己对北朝安逸生活的满足之情:"南思洞庭水,北想雁门关。稻粱俱可恋,飞去复飞还。"庾信入北后,由于生活环境改变,北方山河的苍茫浑朴,北人性格的豪爽刚直,以及北方诗歌的壮大情思势必会影响到他的诗歌创作;加之强烈的乡关之思、故国之恋、羁旅情愁与身世之感,使庾信后期的一些飞鸟诗,诗风由绮丽开始转向凝重,情思慷慨,风格苍劲,如《秋夜望单飞雁诗》:

　　　　失群寒雁声可怜,夜半单飞在月边。无奈人心复有忆,今暝将渠俱不眠。

　　失群寒雁的哀鸣,触发诗人强烈的身世之悲,体现出诗人浓郁的乡关之思,感慨深沉,萧瑟悲凉,堪称诗人飞鸟诗中的上乘之作。

　　王褒的经历与庾信相似,在飞鸟诗创作上也有共同之处,当他前期处于贵公

---

① （唐)令狐德棻:《周书·庾信传》,北京:中华书局,1971 年版,第 734 页。

子时,诗歌多写士大夫一般性日常生活,如《看斗鸡诗》,表现出士大夫生活的富足闲适。入北后生活环境、生活方式、生活目标都发生了重要的变化,在久居他乡、寄人篱下的境遇中,诗人已没有了往日的豪情壮志,身世之悲与思乡之情成为他的飞鸟诗的主旋律。如他的《咏雁诗》:

> 伺潮闻曙响,妬垄有春羣。岂若云中雁,秋时塞外归。河长犹可涉,海阔故难飞。霜多声转急,风疎行屡稀。园池若可至,不复怯虞机。

诗歌语调凄婉,诗人自叹不如秋雁的心情,正是自己对故乡深情怀恋的反映。

第三节 唐宋飞鸟诗的繁荣

唐宋的"飞鸟诗",就是上述传统的继承与发扬。既有近接汉魏六朝"飞鸟诗"的遗风,也有远绍风、骚的传统。数量之多,前无可比。艺术价值,则高低不一。总的说来,也不乏平庸、低劣之作,但臻于绝境、足堪称赞之作却也不在少数。至于发展情况之复杂,则更是前所未有。

一、唐宋"飞鸟诗"的创作概貌

大体上看,初唐以咏鸟遣兴为主流,连篇摹状,见物不见人(情),干瘪乏味。李峤的一百二十多首咏物诗中的咏鸟诗就是突出的代表。如《凤》:"有鸟居丹穴,其名曰凤凰。九苞应灵瑞,五色成文章。屡向秦楼侧,频过洛水阳。鸣岐今日见,阿阁仁来翔。"平板写物,看不到作者褒贬之意与高雅情趣。盛唐情况有所改变,名家辈出,他们高瞻远瞩,不屑于玩物弄笔,偶有所为,常颇具深意。如李白笔下的"大鹏""凤凰"等,气象宏大;杜甫诗中的"杜鹃""黄鹂",甚至于"鸡""鸭",都写得形神兼备,非浅见所能切晓(参见本书第五章)。中唐时期,许多诗人也创作出了可观的作品。以白居易为例,诗集中"飞鸟"之作,俯拾皆是。其中佳篇不少,托意大体上以平易出之,自成一格。如《白鹭》:"人生四十未全衰,我为愁多白发垂。何故水边双白鹭,无愁头上亦垂丝?"

晚唐,写"飞鸟诗"的诗人极多,诗家著名者也都有精彩的"飞鸟诗"流传。他们的诗作大都映现时代的某些面影,流露了作者的思想感情。略举数例:

李商隐的《流莺》:

> 流莺飘荡复参差,度陌临流不自持。
> 巧啭岂能无本意,良辰未必有佳期。
> 风朝露夜阴晴里,万户千门开闭时。
> 曾苦伤春不忍听,风城何处有花枝。

"伤春"其实就是诗人抱负成空、青春虚度的精神苦闷,无枝可栖其实也就是诗人自己的窘困处境。怜莺实为自怜,叹莺实为自叹,妙合无垠,凄婉入神。

皮日休《病孔雀》:

> 烟花虽媚思沉冥,犹自抬头护翠翎。
> 强听紫萧如欲舞,闲眠红树似依屏。
> 因思桂蠹伤肌骨,为亿松鹅损性灵。
> 尽日春风吹不起,钿毫金缕一星星。

写春光明媚的时节,生病的孔雀心绪暗淡。然而,它仍然知道遮护着翠玉般的翎毛,显然它是自知其美、自珍自爱的。诗中描绘出病中孔雀娇柔动人、令人同情的形象,别有一番美感意味。

陆龟蒙的《东飞凫》:

> 裁得尺锦书,欲寄东飞凫。
> 胫短翅亦短,雌雄恋菰蒲。

雁可传书,而凫与雁颇相类,却不能传书,真令怀乡思亲的诗人无可奈何了。短短四句小诗,却合有丰富的诗外之情、言外之旨。

宋代的飞鸟诗在唐代的基础上又有新的发展。王安石、苏轼和陆游是两宋的咏物大师,也都创作了不少的飞鸟诗。其中尤以苏轼为杰出(参见第五章)。他们的飞鸟诗的情理俱丰,带上了时代的烙印与作家自己的风格。其他众多的诗人置身其间,时有新颖之作。当然,粗制滥造之作也不少。

二、唐宋"飞鸟诗"的显著特点

(一)鲜明的忧乐天下的时代精神

我们知道,六朝的飞鸟诗的题材较为单一,多为宫廷应制之作。而托意大多平庸,有的仅作文字游戏。这反映了作者生活圈子的狭窄、见闻的寡陋和思想的庸浅。而唐宋时期的许多作家突破了宫廷生活的樊篱,有的甚至颠沛流离,饱尝世间辛酸苦辣,他们有较丰富的阅历,因而写起飞鸟诗来,海阔天空,纵横驰骋,带进了鲜明的社会风尚与时代色彩。其中,还有部分诗人在飞鸟诗中反映了当时的民族矛盾和亡国之痛。杜牧的《早雁》:

> 金河秋半虏弦开,云外惊飞四散哀。
> 仙掌月明孤影过,长门灯暗数声来。
> 须知胡骑纷纷在,岂逐春风一一回。
> 莫厌潇湘少人处,水多菰米岸莓苔。

借早雁南飞,影射河湟地区人民遭受回鹘侵扰,从而把重大的民族矛盾斗争主题引进了飞鸟诗中。宋末诗人梁栋的《四禽言》,借禽鸟的啼叫起兴,反映国破家亡、中原沦陷的现实,有较强烈的爱国感情。

(二)充实而又多侧面的情感内涵

这又有以下几方面的不同表现:

一是干谒。这往往是布衣、士子或官卑职微者在仕途求进中悉心经营之作。这类作品的产生除了作者爱面子(不便直接说出干谒求荐、求用的要求)之外,也由于作者想逞才,即把想说的话说得富于艺术性,以显示自己的才华。如唐初李义府的《咏乌诗》:"日里飏朝彩,琴中闻夜啼。上林如许树,不借一枝栖。"《全唐诗话》卷一载:"义府初遇以李大亮、刘洎之荐。太宗召令咏乌,义府曰:'日里飏朝彩……'帝曰:'与卿全树,何止一枝?'"又如高越的《咏鹰》,"雪爪星眸世所稀,摩天专待振毛衣。虞人莫漫张罗网,未肯中原浅草飞。"《全唐诗》卷七百四十一注:"越归南唐,初投鄂帅张宣,久不见知,以鹰诗诮之。"看来,咏物干谒已是当时官场求进者表达愿望的常见方式之一。

一是抒愤。这里说"抒愤"是举其一端以概言之,其实它还应该包举"抒忧""抒愁""抒哀"等抒发一切不愉快的感情。在封建社会中,诗人之"愤",或因家国之危难,或因个人遭遇之坎坷,或因社会现实之乖背……凡此种种,不便直说或不欲直说,便往往以咏物出之。如以忠直敢言闻名的盛唐宰相张九龄,迫于奸佞当道只好让权,愤而作《归燕》:"海燕虽微眇,乘春亦暂来。岂知泥滓贱,只见玉堂开。绣户时双入,华堂日几回。无心与物竞,鹰隼莫相猜。"诗中以"海燕"自喻,以"玉堂"和"绣户""华堂"隐喻朝廷,而以"鹰隼"暗指李林甫,表明自己原本出身微贱,只是在圣明时代暂来朝中做官。虽日夜事劳、惨淡经营,但无心争权夺利,权势者又何必要猜忌、中伤呢?据《全唐诗话》记载:"(张九龄)为燕诗以贻林甫曰:(诗如上,略)。林甫览之,知其必退,恚怒稍解。"

一是言理。这类作品通过形象来说理,往往比单纯论理易于晓人。诗人在创作中,往往能因小见大,言简意赅。其优者每见作者的学识与闪光的思想。例如,白居易《池上寓兴二绝》其二:

> 水浅鱼稀白鹭饥,劳心瞪目待鱼时。
> 外客闲暇中心苦,似是而非谁得知。

白鹭静立水边,通常人们都欣赏它外表的悠闲,而白居易却别开生面,深入其内心,说它劳心瞪目、忍饥待鱼,心中何其焦虑愁苦。结句更由此及彼,上升到哲理高度来加以认识;像白鹭这样似是而实非的情形,谁又能体察出来呢?无疑这也寄托了诗人自己的一种心境和人生体会,寓意颇深。

一是兴趣。这也是就那些没有明显寄托意义的飞鸟诗来说的。那些诗不是如六朝某些飞鸟诗那样仅仅是对飞鸟的外在形态作客观的甚至无聊的摹写,而是带着作者健康而高雅的审美情趣,因而给人以美感。如唐代雍裕之的《残莺》:

> 花闲莺亦懒,不语似含情。

何言百啭舌,惟余一两声。

这是一首笔触很空灵、感情很丰富的小诗。全诗不作具体的实景描写,几乎全部是诗人主观情意的表现。不说花尽莺残,而说"花闲莺懒",已带有强烈的惜春情绪,却又不将它道破,而是再写一笔残莺的含情脉脉、欲语又迟,最后再以诘问收束,尤觉含蓄不尽、余味无穷。

(三)体裁、风格和表现手法的多变创新

这与整个古典诗歌的发展达到了成熟阶段有关。就飞鸟诗本身来说,它也在艺术实践中经历了萌芽、生长、成熟的过程,到了唐宋阶段可以说是收获的季节了。

从体裁来说,飞鸟诗大多是篇幅短小的绝句、律诗,但也有篇幅相当长的古诗和歌行体诗。那些易读易记、朗朗上口的优秀短篇固然流传万口,那些洋洋洒洒、一唱三叹的长篇佳作,也历久不衰。如柳宗元的《笼鹰词》《放鹧鸪词》等,都是长篇铺叙,以鸟自喻,寄寓为人迫害的愤慨和向往自由的心情。他们的共同存在,体现了飞鸟诗创作的生动活泼的局面。

就风格来说,有的才气纵横,气吞山河;有的纤弱抑郁,思缜词密;有的情幽雅洁,遐想宜人;有的诙谐爽朗,不沾不着;有的辛辣刻薄,力透纸背……可说百花齐放,各显绝招,各臻绝境。这显然与作者的全盘创作一脉相承,但也显示了飞鸟诗的独立风貌。当然,风格与题材的关系是相当密切的。咏黄鹂、百灵,可以婉丽而难为豪雄,咏鹰隼、鸿鹄,可以奔放而难为纤弱。但即便同是吟咏一种飞鸟,作者不同,风格也往往有别。例如,

李白《鸣雁行》:

胡雁鸣,辞燕山,昨发委羽朝度关。

一一衔芦枝,南飞散落天地间,连行接翼往复还。

客居烟波寄湘吴,凌霜触雷毛体枯,畏逢矰缴惊相呼。

闻弦虚坠良可吁,君更弹射何为乎?

写胡雁南翔、客居湘吴,却屡遭矰缴所害。诗人悲悯大雁高飞之不易,愤慨弦

弹贪鄙之无情。格调高亢而悲慨,形象苍劲而枯槁。

李益《水宿闻雁》:

> 早雁呼为双,惊秋风水窗。
> 夜长人自起,星月满空江。

一双欢雁相呼相唤,鸣声从窗外传来,而被雁声惊醒的诗人就再也难以入睡了。待起身看时,雁已远去,见到的只是星月倒映下的一江秋水。这是一幅疏朗简洁、余韵悠长的水墨画,其画外之情要我们慢慢体味才能品出。

姜夔《雁图》:

> 万里晴沙夕照西,此心惟有断云知。
> 年年数尽秋风字,想见江南摇落时。

写诗人相见思乡之人独立于晴沙夕照之中,默默地数尽雁字、遥念江南,将绵绵不尽的思乡之情尽寓其中。

再就表现手法来说,许多作品是相当讲究的。或以形胜,或以神长,可谓各展其才,各具特色。下面试简述几种主要的表现手法。

巧喻。比喻是塑造形象的重要手法之一。飞鸟诗中以此去摹写飞鸟意态,几乎随处可见。巧喻的长处在于:精当、新鲜、富于美感。试以唐代罗隐的《子规》为例:

> 铜梁路远草青青,此恨哪堪枕上听?
> 一种有冤犹可极,不如衔石迷沧溟。

诗的前两句,极写杜鹃啼鸣的哀怨凄切,令人不忍谛听;后两句,竟作反跌,用"精卫衔微木,将以填沧海"(陶渊明《读山海经》)的悲壮举动作映衬,委婉地批评了杜鹃的只知悲鸣、不思报冤,一反前人同情怜悯的笔调。同是含冤的微禽,在意志刚强、不屈不挠的精卫面前,杜鹃愈加显得软弱、可怜。全诗原本取喻子规,但诗人巧思精构,比中又比,喻中含喻,故令人惊奇、引人遐思。

寄托。在飞鸟诗的创作中,作者往往采用寄托的手法,即通过着力描绘鸟的情状来表达自己对生活的体验和感悟。这就使得许多飞鸟诗得以举重若轻地表现重大或深刻的主题。例如李白的《空城雀》,借麻雀微小之躯,托寄诗人对世事艰难、人生多厄的感慨,以及宁守本分、不易气节的德操:

> 嗷嗷空城雀,身计何戚促。
>
> 本与鹪鹩群,不随凤凰族。
>
> 提携四黄口,饮乳未尝足。
>
> 食君糠秕余,常恐乌鸢逐。
>
> 耻涉太行险,羞营覆车粟。
>
> 天命有定夺,守分绝所欲。

移情。假如说,前两种手法是一般的文学作品的常用表现手法,那么移情却更多的是属于飞鸟诗常用的表现手法。因为鸟本无情,却要负载作者所寄托的思想感情,这在客观上迫使作者有时要移情于鸟;此外,为了表达的生动逼真,把飞鸟拟人化,也是作者乐于使用的。因此,移情手法在飞鸟诗中的运用比在任何其他种类的诗中的运用更为普遍。但要运用得自然而不生硬,生动而不呆板,含蓄而不浅露,却也并非人皆能之。我们看到一些用得好的诗篇往往妙趣横生,令人解颐、心折。例如苏轼的《鹤叹》:

> 园中有鹤驯可呼,我欲呼之立坐隅。
>
> 鹤有难色侧睨予,岂欲臆对如鹏乎?
>
> 我生如寄良畸孤,三尺长胫阁瘦躯。
>
> 俯啄少许便有余,何至以身为子娱。
>
> 驱之上堂立斯须,投以饼饵视若无。

诗人假设与鹤的对话,移情于鹤,借鹤言志,鹤性与人性相交织,难分彼此,情景逼真。

移情手法在有些禽言诗中成了当然的表现手法。禽言者,鸟语也。禽言诗已不是在诗歌中一般地描写鸟鸣,而是用拟人化的笔法,把鸟鸣当作人语,立意造型融为一体,具有诙谐含蓄、妙趣横生的艺术效果。禽言诗一般被认为是北宋梅尧臣所首创。他写的《四禽言》分别模仿杜鹃、提壶、婆饼焦、竹鸡四种鸟的叫声,化入作者所要叙述的事和所要抒发的情。此后又有苏轼的《五禽言》、陆游写的《禽言》四首等,都是此中佳作。

以上的略述,可以窥见唐宋飞鸟诗表现手法的丰富多彩和动人的艺术效果。必须附带一笔的是:许多作者在艺术实践中的继承与创新很值得称赞,这是造成唐宋咏物诗呈现出万紫千红局面的重要原因之一。

总的说来,在古代飞鸟诗的长河中,唐宋阶段的成就是巨大的、空前的,它对宋以后的飞鸟诗,乃至其他种类的诗歌创作都产生深远的影响。

宋以后的飞鸟诗创作仍有所发展,但其发展的方向已不是在对飞鸟意象、题材、风格等方面的创新,而是紧密联系着时代、生活的变化,更多地表现为对诗意内涵的改变和与其他艺术形式的融合。比如在飞鸟诗中更多地表达个体内在的感受,抒情方式也更加内倾化,而不太注重表现外在社会的内容和单纯的状物写景。另一个表现就是出现了大量的为题画而作的飞鸟诗,以及飞鸟词、飞鸟曲。艺术形式上的交通,也使不同艺术创作之间互相都沾染了彼此的气息。此时的飞鸟诗因而也多了几分绘画的意境、词曲的情韵。如明代杨一清的《画雁》就反映出这一综合的艺术特点和风貌:

> 江岸芦花秋簌簌,江头旅雁群相逐,
> 啄者自啄宿者宿。
> 昨夜南楼闻北风,天长水阔云濛濛。
> 何当身一叶,棹入芦花丛?

诗情、画意、词韵,水乳交融,共同构成一幅意趣生动的优美画境。

第二章

"飞鸟诗"的母题和主题

所谓"母题"和"主题"的概念来自于西方比较文学中的主题学。然而在中外文学的批评实践中,由于两者之间联系紧密,往往容易引起混淆。各国学者在尝试区别这两个概念时,常采用对举的方法,以便更好地找出两者间的差别。

尤金·H·福尔克认为:"主题可以指从诸如表现人物心态、感情、姿态的行为和言辞或寓意深刻的背景等作品成分的特别结构中出现的观点,作品的这种成分,我称之为母题;而以抽象的途径从母题中产生的观点,我则可称之为主题。"①弗伦泽尔也对此有过这样的论述:"母题这个字所指明的意思是较小的主题性的(或题材性的)单元,它还未能形成一个完整的情节或故事线索,但它本身却构成了属于内容和形式的成分,在内容比较简单的文学作品中,其内容可以通过中心母题概括为一种浓缩的形式。一般说来,在实际文学体裁中,几个母题可以组成内容。抒情诗没有实际内容,因此没有我们这里所说的题材,但一个或几个母题可以构成它主题性的发展。"②杨乃乔等主编《比较文学概论》中对母题和主题作了这样的区分:"母题是对事件的最简归纳,主题则是一种价值判断;母题具有客观性,主题具有主观性;母题是一个基本叙事句,主题是一个复杂句式;主题是在母题的归纳之上进行的价值判断,因此,一般说来,母题是一种常项,主题则是变量。"③母题是有限的,而主题的数目,从理论上说是无限的。至于两者不可分割的联系则是:母题是潜在的主题,是主题赖以生长的基础,母题在某种程度上是源

---

① [法]约斯特著,廖鸿钧等译:《比较文学导论》,长沙:湖南文艺出版社,1988年版,第235页。

② 转引自曹顺庆等主编:《比较文学论》,成都:四川教育出版社,2002年版,第270－271页。

③ 杨乃乔等主编:《比较文学概论》,北京:北京大学出版社,2002版,第218页。

于原始文化的永久性主题;而主题是母题的具体化和表现形式,它使母题获得再生。

　　母题研究是主题学研究中极其重要的一部分,"主题学中的母题,通常指的是文学作品中反复出现的人类的基本行为、精神现象以及人类关于周围世界的概念,诸如生、离、死、别,喜、怒、哀、乐,时间,空间,季节,海洋,山脉,黑夜等。"①在某种程度上,母题也是原型,具有先天性与不可更改性。对母题的研究就是对从远古时代以来不断保持下来的具有普遍意义的意象类型及其发展史的研究。

　　我们知道,文化是割不断的。客观上讲,每个带有母题性的意象及其相关的意识情思,在文学史上都有个兴衰递变的存在过程。每个此类意象—经前人使用过,成为那些佳篇名句的闪光点,也就具有了浓缩化的文化能量,从而有可能连同作品文本结构神韵及作者彼时彼地的情感哲思,乃至该意象系统的有机整体,泽被后世,在不同时代、不同文体的作品中反复出现。所以,看似孤立悬搁在个别文本情境中的此类意象,实则在其背后是一个蕴涵丰富的文化实体。

　　由于中国文学的积累太丰厚了,不少单个的意象因其亲族的庞大、历时发展过程中同某些典故传闻的纠葛,在具体文本结构中也会具有母题性质,甚至因其多义的功能,同一些主题有所沟通,并且这一母题就揭示了主题。

　　意象的递迁与重现,受传统的接受方式很多制约,这方式又反馈回意象使用过程中。六朝至唐宋以降,各种类书与笺注丛生并起,原本为的是便于文学(当然不限于文学)的创作与接受,但其又将作者与读者的创造力限定在既有的范围。如海外学者所谈到的:"……类书和笺注在意图上,都是要为读者重现某种'人的情况'在整个历史过程与空间呈现的诸貌与演出、变化的种种关联与组合。诗人在写下一句诗时,他已经活动在这个空间里,我们说一句话时,已经呈现出我们历史的根源。但我们也知道,一首诗的文、句不是一个可以圈定的定义,而是开向由许多既有的声音交响、编织、叠变的意义的活动。"②中国古人显然过于偏重向前代看。有许多是前人留下的类书、笺注一类著作,诸如《初学记》《艺文类聚》《事

_____

①　陈惇等主编:《比较文学》,北京:高等教育出版社,1997年版,第123页。

②　叶维廉:《寻找跨中西文化的共同文学规律——叶维廉比较文学论文选》,北京:北京大学出版社,1987年版,第175页。

类赋》以及各种选本、笺注等,使得诗人作家们对传统文学(乃至文化)了解的程度有多深,对意象群体系统及源流熟悉的程度有多广,其在文学活动中可能获取的创作自由度就有多大。所谓"凡作诗之人,皆自抄古人诗话精妙之处,名为随身卷子,以防苦思。作文兴若不来,即须看随身卷子,以发兴也"①。杜甫也有诗云:"诗是吾家事,人传世上情。熟精文选理,休觅彩衣轻。"(《水阁朝霁奉简严云安》)

诚然,中国古代飞鸟诗作品之多可谓数不胜数,诗中的飞鸟意象也是林林总总、美不胜收;本文只能择其精要,选出若干个具有母题意义的飞鸟意象,对其进行主题学中"母题研究"的尝试。比较一般的意象研究,母题和主题研究的侧重点与之有所不同。意象研究偏重在美学、文论、诗歌创作等共时性探讨上,着眼于意象组合及其与作品文本系统的关系;而母题和主题研究则偏重在关注意象形成、流变过程及其同神话民俗、史书传说乃至整个叙事文学的参融整合过程。它主要是从不同时代的接受心理、文化传播与文化变迁,对不同意象系统的影响进行考察,以期更切中肯綮地揭示某一母题的文化蕴涵及其历时性演变的深在动因。

第一节 凤凰

"凤凰"是中国古人对多种鸟禽、某些游走动物及太阳、风等自然现象多元融合而产生的一种神物。也就是说,它包含了对多种鸟禽及鸟禽之外的某些动物及一些自然天象,而非单一的某一种鸟禽的认知和信仰。在中国古代文化传统中,它与"龙"一起,成为民族文化精神信仰的典型象征物;并且,在几千年的发展过程中不断地适应文化变革的需要,改变、丰富着其内在和外在的意义和形式。

在历代文人墨客的诗文创作中,以"凤凰"为意象的"飞鸟诗"不仅数量众多,而且因其历时性的母题意义和共时性的多义功能而构建成为古代"凤凰诗"独特的主题。

---

① [日]遍照金刚著,王利器校注,:《文镜秘府论·南卷·论文意》,北京:中国社会科学出版社,1983 年版,第 290 页。

一、"凤凰"的文化变迁

目前所见最早的"凤"字出现于甲骨文中,其字形如下图所示。字的上部与
"帝""龙"二字的写法相似,仿佛都有一顶王冠的形象,下部则作鸟形。①

▶ 甲骨文中的"凤"字

甲骨文中有这样两条辞例:"……于帝使凤,二犬……"(《卜辞通纂》398);
"贞。翌癸卯,帝其令凤"(《殷墟小屯》文字丙编)。上条前面缺失了祭名和用牲
方法,祭祀对象为凤,祭品是两只犬。下条讲的是"王占卜问帝令不令凤,凤来不
来? 很清楚的,凤是帝与王之间往来的使者"。② 传世文献也有类似记载,《荀子
·解蔽》引逸诗曰:"凤凰秋秋,其翼若干,其声若箫,有凤有凰,乐帝之心。"③两条
辞例中凤的身份都是天帝的使者,显然凤在早期信仰中是来自于天上,并与万能
的天神有着密切的关系。这恐怕也是后世把凤凰看作祥瑞的根源。《论语·子
罕》中有"凤鸟不至,河不出图"的说法④,汉朝阴阳五行学说盛行,为配合歌功颂

---

① 转引自庞进:《凤图腾》,北京:中国和平出版社,2006 年版,第 90 页。
② 张光直:《青铜挥麈·作为巫具的鸟》,上海:上海文艺出版社,2000 年版,第 321 – 322 页。
③ (清)王先谦:《荀子集解》,北京:中华书局,1954 年版,第 260 页。
④ (清)刘宝楠:《论语正义》,北京:中华书局,1954 年版,第 179 页。

德和政治功用的需要,祥瑞说几乎垄断典籍中所有的凤凰意象。如《说文》曰:
"凤,神鸟也。天老曰:'凤像:麟前,鹿后,蛇颈,鱼尾,龙文,龟背,燕颔,鸡喙,五色
备举。出东方君子之国,翱翔四海之外,过昆仑砥柱,濯羽弱水,暮宿丹穴。见则
天下安宁。'"①又《山海经·海外西经》曰:"此诸夭之野,鸾鸟自歌,凤鸟自舞,凤
皇卵,民食之。"②又《南山经》曰:"丹穴之山……有鸟焉,其状如鸡,五彩而文,名
曰凤凰。首文曰德,翼文曰义,背文曰礼,膺文曰仁,腹文曰信。是鸟也,饮食自
然,自歌自舞,见则天下安宁。"③可见,至汉代,"凤凰"作为祥瑞表征的神鸟身份
就已经非常明确了。

最早把凤凰与现实中的人联系起来的,是春秋战国时期的楚人。楚人崇拜凤
凰,这可以从楚国的出土文物上大量的"凤"图像得到证明。并且,有着奇思异想
的楚人喜欢以凤喻人。《论语·微子》:"楚狂接舆歌而过孔子曰:'凤兮!凤兮!
何德之衰?往者不可谏,来者犹可追。已而,已而!今之从政者殆而!'孔子下,欲
与之言。趋而辟之,不得与之言。"这是楚人以"凤凰"喻孔子。《庄子·秋水》云:
"庄子往见之,曰:"南方有鸟,其名曰鹓雏,子知之乎?夫鹓雏,发于南海而飞于北
海,非梧桐不止,非练实不食,非醴泉不饮。于是鸱得腐鼠,鹓雏过之,仰而视之曰
'吓!'今子欲以子之梁国而吓我邪?"鹓雏,亦凤凰之属。这是以"凤凰"比人格之
高尚。楚人以"凤凰"喻人,揭开了"凤凰"人格化的序幕。

到了汉代,以"凤凰"喻人的例子也不少。《汉书·扬雄列传下》:"今子乃以
鸱枭而笑凤皇,执蝘蜓而嘲龟龙,不亦病乎!"④《后汉书·刘陶列传》:"耽与议郎
曹操上言:'公卿所举,率党其私,所谓放鸱枭而囚鸾凤。'"⑤他们多取庄周之喻,
以"鸾凤"与"鸱枭"的对比以显示人格之高下。

对凤凰作性别的分化,也是自汉代始。《尔雅·释鸟》:"鷗,凤;其雌皇。"⑥
《诗·大雅·卷阿》:"凤凰于飞。"毛传:"凤凰,灵鸟,仁瑞也。雄曰凤,雌曰

---

① (清)段玉裁注:《说文解字注》,上海:上海古籍出版社,1988 年版,第 148 页。
② 张耘点校:《山海经、穆天子传》,长沙:岳麓书社,2006 年版,第 120 页。
③ 张耘点校:《山海经、穆天子传》,长沙:岳麓书社,2006 年版,第 9 页。
④ (汉)班固:《前汉书》,北京:中华书局,1998 年版,第 1173 页。
⑤ (南朝宋)范晔:《后汉书》,北京:中华书局,1998 年版,第 755 页。
⑥ (清)阮元校刻《十三经注疏·尔雅注疏》,北京:中华书局,1980 年版,第 2648 页。

凰。"①将凤凰对应人格化为凤雄雌凰,就是汉人的创举。特别是汉代司马相如在其《琴歌二首》中,以"凤"喻己,以"凰"喻卓文君,以"凤求凰"的歌诗意象倾诉了对卓文君的爱慕之情。"凤兮凤兮归故乡,游遨四海求其凰。……有艳淑女在此方,室迩人遐毒我肠,何由交颈为鸳鸯";"凰兮凰兮从我栖,得托子尾永为妃。交情通体心和谐,中夜相从知者谁。双兴俱起翻高飞,无感我心使余悲。"可见,以"凤凰"喻指人间夫妻或情侣,也是在汉代才初现端倪的。

魏晋南北朝时期品藻人物成风,政治上的裁量人物以及美学上的欣赏人物,也有以凤凰来喻有权位、才识或风貌的男性的,但这种喻指并不普遍。如《世说新语·言语》云:"邓艾口吃,语称'艾艾'。晋文王戏之曰:'卿云艾艾,定是几艾?'对曰:'凤兮凤兮,故是一凤。'"②邓艾以"凤"为喻自比孔子。《世说新语·赏誉》云:"张华见褚陶,语陆平原曰:'君兄弟龙跃云津,顾彦先凤鸣朝阳。谓东南之宝已尽,不意复见褚生。'陆曰:'公未睹不鸣不跃者耳!'"③以"凤"喻顾彦先等东吴才人。但在文人的诗歌创作之中,以"凤"比德、言志,借"凤"宣威、示祥的意象建构却渐渐普及和明晰起来。

如果说唐以前以凤喻人有着较严格的尺度的话,那么在唐代,这种尺度被大大放宽了。凤凰喻人被唐人使用得自由而随意,几乎不再受制于身份、地位和性别。皇帝与臣子、高官与隐士、公主与贫女、贵妇与妓女都平等地享用着凤凰这一美好的称呼。"凤凰"因其美妙的体态和美好、吉祥的意蕴愈来愈受到人们的普遍欢迎,人们在以凤凰喻人的同时,也大力地发展着凤凰的装饰作用。到唐代,凤凰的装饰作用已渗透到人们衣食住行的各个方面。凤凰从权力的使者变成为美的化身,世俗化、唯美化成为凤凰的主要特征。凤凰的世俗化使人们在以凤喻人时少了禁忌,多了随意;凤凰的唯美化使凤凰与女性的联系日益紧密。从《全唐诗》中大量出现以凤凰喻人的例子,可见激情浪漫的唐人,非常乐于以凤凰来歌咏人。正是在这样的背景下,凤凰步入了女性化的阶段。人们以凤凰的美来增益女性之美,以凤凰来形容女性之美,以凤凰的"能歌善舞"来比喻"能歌善舞"的女子。

---

① (清)阮元校刻《十三经注疏·毛诗正义》,北京:中华书局,1980 年版,第 546 页。
② 徐震堮:《世说新语校笺》,北京:中华书局,1984 年版,第 42 – 43 页。
③ 徐震堮:《世说新语校笺》,北京:中华书局,1984 年版,第 235 页。

唐宋以后,"凤凰"的文学意象渐趋于女性化,与"龙"形成了鲜明的阴阳的对比关系。

二、"凤凰"诗歌的母题意象和主题

凤凰作为意象而进入诗歌是在《诗经》中。《大雅·卷阿》云:"凤凰于飞,翙翙其羽,亦集爰止。蔼蔼王多吉士,维君子使,媚于天子。"歌颂周成王身边人才济济。"凤凰"或比周王(高亨《诗经今注》),或比吉士(清代王先谦《诗三家义集疏》),前者如"百鸟朝凤",后者如"凤凰来集",一派祥和景象。然而,此诗中的"凤凰"似乎没有什么神异之处或神话色彩,与《诗经》中其他以鸟起兴的用法也并无不同。而且,"凤凰"从一开始成为诗歌意象就表现出诗作者所赋予它的象喻的功能。以物喻人,观物而动情,这也正是《诗经》所开创的中国诗歌的比兴传统。

此后,诗中的"凤凰"意象一直沿着象喻的道路走下来,并分化出三种主要母题意象,即凤凰来仪、凤凰飞鸣、鸾凤齐飞,与之相应也逐渐形成中国古代"凤凰"诗歌中的三种主要的主题,即祥瑞、言志、娱情。

(一)凤凰来仪——祥瑞

诗歌以"凤凰来仪"的母题意象表现"祥瑞"主题的创作主要集中在唐以前;籍"凤凰"以昭告祥瑞的歌诗也主要集中于两汉魏晋南北朝时乐府所演奏的郊庙、鼓吹等曲目之中。如魏时的《应帝期》:

> 应帝期,於昭我文皇。历数承天序,龙飞自许昌。聪明昭四表,恩德动遐方。星辰为垂耀,日月为重光。河洛吐符瑞,草木挺嘉祥。麒麟步郊野,黄龙游津梁。白虎依山林,凤凰鸣高冈。考图定篇籍,功配上古羲皇。羲皇无遗文,仁圣相因循。期运三千岁,一生圣明君。尧授舜万国,万国皆附亲。四门为穆穆,教化常如神。大魏兴盛,与之为邻。

这是一首"言文帝以圣德受命,应运期也"的诗。诗中呈现多种代表祥瑞的征兆,而"凤凰"与"麒麟""黄龙""白虎"并列为四种瑞兽,以昭示文帝的功配羲皇的圣明。再如曹丕《秋胡行二首》其一:"尧任舜禹,当复何为?百兽率舞,凤凰来仪。得人则安,失人则危。唯贤知贤,人不易知。歌以咏言,诚不易移。鸣条之役,万举必全。明德通灵,降福自天。"以百兽率舞、凤凰来仪的吉祥昭示祈祷降幅的愿望。类似用法的还有很多,诸如"骐骥蹑足舞,凤皇拊翼歌。丰年大置酒,玉樽列广庭。"(曹植《大魏篇》)、"庭有仪凤,郊有游龙。启路千里,万国率从。"(石崇《大雅吟》)、"彩凤鸣朝阳,玄鹤舞清商。瑞此永明曲,千载为金皇。"(谢朓《永明乐十首(其十)》)、"鸿名冠子姒,德泽迈轩羲。班班仁兽集,匹匹翔凤仪。"(昭明太子萧统《和武帝游钟山大爱敬寺诗》)等。此外南朝宋时的《宋凤凰衔书伎辞》云:"大宋兴隆膺灵符。凤鸟感和衔素书。嘉乐之美通玄虚。惟新济济迈唐虞。巍巍荡荡道有馀。"也属于同一类呈祥之作。但由于特定的创作要求,其意象的感染力和影响力都十分有限。

唐宋以后,特别是在文人自主创作的诗歌中,围绕这一母题而进行的诗歌创作并不多见,后世的唐宋诗歌选集也少有收录。像在宋代王安石编《唐百家诗选》中出现的李峤《咏凤》诗之"有鸟居丹穴,其名曰凤凰。九苞应灵瑞,五色成文章",已实属凤毛麟角。它如杨嗣复《仪凤》:"八方该帝泽,威凤忽来宾。向日朱光动,迎风翠羽新。低昂多异趣,饮啄迥无邻。郊薮今翔集,河图意等伦。闻韶知鼓舞,偶圣愿逡巡。比屋初同俗,垂恩击壤人。"这是一首应试诗,以凤来宾和河出图作为一种瑞象,歌颂君王有道,天下太平。

(二)凤凰飞鸣——言志

真正使"凤凰"意象影响巨大且创作旺盛的主题内容是"言志"。其所谓"志"又主要包括高洁和高飞的两面,且二者在诗中往往如影随形、难分彼此,却又各有侧重、意象生动。

表现"凤凰"高洁之性和高飞之志的诗在屈原楚辞中就已出现。楚人崇凤,在屈原的诗里,"凤凰"不仅充当着神的使者身份,具有腾驾高飞的神异,以辅助诗人飞升翱翔:

《离骚》:
鸾皇为余先戒兮,雷师告余以未具;
吾令凤鸟飞腾兮,继之以日夜;

凤皇既受诒兮,恐高辛之先我;

朝发轫于天津兮,夕余至乎西极;

凤皇翼其承旗兮,高翱翔之翼翼;

而且品行高贵、不同凡鸟,与燕雀、乌鹊、鸡鹜之属更有高下之分、玉石之别:

《九章·涉江》:
乱曰:鸾鸟凤皇,日以远兮。燕雀乌鹊,巢堂坛兮。

《九章·怀沙》:
凤皇在笯兮,鸡鹜翔舞。同糅玉石兮,一概而相量。

应该说,是屈原的楚辞第一次赋予"凤凰"如此鲜明的个性化的象征意义,所以,其占据凤凰"言志"主题的首倡地位无可置疑。同时,由于屈原所遭遇的政治悲剧,使得其"忠而见疑,贤而被谤"的悲慨成为后世文人士子始终难以释怀的浩叹。这也成为屈原之后的以"凤凰"为核心意象的"飞鸟诗"中出现的最为常见的主题。下面试举汉以后的诗例为证:

刘桢《赠从弟》:
凤凰集南岳,徘徊孤竹根。于心有不厌,奋翅凌紫氛。岂不常勤苦,羞与黄雀群。何时当来仪,将须圣明君。

这是一首寄意颇深的咏物言志之作。诗中的凤凰徘徊孤竹、郁郁不乐,终因羞与黄雀为伍而奋翅远飞,并表示要待圣君出世才重新返回,从而寄托了诗人生不逢时、怀才不遇的无限感慨。

阮籍《咏怀诗》:
林中有奇鸟,自言是凤凰。清朝饮醴泉,日夕栖山冈。高鸣彻九州,延颈望八荒。适逢商风起,羽翼自摧藏。一去昆仑西,何时复回翔。但恨处非位,怆恨使心伤。

阮籍学习屈骚以"凤凰"自喻，悲叹政治环境的凶险；又取庄子鹓雏之典，自言高洁、不与流俗。诗中的"凤凰"形象与诗人阮籍的品格才德相统一，加之语言所透露出的情刚之气，使此篇作品成为"凤凰"诗歌中的传世佳作。

孟浩然《赠道士参寥》：
蜀琴久不弄，玉匣细尘生。丝脆弦将断，金徽色尚荣。知音徒自惜，聋俗本相轻。不遇锺期听，谁知鸾凤声。

这是一首赠友诗。诗人以良琴久置作比，表现了怀才不遇的愁闷之情。在诗的结尾处，以锺期难遇而只能似"鸾凤"自鸣，形象表达了诗人对自己空有一身才能却无处施展的现实处境的不满。

李白《古风（其三十九）》：
登高望四海，天地何漫漫。霜被群物秋，风飘大荒寒。杀气落乔木，浮云蔽层峦。孤凤鸣天倪，遗声何辛酸。游人悲旧国，抚心亦盘桓。倚剑歌所思，曲终涕泗澜。

此诗中的"孤凤鸣天倪"无疑也是李白的自况。这首诗大致创作于天宝三载（公元744年）。是年，诗人被"赐金放还"，他内心的极度愤慨和悲痛，借助诗的歌吟表露无遗。此诗一作："登高望四海，天地何漫漫。霜被群物秋，风飘大荒寒。荣华东流水，万事皆波澜。白日掩徂辉，浮云无定端。梧桐巢燕雀，枳棘栖鸳鸾。且复归去来，剑歌行路难。"比之前一首，增加了"梧桐巢燕雀，枳棘栖鸳鸾"的对比，揭出"小人居上位而得志、君子在下位而失所"的官场黑暗。

据南京师范大学郑华萍硕士的《唐宋"凤"诗词研究》一文统计，李白涉及"凤凰"意象的诗大约80首，并认为"李白诗中的凤凰意象虽然高贵，却无处容身，是诗人控诉社会的代言者"。可见，太白诗中的"凤凰"多是以飞鸣的姿态彰显其高傲不羁的人格和志向的。

杜甫《朱凤行》：

君不见潇湘之山衡山高，山巅朱凤声嗷嗷。侧身长顾求其羣，翅垂口噤心甚劳。下愍百鸟在罗网，黄雀最小犹难逃。愿分竹实及蝼蚁，尽使鸱枭相怒号。

杜甫采用凤凰意象的诗歌大约也有 70 余首，而"杜甫诗中的凤凰意象更多是象征着贤德有为和远大的理想，是仁爱的化身"。这首《朱凤行》是杜甫晚年所作的一首咏凤诗。诗中写"朱凤"身处山巅，鸣声响亮，然而却找不到能够救济天下的同类，只能以悲悯之心眼睁睁看着百鸟在罗网中挣扎，就连最小的黄雀都难以逃脱。最后惟愿能够将自己的竹实分与蝼蚁，救百鸟于水火之中。此诗不仅从正面歌颂了凤凰高尚的品德，也暗示了作者自己想要报效国家的雄心壮志。

王绩《古意六首(其六)》：

彩凤将欲归，提罗出郊访。罗张大泽已，凤入重云飏。朝栖昆阆木，夕饮蓬壶涨。问凤那远飞，贤君坐相望。凤言荷深德，微禽安足尚。但使雏卵全，无令赠缴放。皇臣力牧举，帝乐箫韶畅。自有来巢时，明年阿阁上。

写彩凤将要高飞远举，即便张罗以捕也不能阻止。诗人假借彩凤的口吻告诫君臣，只有以德治国、实行仁政，等到"皇臣力牧举，帝乐箫韶畅"的那一天，凤凰才会再来做巢，重返朝阁之上。

李商隐《凤》：

万里峰峦归路迷，未判容彩借山鸡。新春定有将雏乐，阿阁华池两处栖。

据《尹文子·大道上》载："楚人担山雉者，路人问：'何鸟也？'担雉者欺之曰：'凤皇也。'路人曰：'我闻有凤皇，今直见之，汝贩之乎？'曰：'然。'则十金，弗与。请加倍，乃与之。将欲献楚王，经宿而鸟死。路人不遑惜金，惟恨不得以献楚王。国人传之，咸以为真凤皇，贵，欲以献之。遂闻楚王，王感其欲献于己，召而厚赐之,过于买鸟之金十倍。"①李商隐巧用此典,写凤凰迷路,羽似山鸡,世俗之人自然是难以辨别的。但是,来年新春当它引领幼凤、自得其乐,翩翩往来于阿阁、华池两地时,人们就会明白,它决不是山鸡一类的等闲之辈。诗中超群绝伦而又被时人混同山鸡的凤凰,或许就是政治抱负不得施展的作者的自况。其后晚唐伊梦昌的《凤》也以此为典,作诗云:"好是山家凤,歌成非楚鸡。毫光洒风雨,纹彩动云霓。竹实不得饱,桐孙何足栖。岐阳今好去,律吕正凄凄。"诗人孤傲自负,将自己比作凤凰,虽有一身豪光、纹彩,却无处栖身,便生出"歧阳今好去"的念头。

　　陆游《舟中醉题二首(其二)》:
　　鲍郎山前烟雨昏,疏灯小市愁偏门。上船初发十字港,鼓棹忽过三家村。孤鸾对镜空自感,老龟搘床何足论。但愿诸公各戮力,上助明主忧元元。

　　诗中的"孤鸾"意象不仅表明作者苦无知音,也暗含诗人苦无圣主赏识之意,孤独落寞的心情溢于言表,只能借诗歌来行发愤慨之情;同时也希望天下英豪之士各自戮力,帮助朝廷解决忧患。

　　王冕《秋怀》:
　　庭前碧梧树,上有幽栖禽。
　　养成五彩雏,鸣动黄钟音。
　　拟之箫韶间,叶彼圣贤心。
　　夫何失其所,委置荆杞林。

　　此诗亦是借物抒怀。凤凰,本是有文彩、有德音者,却不得其所、被置于荆棘丛中,何其可悲!元代轻儒,有德才的知识分子往往不受重视,有所谓九儒十丐之说。世道浊乱,贤者无位,令诗人极为愤慨。在他的另一首《寓言》诗中,诗人亦曾叹道:"蛮触杂奔竞,蝇蚋纷争喧;凤鸾巢枳棘,鸱鸮集琅玕。"元末政治的腐朽黑暗可想而知。

----

　　① 国学整理社原辑:《诸子集成·尹文子》第六册,北京:中华书局 1954 年版,第 6 页。

（三）鸾凤齐飞——喻情

由于两汉以后"凤凰"出现雌雄分化的意义和形象，所以，在"飞鸟诗"的创作中也随之出现以"凤凰"来象喻人与人之间美好感情的诗作。而其所象喻的对象又因诗歌情感指向的不同可分为君臣、朋友、夫妻等。

如王粲《杂诗四首》其四："鸷鸟化为鸠，远窜江汉边。遭遇风云会，托身鸾凤间。"以"鸾凤"喻荆州刘表，表达最初托身于此的美好愿望。然而现实处境却远非诗人当初所愿。而曹丕《秋胡行二首》其一："百兽率舞，凤凰来仪。得人则安，失人则危。"则以"凤凰来仪"喻贤才毕集，表达作为魏主渴慕人才之心。

表现朋友深情的如唐代卢纶《酬人失题》："孤鸾将鹤群，晴日唳春云。何幸晚飞者，清音长此闻。"还有韦应物《客从远方来》："有客天一方，寄我孤桐琴。迢迢万里隔，托此传幽音。冰霜终自结，龙凤相与吟。弦以勖直道，漆以固交深。"诗里的"孤鸾"与"鹤群"、"龙"与"凤"的比照，都是诗人对朋友间志同道合情义主题的形象表达。

自从司马相如的《琴歌二首》开启了以"凤求凰"的意象喻指恩爱夫妻的母题之后，此类意象便也常被采用。如"比翼和鸣双凤凰，欲栖金帐满城香。"（卢纶《王评事驸马花烛诗》）、"交颈文鸳合，和鸣彩凤连。"（梁铉《天门街西观荣王聘妃》）以喻新婚的和美。而以"离鸾别凤""鸾凤分飞""分鸾""孤凤忆离鸾"等写夫妻或情人分离的深深愁怨或绵绵思心："离鸾别凤烟梧中，巫云蜀雨遥相通。幽愁秋气上青枫，凉夜波间吟古龙。"（李贺《琴曲歌辞·湘妃》）"鸾凤分飞海树秋，忍听钟鼓越王楼。只应霜月明君意，缓抚瑶琴送我愁。山远莫教双泪尽，雁来空寄八行幽。"（房千里《寄妾赵氏》）"礼娶嗣明德，同牢凤所钦。况蒙生死契，岂顾蓬蒿心。……分鸾岂遐阻，别剑念相寻。"（杨衡《夷陵郡内叙别》）"但觉游蜂绕舞蝶，岂知孤凤忆离鸾。"（李商隐《当句有对》）

"凤凰"作为百鸟之王一直受到中华民族的崇拜，它与"龙"一起共同成为表达民族精神和情怀的文化符号。因此，在古代"飞鸟诗"中的"凤凰"的母题和主题包含着极为丰富的情感内涵，并且始终给人以吉祥、和谐、美好的审美感受。

第二节　青鸟

青鸟,作为诗歌意象,出现的频率并不高,但它的意象来源久远,且意涵也较为明确,故常被诗人们用作表达某些特定情意的象征物。

一、与"青鸟"意象相关的典故

(一)最早见于文献记载的"青鸟"是少皞氏族的一种王官之称

据《左传》昭公十七年所载:

> 秋,郯子来朝,公与之宴,昭子问焉,曰,少皞氏鸟名官,何故也,郯子曰,吾祖也,我知之,昔者黄帝氏以云纪,故为云师而云名,炎帝氏以火纪,故为火师而火名,共工氏以水纪,故为水师而水名,大皞氏以龙纪,故为龙师而龙名,我高祖少皞,挚之立也,凤鸟适至,故纪于鸟,为鸟师而鸟名,凤鸟氏历正也,玄鸟氏司分者也,伯赵氏司至者也,青鸟氏司启者也,丹鸟氏司闭者也,祝鸠氏司徒也,鴡鸠氏司马也,鸤鸠氏司空也,爽鸠氏司寇也,鹘鸠氏司事也,五鸠,鸠民者也,五雉为五工正,利器用,正度量,夷民者也,九扈为九农正,扈民无淫者也,自颛顼以来,不能纪远,乃纪于近,为民师而命以民事,则不能故也。①

郯国乃古帝少皞氏的后裔,故郯子对其先祖以鸟名官之事尚能知晓。所谓以鸟名官,即以鸟为氏并称官名。正如唐代孔颖达《左传注疏正义》中所言:"当时名官,直为鸟名而已;其所执掌,与后代各官所司事同。所言历正以下及司徒、司寇、工农之属,皆以后代之官所掌之事讬言之,言尔时鸟名如今之此官也。"那么,为何少皞之国出现"为鸟师而鸟名"的名官方式? 郯子的解释是说在少皞立位之时,有

---

① (清)阮元校刻:《十三经注疏·春秋左传正义》,北京:中华书局,2009 年版,第4523 – 4526 页。

凤鸟来集。此为祥瑞之征，故以鸟为纪，如同黄帝以云纪、炎帝以火纪、共工以水纪、太皞以龙纪一样。而现代学者多根据图腾理论认为，少皞氏以鸟名官可能是由于其氏族多以鸟为图腾，故以鸟氏为官名。此一论断也正和史书所载曾居于东方的鸟夷之国互为印证①。

然而，具体到如何解释少皞以五鸟司掌四时历法时，又有因鸟类特性而命官之说。袁轲说："玄鸟，燕子。燕子春分来，秋分去，故做司分的官；伯赵，伯劳。伯劳夏至鸣，冬至止，故做司至的官；青鸟，鸧鹒，鸧鹒立春鸣，立夏止，故做司启的官；丹鸟，锦鸡，锦鸡立秋至，立冬去，故做司闭的官。"②对于司"启"的青鸟，袁轲与前人注疏的意见是一致的。杜预注"青鸟"云："鸧鹒也，以立春鸣，立夏止"。唐孔颖达疏："立春立夏谓之启。"据尹荣方考证，鸧鹒应是黄鹂鸟；此鸟当于每年5月间从南方飞抵山东（东夷）地区，正合立夏时节，而与立春无关。③ 但由于经书的注释影响巨大，故多以青鸟为启春之鸟了。后世入诗也多取此意。

图腾理论是近世人类学研究的新成果，我国古代并无此认识，所以，在古代诗人的创作中对"青鸟"意象的采用和生发，也都只是从司启的角度，歌咏其开启春天的意义。

（二）见于《山海经》所记神话中的"青鸟"

在《山海经》所记神话中的"青鸟"有两种。一种是与其他神鸟并列出现的，如《大荒西经》：

> 有玄丹之山。有五色之鸟，人面有发。爰有青�、黄鹜，青鸟、黄鸟，其所集者其国亡。

《大荒北经》：

> 东北海之外，大荒之中，河水之间，附禺之山，帝颛顼与九嫔葬焉。爰有

---

① 参见顾颉刚《鸟夷族的图腾崇拜及其氏族集团的兴亡——周公东征史事考证四之七》，《史前研究》，2000年，167页。
② 袁轲：《古神话选释》，北京：人民文学出版社，1979年版，第173页。
③ 尹容方：《少昊与中国古代的鸟历》，《农业考古》，1996年第5期。

鸮夂、文贝、离俞、鸾鸟、凰鸟、大物、小物。有青鸟、琅鸟、玄鸟、黄鸟、虎、豹、熊、黑、黄蛇、视肉、璇、瑰、瑶、碧，皆出于山。

其中的"青鸟"属于五色神鸟之一种；而当它们所集止，或为亡国之征，或属古帝之墓。

另一种"青鸟"，又称为"三青鸟"，因其为西王母取食而成为西王母神话中不可或缺的一部分。

《西山经》载：

又西二百二十里，曰三危之山，三青鸟居之。是山也，广员百里。其上有兽焉，其状如牛，白身四角，其毫如披蓑，其名曰，是食人。有鸟焉，一首而三身，其状如，其名曰鸮。

从这段描述我们可以看出，与"三青鸟"杂处的有状如牛、豪如蓑、以人为食的，也有一首三身的鸮。所谓物以群分，想必能在这种环境中生存的三青鸟，也与其具有相似的特征。正如袁珂校注《山海经》所评"从其居地及其形貌可以想见，此三青鸟者，非婉转动人之小鸟，乃多力善飞之猛禽也。"[①]这与后世婉转伶俐、娇俏可爱的青鸟形象有很大的差别。

《海内西经》云：

西王母梯几而戴胜，其南有三青鸟，为西王母取食。在昆仑虚北。

尽管在《山海经》中的"青鸟"和"三青鸟"可能各有所指，但由于西王母神话在后世发展成为一个神话系列，随着其影响不断扩大，人们也就不太在意作为配角的"青鸟"是此"青鸟"还是彼"青鸟"，而是笼统地视为一种神雀——青鸟。

后世有关西王母的传说、仙话愈演愈繁，但其中有"青鸟"出现的并不多。《艺文类聚》卷四《岁时中》"七月七日"引自《汉武故事》云：

---

① 袁珂：《山海经校注》，上海：上海古籍出版社，1980年版，第7页。

七月七日,上于承华殿斋,正中,忽有一青鸟从西方来,集殿前,上问东方朔。朔曰:此西王母欲来也。有顷,王母至。有二青鸟如乌,侠侍王母旁。

这则传说大概是根据《山海经》推演出"青鸟"为西王母通报消息并服侍其左右的情节,后世又由此生发出了"青鸟"为信使的想象。薛道衡《豫章行》就有这样的诗句:"荡子从来好留滞,况复关山远迢递。当学织女嫁牵牛,莫作姮娥叛夫婿。偏讶思君无限极,欲罢欲忘还复忆。愿作王母三青鸟,飞去飞来传消息。"

(三)作为神仙伴侣的青鸟

可能正是由于"青鸟"在《山海经》中不同凡俗的神鸟形象,被后世仙道引入其中。成为神仙伴侣,或直接化身为神仙。

《艺文类聚》卷七十八《灵异部上》"仙道"引《齐孔稚圭玄馆碑》云:

夫朋白兔而侣青鸟,启银函而讲金字者,有道存焉。

又九十一卷《鸟部中》"青鸟"条有两则云:

《晋中兴书》曰:"颜含嫂病困,须髯蛇胆,不能得,含忧叹累日,忽有一童子,持青囊授含,乃蛇胆也。童子化为青鸟,飞去。"

故事本身意在写颜含的操行感动神灵,而赐给仙药,治愈其嫂子的病。而化身童子来送髯蛇胆的是一只青鸟。

《神仙传》曰:"东陵圣母,广陵海陵人杜氏妻也。学刘纲道,坐在立亡,杜公不信,诬言圣母作奸,收付狱,圣母从窗中飞去,于是远近为立庙,甚有神验,常有一青鸟在祭所,人有失物者,青鸟便飞集物上,路无拾遗。"

这位东陵圣母由于学道而化身青鸟飞去,后人远近为之立庙祭典。

其他还有传为陶潜所著的《搜神后记》中记载会稽剡县之民袁相、根硕二人猎,经深山逐羊失道而入仙境,遇二仙女,并与其结为夫妇。后二人归,仙女赠一腕囊与根等,并告诫其慎勿开视。后来根硕出行,家人开视,看见"其囊如莲花,一重去一重复,至五盖中有小青鸟飞去。根还,知此怅然而已。"后来根硕于田中耕田时仙化而去,所剩躯体有如蝉蜕。

二、诗歌中具有母题意义的青鸟意象

纵观古代"青鸟"诗歌,以"司启报春"意象入诗的并不多。唐代卢肇的《杨柳枝》有:"青鸟泉边草木春,黄云塞上是征人。"白居易《和梦游春诗一百韵》有:"乌龙卧不惊,青鸟飞相逐。"宋代胡宿的《皇帝阁春帖子(其五)》云:"春官青鸟司开启,星舍苍龙主发生。甘雨惠风资帝力,杏花蒲叶劝民耕。"洪皓的《立春有感》有:"司启空传青鸟氏,迎春不见翠云裘。"等等。也许是可用来表达春天到来的诗歌意象较为丰富多样,诗人们不必仅仅局限于青鸟启春的这一远古传说之故吧。

在"青鸟"诗歌中,更多的诗歌意象和主题是从神仙伴侣、王母使者的意思演化出来的。

从神仙伴侣演化出高飞远举、不同流俗之义。因为"青鸟"是神话传说中的神鸟,非现实中所常见。在《山海经》中,"青鸟"居于玉山昆仑之虚,往往与其他神鸟同行并出,具有神异的外表和超凡的能力,能为西王母取食。汉以后,又被道家、道教加以神仙化,使其更加神乎其神,成为得道成仙的转化对象。所以,在诗歌创作中,"青鸟"常常扮演诗人高远心志的同情者、超凡理想的寄托者和体道游仙的引导者。

最早以"青鸟"意象入诗的阮籍在其《咏怀(其二十二)》中这样写道:

> 夏后乘云舆,夸父为邓林。存亡从变化,日月有浮沉。凤凰鸣参差,伶伦发其音。王子好箫管,世世相追寻。谁言不可见,青鸟明我心。

这是一首借助神话以言说玄理的诗。诗中采用了神话传说中的"夏后""夸父""伶伦""王子"等人物,以及"凤凰""青鸟"等神鸟,表达诗人对"存亡从变化,日月有浮沉"的理解和感悟。诗人认为自己对人生世界的这些感悟,也只有来自神话世界的"青鸟"能够明了;而那些只知求仙问道、贪生怕死之人是根本无法感

知的。明代陈祚明评说此诗云："直欲明心可知,非第神仙之慕。元亮读山海经诗辄仿此而作。"①

陈祚明所说的陶渊明仿此之诗作即其《读山海经十三首(其五)》:

> 翩翩三青鸟,毛色奇可怜。朝为王母使,暮归三危山。我欲因此鸟,具向王母言。在世无所须,惟酒与长年。

陶渊明此诗也是发抒对人生之感悟的。与阮籍不同的是,陶渊明的感悟更加贴近他的现实需求:"在世无所须,惟酒与长年。"这与他厌倦人世的纷争、向往田园的生活有着直接的关联和切身的心理基础。在此诗中,"青鸟"只是为诗人向西王母传话的使者,而他在《读山海经》中所作的另一首有关西王母的诗里,更加明确地表达了视王母为知己的神异脱俗的感情:"玉台凌霞秀,王母怡妙颜。天地共俱生,不知几何年。灵化无穷已,馆宇非一山。高酣发新谣,宁效俗中言。"

至唐代,陈子昂的《感遇诗三十八首(其二十五)》则以瑶台之"青鸟"、昆仑之"玄凤"的超脱和自由,抒发群物大化之中,"孤英"之无奈。刘禹锡的乐府诗《琴曲歌辞·飞鸢操》先写在高缈青云之中飞鸢展翅翱翔的雄姿,给人以高尚之感,然而,一当发现食物便陡然飞下云霄与乌鸦争腐鼠,徒具鹰隼之仪形而深怀蝼蚁之贪心,虽能戾天高飞又何足称道。而与之形成鲜明对比的是仙禽"青鸟",虽只是以玉山之禾、华亭之露以为饮食,却由于内在的仁义之心而独具光彩文章。诗人以诗明志,通过"飞鸢"与"青鸟"的对比寄托了强烈的爱憎之情。诗中的"青鸟"无疑是对诗人崇尚高洁情志的比拟和象征。

与作为神鸟、仙禽的身份相关,"青鸟"也是一些用以表达情志的古代"游仙诗"所常常采用的诗歌意象。如南北朝王融的《游仙诗五首(其三)》云:

> 命驾瑶池隈,过息嬴女台。长袖何靡靡,箫管清且哀。璧门凉月举,珠殿秋风回。青鸟鹜高羽,王母停玉杯。举手暂为别,千年将复来。

---

① 黄节注:《汉魏六朝诗六种·阮步兵咏怀诗注》,北京:人民文学出版社,2008年版,第494页。

沈约的《和竟陵王游仙诗二首(其二)》云:

朝止阊阖宫,暮宴清都阙。腾盖隐奔星,低銮避行月。九疑纷相从,虹旌乍升没。青鸟去复还,高唐云不歇。若华有馀照,淹留且晞发。

唐代元稹的《和严给事闻唐昌观玉蘂花下有游仙》云:

弄玉潜过玉树时,不教青鸟出花枝。的应未有诸人觉,只是严郎不得知。

唐代刘复的《游仙》云:

税驾倚扶桑,逍遥望九州。二老佐轩辕,移戈戮蚩尤。功成弃之去,乘龙上天游。天上见玉皇,寿与天地休。俯视崑仑宫,五城十二楼。王母何窈眇,玉质清且柔。扬袂折琼枝,寄我天东头。相思千万岁,大运浩悠悠。安用知吾道,日月不能周。寄音青鸟翼,谢尔碧海流。

这一类诗歌大多是以描写神仙境界为主要内容,形象奇异,充满了虚幻的色彩,同时也体现出人们对超越现实的神灵世界的向往之情。在幻想出来的神仙境界中,"青鸟"也是各种神异形象之一。在江淹的《清思诗五首(其四)》中还表达了诗人"愿乘青鸟翼,径出玉山岑"的升仙的愿望。

此外,于此相关,还有一部分吟咏道观、道士的诗歌,为了更好地表现其仙灵之气、超凡之境,也常以"青鸟"为意象。如

南北朝庾信的《道士步虚词十首(其二)》:
东明九芝盖,北烛五云车。飘遥入倒景,出没上烟霞。春泉下玉溜,青鸟向金华。汉帝看桃核,齐侯问枣花。上元应送酒,来向蔡经家。
萧捴的《和梁武陵王遥望道馆诗》:
神境流精阙,仙居紫翠房。今有寻真地,迤逦丽通庄。九柱含虬重,三台

饰夜光。金辉碧海桃,玉笈紫书方。拂筵青鸟集,吹箫白凤翔。履归堪是燕,石在讵非羊。烟霞四照蕊,风月五名香。於兹喜临眺,愿得假霓裳。

唐代李峤的《幸白鹿观应制》:

驻跸三天路,回旂万仞谿。真庭翠帝飨,洞府百灵栖。玉酒仙炉酿,金方暗壁题。伫看青鸟入,还陟紫云梯。

孟浩然的《清明日宴梅道士房》:

林卧愁春尽,开轩览物华。忽逢青鸟使,邀入赤松家。丹竈初开火,仙桃正落花。童颜若可驻,何惜醉流霞。

皇甫冉的《题蒋道士房》:

轩窗缥缈起烟霞,诵诀存思白日斜。闻道崑仑有仙籍,何时青鸟送丹砂。

权德舆的《送王鍊师赴王屋洞》:

稔岁在芝田,归程入洞天。白云辞上国,青鸟会群仙。自以碁销日,宁资药驻年。相看话离合,风驭忽泠然。

鲍溶的《怀尹真人》:

万里叠嶂翠,一心浮云闲。羽人杏花发,倚树红琼颜。流水杳冥外,女萝阴荫间。却思人间世,多恐不可还。青鸟飞难远,春云晴不闲。但恐五云车,山上复有山。

李益的《避暑女冠》:

雾袖烟裾云母冠,碧琉璃簟井冰寒。焚香欲使三清鸟,静拂桐阴上玉坛。

这些诗多是借"青鸟"仙使意象来刻画道观的灵异环境、渲染道士的神奇风貌,使诗歌具有神仙之气,同时也表达了诗人对道士生活及神仙境界的向往和追求。

从王母使者演化出传书信使、相思相恋之义。有关"青鸟"为王母信使的意思大概是从《汉武故事》的传说转化而来。然而,这一转化的意义影响甚远,频频被诗人采入诗中,并不断生发出新意。

一些诗歌直接将"青鸟"视为王母或麻姑使者入诗,构成诗歌极具宗教意味的道仙主题。如唐代游仙诗人曹唐的《汉武帝将候西王母下降》云:"崑仑凝想最高峰,王母来乘五色龙。歌听紫鸾犹缥缈,语来青鸟许从容。风回水落三清月,漏苦霜传五夜钟。树影悠悠花悄悄,若闻箫管是行踪。"写武帝等候王母降临时的心境。当紫鸾歌听正飘渺之时,"青鸟"作为王母的先导出现,并告知武帝王母将至,需耐心等待。韦应物的《汉武帝杂歌三首(其一)》延续了《汉武故事》中西王母未来之时,殿前已有青鸟为其先导的故事原貌,叙写西王母过汉武帝处之事。最终以西王母不愿驻留人间,掩扇相谢而去,寄托了诗人对"武帝好神仙"的讽喻之义。

唐代鲍溶《望麻姑山》云:"幽人往往怀麻姑,浮世悠悠仙景殊。自从青鸟不堪使,更得蓬莱消息无。"诗中所说的麻姑是道教中的神仙。据《神仙传》记载,其修道于牟州东南姑徐山,东汉时应仙人王方平之召降于蔡经家,年轻貌美却自谓"已见东海三次变为桑田"。又流传有三月三日西王母寿辰,麻姑于绛珠河边以灵芝酿酒祝寿的故事。鲍溶诗中的"青鸟"作为麻姑的使者却始终未出现,表达了诗人对仙音断绝的遗憾。李白的《有所思》亦云:"我思仙人乃在碧海之东隅,海寒多天风,白波连山倒蓬壶。长鲸喷涌不可涉,抚心茫茫泪如珠。西来青鸟东飞去,愿寄一书谢麻姑。"诗人以雄奇的想象,状绘人迹难至的海上蓬壶仙山的神奇景象,最后寄托于"青鸟"以传达对麻姑仙人的神交之情。

而唐以后的更有诗人则是凭借世俗化的想象和需求将仙使"青鸟"转化成为人间情爱的信使,传递相思、相恋的深情。这类诗依其抒情主题又可分为以下几个方面:

1. 悼亡。佳人已去,诗人籍"青鸟"以寄托哀思、传达怀念之情。如唐代刘沧的《代友人悼姬》:"罗帐香微冷锦裯,歌声永绝想梁尘。萧郎独宿落花夜,谢女不归明月春。青鸟罢传相寄字,碧江无复采莲人。满庭芳草坐成恨,迢遰蓬莱入梦频。"已故佳人罗帐余香尚存,然而其曼妙的歌声却再也听不到了,只留下知音"萧郎"般的孤寂。就连穿梭于阴阳两界的"青鸟"也难通消息,而佳人仿佛已成蓬莱仙人频频来入梦中。情真意切,用典极为巧妙。钱起的《贞懿皇后挽词》:"淑丽诗传美,徽章礼饰哀。有恩加象服,无日祀高禖。晓月孤秋殿,寒山出夜台。通灵深眷想,青鸟独飞来。"此诗先写贞懿皇后诗章之美、身份之贵,再写其死后宫台之凄冷,最后寄希望于通灵"青鸟"飞来传递皇后的仙旨,寄托诗人之眷想。宋代周弼的《真娘墓》:"青鸟传书渡海迟,乱山衰草葬蛾眉。锦囊消歇余香在,狼藉春风荳蔻枝。"诗的开篇说"青鸟"传书迟,不知真娘何时成仙,但眼下只见棺椁葬于乱山衰草间,好不凄凉!真娘的锦囊仿佛余香未散,而她的生命却如被狼藉春风吹落的豆蔻花枝,青春早夭,令人怜惜。

2. 怀妓。唐代狎妓之风盛行,又没有宿娼的禁令,诗人们创作了大量歌咏六朝粉黛与本朝女妓的诗歌。唐代刘禹锡《怀妓》就属于这一类诗歌。诗云:"玉钗重合两无缘,鱼在深潭鹤在天。得意紫鸾休舞镜,能言青鸟罢衔牋。金盆已覆难收水,玉轸长抛不续弦。若向麋芜山下过,遥将红泪洒穷泉。"写诗人所钟情的艺妓与他两相分离,如同玉钗相分,有鱼鹤之别。回想其当初对镜起舞、与诗人诗笺唱和,如今却如覆水难收、玉轸难续,怎不教诗人触景怆怀、潸然泪下。全诗表达了诗人对艺妓的深切怀念之情。诗中"青鸟"无疑是诗人心中已故艺妓的化身。

3. 闺怨。闺怨是古代写女子相思的诗歌中最为常见的主题。女子长期与所爱之人相隔绝,难以相见,引发无限相思之叹息和苦楚。而这些诗中的"青鸟"意象就成了女子心中传递消息、寄托情感的比拟或象征之物。因此这一类诗歌也少有仙道的意味。

如唐代常建的《春词》:"阶下草犹短,墙头梨花白。织女高楼上,停梭顾行客。问君在何所,青鸟舒锦翩。"早春时节,浅草梨花,织女在高楼之上停梭顾盼,希望看到郎君的归来。诗中"青鸟"既是春天里舒翩颉颃的鸟类物候之一,同时也暗含司启的意味。而一句"问君在何所"点出闺怨的主题。宋代司马樗《闺怨二首(其二)》:"绣帘珠箔一重重,十里香风入眼浓。镜合紫鸾来有信,云深青鸟去无踪。楚王台下寻常见,宋玉墙头取次逢。可惜好花攀折尽,飘零芳蕊付游蜂。"有感于"绣帘珠箔"的富贵生活中却没有传信"青鸟"的踪迹,可惜美好年华如好花折尽、芳蕊飘零,难觅意中人。朱淑真《闻鹊》:"墙头花外说新情,拔去闲愁着耳听。青鸟已承云信息,预先来报两三声。"女主人在闲愁之中忽闻"青鸟"来报消息,激起对新情的祈盼。何梦桂的《柬王德甫》:"蛾眉霜雪隔重闱,采采云英望未归。青鸟不来春又去,门前数尽落花飞。"重重闺闱阻隔,采采云英未归,启春的"青鸟"未至而春天已去,眼前花开花落,大好的青春也在寂寂默念中似落花凋零。

4. 单恋。与前一类闺怨诗不同的是,这一类写单相思的诗歌侧重于抒写男子对所爱、所思之人的爱恋和牵挂之情。诗中所爱恋的女子往往并无确指,而是笼而统之称为"胡姬""美人""谁家子"等,所以可能只是诗人借诗言情、寄托春情而已。由于此类诗歌多为男性诗人所作,其数量亦多于闺怨诗。如唐代岑参的《江行遇梅花之作》写在早春梅花开放的时节,诗人折花在手,思乡之情尤甚。想象能托"青鸟"口衔此花飞回家中,送到胡姬的面前。胡姬见花如见人,抱花而眠,感受远在他乡的折花诗人的一片深情。

张九龄的《感遇十二首(其二)》则写孤客久别离忧,不知美人何在,而传信的"青鸟"却迟迟不至,含珠的朱鳖也不知云游何处。诗人相思至深,夜不能寐,希望能早日旋归。李白的《相逢行》诗中的男主人公路遇一位秀色好女子,并相邀衔杯共饮,产生爱慕之情。因此劝美人不要再独守空闺,应该及时行乐;同时更托寄"三青鸟"传达相思,希望美人珍惜青春年华,不要再令佳期空度。顾况的《梁广画花歌》假借王母吩咐"青鸟"向人间求好花为喻,极其细腻地刻画了上元夫人的小女儿,手把梁广所画的花,娇羞掩笑、暗自心许的神情。而宋代贺铸的《和杜仲观青字诗二首(其一)》本是一篇游戏文字的诗歌。但诗中以叙事的手法,写一位青袍少年望见青楼上的青娥女而为之动情,希望能把心事嘱托给"青鸟",传达给对方而成就良缘。

在这些诗中,"青鸟"无一例外都是诗人借以传递单恋之情、相思之意的载体。诗人们所采纳的也正是"青鸟"意象特有的超越现实世界的传书能力,而这也正是现实生活中人们无法解决和具备的。虽然形象是空幻神异的,但所寄托的感情是极其真切的。

此外,还有借"青鸟"口衔书信表达怀念故人之情的。如李白的以诗代书苔元丹丘》:

> 青鸟海上来,今朝发何处。口衔云锦字,与我忽飞去。鸟去凌紫烟,书留绮窗前。开缄方一笑,乃是故人传。故人深相勗,忆我劳心曲。离居在咸阳,三见秦草绿。置书双袂间,引领不暂闲。长望杳难见,浮云横远山。

诗歌写青鸟口衔云锦字,带来故人消息。诗人有感于友人的"深相勗"的惦念之情,将书信置于怀袖间以时时观阅,并对横山隔水不得相见的情况深感遗憾。李白另外一首诗《经乱离后天恩流夜郎忆旧游书怀赠江夏韦太守良宰》中也有青鸟传信的描写。一句"片辞贵白璧,一诺轻黄金。谓我不愧君,青鸟明丹心"向故人表达自己的发自肺腑的思念之情。

第三节 鹤

一、"鹤"的记载

在唐前的文献当中,有关"鹤"的记载大致可以分为以下几个方面:

(一)"鹤"为高贵、清洁之鸟

《诗经·小雅》中《鹤鸣》历来认为是教诲宣王以求未仕之贤人的。其两章诗,皆以"鹤鸣"为兴象,喻在野之贤人声闻天下,引出"陈善纳诲之辞"。① 还有一篇写弃妇的《白华》诗,其第六章则以"有鹙在梁,有鹤在林"的对比表现鹙的贪恶和鹤的洁白,"清浊而有间矣"②。这些诗句已经隐约透露出以鹤为高尚清洁之鸟的价值取向。

《周易·中孚》九二:"鸣鹤在阴,其子和之,我有好爵,吾与尔靡之。"此爻之象类诗之兴,以"鸣鹤"为象,引出对诚信交友之道的推想。

《左传》是古代最早记载人工蓄鹤的历史文献。其《闵公二年》中载有:"冬,十二月,狄人伐卫,卫懿公好鹤,鹤有乘轩者,将战,国人受甲者,皆曰使鹤。"后《吕氏春秋》和《史记》中也有相关记载。这则记载不仅表现了卫懿公对"鹤"的蓄养和喜爱,也表现出当时在卫国"鹤"的尊贵地位。

(二)鹤为识音好德、能歌善舞之鸟

《韩非子·十过》中有一段有关春秋时晋国著名乐师师旷论音乐话,极具神话色彩:

> 平公曰:"寡人所好者音也,子其使遂之。"师涓鼓究之。平公问师旷曰:"此所谓何声也?"师旷曰:"此所谓清商也。"公曰:"清商固最悲乎?"师旷曰:"不如清徵。"公曰:"清徵可得而闻乎?"

---

① (宋)朱熹:《诗集传》,上海:上海古籍出版社,1987 年版,第 82 页。
② (宋)朱熹:《诗集传》,上海:上海古籍出版社,1987 年版,第 116 页。

师旷曰："不可,古之听清徵者皆有德义之君也,今吾君德薄,不足以听。"平公曰："寡人之所好者音也,愿试听之。"师旷不得已,援琴而鼓。一奏之,有玄鹤二八,道南方来,集于郎门之垝。再奏之而列。

三奏之,延颈而鸣,舒翼而舞。音中宫商之声,声闻于天。平公大说,坐者皆喜。①

在这一段中,师旷所演奏的清徵之曲,是只有"有德义之君"才配享用的。可见其曲调之高雅、醇正,非一般清商之曲可与比拟。而一当他奏响之时,竟出现玄鹤二八,从南方飞集而来,并排列有序,伴随着演奏的乐声,"延颈而鸣,舒翼而舞",以至于声闻天下,君臣皆喜。这里的"玄鹤"亦非自然存在的鸟类,而是借以表现乐配德义的政教观念的化身。它们的出现和起舞,无疑是表现这种政治理想实现时的美好愿景。当然,由此也可见出,"鹤"在当时人们心中的崇高地位。

而同样是记载鹤的舞蹈的著名片段还见于《吴越春秋》中的《阖闾三年》,但结局却不美好,甚至可以说是残酷的:

吴王有女滕玉,因谋伐楚,与夫人及女会蒸鱼,王前尝半而与女,女怒曰："王食鱼辱我,不忘久生。"乃自杀。阖闾痛之,葬于国西阊门。外凿池积土,文石为椁,题凑为中,金鼎玉杯、银樽珠襦之宝,皆以送女。乃舞白鹤于吴市中,令万民随而观之,还使男女与鹤俱入羡门,因发机以掩之。杀生以送死,国人非之。②

吴王阖闾为女儿送葬,竟以鹤舞吸引百姓观看,进而"发机以掩之。杀生以送死",美丽的鹤也因此遭殃。如此残暴,难怪国人非之。

(三)鹤为祥瑞之鸟

以鹤的出现为祥瑞之兆,主要出现于汉代。《汉书·武帝纪》载："二月,诏曰:

① 国学整理社原辑:《诸子集成·韩非子集解》第五册,北京:中华书局1954年版,第43-44页。
② 张觉:《吴越春秋全译》,贵阳:贵州人民出版社,2008年版,第84页。

'朕郊见上帝,巡于北边,见群鹤留止,以不罗罔,靡所获献。荐于泰畤,光景并见。其赦天下。'"①又《汉书·郊祀志》云:"宣帝即位,由武帝正统兴,故立三年,尊孝武庙为世宗,行所巡狩郡国皆立庙。告祠世宗庙日,有白鹤集后庭。……上乃下诏赦天下。"②在这两则记载中,鹤的出现都是国家政通人和的象征,所谓"光景并见""殿上尽明",因此天子大赦天下。

(四)鹤为长寿之鸟

汉代以后,随着道家和道教思想的传播,与长生久视、得道升仙相配合,"鹤"也成为代表长寿的典型形象。《淮南子·说林训》中有"鹤寿千岁,以极其游;蜉蝣朝生而暮死,而尽其乐"③的说法,《抱朴子·对俗》中也说"千岁之鹤,随时而鸣"。甚至认为,如能仿效龟鹤那样行蛰伏、高飞之功,即可延年增寿。"知上药之延年,故服其药以求仙。知龟鹤之遐寿,故效其道引以增年"④(《抱朴子·对俗》)。

(五)鹤为神仙化乘之鸟

《抱朴子·论仙》云:"马皇乘龙而行,子晋躬御白鹤。"⑤说的是黄帝的马师皇乘龙飞去,而周灵王太子晋(王子乔)成仙御鹤而行。《神仙传·茅君》中也记有:"每十二月二日、三月十八日,三君各乘一白鹤,集于峰顶也。"⑥这些都是有关神仙驾鹤飞行的记载,可见,在道教文化中,鹤已化身为神仙骐骥了。

此外,在道教的传说中,鹤往往也是人修道成仙后的化成之物。如《抱朴子·释滞》所说:"三军之众,一朝尽化,君子为鹤,小人成沙。"⑦

具体的传说见于《搜神记》卷十四:"(兰岩山)常有双鹤,素羽皦然,日夕偶影翔集。相传曰:'昔有夫妇,隐此山数百年,化为双鹤,不绝往来。忽一旦,一鹤为人所害,其一鹤,岁常哀鸣。至今响动岩谷,莫知其年岁也。'"⑧人间的恩爱夫妇隐居数百年后化为双鹤。再有传为陶潜所著的《搜神后记》载:"丁令威,本辽东

---

① (汉)班固:《前汉书》,北京:中华书局影印,1998 年版,第 76 页。
② (汉)班固:《前汉书》,北京:中华书局影印,1998 年版,第 434 - 435 页。
③ 国学整理社原辑:《诸子集成·淮南子》第七册,北京:中华书局 1954 年版,第 300 页。
④ 国学整理社原辑:《诸子集成·抱朴子》第八册,北京:中华书局 1954 年版,第 8 页。
⑤ 国学整理社原辑:《诸子集成·抱朴子》第八册,北京:中华书局 1954 年版,第 4 页。
⑥ (晋)葛洪:《神仙传》,上海:上海古籍出版社,1990 年版,第 29 页。
⑦ 国学整理社原辑:《诸子集成·抱朴子》第八册,北京:中华书局 1954 年版,第 36 页。
⑧ (晋)干宝:《搜神记》,北京:中信出版社,2015 年版,第 321 页。

人,学道于虚灵山。后化鹤归辽,集城门华表处。"①丁令威因学道成仙而化鹤归来。

也正是由于"鹤"具有如此洒脱的凌霄之姿,因而也受到了魏晋名士们的青睐,常被用以品评人物。《世说新语·赏誉》云:"公孙度目邴原:所谓云中白鹤,非燕雀之网所能罗也。"②又《容止》云:"有人语王戎曰:'嵇延祖卓卓如野鹤之在鸡群。'答曰:'君未见其父耳!'"③

由以上文献可以看出,古人生活与鹤的关系十分密切。而鹤所具有的一些天然属性与一般的禽类又有着较大的区别:它鸣声高亢、舞姿优美、白羽朱顶、长喙高足,飞薄云汉,与鸾凤同群。因而引发人们对鹤的种种遐想,寄托了许多超乎现实生活之上的愿望和理想。在古代的各类艺术创作中,鹤也常被人们拿来作为表现的形象和歌咏的对象,深受各朝代文人士子的喜爱。

二、"鹤"的母题意义和表现形态

"鹤"在中国古代诗歌里,是一个经常出现的描写对象。其中有平实的白描,也有加以神化,以至用以表征离别、情义、清高、隐逸、神仙、长寿等诗意。下面我们就从三个大的方面概括以"鹤"为核心意象的"飞鸟诗",分析其母题的意义和形态。

(一)伤情——别鹤、孤鹤

"鹤"在古诗中所积淀的情感内涵是极为丰富的。但无论是寄夫妇恋人之情,或是言朋友知己之谊,诗人借"鹤"主要抒写的都是"离别"的惆怅,所写之诗也大多充满伤感的情调。可以说,在表现人间亲情的"飞鸟诗"中,"鹤"的抒情意象是一种带有明显"离别"和"感伤"内容的意象。与此相关,它也就拥有了一些带有特殊意味的诗歌形象,如"别鹤""双鹤""独鹤""孤鹤"等。

古代诗歌中,从一开始就不乏取喻于"鹤"的爱情故事。汉代《古歌辞》中有首诗就是以白鹤不渝的爱情为题材的:

---

① (晋)陶潜:《搜神后记》,北京:中华书局,1981年版,第1页。
② 徐震堮:《世说新语校笺》,北京:中华书局,1984年版,第228页。
③ 徐震堮:《世说新语校笺》,北京:中华书局,1984年版,第336页。

飞来白鹤,从西北来。十十五五,罗列成行。妻卒被病,不能相随。五里
不能开,吾欲负汝去,毛羽日摧颓。

作诗者化心为鹤,毛羽之摧颓正像情感之废顿,形神相谐,可谓深衷浅貌。

汉代有商陵牧子作曲辞,名为"别鹤操"。商陵牧子取妻五年无子,父兄要他
再娶。他的妻子听闻这事,伤心不已,中夜悲啸。牧子听见,于是援琴引鼓,以表
心迹,"痛恩爱之永离,因叹别鹤以舒情",因此名其曲辞为"别鹤操"。后人依其
曲而作新词,如鲍照诗:

双鹤始起时,徘徊沧海间。长弄若天汉,轻躯似云悬。幽客时结侣,提携
游三山。青缴凌瑶台,丹罗笼紫烟。海上悲风急,三山多云雾。散乱一相失,
惊孤不得住。缅然日月驰,远矣绝音汉。有愿而不遂,无怨以生离。鹿鸣在
深草,蝉鸣隐高枝。心自有所存,旁人那得知。(《代别鹤操》)

诗人写尽人间相爱又相失的痛楚,所谓"有愿而不遂,无怨以生离""心自有所
存,旁人那得知",直指人心,非动情至深难以言此。

曹植一首咏鹤的失题诗,写双鹤的生离死别之情,道自己的悲怨忧恐之叹,形
象也颇具感染力:

双鹤俱遨游,相失东海傍。雄飞窜北朔,雌惊赴南湘。弃我交颈欢,离别
各异方。不惜万里道,但恐天网张。

庾信可谓我国最早的创作"鹤"诗的圣手。在他的诗中出现了大量以"鹤"为
母题的"飞鸟诗",其中也不乏对于爱情的歌咏:

九皋遥集,三山迥归。华亭别鹤,洛浦仙飞。不防离缴,先遭见羁。笼摧
月羽,弋碎霜衣。塞传余号,关承旧石。南游湘水,东入辽城。云飞欲舞,雾
落先鸣。六翮摧折,九门严闭。相顾哀鸣,肝心断绝。松上长悲,琴中永别。
(《鹤赞》)

　　本来是声闻九皋、自由高飞的鹤,却不幸遭到弋射、落入罗网,受到摧残。与所爱之伴侣,只能相顾哀鸣、肝心断绝,以作永别。

　　在南北朝的"飞鸟诗"中,诗人常常以"别鹤"来比喻夫妇离别的悲哀,其中大部分都是以女子的口吻,写深闺女子对客居他方的爱人的思念。如汤惠休《白纻歌》、柳恽《捣衣诗》、吴均《与柳恽相赠答诗》、陆厥《李夫人及贵人歌》、虞羲《自君之出矣》、梁元帝《燕歌行》等。它们与上文所举鲍照等人的诗相比,对男女之间相思之情的表达也更为明确,如以下两首所示:

　　　　鹤鸣劳永叹,采菉伤时春。念君方远游,望妾理纨素。秋风吹绿潭,明月悬高树。使人饰净容,据携从所务。(柳恽《捣衣诗》)
　　　　自君之出矣,杨柳正依依。君去无消息,唯见黄鹤飞。关山多险阻,士马少光辉。流水无止极,君去何时归。(虞羲《自君之出矣》)

　　此外,也有写男子思念女子的,如江淹《悼室人诗》、吴均《与柳恽相赠答诗》、何逊《为衡山侯与妇书》等。

　　在这些反映男女之情的诗歌中,还存在着一些语句结构相同、用字也极相似的诗句,如陆厥《李夫人及贵人歌》中有"寡鹤羁雌"一词,而梁元帝《燕歌行》有"沙汀夜鹤啸羁雌"一句,梁朝王筠《春月》也有"独鹤惨羁雌"一句。"孤鹤羁雌"成为咏鹤诗歌中表达男女相思的现成语,并在以后的"飞鸟诗"中反复出现,成为此类诗歌一个常见意象了。

　　在古代"鹤"诗中,重情义的"鹤"还常用以寄托挚友之间的分别相思之情。如鲍照《与荀中书别》、阮卓《赋得黄鹄—远别诗》、江总《别袁昌州诗》、王胄《别周记室诗》等。鲍照《与荀中书别》如此写道:

　　　　劳舟厌长浪,疲斾倦行风。连翩感孤志,契阔伤贱躬。亲交笃离爱,眷恋置酒终。敷文勉征念,发藻慰愁容。思君吟涉有,抚己遥渡江。惭无黄鹤翅,安得久相从。愿遂宿知意,不使旧山空。

在与挚友饯行的场景中,诗人"敷文勉征念,发藻慰愁容",表达了对朋友的深挚情感和对其未来的关切、担忧。最后恨不能生出黄鹤一般坚强有力的羽翼,伴其同行。鲍照对朋友忠诚信实的美好情感跃于耳目之前。

(二)高志——玄鹤、鸣鹤

"鹤"属于能够在广大的空间飞翔的大鸟系统。《相鹤经》说鹤"飞则一举千里",这种特殊的飞翔能力,往往被诗人们用来比喻人的高远之志。事实上其他大鸟如"大鹏""凤凰""鸿雁"等,也都有这样的寓义。阮籍《咏怀诗》其二十四就是以"玄鹤"抒写冲天之志的名篇:

> 于心怀寸阴,羲阳将欲冥。挥袂抚长剑,仰视浮云征。云间有玄鹤,抗志扬哀声。一飞冲青天,旷世不再鸣。岂与鹑鷃游,连翩戏中庭。

反之,鹤因受伤或羽翼未成等理由不能高飞,就常被用来表现诗人郁郁不得志的悲叹。如江洪《和新浦侯咏鹤诗》:

> 闲园有孤鹤,摧藏信可怜。宁望春皋下,刷羽玩花钿。何时秋海上,照影弄长川。晓鸣动遥怨,夕唳感霜眠。哀咽芳林右,悯默华池边。犹冀凌霄志,万里共翩翩。

究其原因,"鹤"的高飞之志主要源于传统文化对其所赋予的君子品格和出类拔萃的形象。

"鹤"很早已被人认为是有德行的禽鸟。《诗经·小雅·鹤鸣》诗云:

> 鹤鸣于九皋,声闻于野。鱼潜在渊,或在于渚。乐彼之园,爰有树檀,其下维萚。它山之石,可以为错。
> 鹤鸣于九皋,声闻于天。鱼在于渚,或潜在渊。乐彼之园,爰有树檀,其下维榖。它山之石,可以攻玉。

正是以鹤比喻君子。朱熹《诗集传》说:"盖鹤鸣于九皋,而声闻于野,言诚之不可掩也。"①《诗集传》认为《鹤鸣》是以鹤的鸣叫比作君子的言论,而君子明哲的言论就如"鹤鸣"一般,可以达于远处、令人折服。

《周易》也曾以"鹤"比作君子:

　　鸣鹤在阴,其子和之。我有好爵,吾与尔靡之。子曰:君子居其室,出其言善,则千里之外应之,况其迩者乎。居其室,出其言不善,则千里之外违之,况其迩者乎。言出乎身加乎民,行发乎迩见乎远。言行,君子之枢机也。枢机之发,荣辱之主也。言行,君子之所以动天地也,可不慎乎。(《系辞传上》)

"鹤"即使在树荫中鸣叫,小鹤也会随声应和;有道德学问的君子,虽然深居简出,他的嘉言善行,也会传至千里之外,受人赞扬。因此,"鹤鸣"这个词汇,也经常在诗文中出现以喻具有道德的君子,陆云《鸣鹤诗序》:"鸣鹤,美君子也。太平之时,君子扰有退而穷居者,乐天知命,无忧无欲,收硕人之考槃,伤有德之遗世,故作是诗也。"②即所谓"鹤鸣之士",是指那些修身践言为当世人所赞颂的人。《后汉书·杨震列传》说:"唯陛下慎经典之诚,图变复之道,斥远佞巧之臣,速征鹤鸣之士。"③唐代天子求贤的诏书,也因以鹤与君子的联想,而称为"鹤书"或"鹤板"。

唐诗中还有用"鹤体"等语汇来形容君子的高洁:

　　一室清赢鹤体孤,气和神莹爽冰壶。吴中高士虽求死,不那稽山有谢敷。
(唐彦谦《寄徐山人》)

"鹤"被赋予君子般清高的性格,还由于鹤的形态是长颈、竦身、高脚、项赤、身白,站立时往往高于其他一般雀鸟,给人一种出类拔萃的感觉,所以,在诗中又常与鹌鸥、鸡等并置对比,以显示其不同一般、非同凡响。

---

① (宋)朱熹:《诗集传》,上海:上海古籍出版社,1987年版,第82页。
② (清)严可均辑:《全上古三代秦汉三国六朝文·全晋文》,北京:商务印书馆,1999年版,第1091页。
③ (南朝宋)范晔:《后汉书》,北京:中华书局影印,1998年版,第732页。

总之,鹤飞则一举千里,鹤便成为一个有远士志向的象征,再加上那些描写鹤不与鹑鷃鸒游,又不愿意被蓄养赏玩的诗文,更突出了鹤这一母题意义。

(三)仙趣——乘鹤、化鹤

传说中"鹤"能翩翩于仙凡之间,不受任何拘束。关于鹤有种种神话传说,加上古代人相信鹤寿三千岁,鹤的形象于是被神化了。由于鹤能翱翔于空中,不受空间的限制,又能长生不老,摆脱人类所受时间的束缚,与神仙有相似的特点,因此,在古代的"飞鸟诗"中,鹤多被喻为"仙禽",或是直接被比喻为神仙。

在神仙的传说中,仙人驾驭的多是鹤。例如《列仙传》中记载王子乔乘鹤的故事。汉代刘向《列仙传·王子乔》:"王子乔者,周灵王太子晋也。好吹笙,作凤凰鸣。游伊洛之间,道士浮丘公接以上嵩高山,三十余年。后,求之于山上,见柏良曰:'告我家:七月七日待我于缑氏山巅。'至时果乘白鹤驻山头,望之不得到,举手谢时人,数日而去。"①关于他驾鹤的其他记载,还可见于蔡邕《王子乔碑》"载鹤軿",王粲《白鹤赋》"接王乔于汤谷"。孙绰《游天台山赋》"王乔控鹤以冲天"。湛方生《风赋》"王乔以之控鹤"。以及江淹《王太子乔》"控鹤去窈窕"。因此而有"王乔鹤"之称。除此以外,又有如萧统《大吕十二月》所说的"栖神驾鹤",江淹《别赋》的"驾鹤上汉,骖鸾腾天",刘峻《东阳金华山栖志》的"乘龙驾鹤",以及徐陵《天台山馆徐则法师碑》的"所以伊川控鹤",《述异记》中的仙人是"驾鹤之宾",能够"跨鹤腾云","鹤"于是成为"仙人的骐骥",常常往来于仙凡之间。

鹤与神仙或道士既然有这样密切的关系,所以诗文中"驾鹤"的意象,也往往有"神仙"的寓意。特别是在表现游仙、问道等内容的"飞鸟诗"中最常见到。例如何劭《游仙诗》:

> 青青陵上松,亭亭高山柏。光色冬夏茂,根柢无凋落。吉士怀真心,悟物思远讬。扬志玄云际,流目瞩岩石。美昔王子乔,友道发伊洛。迢递陵峻岳,连翩御飞鹤。抗迹遗万里,岂恋生民乐。长怀慕仙类,眇然心绵邈。

还有汤惠休《楚明妃曲》、范云《答句曲陶先生诗》、刘孝绰《奉和召明太子钟

---

① 王叔岷:《列仙传校笺》,北京:中华书局,2007年版,第65页。

山解讲诗》、高允生《王子乔行》、阴铿《游始兴道馆诗》、张正见《玄圃观春雪诗》、刘珊《采药游名山诗》、鲁范《神仙篇》及释慧净《英才言聚赋得升天行诗》等。在这些诗中，"驾鹤""控鹤""御鹤""驭鹤""腾鹤""拂鹤"及"乘鹤"等动态意象，配上如"琼台""桂寝""金坛""瀛洲"等与神仙或仙境有关的静态意象，更突出了"鹤"所表达的神仙母题的意义。

此外，"鹤"除了可以作为仙人的驾驭之具外，更有修道的人本身就可以化身成鹤，或是仙鹤可以化成人的故事。至唐，佛老仙道思想盛行，羽化升仙的"鹤"意象在唐代的"飞鸟诗"中也渐渐多了起来。卢照邻的《过东山谷口》有"野老堪成鹤，山神或化鸠"。齐己《戊辰岁湘中寄郑谷郎中》有"瘦应成鹤骨，闲想似禅心"。而李白《姑孰十咏·灵墟山》更是充满了道仙之气：

> 丁令辞世人，拂衣向仙路。伏炼九丹成，方随五云去。
> 松萝蔽幽洞，桃杏深隐处。不知曾化鹤，辽海归几度。

所以，驾鹤成仙也是人超脱生命极限的最佳归宿。宋之问《范阳王挽词二首》：

> 贤相称邦杰，清流举代推。公才掩诸夏，文体变当时。
> 宾吊翻成鹤，人亡惜喻龟。洛阳今纸贵，犹写太冲词。

与成仙的思想相关，"鹤"还被认为是长寿的动物，可达千岁。古人常以生命短暂的蜉蝣，与长寿的鹤作对比。这可见于《淮南子·说林训》，后代也有所承袭。

鹤寿千岁以极其游，蜉蝣朝生暮死而尽其乐。因此，在众多以"鹤"为意象的"飞鸟诗"中，以"鹤"喻长寿亦成为一种重要的母题。请看部分示例：

> 翡草戏兰茗，容色更相鲜。绿萝结高林，蒙笼盖一山。中有冥寂士，静啸抚清丝。放情凌霄外，嚼蕊以挹飞泉。赤松临上游，驾鸿乘紫烟。右挹浮丘袖，左拍洪崖肩。借问蜉蝣辈，宁知龟鹤年。（郭璞《游仙诗》）

由于龟也是长寿的象征,以"鹤老"喻长寿,在唐诗中有以下两个例子:

桃源千里远,花洞四时春。中有含真客,长为不死人。松高枝叶茂,鹤老羽毛新。莫遣同篱槿,朝荣暮化尘。(柳公绰《赠毛仙翁》)

不践名利道,始觉尘土腥。不味稻粱食,始觉精神清。罗浮奔走外,日月无短明。山瘦松亦劲,鹤老飞更轻。逍遥此中客,翠发皆长生。草木多古色,鸡犬无新声。君有出俗志,不贪英雄名。傲然脱冠带,改换人间情。去矣丹霄路,向晓云冥冥。(唐司马退之《洗心》)

白鹤的羽毛,常用以比喻人类的白发,所以鹤也象征年老。"鹤发鸡皮"是形容年老、发白皮皱之意。白居易《老病相仍以诗自解》:

荣枯忧喜与彭殇,都是人间戏一场。虫臂鼠肝犹不怪,鸡肤鹤发复何伤。昨因风发甘长往,公遇阳和又小康。还似远行装束了,迟回且往亦何妨。

"鹤鬓""鹤发",是白发、白鬓的同义。古人也常以此感叹年华早逝,容颜老衰的哀伤:

少年爱纨绮,哀暮渐罗縠。徒伤岁冉冉,陈诗非郁郁。鹤发辞轩冕,鲐背烹葵菽。松柏稍相依,欢爱时睦睦。(庾肩吾《南城门老》)

……此翁白头正可怜,伊昔红颜美少年。公子王孙芳树下,清歌妙舞落花前。光禄池台开佛绣,将军楼阁画神仙。一朝卧病无相识,三春行乐在谁边。宛转蛾眉能几时,须臾鹤发乱如丝。但看古来歌舞地,唯有黄昏鸟雀悲。(刘希夷《代悲白头翁》)

鹤鬓惊全白,犀围尚半红。愁顽解符老,专平口吴沂。(苏轼《用过韵冬至与诸生饮酒》)

此外,又有所谓"鹤发翁",是指白发老翁而言。陆龟蒙《自遣》诗:

数见游丝堕碧空,千年长是惹东风。争知天上无人住,亦有春愁鹤发翁。

总之,中国人自古以来对"鹤"就有好感,正如喜鹊给人报喜、龙凤给人吉祥的形象一样。这可能由于"鹤"形貌出众、性格独特,又是芸芸大鸟中最易为人所驯养的一种鸟类,兼且善解人意,忠于主人,易于接近,因而拉近人禽的距离。因此,诗人墨客在描写鹤的时候,自然对其加以美化。

第四节　大雁

鸿雁,又叫大雁,是一种大型水禽。由于它们的繁殖地在北方寒冷地区,所以每年春季和秋季都要做长途的迁飞,春季向北,秋季向南。中国北方中原地区正处在大雁迁飞的路径上,因此,在古代文献中很早就有有关鸿雁迁飞的记载。

《礼记·月令》载:

孟春之月……东风解冻,蛰虫始振,鱼上冰,獭祭鱼,鸿雁来。
仲秋之月……盲风至,鸿雁来,玄鸟归,群鸟养羞。
季冬之月……雁北乡,鹊始巢。雉雊,鸡乳。

可见,秦汉以前,鸿雁的来去就已经成为中原地区人们观察季节变化的一种物候特征。鸿雁迁飞本来是出于其动物本能和习性所为。在迁徙时往往形成几十只、数百只排列成飞行的行阵,古人称之为"雁阵"。"雁阵"是由"头雁"带领,队伍有时排成"人"字形,有时排成"一"字形。它们总是非常准时地南来北往,从中原大地的上空高高飞过。这也是人们对"鸿雁"来自生活经验的最基本的认知。

创作于两周时期的诗歌的总集《诗经》的部分歌诗中已经出现了"鸿雁"意象,并且赋予了它最初的诗学象征意义,同时,也开辟了以"鸿雁"为比兴的诗歌作法。

《诗经》中以"鸿雁"为比兴意象的诗章共有三首六章。由于是诗歌史上对"鸿雁"意象的首创,故而有必要分别加以分析、说明。

先看《邶风·匏有苦叶》的三章：

> 雝雝鸣雁,旭日始旦。士如归妻,迨冰未泮。

旧说以为此诗是"刺卫宣公及夫人并为淫乱"的,①或以为是"刺淫乱之诗",②或以为是"刺世礼义澌灭""贤者不遇时而作"。③ 余冠英先生的《诗经选》一改旧说,认为这首诗是"一个女子正在岸边徘徊,她惦着住在和那边的未婚夫,心想:他如果没忘了结婚的事,该趁着河里还不曾结冰,赶快过来迎娶才是。再迟怕来不及了"。④ 以此,近人多以婚恋诗视之。诗的前两章先咏匏叶已枯黄,秋天已至。再由济水可涉而咏雄鸡的鸣叫,一步步道出了女子如"雉鷕求其牡"般急切的心情。三章首句是兴又似赋,先歌咏天空中雝雝的雁鸣和初生的旭日,引出士如娶妻、应趁河未结冰之时的怨叹。说此句中的"雁"意象是实写,即用赋法,是因为它与诗中所营造的深秋场景相契合,而它的出现更增添了全诗"秋"的气氛。说它是起兴,是因与《诗经》中采用鸟鸣为兴象的特定抒情功能保持着一致,即以鸟鸣兴起对渴望和追求美好感情(特别是爱情)的歌咏。二章所咏之"雉鸣"亦是此法。古人以为此处的"雁"是用于婚礼中纳采、请期之贽礼,但此说有违诗歌创作的当下情境,恐只能作为延伸的理解吧。

《诗经》另外两首诗中以"鸿雁"起兴的诗章也有着极大的相似性:一是它们都是以鸿雁的飞行意象起兴;二是它们的抒情主题都是怀远人,而诗中的远人或是行将离开,或是征役在外。这种相似性本来也是由《诗经》时代以歌唱为主的歌诗创作的文化背景所决定的。在《诗经》众多包含着深远的文化基因的歌诗套语结构中,鸟类的飞行所兴起的诗歌情感内容有着极高的一致性。而在这些套语中的鸟意象既可以是鸿雁,还可以是燕子、雄雉、晨风、鸣鸠、飞隼等。

《豳风·九罭》旧说是东都之人"美周公",且"欲周公留不去"之诗,⑤近或以

---

① (清)阮元校刻:《十三经注疏·毛诗正义》,北京:中华书局影印,1980 年版,第 302 页。

② (宋)朱熹:《诗集传》,上海:上海古籍出版社,1987 年版,第 14 页。

③ (清)方玉润:《诗经原始》,北京:中华书局,1986 年版,第 133 页。

④ 余冠英:《诗经选》,北京:人民文学出版社,1995 年版,第 33 页。

⑤ (清)阮元校刻:《十三经注疏·毛诗正义》,北京:中华书局影印,1980 年版,第 399 页。

为是"主人留客"之诗。① 从诗歌内容来看,诗人不愿"公归"且"不复",极力加以挽留。"鸿飞"意象是此诗二、三两章起兴句的兴象,诗人采用"鸿飞遵×"的套语结构,以引起对特定情感主题——怀远人的歌咏。在《周易·渐》的九三爻辞亦有"鸿渐于陆,夫征不复,妇孕不育"这样类诗的表述。可见,这种套语结构在当时中原文化区域的歌诗创作中具有普遍性。以此再来看《小雅·鸿雁》诗的"鸿雁于飞,肃肃其羽。之子于征,劬劳于野。爰及矜人,哀此鳏寡。"亦莫不如此。

需要特别加以说明的是,在《诗经》中凡是以鸟的"鸣叫"作为兴辞核心意象的诗,都包含着渴望和追求美好感情的主题;凡是以鸟的"飞行"作为兴辞核心意象的诗,都包含着怀远人的抒情主题;这里的鸟并不特指"鸿雁"。后世将"鸿雁"的鸣叫和迁飞与怀人、怀乡以及征役劬劳等情感主题固定下来,虽源于《诗经》的首唱,但已将意象的重心由"鸣"和"飞"转向了"鸟",使鸟的类别成为寄托诗情的象征物,因此,在后世诗歌创作中看到"雁飞"和听到"雁鸣"的象征意义是一样的;这也是后世逐渐发生的变化,与《诗经》的比兴用法有所不同。

宋玉《九辩》被明人胡应麟称为"皆千古言秋之祖,六代、唐人诗赋,靡不自此出者"。② 在其所罗列的一系列与秋天相关的动植物侯、天时地理等意象之中,"大雁南游"与"燕子辞归""秋蝉息声""鹍鸡悲鸣"等意象一起共同营造出秋之为悲的意境。汉武帝刘彻作有《秋风辞》:"秋风起兮白云飞,草木黄落兮雁南归。兰有秀兮菊有芳,怀佳人兮不能忘。泛楼船兮济汾河,横中流兮扬素波。箫鼓鸣兮发棹歌,欢乐极兮哀情多。少壮几时兮奈老何!"亦发抒了悲秋之哀情。刘向《淮南子·谬称训》中:"春,女思;秋,士悲,而知物化矣。"③陆机《文赋》中:"遵四时以叹逝,瞻万物而思纷;悲落叶于劲秋,喜柔条于芳春。"④从深层次看,"悲秋"是与古代天人合一的宇宙观和春作夏长、秋敛冬藏的自然观相关联的。所谓"东方者春,春之为言蠢也,产万物者圣也。南方者夏,夏之为言假也,养之、长之、假之,仁也。西方者秋,秋之为言愁也,愁之以时察,守义者也。北方者冬,冬之言中也,

---

① 程俊英:《诗经译注》,上海:上海古籍出版社,2004 年版,第 240 页。
② (明)胡应麟:《诗薮》内编卷一,上海:上海古籍出版社,1979 年版,第 5 页。
③ 国学整理社原辑:《诸子集成·淮南子》第七册,北京:中华书局 1954 年版,第 160 页。
④ 张怀瑾:《文赋译注》,北京:北京出版社,1984 年版,第 20 页。

中者藏也。"①(《礼记·乡饮酒义》)

在汉代史书的记述之中,汉高祖刘邦似是一个善于触景怆怀、即事而歌的歌者。他创作的《大风歌》气象壮大,堪称汉代歌诗的开山之作。而他所作的另一首楚歌亦形象鲜明,情意率真而又饱满。《史记·留侯世家》记载:

> 四人为寿已毕,趋去。上目送之,召戚夫人指示四人者曰:"我欲易之,彼四人辅之,羽翼已成,难动矣。吕后真而主矣。"戚夫人泣,上曰:"为我楚舞,吾为若楚歌。"歌曰:"鸿雁高飞,一举千里。羽翮已就,横绝四海。横绝四海,当可奈何!虽有矰缴,尚安所施!"歌数阕,戚夫人嘘唏流涕,上起去,罢酒。竟不易太子者,留侯本招此四人之力也。

刘邦为戚夫人所作的这首楚歌,以"鸿雁高飞"为喻,比喻在商山四皓辅佐下的皇太子刘盈业已羽翼丰满、难以更替。歌中"鸿雁"一举千里、横绝四海的雄姿,开启并确立了"鸿雁高飞"意象特有的"意得志满"的象征意义。而太史公在《陈涉世家》中亦有"燕雀安知鸿鹄之志"之英雄慨叹。可见至迟在秦汉间已有"鸿雁""鸿鹄"高飞远举、不同凡响的象征意义。东汉王逸《楚辞章句》所载东方朔的《七谏》中有"斥逐鸿鹄兮,近习鸥枭,斩伐橘柚兮,列树苦桃",将鸿鹄与鸥枭做对比,以讥刺乱世、追悯屈原。此外,《古诗十九首·西北有高楼》中,以"双鸿鹄"比喻情投意合的知音,以"奋翅高飞"象征对自由的向往。

《史记》《汉书》对汉使苏武事迹的记述中都有一段有关"雁足传书"的文字。武帝时,苏武出使匈奴遇其内乱而被扣留,历经千辛万苦,不改其节。直至昭帝时遣使通和,苏武随员常惠夜见汉使,"谓单于言:'天子射上林中,得雁,足有系帛书,言武等在某泽中。'使者大喜,如惠语以让单于。单于视左右而惊,谢汉使,曰武等实在"。② 这本是一个机智的谎言,后来却演化为人们借以寄托遥想的诗意象征。

概括起来讲,从上古至秦汉时期,"鸿雁"意象的主要文献来源和诗意象征大

---

① (清)阮元校刻《十三经注疏·礼记正义》,北京:中华书局1980年版,第3656页。
② (汉)班固:《前汉书》,北京:中华书局,1998年版,第814-815页。

概有以下几种：

一是，由《礼记》而来的有关春、秋季的一种重要物候特征，及与人事的关联。所谓"天有四时，春秋冬夏，风雨霜露，无非教也"。（《礼记·孔子闲居》）

二是，由《诗经》而来的"鸿雁飞行"意象与"怀远人"主题的比兴关联。

三是，由宋玉《九辩》而来的在悲秋情绪观照下的"大雁南游"意象所浸染的悲怨之情。

四是，由两汉歌、赋而来的"鸿鹄高飞"意象对高尚情志的象征，以及由古诗而来的"愿为双鸿鹄"的爱情理想的象征。

五是，由两汉史书对苏武事迹的记述而创作出的"雁足传书"的动人意象。

伴随着魏晋以后诗歌的独特发展，"鸿雁"逐渐成为诗歌创作的一种常见意象及主题而受到文人们的喜爱。他们在诗歌的创作中，既接受了古代文献中有关"鸿雁"的认知和意涵，又结合当下诗人个体创作的情感体验，创作出一首首意象动人的"鸿雁"诗篇，也极大地丰富了"鸿雁"的诗意象征。

概括起来，与古代诗歌几大主题相关的"鸿雁"意象的发展主要有以下几个方面。

一、鸿雁"南征""飞鸣"等意象群落与"悲秋"主题

"悲秋"是中国古代诗歌创作的一大主题，与这一主题相关的意象很多，如秋风、秋雨、秋霜、秋月、蝉虫、鸿雁等。在诗歌创作中，诗人往往将这些意象并置、叠加，构成诗歌整体"悲"的抒情氛围，完成对不同题材的诗歌创作。而在这类诗歌常见的秋之意象中，"鸿雁"的南征、飞鸣是最具代表性的。

（一）题材之一：命运不遇之悲慨

正始诗人阮籍的《咏怀诗》其七十云："有悲则有情，无悲亦无思。"其悲情是来自他"自致远大，颇多感慨之词"①（钟嵘《诗品》卷上）。诗中，阮籍亦喜用秋天之景物寄托其难以化解之悲情。如其三之"秋风吹飞藿，零落从此始"，其四之"清露被皋兰，凝霜霑野草"，其十四之"开秋兆凉气，蟋蟀鸣床帷。感物怀殷忧，悄悄令心悲"，其十六之"朔风厉严寒，阴气下微霜"，等等。而其九：

---

① 曹旭：《诗品集注》，上海：上海古籍出版社，1994 年版，第 123 页。

步出上东门,北望首阳岑,下有采薇士,上有嘉树林,良辰在何许,凝霜沾衣襟,寒风振山冈,玄云起重阴,鸣雁飞南征,鹍鸡发哀音,素质游商声,凄怆伤我心。

阮籍借对伯夷叔齐饿死首阳山的怀想,抒发身处正始乱局、身不由己的悲恐。诗中由"凝霜""寒风""玄云""重阴",以及"鸿雁"之南征、"鹍鸡"之哀鸣,共同渲染出深秋之"商声",真可谓寒气入骨,令人心悲。

再如宋何瑾的《悲秋夜》:"欣莫欣兮春日,悲莫悲兮秋夜。伊之秋夜可悲,增沉怀于远情。叹授衣于豳诗,感萧瑟于宋生。天廖廓兮高寨,气凄肃兮厉清。燕沂阴兮归飞,雁怀阳兮寒鸣。霜凝条兮漼漼,露溜叶兮泠泠。"仍是以"天气清廓""燕子归飞""鸿雁寒鸣""霜露漼泠"等意象写"秋夜可悲"。作者借《豳风·九罭》怀周公之圣哲,以宋玉《九辩》感贫士之不平,也深刻揭示了其悲秋之情感内涵。

(二)题材之二:生命衰老之喟叹

《论语·子罕》记有:"子在川上曰:逝者如斯夫,不舍昼夜。"

屈原《离骚》云:"日月忽其不淹兮,春与秋其代序。"

人的生命与自然生命同构且同步运行这一事实,曾引起过古往今来无数人的感慨和思考。而秋季的到来,意味着不可避免的衰亡,预示着瞬息即逝的时间的过往,引起人们对生命的莫名忧恐正是因为人的出生、成长、衰老、死亡这一时间性极强的生命推移过程与四季更替、春秋轮转在形态上的相似。"常恐秋节至,焜黄华叶衰。百川东到海,何时复西归?"(汉乐府《长歌行》)这是在对秋的直觉观照中所生发的对生命易逝的忧恐。

晋夏侯湛《秋夕哀》云:"秋夕兮遥长,哀心兮永伤。结帷兮中宇,屣履兮闲房。听蟋蟀之潜鸣,睹游雁之云翔。寻修庑之飞檐,览明月之流光。木萧萧以被风,阶缟缟以受霜。玉机兮环转,四运兮骤迁。衔恤兮迄今,忽将兮涉年。日往兮哀深,岁暮兮思繁。"通过对蟋蟀、游雁和秋天的月、风、霜等的描写,引出四运骤迁、忽将涉年的哀叹。再如宋鲍照《冬至诗》云:"景移风度改,日至晷迁换。眇眇负霜鹤,皎皎带云雁。长河夜阑干,层冰如玉岸。哀哀故老容,惨惨愁岁暮。"由冬至日影的迁换,写到霜鹤、云雁,以及浓重的夜色、如玉般的冰岸,想到自己年岁如秋冬,岂不令人惨愁。明刘基《秋日即事》其一十五云:"北风吹雁过萧萧,旅馆青灯共寂寥。蓬鬓一时成白雪,老来禁得几秋宵?"深秋雁过之夜,旅馆青灯、蓬鬓如雪,怎能不引发对人生老去的无限伤感。

(三)题材之三:季节迁变之伤感

此一类诗歌表面上看只是一味地描绘秋天的景致,并不直接抒写一己的情事,但字句之间却难掩悲秋的情结。而作为秋之惯常意象——雁,亦是诗中不可或缺的用以表现季节变迁的信号、诗意寄托的形象。如晋江逌《诗》云:"长林悲素秋,茂草思朱夏,鸣雁薄云岭,蟋蟀吟深树,寒蝉向夕号,惊飙激中夜。"宋谢琨《秋夜长》云:"秋夜长兮,虽欣长而悼速。……夜既分而气高,风入林而伤绿。燕翩翩以辞宇,雁邕邕而南属。"北齐刘逖秋《朝野望诗》云:"菊寒花稍发,莲秋叶渐枯,向浦低行雁,排空转噪乌。"等等。

二、"衡阳雁""孤雁""雁书"等意象群落与"思归"主题

诗歌史上,以鸿雁的迁飞表达怀乡恋旧情感的诗歌,始见于《诗经·小雅·鸿雁》。"鸿雁于飞,哀鸣嗷嗷",诗以鸿雁远飞、哀鸣为起兴,表现周使臣四处召集流民回归故土。"鸿雁于飞,肃肃其羽。之子于征,劬劳于野:爰及矜人,哀此鳏寡。"从此,"哀鸿"就成为历代流民离乡背并四处漂泊的代名词。

与"思归"主题相关的诗歌题材包括有羁旅、留别、边塞、闺怨等。在中国诗歌史上,表现这些题材的诗歌源远流长、赓续不绝。

"大雁"的长途迁徙,本为候鸟的基本习性,古人却常常由雁得迁飞联想到自身,又将自身的感情投射于雁的迁飞。相传西汉江都王刘建的女儿刘细君远嫁乌孙国,曾自作歌:"居常思土兮心内伤,愿为黄鹄兮归故乡。"魏晋诗歌中有关大雁的乡怀之意愈明。曹操《却东西门行》的"鸿雁出塞北,乃在无人乡。……狐死归守丘、故乡安可忘",便是咏征戍者怀乡之痛的。建安七子之一的应场亦有《侍五官中郎将建章台集诗》。这首诗虽非全篇文字以雁为比,但描绘雁的漂泊凄惨,状内心情志,实已令后世继踵者叹为观止。诗曰:"朝雁鸣云中,音响一何哀。问子游何乡?戢冀正徘徊。言我塞门来,将就衡阳栖。往春翔北土,今冬客南淮。远行蒙霜雪,毛羽日摧颓。常恐伤肌骨,身陨沉黄泥。简珠堕沙石,何能中自谐

……"雁,与特定处境、心境中的人,形成了一种明显的同构异质对应关系。而谢灵运的《拟魏太子邺中集诗八首》咏叹应场,也以其自画像的口吻,言其"汝颖之士,流离世故,颇有漂零之叹":

> 嗷嗷云中雁,举翮自委羽。求凉弱水湄,违寒长沙渚。顾我梁川时,缓步集颍许。一旦逢世难,沦薄恒羁旅。

这分明是借他人咏雁来伤叹自身,带有谢家大族的没落之悲。远在他乡孤寂难以自己的谢庄,也有以《怀园引》咏叹自身之作:

> 鸿飞从万里,飞飞河代起。辛勤越霜雾,联翩溯江汜。去旧国,违旧乡,旧山旧海悠且长。回首瞻东路,延翩向秋方。登楚郡,入楚关,楚地萧瑟楚山寒。岁去冰未已,春来雁不远。

身为谢灵运从子的谢庄,曾任吏部尚书等高官,坚决反对与北魏议和,主张收复中原故土,因而他以"鸿雁"意象表达的就不只是怀乡之情,亦有"汉女悲而歌飞鹄,楚客伤而奏南弦"的思恋故国河山的深切情怀,以及借对"楚地"——江南山寒水冷不适应感的抒发,强化重返"旧山旧海"的合理性。托名蔡琰的《胡笳十八拍》亦言:"雁南征兮欲寄边心,雁北归兮为得汉音。雁飞高兮邈难寻,空断肠兮思谙谙……"就其在文学史上的接受效应上看,此诗虽非蔡琰所作,却缘其附在具有典型而特殊遭际的文姬身上而愈益传扬广远。石崇《王明君辞并序》有"愿假飞鸿翼,弃之以遐征。飞鸿不我顾,伫立以屏营",以雁的离去反衬昭君独留异域之孤,情景逼真,感人肺腑,也为昭君远嫁定下了悲苦的基调。入唐后的卢照邻以《昭君怨》代言:"愿逐三秋雁,年年一度归。"杜甫《归雁》中亦情思凄切:"夜来万里客,乱定几年归?肠断江城雁,高高正北飞。"杜牧也有《秋浦途中》"为问寒沙新到雁,来时还下杜陵无"之句。凡此种种,真是俯拾即是。可以说,唐代以后,除杜鹃外,雁所表达的怀乡意蕴是古典文学中任何其他鸟意象所无可比肩的。但杜鹃之诱发乡怀,多因其春季的鸣叫而起,雁在北中国,则因为其秋季的远离故乡而引人格外为之动情;后者的乡愁表现,因其凄情的氛围也更具同化力。

而随着唐代边塞诗创作的繁荣,其中也出现大量以"鸿雁"意象抒发归望之情的诗篇。如卢照邻的《送幽州陈参军赴任寄呈乡曲父老》中:"塞云初上雁,庭树欲销蝉。送君之旧国,挥泪独潸然。"高适《送蔡十二之海上》中:"河流冰处尽,海路雪中寒。尚有南飞雁,知君不忍看。"岑参《临洮客舍留别祁四》中:"客舍洮水畔,孤城胡雁飞。心知别君后,开口笑应稀。"李颀《送魏万之京》中:"朝闻游子唱离歌,昨夜微霜初渡河。鸿雁不堪愁里听,云山况是客中过。"等等。这些以边塞生活为背景的送别诗,表现出诗人们对南来北往的大雁有着比安居于内地都邑的人们更加强烈的心理体验和感情投射。

"衡阳雁"意象是歌咏大雁的诗中所常见的。庾信是梁时著名的羁旅诗人,在他的诗中常籍南飞的"大雁"抒发了强烈的思归之情。其《和侃法师诗》云:"客游经岁月,羁旅故情多。近待衡阳雁,秋分俱度河。"诗中的"衡阳雁"与大雁的传说有关。东汉张衡《西京赋》言及大雁时说:"季秋就温,南翔衡阳。"又在其《鸿赋》的序里写到大雁时说:"南寓衡阳,避祁寒也。"稍后,建安七子之一的应玚《侍五中郎将建章台集诗》以"雁"自喻:"言我塞门来,将就衡阳栖"。南朝梁的刘孝绰《赋得始归雁》云:"洞庭春水绿,衡阳旅雁归"。可见在庾信之前,"衡阳"作为雁的冬季落脚点已成为当时的共识;而雁回衡阳,也已形成了衡阳雁的"归雁"的形象。此后诗人常以"衡阳雁"作为抒发思归主题的核心意象。唐代李百药有"目送衡阳雁,情伤江上枫"(《途中述怀》),沈佺期有"南浮涨海人何处,北望衡阳雁几群"(《遥同杜员外审言过岭》),杜甫有"万里衡阳雁,今年又北归。双双瞻客上,一一背人飞"(《归雁二首》),柳宗元有"不羡衡阳雁,春来前后飞"(《朗州窦常员外寄刘二十八诗,见促行骑走笔酬赠》),宋代文天祥有"君为湘水燕,我作衡阳雁。雁去燕方留,白云草迷岸"(《临别为赋》),王安石有"春书来逐衡阳雁,秋骑归看陇首云"(《次韵答丁端州》),等等。

孤雁意象,常被用来渲染人的悲凉身世与孤寂心境。这种孤,并不是仅限于游子怀乡,还包涵有因各种事由而形若孤雁的凄凄楚楚。朱自清先生《诗言志辨》曾谓:"咏物之作以物比人,起于六朝,如鲍照《赠傅都曹别》述惜别之怀,全篇以雁为比。"原诗为:

　　　　轻鸿戏江潭,孤雁集洲址。邂逅两相亲,缘念共无已。风雨好东西、一隔顿万里。追忆栖宿时，声容满心耳。落日川渚寒，愁云绕天起。短翮不能翔，徘徊烟雾里。

　　此诗表达了人由失却相知而引起对整个人生痛感不如意的失落情怀，此种意绪在曹植那里已初见端倪："孤雁飞南游，过庭长哀吟。翘思慕远人，愿欲托遗音。形影忽不见，翩翩伤我心"（《杂诗七首》），倾诉了离乡万里的依依深情。然而这方面最有代表性的，又莫过于后来被羁北不遣的庾信了。其《秋夜望单飞雁》："失群寒雁声可怜，夜半单飞在月边。无奈人心复有忆，今暝将渠俱不眠"，真是可与同为由南入北的诗人王褒的《燕歌行》两两相映："试为来看上林雁，应有遥寄陇头书。"诗人的怀乡恋国之忧以"失群雁"意象作为核心载体，真淳深挚。而这种如孤雁般归依恋群怀旧心理，又不独存在于远离乡国的游子孤魂。梁简文帝萧纲所作的《夜望单飞雁》甚为凄婉："天霜河北夜星稀，一声雁嘶何处归。早知半路应相失，不如从来本独飞。"人好比雁，是群体的动物，她（它）们是那么需要相互扶持与情感上的沟通交流，这种失群之苦是孤独者难以排遣的。梁豫章王萧综《听钟鸣诗》云："历历听钟鸣，当知在帝城。西树隐落月，东窗见晓星。雾露昢昢未分明，鸟啼哑哑已流声。惊客思，动客情，客思郁从横。翩翩孤雁何所栖，依依别鹤半夜鸣。"还有梁沈约《听晓鸿篇》云："孤雁夜南飞，客泪夜沾衣。春鸿旦暮反，客子方未归。"都可谓道尽了客居他乡的孤寂之感和闻雁而悲的思归之情。入唐后，杜甫的《孤雁》云："孤雁小饮啄，飞鸣声念群。谁怜一片影，相失万重云。"渴望着亲人重逢，骨肉相聚。雁群已归，而思乡之人却如孤失之雁不能归。李益《春夜闻笛》中"洞庭一夜无穷雁，不待天明尽北飞"，也以雁的群飞归北的迫切，反衬自身欲归却总不得如愿的惆帐。刘禹锡《秋风引》则咏"何处秋风至，萧萧送雁群。朝来人庭树，孤客最先闻"，强调了闻雁者自身孤独的处境、心境下对雁声的特定感受。怀乡主题中的雁意象，特别是"孤雁"（"失群雁"、"单飞雁"等）重在表现主体人的归依恋旧意向，然而，其茕茕无依的感受的深切、情调的悲凉却每每非怀乡之情所能涵盖。

　　"雁书"的意象，自从汉代史书有关苏武事迹的记述中发明雁足可以传书的说法之后，在后世诗歌中就成了抒发"思归"主题的动人意象。但真正开始以"雁书"入诗，似直到南北朝时才出现。

梁武陵王萧妃《夜梦诗》云：

　　昨夜梦君归，贱妾下鸣机。极知意气薄，不著去时衣。故言如梦里，赖得雁书飞。

梁庾肩吾《春宵诗》曰：

　　征人别来久，年芳复临牖。烛下夜缝衣，春寒偏著手。愿及归飞雁，因书向高柳。

陈张正《赋得佳期竟不归诗》曰：

　　良人万里向河源，倡妇三秋思柳园。路远寄诗空织锦，宵长梦反欲惊魂。飞蛾屡绕帷前烛，衰草还侵阶上玉。衔啼拂镜不成妆，促柱繁弦还乱曲。时忿年移竟不归，偏憎信急夜缝衣。流萤映月明空帐，疏叶从风入断机。自对孤鸾向影绝，终无一雁带书飞。

周王褒《燕歌行》曰：

　　初春丽日鹦欲娇，桃花流水没河桥。蔷薇花开百重叶，杨柳覆地数千条。自从昔别春燕分，经年一去不相闻。无复汉地关山月，唯有漠北蓟城云。属国小妇犹年少，羽林轻骑数征行。遥闻陌头采桑曲，犹胜胡笳边地声。胡笳向暮使人泣，长望闺中空伫立。桃抽覆地春花舒，桐生井底寒叶疏。试为来看上林雁，应有遥寄陇头书。

　　这些诗都以"雁书"为意象，写闺中女子对万里征人的思念和期盼，自此也开启了在诗歌创作中"雁书"与思妇题材的特殊关联。紧承其后的唐代"雁书"诗歌，也进一步强化了这一关联。如李珣《望远行》其二："露滴幽庭落叶时，愁聚萧娘柳眉。玉郎一去负佳期，水云迢遰雁书迟。"再如孟郊《与韩愈李翱张籍话别》：

"马迹绕川水,雁书还闽闻。常恐亲朋阻,独行知虑非。"此外,唐代诗人也有以"雁书"意象抒写对友人、家人的思念和希望的。如:王勃《九日怀封元寂》:"九日郊原望,平野遍霜威。兰气添新酌,花香染别衣。九秋良会少,千里故人稀。今日龙山外,当忆雁书归。"李白《送友人游梅湖》:"送君游梅湖,应见梅花发。有使寄我来,无令红芳歇。暂行新林浦,定醉金陵月。莫惜一雁书,音尘坐胡越。"李群玉《恼从兄》:"芳草萋萋新燕飞,芷汀南望雁书稀。武陵洞里寻春客,已被桃花迷不归。杜甫《遣兴》:世乱怜渠小,家贫仰母慈。鹿门携不遂,雁足系难期。"等等。

三、"鸿鹄"意象与"高飞"主题

关于"鸿鹄"的字义似乎并不十分明确。《说文》:"鸿,鹄也。"《玉篇》:"鸿,雁也。"《诗传》云:"大曰鸿,小曰雁。"《本草纲目》云:"鹄大于雁,羽毛白泽,其翔极高,而善步。一名天鹅。"

自《史记·陈涉世家》有"燕雀安知鸿鹄之志"之喻,魏晋以后,鸿鹄便与大鹏、凤凰、鹤等都成为诗歌中表现"高飞"主题的意象,并且常常与诗人的精神气质紧密相关,成为某些诗人品格的独特的象征物,在表达诗人的飞举愿望的诗歌中出现。如嵇康的"目送归鸿,手挥五弦",(《四言赠兄秀才入军诗》)阮籍的"云间有玄鹤。抗志扬哀声。一飞冲青天。旷世不再鸣"(《咏怀诗》),李白的"大鹏一日同风起,持摇直上九万里"(《上李邕》),等等。而其中"鸿鹄"意象的出现,往往在诗歌中传达出诗人对非凡志趣的抒发和高洁品格的赞美。如正始诗人阮籍的《咏怀诗》其四十三云:

鸿鹄相随飞,随飞适荒裔。双翮临长风,须臾万里逝。朝餐琅玕实,夕宿丹山际。抗身青云中,网罗孰能制?岂与乡曲士,携手共言誓。

全诗以"鸿鹄"为喻,写它翱翔荒裔之上、青云之中,临长风而飞万里,餐琅玕而宿丹山,蔑视网罗的挟制,自由地高飞远举。最后点出诗歌的主旨,即抒发诗人不屑与乡曲士同列,表达自己对高尚的人格理想的追求。后来诗人也大多籍此一意象延续了这一类题材创作的诗歌主题。他们或感叹壮志难遂的殷忧,如张九龄《感遇十二首》云:"鸿鹄虽自远,哀音非所求。贵人弃疵贱,下士尝殷忧。"或激励同道建功立业,如刘长卿《赠别于群投笔赴安西》云:"知君志不小,一举凌鸿鹄。且愿乐从军,功名在殊俗。"或表达与朋友的离别之情,如杜甫《送高三十五书记》云:"男儿功名遂,亦在老大时。常恨结欢浅,各在天一涯。又如参与商,惨惨中肠悲。惊风吹鸿鹄,不得相追随。"等等。此一类诗歌大都情调高亢、悲壮,"鸿鹄"意象所包含的志义高远、超凡脱俗的象征意义得到充分的展示。

可见,在历代诗人的眼里,"大雁"是最能唤起对节候变迁、时空阻隔感觉,以及引发游子思归、迷途念返等情感的飞鸟意象。那些吟咏"大雁"的诗歌,实际上都是抒发诗人迁逝之悲的艺术载体,"大雁"的意象无不负载着诗人们对漂泊生活的感悟和对人间亲情的企愿。

第五节　燕子

燕子,是我国大部分地区常见的一种小型候鸟。它们春来秋往,筑巢于人所居住的屋宇之下,因此它们一直以来都是人们非常熟悉、非常喜爱的益鸟。在古代的诗歌创作中,有关燕子的诗句、篇章比比皆是,而在这些诗歌中所寄寓的人的情感也非常的丰富。纵观古代"燕子"诗歌的发展,其意象、主题、题材等不仅代代相承,而且各时代又不断有所创新和发展,呈现出多姿多彩、蔚为壮观的诗歌面貌。

一、先秦时期有关"燕子"的文献

最早有关"燕子"的文献记载就是在诗歌中,即古代最早的诗歌总集《诗经》中,且共有两处。

一是《邶风·燕燕》。诗云:

> 燕燕于飞,差池其羽。之子于归,远送于野。瞻望弗及,泣涕如雨。
> 燕燕于飞,颉之颃之。之子于归,远于将之。瞻望弗及,伫立以泣。
> 燕燕于飞,下上其音。之子于归,远送于南。瞻望弗及,实劳我心。
> 仲氏任只,其心塞渊。终温且惠,淑慎其身。先君之思,以勖寡人。

毛传说这首诗写的是"卫庄姜送归妾也",现多以为是写卫国君主送妹妹出嫁的诗。此诗的 1、2、3 章以"燕燕于飞"起兴,是当时诗歌创作中常用的一种套语结构;诗歌以此兴起的是哀婉、怨叹的离别之情(参见本书第一章第一节)。但这首"燕子"诗歌的出现,至少具有几方面的诗学意义:1. 开启了以"燕子"意象入诗的先河;2. 以诗的语言生动描写了"燕子"的形貌特征,深得状物抒情之妙;3. 以"燕子"为核心意象起兴,引出对离别之情的歌咏,从而使"燕子"成为后世离别诗歌中的一个具有母题意义的意象。

二是《商颂·玄鸟》。诗云:"天命玄鸟,降而生商,宅殷土芒芒。"毛传云:"玄鸟,鳦也。春分,玄鸟降。"又:"燕燕,鳦也。燕之于飞,必差池其羽。"此一"玄鸟",即是"燕子"。传说殷商的祖先是"玄鸟"的后裔,《史记·殷本纪》对此载之最详。由于出自神话传说,与现实生活中的"燕子"形象相去甚远,故而在后世诗歌创作中很少用到"玄鸟"意象的这层意义。

其次,成书于秦汉间的《礼记》记载了先秦的礼仪制度。在《月令》篇有关四季礼制的表述中,也有"玄鸟"的身影:

仲春之月,……是月也,玄鸟至。至之日,以大牢祠于高禖。
仲秋之月,……盲风至,鸿雁来,玄鸟归,群鸟养羞。

从这两条记载可以说明:1. 由于"玄鸟"具有随季节迁飞的特征,在中国北方地区,它们春来秋往已然成为人们辨识季节变化的主要物候。2. "玄鸟"到来之日也是开启国家大型祭祀活动之时,具有深刻的文化特征。与此相关,《周礼·地官司徒》"媒氏"载:"仲春之月,令会男女。于是时也,奔者不禁。"这也表明,在仲春季节,当"玄鸟"来至、祭祀高媒之时,恰是当时男女谈情说爱的大好时光。在古代自然观中,春季是一个阳气上升、宜于播生的时节,而花红柳绿、莺歌燕舞的美好景观,也易于引发人们对男欢女爱的动情歌唱。有学者以为这也许是造成《诗经·国风》出现大量男女情歌的一种制度上的原因。3. 由此,"玄鸟"与男女情爱生活发生密切的关联,并逐渐成为后世情诗中的一个典型意象。

再次,"燕子"的形象还出现于《庄子》的文章中,用以阐明道家深刻的人生哲理。《山木》篇云："故曰：鸟莫知于鹢鹒，目之所不宜处，不给视，虽落其实，弃之而走。其畏人也，而袭诸人间，社稷存焉尔。"《释文》曰："鹢鹒，燕也。"文章假借孔子之口告诫颜回：燕子是最聪明的鸟啊！看到不适宜生活的地方就不会再去；即便舍弃口中之食物，也要离开。它虽然害怕人的伤害，却又能筑巢于人的屋舍之中，自在生活。庄子寓言假物说理，想象奇诡。在这则寓言中，"孔子"依据燕子的生活习性而生发出不以物喜、谨慎处世的道理。

最后，在屈原楚辞众多善鸟香草、恶禽臭物的比兴中，"燕雀"与"乌鹊"并列于恶禽之列，而与"鸾鸟""凤凰"等善鸟形成强烈对比。《九章·涉江》云："乱曰：鸾鸟凤皇，日以远兮。燕雀乌鹊，巢堂坛兮。"后世诗歌中有将"燕子"比作攀附之人而加以讽刺的用法，大概与此也有一定的关联。另一位著名的楚辞作家宋玉的《九辩》以其独绝的"凄怨之情"（鲁迅语）而成为诗歌"悲秋之祖"。赋中亦有"燕翩翩其辞归兮，蝉寂寞而无声。雁廱廱而南游兮，鹍鸡啁哳而悲鸣。独申旦而不寐兮，哀蟋蟀之宵征。"的诗句，营造出秋之愁惨、暗淡之境。

二、汉代诗歌中的"燕子"意象

汉代，有关"燕子"的文献几乎没有，汉诗中也不多见。《玉台新咏》卷一录有汉代乐府诗《艳歌行》，诗云：

> 翩翩堂前燕，冬藏夏来见。兄弟两三人，流宕在他县。故衣谁当补，新衣谁当绽。赖得贤主人，览取为我□。夫婿从门来，斜柯西北眄。语卿且勿眄，水清石自见。石见何累累，远行不如归。

此诗叙述了兄弟几人远在他乡，时逢夏天来临、燕子翩翩。他们得到了女房东的关心和帮助，为他们缝制夏衣。然而，却受到女房东丈夫的猜疑，不得不自辩清白，最后归结到不如归去的思乡之情。诗歌开篇的两句，既是比兴也是赋；赋的是春夏之交的自然景观，兴起的是思乡的感情，而安居的堂前燕无疑是远行之人心中对归家之情的形象比拟。还有一首乐府古辞《蛱蝶行》见于《乐府诗集》卷六十一。诗歌以蛱蝶的口吻哀叹自己不幸的遭遇，而给她造成如此不幸的恰是一只处在哺育幼子的"养子燕"。在诗中，这只燕子代表着一种无法抵御的凶残的力量。

最值得一提的是汉代无名氏创作的《古诗十九首》之第十二首,因为它首创了"双飞燕"的意象,以及"思为双飞燕,衔泥巢君屋"的情义。这首诗抒发的是游子客居的寂寥和幻梦。诗人因临近岁暮而感伤生命的局促,所以幻想能与美人佳期密会,并最终祈愿与佳人化为"双飞燕",共筑爱巢。此处的"双飞燕"与同为《古诗十九首》的另一首诗"西北有高楼"中的"双鸿鹄"属于一类比兴意象,都是用来形象表达诗人愿与心仪的歌者化为禽鸟双飞双栖的幻想,而并不特指两情相悦的爱人。但到魏晋以后,诗歌中的"双飞燕"被赋予了更多爱情的意义。

三、魏晋南北朝诗歌对"燕子"意象的继承和开拓

魏晋南北朝时期是古代诗歌史上第一个文人诗歌创作大发展的时期。诗歌逐渐成为独立的文体,发展出自己的特点。诗歌创作也成为当时文人们的趣好,并不断向前推进,从而产生了一大批诗人和诗歌作品。诗歌意象也伴随着诗歌创作的繁荣而更加丰富多彩。这其中,有关"燕子"意象的创作可以分为两大类来加以分析概括。

一类是对传统"燕子"意象的继承和生发。包括有"燕雀"意象、雁燕并置意象等。

"燕雀"意象最早出于屈原《九章·涉江》,屈原将它与鸾鸟、凤凰相对比,来比喻那些庸碌而又奸佞之人,是屈原所鄙夷的政治上的邪恶势力。其后,《史记·陈涉世家》中陈涉以"燕雀"与"鸿鹄"对比,表达其不甘于贫贱的远大志向,同时也显出平庸与伟大的差别。魏晋诗人在采用这一意象进行诗歌创作时也大多保持了其传统的贬斥之义。

在魏晋文人诗歌中,"燕雀"已成为一个固定意象,并承继了传统的认知和态度。如曹植《虾·篇》云:"燕雀戏藩柴,安识鸿鹄游。"其《言志诗》云:"神鸾失其俦,还从燕雀居。"诗人自比"鸿鹄""神鸾",不愿与"燕雀"同戏,但又不得不接受无法摆脱的悲剧命运。毋丘俭《答杜挚诗》亦云:"凤鸟翔京邑,哀鸣有所思。……联翩轻栖集,还为燕雀嗤。"希望能作"凤鸟""骏骥"般高翔、驰骋,而不愿被"燕雀"耻笑。正始诗人阮籍在八十二首《咏怀诗》中创造性的使用了大量飞鸟意象,但其对"燕雀"意象的使用仍延续了其出于屈骚的喻义。其八云:"宁与燕雀翔,不

随黄鹄飞。黄鹄游四海,中路将安归?"此句为诗人无奈之反语。诗人本想随"黄鹄"高飞,但怎奈身处"寒鸟"的地位,战战兢兢、如履薄冰,不如与"燕雀"一样苟且,尚可保命安身。其四十七云:

> 生命辰安在,忧戚涕沾襟。高鸟翔山冈,燕雀栖下林。青云蔽前庭,素琴悽我心。崇山有鸣鹤,岂可相追寻。

此处的"燕雀"与"高鸟"相对比,高下自见;而"高鸟"又与末句的"鸣鹤"相呼应,更显出其高洁、非凡的气度,诗人心向往之。然而现实的生命却无从安放,生不逢时,怎不令人忧戚伤悲!

而魏晋南北朝诗歌中将"雁""燕"意象并置大多是出于对季节变化的诗意表现。《礼记·月令》在描述仲秋的物候特征时说:"盲风至,鸿雁来,玄鸟归,群鸟养羞。"把"鸿雁来,玄鸟归"作为仲秋之月的表征。宋玉《九辩》第一次将"燕"和"雁"并置于诗中,以"燕翩翩其辞归兮,蝉寂漠而无声。雁廱廱而南游兮,鹍鸡啁哳而悲鸣"来表现秋之寂寥。

魏曹丕的诗婉约多姿,缠绵悱恻。清沈德潜《古诗源》说他:"子桓诗有文士气,一变乃父悲壮之习矣。要其便娟婉约,能移人情。"[①]他所作《寡妇诗》和著名的《燕歌行》其一中,都采用了宋玉《九辩》的悲秋的写法,以"燕""雁"并置的意象开篇,渲染出秋天悲凄的情境。"霜露纷兮交下,木叶落兮凄凄。候雁叫兮云中,归燕翩兮徘徊。"(《寡妇诗》)"秋风萧瑟天气凉,草木摇落露为霜,群燕辞归雁南翔。"(《燕歌行》其一)一写寡妇之悲,一写思妇之苦,可谓哀婉之至。在西晋张载所作古诗中亦有"灵象运天机,日月如激电。秋风兼夜戒,微霜凄旧院。嘉木殒兰圃,芳草悴之菀。嘤嘤南翔雁,翩翩辞归燕",也是此一类并置意象的用法。

陶渊明是写鸟的高手,且对传统意象多有变通、改造。同样是以雁、燕并置来写季节变迁,却有其别具一格的创作。如《九日闲居》中以"露凄暄风息,气澈天象明。往燕无遗影,来雁有余声"状写深秋时节的物候,声色并茂,从容不迫,一改愁苦悲戚的格套。再如他的《杂诗十二首》其十一云:

---

① (清)沈德潜:《古诗源》,北京:中华书局,1963年版,第107页。

我行未云远,回顾惨风凉。春燕应节起,高飞拂尘梁。边雁悲无所,代谢归北乡。离鹍鸣清池,涉暑经秋霜。愁人难为辞,遥遥春夜长。

陶渊明《杂诗十二首》的后四首是写羁旅之苦的,这是其中一首。诗歌一改以雁燕并置意象状写悲秋的传统情调,而将行旅之悲苦放在春寒料峭的时节。此时,"春燕"已来,"边雁"北飞,池塘渐暖,鹍鸟哀鸣,而旅人难以道尽的愁思,因春夜而感觉越发深长。

另一类是对"燕子"意象的新开拓,如"双燕""失群燕""孤燕"等意象。

正如前文所说,"双飞燕"的意象在这一时期,特别是南北朝时期的诗歌中有了新的拓展,其比兴的意义更多地指向男女爱情,成为寄托美好爱情的常用的象征物。如:

刘孝绰《奉和湘东王应令诗二首》其一《春宵》:

春宵犹自长,春心非一伤。月带圆楼影,风飘花树香。谁能对双燕,暝暝守空床。

庾肩吾《和晋安王咏燕诗》:

可怜幕上燕,差池弄羽衣。夜夜同巢宿,朝朝相对飞。泥瞻乐善,相贺奉英徽。秋蝉行寂寞,恋此未辞归。

萧子显《春别诗四首》其一:

翻莺度燕双比翼,杨柳千条共一色。但看陌上携手归,谁能对此空相忆。

萧纲《金闺思二首》其一:

游子久不返,妾身当何依。日移孤影动,羞睹燕双飞。

鲍照《咏双燕诗二首》其一：

> 双燕戏云崖,羽翰始差池。出入南闺里,经过北堂陲。意欲巢君幕,层楹
> 不可窥。沉吟芳岁晚,徘徊韶景移。悲歌辞旧爱,衔泪觅新知。

这些诗都是思妇诗,它们以春天双燕同宿同飞的动人意象,歌咏和抒发思妇的独居之孤苦和思念之悲怨。诗中的"双燕"与孤单的思妇形成鲜明对照,"谁能对双燕,暝暝守空床","日移孤影动,羞睹燕双飞",也反衬出思妇难以排解的孤寂之情。

于此相关,在南北朝诗歌中还有一些以咏"失群燕""孤燕""双燕离"等比拟思妇的形只影单。如:

曹睿《长歌行》:

哀彼失群燕,丧偶独茕茕。单心谁与侣,造房孰与成。

王氏(卫敬瑜妻)《孤燕诗》:

昔年无偶去,今春犹独归。故人恩既重,不忍复双飞。

萧纲《双燕离》:

双燕有雄雌,照日两差池。衔花落北户,逐蝶上南枝。桂栋本曾宿,

虹梁早自窥。愿得长如此,无令双燕离。

四、唐宋咏燕诗的意象定型与主题新创

唐代是古代诗歌创作的高峰,无论质和量都远超前代。借助计算机检索功能可以大致统计出唐诗中"燕子"意象的总数应在1300多个,相比较先秦至于六朝诗歌中190个左右的"燕子"意象而言,有了巨大的发展。从意象、主题的发展来看,其承续线索仍然是有迹可循的。

在唐宋诗歌中,咏"双燕"的诗就很多。如李白《双燕离》"双燕复双燕,双飞令人羡",杜甫《双燕》"旅食惊双燕,衔泥入此堂",刘方平《新春》"一花开楚国,双燕入卢家",武元衡《归燕》"春色遍芳菲,闲檐双燕归",权德舆《薄命篇》"闲看双燕泪霏霏,静对空床魂悄悄",杨巨源《艳女词》"露井桃花发,双双燕并飞",白居易《燕诗示刘叟》"梁上有双燕,翩翩雄与雌",李商隐《和友人戏赠二首》"东望花

楼曾不同,西来双燕信休通",温庭筠《菩萨蛮》"画楼相望久,阑外垂丝柳。音信不归来,社前双燕回",苏辙《次韵王适新燕》"好雨纤纤润客衣,新来双燕力犹微",范成大《双燕》"底处双飞燕,衔泥上药栏",朱淑真《羞燕》"花外飞来双燕子,一番飞过一番羞",等等。这些咏"双燕"的诗歌,它们的主题不尽相同。有的承继传统"双燕"诗的主题,歌咏人间的爱情生活——情侣间的相思、相恋,相离、相怨。有的仍以"双燕"为春天到来的讯号,与春社、春雨、春花、春风等联合成春的序曲。而有的则生发出对人生苦难、历史迁变的沉重感伤和深长慨叹。

在诗歌意象的创造方面,唐宋燕子诗歌中特别引人注意的是逐渐定型化的两组意象,即衔泥、贫屋与杏梁、华堂;它们几乎成为燕子诗歌中的套语结构,总是两两出现,互为映衬,形成独特的诗歌抒情主题。

燕子衔泥筑巢是出于其生物本能,正如《晋夏侯湛玄鸟赋》中所描绘的:"尔乃衔泥构巢,营居傅桷,积一喙而不已,终累泥而成屋,拾柔草以自藉,采儒毛以为蓐,吐清惠之冷音,永吟鸣而自足。"燕子筑巢是为了居住繁衍的需要,但它们为什么选择将窝巢构建在近人的屋堂之上,却难以解释清楚。庄子因此说它是鸟中最有智慧者,也只能算是以人情揣度之。然而,恰恰是燕子这种与人相亲相近的筑巢方式,使人们得以细细观察其习性、频频摄取其形象,将它们化作诗歌中寄托情思的生动意象。

唐宋燕子诗歌中对"衔泥筑巢"意象的使用大致包括以下几种:

1. 白描

诗人在诗中采用白描的手法,摹写燕子衔泥筑巢时的忙碌而又欢快的景象,寄托诗人的感悟和情怀。

杜甫《绝句漫兴九首(之三)》云:"熟知茅斋绝低小,江上燕子故来频。衔泥点污琴书内,更接飞虫打著人。"这是一首即景抒怀的小诗。全诗的主角是忙忙碌碌衔泥做窝的燕子,然而,透过诗人的描写,也隐约呈现出诗中人清苦的生活际遇。而在其所作《即事》一诗中,"黄莺过水翻回去,燕子衔泥湿不妨",则是诗人所描绘的暮春时节巴蜀三峡壮美画卷中灵动飞舞的一抹春色。

再如李德裕《思山居一十首·忆村中老人春酒》云:"二叟茅茨下,清晨饮浊醪。雨残红芍药,风落紫樱桃。巢燕衔泥疾,檐虫挂网高。闲思春谷事,转觉宦途劳。"诗歌表达了对仕宦生活的倦意和对乡村生活的向往。在诗人的想象中,乡村生活安逸、闲适,触处都是令人养心养目之景,而巢燕衔泥的匆忙与檐虫高挂的宁静无不是这一曲悠闲曲调中的动人音符。

范成大的《双燕诗》云:"底处双飞燕,衔泥上药栏。莫教惊得去,留取隔帘看。"通过对双燕上栏杆的描写,透露出诗人观看燕子时内心的欣喜和欢愉。

这一类以白描为主的燕子诗歌,大都是诗人在观览自然景观的审美活动中的体验,同时,也无不是对诗人此情此景之下内在心境的形象写照。

2. 对比

在这一类诗歌中,有些诗以燕子所衔泥滓之微贱与其筑巢于华堂、杏梁之高贵相对比,书写诗人寄身世间的种种感悟和慨叹。

如张九龄《归燕》:"海燕虽微眇,乘春亦暂来。岂知泥滓贱,只见玉堂开。秀户时双入,华堂日几回。无心与物竞,鹰隼莫相猜。"诗中借海燕衔滓泥而出入秀户、华堂,写出自己不过是寄居高堂大屋的微贱之人,无心与世人相争,希望对他心怀忌恨如鹰隼样的人不必瞎猜疑。

再如韦应物《燕衔泥》:"衔泥燕,声喽喽,尾涎涎。秋去何所归,春来复相见。岂不解决绝高飞碧云里,何为地上衔泥滓。衔泥虽贱意有营,杏梁朝日巢欲成。不见百鸟畏人林野宿,翻遭网罗俎其肉,未若衔泥入华屋。燕衔泥,百鸟之智莫与齐。"诗人发挥《庄子·山木篇》燕为智鸟之意,以燕子衔微贱之泥滓而营巢于杏梁之上的意象组合,表达对其远离林野网罗、能够全身避祸的赞叹,称其不愧为百鸟之智者。

而有些诗则以燕子筑巢于"茅檐""贫屋"与"画阁""吴宫"做对比,在鲜明的反衬下,或状写诗人不嫌贫贱、只求安乐的心态,或发抒吊古伤今、物是人非的感慨,或抒写对嫌贫爱富、世态炎凉的怨刺。

如晚唐王毂的《燕》:"海燕双飞意若何?曲梁呕嘎语声多。茅檐不必嫌卑陋,犹胜吴宫爇尔窠。"诗中写一对海燕在自家茅檐曲梁之上呕嘎不休,仿佛为去是留心意不定、犹豫不决。诗人好言相劝:你们不要嫌弃茅檐小屋的卑陋,殊不知吴王宫阙虽华贵,却难免遭逢焚巢之祸,哪及我这里安全可靠呢!诗人借劝燕以劝人,莫嫌贫贱但求安乐;而诗中所用吴宫之典,引出了更为深刻的历史反思,感慨深沉。其诗意恰与唐诗中籍旧时宫燕发抒兴亡之叹的一类诗歌相契合。

再如宋梅尧臣《燕》:"前村春社毕,今日燕来飞。将补旧巢阙,不嫌贫屋归。

衔泥和草梗,倒翅过柴扉。岂比惊丸鸟,迎人欲拂衣。"诗人以轻快的笔调写燕子不嫌贫屋、春社来归的景象,将诗人对和平安宁生活的向往寓于生动如画的春燕补巢的情境之中,耐人寻味。

而杜荀鹤《春来燕》,虽与以上两篇诗意旨归相近,却在对燕子意象的使用上一反常态:"我屋汝嫌低不住,雕梁画阁也知宽。大须稳择安巢处,莫道巢成却不安。"诗中讥刺燕子嫌贫爱富,舍弃我低矮的小屋而去宽大的雕梁画阁,进而劝其稳择安巢之处,雕梁画阁只是一时的繁华,莫使自家巢窠陷入动荡危险之中。其实燕子的自然秉性决定了它们往往旧巢难迁,正如白居易《寓意(其四)》所云:"偶因衔泥处,复得重相见。彼矜杏梁贵,此嗟茅栋贱。"所谓贵贱高下,皆为人之评判,燕子又哪里知道呢?

3. 寄兴

"寄兴"是我国古代诗歌的重要特点之一。它原是诗歌创作的要求,后来发展成为古人评诗的标准之一。注重寄兴的诗,作者往往有意让它的意味"使人思而得之",或"以俟人之自得"。它不仅仅是一种"托事于物"的写诗方法了,而更侧重于用这种表现方法所寄托或兴起的情。在唐代,寄兴或兴寄已逐渐形成与"彩丽竞繁""其体华艳"的相对概念,用以指对诗歌具有充实而有意义的思想内容的要求。陈子昂在《与东方左史虬修竹篇序》中说:"齐梁间诗,彩丽竞繁,而兴寄都绝,每以永叹。"白居易《与元九书》所论:"诗之豪者,世称李、杜。李之作,才矣奇矣,人不过矣;索其风雅比兴,十无一焉。杜诗最多……然撮其《新安吏》、《石壕吏》、《憧关吏》、《塞芦子》、《留花门》之章,'朱门酒肉臭,路有冻死骨'之句,亦不过三四十首。"这一变化和要求也体现在唐代诗人所创作的燕子诗歌中。

如杜甫的《燕子来舟中作》:"湖南为客动经春,燕子衔泥两度新。旧入故园常识主,如今社日远看人。可怜处处巢君室,何异飘飘托此身。暂语船樯还起去,穿花落水益沾巾。"杜甫作此诗大约在大历五年的春天。诗人滞留潭州居无定所、漂泊舟居,忽见春燕复归、江边衔泥,诗人不免触景怆怀,在诗中寄寓了无限的飘零之感、流离之思。明人卢世评此诗:"五十六字内,比物连类,似复似繁,茫茫有身世无穷之感,却又一字不说出,读之但觉满纸是泪。"朱翰亦云:"篇中曰衔,曰巢,曰起,曰去,俱就燕言;曰识,曰看,曰语,曰贴,皆与自己相关。分合错杂,无不匠心入妙。"(《杜诗集注》卷二十三引)

　　再如白居易所作的《晚燕》:"百鸟乳雏毕,秋燕独蹉跎。去社日已近,衔泥意如何。不悟时节晚,徒施工用多。人间事亦尔,不独燕营巢。"这是诗人创作的一首别有所指的燕子诗。按照常理,燕子只会在春季归来时筑巢,哪有在秋季还忙于衔泥之理。"秋燕营巢"显然是诗人托喻的意象,意在讽刺人间常见的"不悟时节晚,徒施工用多"荒唐之事。

　　除了像"衔泥筑巢"一样形成了在燕子诗歌中一些意象的定型化,唐宋燕子诗歌还假借燕子意象翻创出一些新的主题。

　　1. 新创抒发怀古意绪的燕子诗歌

　　其中最为著名的是刘禹锡的"朱雀桥边野草花,乌衣巷口夕阳斜。旧时王谢堂前燕,飞入寻常百姓家"(《乌衣巷》),诗歌通过燕子迁飞筑巢的变化来反映世事变迁,让人不禁感慨历史之沧桑巨变。施补华《岘庸说诗》中评此诗:"若作燕子他去,便果。盖燕子仍入此堂,王谢零落,已化作寻常百姓矣。如此则感慨无穷,用笔极曲。"又如李益《隋宫燕》:"燕语如伤旧国春,宫花欲落旋成尘。自从一闭风光后,几度飞来不见人。"春天里呕嘎低语的燕子仿佛在为逝去的"旧国"之"春"而感伤,而回想故国繁华似锦的宫苑早已失去了往日的风光,就如同眼前所见的宫花,转瞬凋落,化为尘泥。此情此景令人对历史的兴衰变幻不禁伤怀。这种对宫燕的历史感伤,在宋人所作的燕子诗歌中亦得到了承继和发扬。如连文凤《归燕》:"营巢生计失,余恨更依依。故国知何处,西风满去衣。花案空昨梦,柳巷竟残晖。欲问兴亡事,无言各自飞。"写燕子归来营巢,却已无所依凭;故国沦丧,早已面目全非。往日的花案柳巷,如今已似旧梦幻影,犹如落日残辉。欲问兴亡事,却又无从说起,唯有各飞东西,自寻安身之所。它如任希夷的《乌衣巷》:"羊车暇日劳挥麈,玉树春风自满庭。欲问乌衣旧时事,静无秋燕有秋萤。"朱存的《金陵览古·乌衣巷》:"人物风流往往非,空余陋巷作乌衣。旧时帘幕无从觅,只有年年社燕归。"黄文雷的《金陵即事(其四)》:"王谢风流自一时,长干古巷记乌衣。寻常百姓几番换,那有当年燕子飞。"等等,皆以燕为象,发抒世事变迁、繁华不再的感喟。

　　2. 新创感喟怀才不遇的燕子诗歌

　　唐宋燕子诗歌的主题创新还表现在,通过撷取燕子意象抒写文人坎坷漂泊的身世遭际,表达对命运不济、怀才不遇的感伤。

在这一方面,杜甫所作的燕子诗歌堪为代表。如他的《赠别何邕》:"生死论交地,何由见一人。悲君随燕雀,薄宦走风尘。绵谷元通汉,沱江不向秦。五陵花满眼,传语故乡春。"写安史之乱造成君臣如燕雀、风尘般流亡奔波,与中原故乡断了交通。再如《春日梓州登楼二首(其一)》云:"行路难如此,登楼望欲迷。身无却少壮,迹有但羁栖。江水流城郭,春风入鼓鞞。双双新燕子,依旧已衔泥。"登楼远望,身虽少壮,却只能羁栖他乡。而看到衔泥筑巢的新燕,不禁引起故国故乡之思。而他的《双燕》诗亦是抒写旅居之痛、漂泊之感的。诗中"旅食惊双燕,衔泥入此堂"的描写,正是诗人真切的惊心感受。它如唐代韩偓的《不见》:"动静防闲又怕疑,佯佯脉脉是深机。此身愿作君家燕,秋社归时也不归。"诗中极言燕子动静之间都要防备外在的猜疑,佯佯脉脉,危机四伏。只愿常驻君家,不肯离去。沈佺期《同狱者叹狱中无燕》一诗写燕子"食蓉嫌丛棘,衔泥怯死灰",嫌弃牢狱周围的环境,不肯亲近,寄言自身的身世遭遇之惨。

而唐宋诗中借燕子意象来表达自身的怀才不遇、不被赏识主题的诗歌亦不在少数。如杜牧《村舍燕》:"汉宫一百四十五,多下珠帘闭琐窗。何处营巢夏将半,茅檐烟里语双双。"皇家宫殿虽数量极多,但处处珠帘紧遮、雕窗紧锁,并无一处可栖,燕子不得栖息于汉宫雕梁之上,实则写自己仕途不顺,抱负无法施展,只能栖息于"茅檐",沉沦下僚。又如刘孝标的《归燕下第后献主司》云:"旧垒危巢泥已落,今年故向社前归。连云大厦无栖处,更绕谁家门户飞?"诗人以归燕为喻,写归来的燕子旧巢破败,已难以安居。而那些豪门权贵的连云大厦却没有为其提供落脚的机会,不知飞向何处才能找到归宿。全诗托喻自身处境之落魄,并祈求能得到主司提拔。与此相关,唐宋咏燕诗歌中也有表达了诗人力图一举高飞的抱负。如张鹭的《咏燕》:"变石身犹重,衔泥力尚微。从来赴甲第,两起一双飞。"科场得意的张鹭,参加进士、对策等各种考试,七次应举、四次参选,连考连中,吉祥如意。故而他信心满满,踌躇满志,写下了这首咏燕诗极言自己的抱负。此诗在当时参加进士考试的举子中广为流传。

总之,古代的燕子诗歌无论是意象还是主题都有着一脉相承的历史传统。与其他鸟类诗歌相比,燕子更加贴近日常的琐屑之事,更易于用来表达平凡的生活感受和情感。诗人们也并不像使用其他鸟类意象时那样注重于外在的形貌、动人的啁啾,而是着眼于燕子更易引起人类同感的离别迁徙、衔泥筑巢、双飞颉颃、辛勤奋忙等特征,并将这些点化为诗歌意象,寄托深沉的感情,进而构成诗歌创作的母题意象、套语结构及传统主题。

第六节　乌鸦

一、"乌鸦"的称谓

在历史上,"乌鸦"存在着"乌""鸒""雅"、"鸦"等几种不同的称呼。《说文解字》云:"乌……孝鸟也,象形",①而"鸒""雅""鸦',三字皆为形声字。《庄子·齐物论》云:"鸱鸦嗜鼠",成玄英《疏》云:"鸱鸢鸦鸟便嗜腐鼠"。又陆德明《释文》云:"'鸦',本亦作'鸒'。"②《说文解字》:"雅,楚乌也。一名鸒,一名卑居,从佳牙声"。③ "雅"就是"楚乌","秦谓之雅",想必是由于地域和民俗等种种原因造成了这种称谓含义上的分歧。《水经注》卷十三《漯水》:"按《尔雅》:'纯黑反哺谓之慈乌,小而腹下白、不反哺者谓之雅乌,白头而群飞者谓之燕乌,大而白头者谓之苍乌。'。"④随着生产力水平的提高,人们日常交流词汇的丰富和表意的需要,汉语逐渐由单音节词发展为双音节词和多音节词。大致从元代开始,"乌""鸦"二词逐渐合为一词,并大量在文学作品尤其是俗文学中使用。

二、"乌鸦"的诗歌母题意义及变迁

1. "见乌为喜"的吉祥象征

在《诗经》中,"乌鸦"的身上并不包含有道德情感属性,而更为明显的是其象征吉祥的意味。钱钟书先生对于《诗经·小雅·正月》中的两句关于"乌鸦"的记载:"瞻乌爰止,于谁之屋"作了翔实的考证:

---

① （汉）许慎:《说文解字》,天津:天津古籍出版社,1991年版,第82页。
② （清）郭庆藩:《庄子集释》第一册,北京:中华书局,1961年版,第93－94页。
③ （汉）许慎:《说文解字》,天津:天津古籍出版社,1991年版,第76页。
④ 引自杨琳:《小尔雅今注》,北京:汉语大词典出版社,2002年版,第241页。

"瞻乌爰止,于谁之屋?";《传》:"富人之屋,乌所集也。"按张穆《殷斋文集》卷一《〈正月〉瞻乌义》略云:二语深切著明,乌者,周家受命之祥;《春秋繁露·同类相动》篇引《尚书传》言:"周将兴之时,有大赤乌衔谷之种而集王屋之上者,武王喜,诸大夫皆喜;凡此皆古文《泰誓》之言,周之臣民,相传以熟。幽王时天变叠见,讹言朋兴,诗人忧大命将坠,故为是语。"其说颇新。观下章曰:"召彼故老,讯之占梦;具曰予圣,谁知乌之雌雄?"足见乌所以示吉凶兆象,非徒然也。《史记·周本纪》、《太平御览》卷二九〇等引《书纬·中候》、《瑞应图》皆记赤乌止武王屋上事。《后汉书·郭太传》:"太傅陈蕃、大将军窦武为阉人所害,林宗哭之于野,恸。既而叹曰:'……瞻乌爰止,不知于谁之屋耳!'";章怀注:"言不知王业当何所归"。得张氏之解,乌即周室王业之徽,其意益明切矣。①

可见,"乌"既然为王业之象征,自然是吉祥之兆,并无凶灾之意旨。正如清人王夫之在《诗经稗疏》中所说:"乌者,孝乌,王者以为瑞应。其以鸦鸣为凶者乃近世流俗之妄,古人不以为忌;且北人喜乌而恶鹊,南人喜鹊而恶乌,流俗且异,况于古今,邶之诗人非今南人也。"②

相传南朝民歌《乌夜啼》和琴曲《乌夜啼引》曲名的由来,是与"乌啼兆吉"的传说有着密不可分的关系。据《旧唐书·音乐志》记载:刘义庆因与刘义康相见而哭,"为帝所怪,徵还宅,大惧",他的妓妾"夜闻乌啼声,扣斋阁云:'明日应有赦。'",后果遇赦为南兖州刺史,因而作了这曲《乌夜啼》。③ 关于《乌夜啼引》的来历,相传魏国何晏下狱,"有二乌止于舍上,妇曰:乌有喜事,父必免",于是作了这首琴曲。④

从唐代开始,"乌鸦"的文化象征意义多是继承和延续前代的祥瑞之说。无论是教坊曲《乌夜啼》,还是琴曲《乌夜啼》,它们在唐代都非常流行。与此相伴,以

①　钱钟书:《管锥编》第一册,北京:中华书局,1986年版,第139－140页。
②　引自杨军:《中国古代乌鸦信仰述略》,《陕西师范大学继续教育学报》,2004年第2期,39页。
③　(后晋)刘昫撰:《旧唐书·音乐志》,北京:中华书局,1975年版,第1065页。
④　(宋)郭茂倩:《乐府诗集·琴曲歌词》,上海:上海古籍出版社,1998年版,第668页。

乌为神,敬乌奉乌的风气风行于各地,认为乌鸦给人带来吉利的消息,是祥瑞之鸟。

　　唐代诗人在创作中多借鉴前人的典故和既定的物象入诗,因此,以"乌"指代太阳、"乌为王业象征"、"以乌示孝'、"乌啼兆吉"等典故常常出现于诗人的笔下;"乌"成为唐代诗歌中不可忽视的物象之一。这在唐代诗歌中可谓屡见不鲜:

> 兔走乌飞不相见,人事依稀速如电。(庄南杰《伤歌行》)
> 争得阳乌照山北,放出青天豁胸臆。(张碧《庐山瀑布》)
> 裹裹东风吹水国,金鸦影暖南山北。(无名氏《春》)
> 阴岛直分东掳雁,晴楼高入上阳鸦。(怀楚《送新平故人》)
> 湘烟刷翠湘山斜,东方日出飞神鸦。(温庭绮《蒋侯神歌》)

这些诗中都是以乌鸦喻指太阳,或写时光流逝,或写阳光普照,一派祥和。

　　由于唐人主要继承了前人以"乌鸦"为祥瑞之鸟的观念,唐代敬乌奉乌以祈福的风气颇盛。从相关资料可以证明,唐代普遍存在奉乌祈福的风气。元稹《春分投简阳明洞天作》云:"雕题虽少有,鸡卜尚多巫。乡味尤珍蛤,家神爱事乌。"白居易《和大觜乌》云:"老巫生奸计,与乌意潜通。云此非凡鸟,遥见起敬恭。千岁乃一出,喜贺主人翁。祥瑞来白日,神圣占知风。阴作北斗使,能为人吉凶。此乌所止家,家产日夜丰。上以致寿考,下可宜田农。"皆是唐人奉乌为神鸟,并向乌鸦祈福的风俗的形象反映。再如元稹的《听庾及之弹乌夜啼引》则是依据《乌夜啼》曲名的由来创作而成,也表现了民间的拜乌之俗:

> 君弹乌夜啼,我传乐府解古题。良人在狱妻在闺,官家欲赦乌报妻。
> 乌前再拜泪如雨,乌作哀声妻暗语。后人写出乌啼引,吴调哀弦声楚楚。
> 四五年前作拾遗,谏书不密压相知。滴官诏下吏驱遣,身作囚拘妻在远。
> 归来相见泪如珠,唯说闲宵长拜乌。君来到舍是乌力,妆点乌盘邀女巫。
> 今君为我千万弹,乌啼啄啄泪澜澜。感君此曲有深意,昨日乌啼桐叶坠。
> 当时为我赛乌人,死葬咸阳原上地。

作者巧妙地借用《旧唐书·音乐志》有关《乌夜啼》的记载,敷衍成篇。全诗以"乌啼"为核心,写妻子因其被囚,夜夜拜乌祈福,最终使他脱离险境。

唐人这种以乌鸦为祥瑞的观念也常在诗歌作品中表现为"见乌为喜"的母题,进而引发对美好的相思、相恋感情的期盼,以及难以实现时的感伤和忧愁。如白居易的《答元郎中、杨员外喜乌见寄》:

> 南宫鸳鸯地,何忽乌来止。故人锦帐郎,闻乌笑相视。疑乌报消息,望我归乡里。我归应待乌头白,惭愧元郎误欢喜。

从题目中即可看出作者以"见乌为喜"作为诗歌抒情的主线,抒发对久别故人渴望团聚的感情。诗中的"乌鸦"就是寄托诗人回归希望的喜乐之鸟。其他还如:

> 今朝乌鹊喜,欲报凯歌归。(杜甫《西山》)
>
> 飞上危墙立,啼乌报好音。(钱起《江行无题一百首》)
>
> 少妇起听夜啼乌,知是官家有赦书。(张籍《乌夜啼引》)
>
> 庆传媒氏燕先贺,喜报谈家乌预知。(白居易《谈氏外孙生三日,喜是男,偶吟成篇,兼戏呈梦得》)
>
> 乳燕翻珠缀,祥乌集露盘。(窦叔向《善日早朝应制》)
>
> 香象随僧久,祥乌报客先。(皇甫冉《奉和独孤中丞游法华寺》)
>
> 乡味尤珍蛤,家神爱事乌。(元稹《荐分投简阳明洞天作》)
>
> 神乌惯得商人食,飞趁征帆过蠡湖。(熊孺登《董监庙》)
>
> 敢期林上灵乌语,贪草云间彩凤书。(吴融《禁直偶书》)
>
> 风波隐隐石苍苍,送客灵鸦拂去樯。(徐凝《过马当》)
>
> 铁凤曾蜷摇瑞雪,铜乌细转入祥风。(李乂《人日重谦大明宫恩赐彩缕人胜应制》)

李乂的诗歌中提到的"铜乌"是一种候风的仪器,在仪器顶端设置铜乌,而不是其他的鸟类,说明在时人的心目中,乌鸦是一种神鸟,有预测能力。另外,在唐代的诗作中还有一些直接以"乌"或者"咏乌"为题的诗歌,如李峤的《乌》,杨师道的《应诏咏巢乌》,唐太宗的《咏乌代陈师道》,李义府的《咏乌》。相传唐太宗召见李义府时,令其咏乌。李义府就以《咏乌》为题作诗一首,"日里扬朝彩,琴中伴夜啼。上林如许树,不借一枝栖。"在唐代的诗歌中对乌鸦没有一丝贬义,并继承了"阳乌载日"的神话母题,将其视为载日的神鸟。

隋唐五代时期,"乌"以祥瑞之说为主,同时,也伴随着唐代诗歌"飞鸟"意象世俗化、唯美化的趋势,"乌鸦"的神性地位在诗歌中也逐渐衰微下来,而增添了许多人间的温情。

2. 屈骚中的"恶俗之鸟"

最早在诗歌创作中将"乌鸦"视作丑恶流俗之物是战国时的楚人屈原。"乌鸦"的文化象征意义至此也明确地从"载日之乌"的神话中分流出一支以乌为恶鸟的流派,并且逐渐发展壮大,最终"不祥之鸟"终于成为"乌鸦"文化象征意义的主流。

首先,屈原在《天问》中对"阳乌载日"的神话提出了质疑,即"羿焉弹日,乌焉解羽?"其次,又在《涉江》一诗中,更是明确地将"乌鸦"视为恶俗势力的代表,予以唾弃和鄙视。《涉江》篇末乱辞曰:"鸾鸟凤凰,日以远兮;燕雀乌鹊,巢堂坛兮。露申辛夷,死林薄兮;腥臊并御,芳不得薄兮。阴阳易位,时不当兮;怀信侘傺,忽乎吾将行兮。"王逸在《离骚》序中说:"《离骚》之文,依《诗》取兴,引类譬喻,故善鸟香草,以配忠贞;恶禽臭物,以比谗佞。"①序言虽是针对《离骚》一文,但用之屈原其他作品未尝不可。"燕雀乌鹊"在屈原的眼中,是"恶禽"的代表,厌恶之意不言而喻。李晓辉在《楚辞中的乌鸦意象三题》一文中指出:"《涉江》中的'乌鸦'形象正是用以借指流俗小人,与《诗经》中的'莫黑匪乌'的比喻形象相近,只是《涉江》中的'乌鸦'形象的丑恶特征更加鲜明,骚人对它的鄙视与唾弃更为强烈。作为寻常之禽鸟的乌鸦在楚辞中已没有丝毫的亮色,已完全成了丑恶流俗的代表。"②

---

① (宋)洪兴祖:《楚辞补注》上,北京:中华书局,1957 年版,第 8－9 页。
② 李晓辉:《楚辞中的乌鸦意象三题》,《华中师范大学学报》(人文社会科学版),2000 年第 1 期。

3. 汉代开启的"慈孝之鸟"

从汉代开始,阴阳五行之术与谶纬之说大为兴盛,术士们经常用自然界中的事物来比附人世。"慈乌反哺"之说在此之际始广为流传。"乌鸦"被视为孝鸟,其身上也被赋予了"孝"的伦理道德色彩。在汉魏六朝时期,"乌鸦"更是成为人们心目中敬仰和爱戴的慈乌、义乌。这一时期的文献中关于"慈乌反哺"和"孝子奉养"的记载非常很多。如《说文解字》曰:"乌,孝鸟也。"①《尔雅翼》云:"乌,孝鸟也。始生则母哺之六十日,至子稍长,则母处而子反哺,其日如母哺子数,故乌一名哺公。"②《小尔雅》曰:"纯黑而反哺者谓之乌。"③《春秋元命苞》曰:"乌,孝鸟,何知孝鸟?(乌),阳精;阳,天之意。乌在日中,从天,以昭孝也。"④《后汉书·赵典传》曰:"乌乌反哺报德",⑤这些文献中都将"乌"与"孝"联系在一起,乌鸦的身上被赋予了美好的道德品质。这一时期,"乌乌私情""乌哺"等词语也形成了一种固定的语言喻象,用来比喻人子孝养父母之情,并且在后世也一直广泛使用。但是,这一鸟情观念却并没有引起当时诗人们的兴趣,因而没有出现相应的诗歌意象的发明。直到唐代诗歌创作中才得到了很好的体现,出现了许多用慈乌喻孝子、感念母爱的诗作:

　　慈乌不远飞,孝子念先归。(孟郊《远游》)
　　帘户每宜通乳燕,儿童莫信打慈鸦。(杜甫(《题桃树》)
　　慈乌失其母,哑哑吐哀音。昼夜不飞去,经年守故林。夜夜夜半啼,闻者为沾襟。声中如告诉,未尽反哺心。百鸟岂无母,尔独哀怨深。应是母慈重,使尔悲不任。昔有吴起者,母殁丧不临。嗟哉斯徒辈,其心不如禽。慈乌复慈乌,鸟中之曾参。(白居易《慈乌夜啼》)

诗人们借慈乌反哺的意象,歌颂拳拳孝子之情。真情婉转,动人心魄。

---

① (汉)许慎:《说文解字》,天津:天津古籍出版社,1991年版,第82页。
② (宋)罗愿:《尔雅翼·释鸟》,合肥:黄山书社,1991年版,第140页。
③ 杨琳:《小尔雅今注》,北京:汉语大词典出版社,2002年版,第238页。
④ 引自(唐)欧阳询:《艺文类聚·鸟部下》,上海:上海古籍出版社,1982年版,第1591页。
⑤ (南朝宋)范晔:《后汉书·赵典传》,北京:中华书局,1998年版,第948页。

4. 宋元后趋向生活化的乌鹊意象

由于"乌鸦"是现实生活中一种常见鸟类,这也使得"乌鸦"的意象在文人创作的"飞鸟诗"中,与其他鸟类相比多了几分自然物色的本真和生动。如刘孝绰《还渡浙江诗》"日暮愁阴合,绕树噪寒乌",鲍泉《秋日诗》"夕乌飞向月,馀蚊聚逐光。旅情恒自苦,秋夜渐应长",刘逖《秋朝野望诗》"向浦低行雁。排空转噪乌"等可显一斑。

虽然,在宋代的确出现了许多关于南人和北人对于"乌鸦"不同态度的记载:

> 北人喜鸦声而恶鹊声,南人喜鹊声而恶鸦声。鸦声吉凶不常,鹊声吉多而凶少。(北宋·彭乘(《墨客挥犀》卷二)
>
> 北人以乌声为喜,鹊声为非。南人闻鹊噪则喜,闻乌声则唾而逐之,至于弦弩挟弹,击使远去。(南宋·洪迈《容斋续笔·卷三·乌鹊鸣》)
>
> 南人喜鹊而恶乌,北人喜乌而恶鹊。(南宋·薛士隆《信乌赋》序)
>
> 鹊噪得欢喜,乌鸣得憎啧。(南宋·范浚《杂兴诗》)
>
> 今人闻鹊噪则喜,闻乌噪则唾,以乌见异则噪,故辄唾其凶也。(北宋·陆佃《埤雅》卷六)

有人由此提出"由于宋代经济政治、主流文化和地理环境等方面的原因,从宋代尤其是南宋时期开始,'乌鸦'的文化象征意义渐次合流为不祥之兆"。[①] 但我们通过对宋诗的考察发现,这一观念似乎并没有反映在当时的诗歌创作中。除了继承传统的"乌鸦"祥瑞、慈孝等母题意义,宋诗只有极个别的诗人在作品中表现了"乌鸦"与死亡、以及"乌鸦"嗜腐肉的习性。如范成大的《清明日狸渡道中》云:

> 洒洒沾巾雨,披披侧帽风。花然山色里,柳卧水声中。石马立当道,纸鸢鸣半空。墦间人散后,乌鸟正西东。(《石湖诗钞》)

---

① 参见田冬梅硕士论文:《"乌鸦"文化象征意义的源流》,中国知网·硕博论文数据库,2006年,第31页。

"乌鸦"在墙间盘旋飞翔透露出些许死亡的气息。陆游《新历叹》更有"堂堂七尺死即休,不饱乌鸢饱蝼蚁"之句。其实有关"乌鸦"嗜食腐肉的诗歌意象早在西汉时的乐府诗中就已经出现,《铙歌十八曲·战城南》如此唱道:

> 战城南,死郭北,野死不葬乌可食。为我谓乌:"且为客豪,野死谅不葬,腐肉安能去子逃?"水深激激,蒲苇冥冥。枭骑战斗死,驽马徘徊鸣。筑室,何以南何北,禾黍不获君何食? 愿为忠臣安可得? 思子良臣,良臣诚可思,朝行出攻,暮不夜归。

诗的开篇描写战死沙场的将士死后弃尸荒野、无人收葬的惨景,感情悲愤;特别是诗中创设死者的亡魂与与争相啄食的乌鸦之间的会话,惨痛至极。宋诗中"乌鸦"所在的场景虽与此诗不同,但我们仍然可以看出汉诗中乌鹊无情、了无寄托的意象的影子。

其实,在宋元以后的"飞鸟诗"里,出现了许多描写"乌鸦"的绘声绘色、情景逼真的诗句,这倒是"乌鸦"意象发展史上值得注意的变化,它似乎逐渐摆脱比兴传统所带来的先入之见,而将目光更多地投向现实的生活场景和真实的审美体验。如苏轼的"晨与乌鹊朝,暮与牛羊夕"(《和移居二首》其二),陈师道的"窥巢乌鹊竞,过雨艾蒿光。鸟语催春事,窗明报夕阳"(《河上》),黄庭坚的"惊闻庭树乌乌乐,知我江湖鸿雁归"(《喜念四念八至京》),萨都剌的"乌鹊横空秋有影,银河垂地水无波"(《三衢马太守昂夫索题烂柯山石桥》),清代李澄中的"樯上一乌啼,灯明两岸齐。星垂古岘口,月照大江西"(《晚抵襄阳》)等。这些都应是在传统的比兴寄托之外,"乌鹊"诗歌意象所呈现的一抹新鲜的亮色。

综上所述,中国古诗中的"乌鸦"意象既包含了丰富的历史文化内容,也不乏来自旷野的生动气息。前者借着诗人的托喻比兴熔炼出一个个诗歌的母题,构成延绵久长的"乌鸦"意象史;后者则透过诗人的眼睛传达出其触景感怀、心灵雀跃的片片光羽,飞越时空,直达心底。二者共同构建出古代"飞鸟诗"中形象饱满、意涵充盈的"乌鸦"意象。

第七节 鹦鹉

一、"鹦鹉"的文献记载

20 世纪 70 年代,河南淮阳曾出土了一个商代的鹦鹉型玉器,"尤仁德将商代玉鸟分为三类……家禽类有鸡、鸭、鹅、鸬鹚、鸽、鹦鹉等",①这表明早在三千多年前的商代,"鹦鹉"就已成为先民们驯养的家禽了。

在《礼记》《山海经》《淮南子》等一些早期历史文献中也都有关于鹦鹉的记载:

> 《礼记·曲礼上》云:"鹦鹉能言,不离飞鸟。"
>
> 《山海经·西山经》云:"(黄山)有鸟焉,其状如鹗,青羽赤喙,人舌能言,名曰鹦□。"又云:"(数历之山)其鸟多鹦□。"
>
> 《淮南子·说山训》云:"鹦鹉能言,而不可使长言。是得其所言,不得所以言。"
>
> 《说文》云:"鹦鹉,能言鸟也。"

这些文献都描述了鹦鹉的一个显著特征,即"能言"。而鹦鹉的"能言"是指它能说人话,是经过长期人工驯养的结果,并不是出于其天然本性。因而如《淮南子》所说,虽然鹦鹉能言,却不能学说太长的语句;只会模仿人类的语言,而并不懂所说言语的意思。但作为禽类,能够学说人类的语言,且能学得惟妙惟肖,就已非其他飞禽走兽可比,足以令人称奇。这也是使得鹦鹉早早就成为人类驯养、玩赏之物的主要原因。而《山海经》将鹦鹉记入《西山经》中,也隐约透露出当时鹦鹉的产地大概主要集中在中国西部。

---

① 张光直:《商代的巫与巫术》,《中国青铜时代》二集,三联书店,1990 年版,第 55 页。

　　二、祢衡的《鹦鹉赋》

　　至汉代,赋体文学渐趋于繁盛,在以状物为主的赋体文学大的创作背景下,题材上别出一类,即以专咏某物为主要内容的单题咏物的咏物赋。特别到了东汉末期,这种单题咏物的小赋深受文人的喜爱。出现文人们竞相题咏、同题共咏的繁荣景象。其中题咏鹦鹉的小赋就有祢衡、阮瑀、王粲、陈琳、应场等的创作,而尤以祢衡《鹦鹉赋》最为著名。

　　当时,朝廷暗弱而群雄割据。各路诸侯打着统一天下、重整纪纲的旗号,个个野心勃勃欲夺天下。为此,他们大都表现出求贤若渴、广纳贤才的姿态。这也就造成想要扬名天下的文人士子投身政治舞台,展示才华的机会。然而,这些诸侯大多囿于一己之利,往往心胸狭隘;特别是对待像祢衡这样才高气盛之人,更是难以容纳。据《后汉书·文苑列传》所载,祢衡少年时便以其文才和善辩而称誉天下。孔融曾称赞他"淑质贞亮,英才卓砾",并向曹操力荐(《荐祢衡表》)。但由于祢衡平日就看不起曹操,便自称害了狂病不肯去见曹操,因而使曹操怀恨在心。然却因其负有才名,曹操又不能轻易杀之。因听说他善于击鼓,曹操便任命他为鼓史。没想到祢衡却当众裸身击鼓,以辱曹操,后又持杖于营门外痛骂曹操,曹操因此便将他送与荆州牧刘表。祢衡又因对刘表态度侮慢,被刘表转送与江夏太守黄祖。后因黄祖在大会宾客时,言语唐突且辱骂黄祖,而被杀。祢衡死时年仅 26 岁,可以说是才高命舛。

　　结合祢衡的个性和经历,我们便可从《鹦鹉赋》中看出他创作之时出于内心的愤懑不平而借鹦鹉所寄寓的感慨。

　　整篇赋文可分为三个部分,第一部分即第一段,为全篇的倡言,交代创作此赋的缘起。在江夏太守黄祖的太子射宴请宾客的大会上,因无以娱乐宾客,恰逢有献鹦鹉之人举酒相邀,便请祢衡为之作赋,以共荣观。文中以叙述的方式,描写宾主对话,说明了祢衡作赋的起因和创作的过程。而祢衡"笔不停缀、文不加点"的表现,充分显示了他非凡的才华。

　　第二部分包括三段,为赋的正文。此部分又可分为三层,一段为一层。

　　第一层写鹦鹉的自然之美。不仅写出鹦鹉"采采丽容,咬咬好音"的自然之奇姿,还赋予鹦鹉"性辩慧而能言兮,才聪明以识机"等全精之妙质。正是鹦鹉这些异于其他鸟类的神奇特征,在祢衡的赋里使它与鸾皇同列,傲视众禽。

第二层紧承上文,写鹦鹉因其神异之美质而却招致了罗网之灾。文中虽写出鹦鹉身处被捕捉的险境,却仍"容止闲暇,守植安停。逼之不惧,抚之不惊",表现出顺生避害的从容态度。

第三层则以全赋最长的篇幅摹写鹦鹉身陷雕笼的痛苦。这痛苦既有离群丧侣、母子永隔的悲伤、也有长怀西路、延望故乡的伤感,更有"嗟禄命之衰薄,奚遭时之险巇?岂言语以阶乱,将不密以致危"的忧恐。以至于鹦鹉虽然居于雕笼之中,饮食无忧,但却暗自神伤,"音声凄以激扬,容貌惨以憔悴。闻之者悲伤,见之者陨泪"。

第三部分即末段,为全篇的总乱,聊表自慰宽心之意。文中写鹦鹉有感于平生所经历的种种不幸和苦痛,与其徒然心怀怨毒于一隅,不如"托轻鄙之微命,委陋贱于薄躯",以尽心事主,不负恩宠。

此赋虽以咏物为名,实则为祢衡假托鹦鹉之口抒发心中忧愤之作。作者通过描写鹦鹉的奇姿妙质,以及它身陷雕笼的悲惨遭遇和全身避害的无可奈何,暗衬出他自己虽有高才大志,却不得赏识,反而常有生命之忧的不幸命运。

在这一鲜明的情感主题之下,祢衡《鹦鹉赋》所塑造的鹦鹉形象,对后世的鹦鹉诗创作无疑具有主题开拓的意义。概括而言,后世有关鹦鹉的诗歌创作由此生而发出至少三大主题意义。

三、"鹦鹉"诗的三大主题

1. 对文人自身处境的感叹——雕笼

《鹦鹉赋》中,对鹦鹉"闭以雕笼,剪其翅羽"的描写,感情尤为沉痛。这也为后世的鹦鹉诗歌创立了一个独特的母题意象——雕(金)笼,后世的文人在创作中,往往借此表达对自身处境的思考和感叹。因此,"笼"也成为后世鹦鹉诗中最为常见的意象。

如同题为《鹦鹉》的诗歌中,有杜甫的"未有开笼日,空残宿旧枝"、白居易的"谁能坼笼破,从放快飞鸣"、张祜的"雕笼悲敛羽,画阁岂关心"、罗隐的"莫恨雕笼翠羽残,江南地暖陇西寒"、子兰的"近来偷解人言语,乱向金笼说是非"、秦韬玉的"每闻别雁竞悲鸣,却向金笼寄此生"、王安石的"云木何时两翅翻,玉笼金锁只烦冤"、马守真的"永日看鹦鹉,金笼寄此生"、毛师柱的"枉自含愁频对舞,何须玉粒恋雕笼",等等。

而在这些鹦鹉诗中,以"笼"为意象,表达的意涵主要是对人生不得自由的处境的感慨。

其中白居易所作的《鹦鹉》,对这一处境作出了极为形象的刻画:

陇西鹦鹉到江东,养得经年嘴渐红。
常恐思归先剪翅,每因馁食暂开笼。
人怜巧语情虽重,鸟忆高飞意不同。
应似朱门歌舞妓,深藏牢闭后房中。

诗人发挥祢衡赋中雕笼、剪羽之意,用对比"人怜巧语"来写鹦鹉心中所怀的"高飞意",借此抒发诗人内心不被理解的信念和向往。最后,更以牢闭在后房中的歌舞妓为喻,极言虽拥有奇姿妙质,仍难以摆脱被豢养、不自由的窘境。

再如秦韬玉的《鹦鹉》诗,以"幸自祢衡人未识,嫌他作赋被时轻"作结,表达对时人浅薄、不识祢衡之才的悲叹。而王安石所作《鹦鹉》一诗更是借鹦鹉表达了自己虽身陷笼限之中,也不愿向那些不解语言的世人低头的高傲态度和对他们的鄙视。所谓"不须强作人间语,举世何人解语言"。

也正是由于文人们在鹦鹉诗歌中所寄寓的对身不由己的处境的烦怨,他们也同时会在鹦鹉诗中表现出对重获自由的热望和聊胜于无的慰籍。如前文提到的白居易的《鹦鹉》诗中,先写身囚雕笼的鹦鹉,虽然竟日学人言语,却夜半难眠,心苦自知。每到日暮则思念旧巢,至春天则追忆故侣。最终想象有一天能有人拆破鸟笼,使鹦鹉得以纵情飞鸣。诗人以比兴手法,借鹦鹉与雕笼这一母题意象,以鸟喻人,抒发对现实所造成的种种拘束人的自由、压制人的才华等的悲愤之情。再如宋代女诗人周韶的诗写道:"陇上巢空岁月惊,忍看回首自梳翎。开笼若放雪衣去,长念观音般若经。"(《白鹦鹉》)这是她为争取人身自由、结束被人玩弄的歌妓生涯而即席创作的一首诗,也表达了她对自己不幸处境的悲怨和对复得自由的向往。甚至为此许下了如有谁能帮她得其所愿,将为其长念佛经、祈福保佑的诺言。而著名史学家司马光更是作诗《放鹦鹉》以表达要顺乎自然,还鹦鹉自由之身,并不希求任何回报的美好愿望。诗云："野性思归久,樊笼今始开。虽知主恩厚,何日肯重来?"放生鹦鹉的欢愉之情溢于言表。

2. 对文人非凡才华的比拟——能言

鹦鹉能言,既是基于它们所具有的生理条件,也是人工豢养教习的结果。这在早期文献中也多有记载。祢衡在《鹦鹉赋》中也充分发挥了鹦鹉"性辩慧而能言兮,才聪明以识机""采采丽容,咬咬好音"的特点,生发出"虽同族于羽毛,固殊智而异心。配鸾皇而等美,焉比德于众禽"的赞叹。而赋中鹦鹉聪慧能言的才能又与其不得自由的窘境形成鲜明的对照,这无疑也寄托着祢衡对于自己虽有鸾皇般的品德和才华,却难以摆脱雕笼系羁的不幸命运的悲慨。

在后世的诗人中,多有借此鹦鹉能言意象以发抒胸中怀才不遇、愤懑不平之气。如李白《咏壁上鹦鹉》:"落羽辞金阙,孤鸣托绣衣。能言终见弃,还向陇西飞。"诗歌名为题咏鹦鹉,实为借题发挥,咏叹自己怀才不遇。李白尝自称"陇西布衣",虽有着经世济民、建功立业的远大抱负和惊为天人的卓越的才华,却终因羁绊于现实的种种龃龉而使他理想不得施展。这正象诗中所题咏的来自陇西的鹦鹉,虽然绣衣而能言,却只能孤鸣而见弃,最终不得不愤然西飞,回到久别的故乡。再如白居易的《红鹦鹉(商山路逢)》写道:"安南远进红鹦鹉,色似桃花语似人。文章辩慧皆如此,笼槛何年出得身。"红鹦鹉羽色艳美、言语似人,然而,正是由于它具有如此超乎寻常的才华,却成为它身陷笼槛、不得自由的祸根。这又何尝不似人间社会那些能言善辩的文人士子所遭逢的悲惨处境呢! 因此,诗人罗隐在其《鹦鹉》诗中以同情的口吻劝鹦鹉不要再表现其能言巧辩的特性,才能避免被捕捉的命运:"莫恨雕笼翠羽残,江南地暖陇西寒。劝君不用分明语,语得分明出转难。"而原本自由自在生活于陇西苍山中的鹦鹉鸟,却因为它的翠羽、能言,如今被关在笼中,强学人语,而心里却充满对翱翔天外的向往。正如齐已《放鹦鹉》中所言:"陇西苍巘结巢高,本为无人识翠毛。今日笼中强言语,乞归天外啄含桃。"这些歌咏鹦鹉所具有的巧嘴能言才华的诗,大多不只是一种客观的描绘,而是借鸟喻人,别有深意。

此外,由鹦鹉的能言又引申出厌嫌其多嘴、说是非的诗意。如唐代子兰《鹦鹉》云:"翠毛丹嘴乍教时,终日无寥似忆归。近来偷解人言语,乱向金笼说是非。"诗中极为形象地描写了鹦鹉初学说话的过程。初学人语时,它终日寂寂不出声,好像在思念故土、难以适应笼槛生活;但在经过一段时间的驯化,突然开口说话,好像不意间偷学了许多言语,只是不知如何恰当地使用,难免东鳞西爪、张冠李戴,闹出笑话,甚至引出是非。正因为鹦鹉有胡言乱语的可能,所以也就有如唐代朱庆余《宫词》一诗中所描绘的情形:"寂寂花时闭院门,美人相并立琼轩。含情欲说宫中事,鹦鹉前头不敢言。"因怕鹦鹉传话,宫中美人竟不敢在鹦鹉面前谈论宫中情事。

3. 对文人身世流转的愁怨——思归

在古代封建集权的政治制度下,文人士子要想有所作为,就得或依附于政治权利的核心,或听从国家官僚体制的安排;但不论是哪一种形式,大多要离开故土,异地任职。另一方面,由于封建官僚体制消极的力量,往往也使得官场成为压制人才自由伸展的樊笼,这些都成为古代文人借助诗文抒发"乡愁"的情感基础。而祢衡《鹦鹉赋》假借鹦鹉形象,抒发其流飘万里、难以回归的愁苦和哀怨,历代诗人便在鹦鹉诗的创作中常寄寓深厚的思归之情。

在这一类写乡愁、思归的鹦鹉诗中,"陇西"成为诗的核心意象之一。如李白《初出金门寻王侍御不遇,咏壁上鹦鹉》云:"落羽辞金殿,孤鸣咤绣衣。能言终见弃,还向陇西飞。"齐己的《辞主人绝句四首·放鹦鹉》云:"陇西苍巘结巢高,本爲无人识翠毛。今日笼中强言语,乞归天外啄含桃。"罗隐的《鹦鹉》云:"莫恨雕笼翠羽残,江南地暖陇西寒。劝君不用分明语,语得分明出转难。"薛涛的《十离诗·鹦鹉离笼》云:"陇西独自一孤身,飞去飞来上锦茵。都缘出语无方便,不得笼中再唤人。"这些诗中的"陇西"已不再只是一个地名,而是化为一种象征,即象征着漂泊者始终追寻的那一方承载着乡愁的净土。而这乡愁在古代文人士子的心中又是具有着一种普遍性的意义,是他们对实现政治理想国的向往之情,是一种精神上的"归思"。林语堂在《吾国与吾民》一书中对此有一段精彩的论述:

……统治阶级不独来自农村,他们且复归于农村。因为乡村典型的生活,常被视为最理想的优美生活。……中国生活典型之创始者能于原始的生活习惯与文明二者之间维持一平衡,其手段岂非巧妙? 岂非此健全的本能,导使中国人崇尚农耕文明而厌恶机械技巧,并采取一种单纯的生活?

岂非此健全的本能,发明人生的愉快而能使不致劳形役形,因而在绘画中、文学中,一代一代地宣扬着"归田"理想。

在他们精神的理想国中,祢衡《鹦鹉赋》所描述的鹦鹉种种身处樊笼的痛苦:离群丧侣母子永隔的悲伤、长怀西路延望故乡的伤感和"嗟禄命之衰薄,奚遭时之险巇?岂言语以阶乱,将不密以致危"的忧恐等,都不复存在,而可以自由自在地翱翔于昆山之高岳、邓林之扶疏。这是何其美妙的一幅充满诗情画意的理想田园生活的图景!

附论:鸲鹆(八哥)

鸲鹆,又名鹦鹆,俗称八哥。据南朝宋刘敬叔所撰笔记小说《异苑》载,至迟在晋代就已有人工驯养鸲鹆之事。而在南朝宋刘义庆的《幽明录》中也已有驯养鹦鹆学说人语的描写:"晋司空桓豁在荆州,有参军剪五月五日鸲鹆舌,教令学语,遂无所不名。顾参军善弹琵琶,鸲鹆每立听移时。又善能效人语声。司空大会吏佐,令悉效四坐语,无不绝似。有生齆鼻语难学,学之不势,因内头于瓮中以效焉,遂与齆者语声不异。"①明代李时珍《本草纲目》说:"鸲鹆……其舌如人舌,剪剔能作人言。"②

后世诗歌创作取鸲鹆意象入诗也大多侧重于它善效人语的一面。如宋代周敦颐所作《鸲鹆》一诗:

> 舌调鹦鹉实堪夸。醉舞令人笑语哗。
> 乱噪林头朝日上,载归牛背夕阳斜。
> 铁衣一色应无杂,星眼双明自不花。
> 学得巧言谁不爱?客来又唤仆传茶。

诗人从多个角度状写鸲鹆的可爱之处,情貌逼真;同时也汇集了前代有关鸲鹆的种种诗文意象,如南朝笔记小说中模仿人语、引人发笑的情节,唐人诗歌中反

---

① （南朝宋)刘义庆撰,郑晚晴辑注:《幽明录》,北京:文化艺术出版社1988年版,第59页。
② （明)李时珍:《本草纲目》(点校本第四册),北京:人民卫生出版社,1981年版,第2656页。

复歌咏的鹧鸪之舞,以及宋人所喜咏其喧噪于林、星眼分明等。全诗融入了诗人浓郁的主观情意,尤其突出表现了对鹧鸪舌调鹦鹉、学得巧言的喜爱之情。

而宋代俞灏的《鹧鸪》诗,也是借与鹦鹉作对比而立意,却以反对人工、崇尚任真的角度表达出对鹧鸪一种独特的喜爱。实际上,这也是作者假借咏鹧鸪以表露自己对全身避世心向往之的生活态度。诗云:

> 守黑元知分,能言亦任真。
>
> 人知不可食,我得自全身。
>
> 牛背烟村画,乌群野水春。
>
> 从教鹦鹉贵,笼络媚宫嫔。

鹦鹉虽为人所贵宠,却难以摆脱陷于雕笼、取媚宫嫔的命运。而悠游于自在之中的鹧鸪,却能独享"牛背烟村画,乌群野水春"之美,岂不快哉!

由此可见,同样是写能学人语的鸟,却由于诗人们的立意不同而形成迥异的诗歌情感基调:鹦鹉诗悲怨之意多,而鹧鸪诗欢喜之情盛。从同样来自自然的鸟类本身是很难作出这样的区分,只能是由于观者的主观意趣有所分别的缘故。这其中不能不说是观者所接受的文化熏染和心理积淀起到了关键性的作用。

第八节 鸟鸣

一、"鸟鸣"与诗歌的听觉意象

"春眠不觉晓,处处闻啼鸟"。鸟儿是大自然的歌唱家,能给人一种声情交融、动静和谐的意趣。鸟儿们的鸣叫是与生俱来的。各种鸟类都有其独特的鸣叫声,即使是在同种鸟类的雌雄之间、繁殖期与非繁殖期之间也各有区别。它们有的善于鸣叫,有的不善鸣叫;它们的鸣啼之声有的高亢、嘹亮,有的华丽、婉转,有的节奏单一,有的巧舌如簧。而因季节、地域等变化、差异,鸟的鸣啼也会有所不同。可谓千变万化、千奇百怪,音色各异,妙趣横生。这些无处不在的鸟鸣之声为善感的诗人提供了丰富的创作灵感和取象资源,因而也成为古代"飞鸟诗"中最为常见,也最为生动的听觉意象。

二、"鸟鸣"意象的母题特征

(一)《诗经》对"鸟鸣"意象母题的开辟

从《诗经》中我们已经可以看到许多对鸟的啼鸣之声的描写和刻画。整部《诗经》写到"鸟鸣"的诗章不下三十章,反映出当时人们对鸟的啼鸣的丰富感受。同样,对这些感受的表达,《诗经》也具有其独具特色的意象母题的开创意义。

《诗经》中的有些作品通过使用象声词来描绘鸟的啼鸣,给人以非常直观、生动的美感。如:

> 关关雎鸠,在河之洲。(《周南·关雎》)
>
> 黄鸟于飞,集于灌木,其鸣喈喈。(《周南·葛覃》)
>
> 睍睆黄鸟,载好其音。(《邶风·凯风》)
>
> 雝雝鸣雁,旭日始旦。(《邶风·匏有苦叶》)
>
> 风雨潇潇,鸡鸣胶胶。(《郑风·风雨》)
>
> 伐木丁丁,鸟鸣嘤嘤。(《小雅·伐木》)
>
> 鸿雁于飞,哀鸣嗷嗷。(《小雅·鸿雁》)
>
> 交交桑扈,有莺其羽。(《小雅·桑扈》)
>
> 凤凰鸣矣,于彼高岗。梧桐生矣,于彼朝阳。菶菶萋萋,雝雝喈喈。(《大雅·卷阿》)

正如宋代郑樵《通志·诗说》云:"凡雁凫之类,其喙扁者,则其声关关;鸡雉之类,其喙锐者,则其声鷕鷕,此天籁也。雎鸠之喙似凫雁,故其声如是,又得水边之趣也。"①各种不同种类的鸟因其生性不同,其鸣叫声自然有所不同。

然而,《诗经》中虽然采取了如此多的象声词语来表现鸟的鸣叫,但比起自然界鸟类丰富多样的鸣叫方式而言,也还是远远不够的。所以,我们看到《诗经》描

---

① (宋)郑樵撰:《通志》第一册,北京:中华书局,1987 年版,第 865 页。

写鸟鸣的象声词除了极个别的符合鸟的自然特征,其他写鸟鸣的象声词都只能作鸟的合鸣解。这一点特别值得注意:《诗经》的作者似乎并不十分在意在诗中描写鸟鸣的原貌;在《诗经》中会用同一个象声词来写不同的鸟的鸣声,而同一种鸟也会在不同的诗中"发出不同的声音"。如诗中就用"喈喈"来描写黄鸟、鸡、凤凰等的叫声,而"绵蛮""交交""睍睆""喈喈"又都是对黄鸟鸣声的描写。由此我们经过认真研究后发现:《诗经》中所有写鸟的"鸣叫"的诗,不仅仅是在描摹鸟的外在声音形象,而且是借助"鸟鸣"这一形象化符号,抒发某种特定的情感内容。这一符号化的艺术功能在《诗经》中有着惊人的相似性。它们主要用于诗的比兴,并且"都是与人们的婚恋或交友的情感相关;所引发的抒情基调也是充满了怀想、思念和相知相亲的美好感情"(详细论述见本书第一章第一节)。

因此,《诗经》中的"鸟鸣"意象既是诗歌创作特有的比兴方式,也同时确立了其母题意义:即由"鸟鸣"引发特定的诗歌情感抒发,进而成为一种民族的诗性记忆和传统。《诗经》中"鸟鸣"的母题意义对于后世"飞鸟诗"对"鸟鸣"的处理影响巨大。历代虽也不乏单纯描写鸟的鸣声的作品,但大多数诗歌中的"鸟鸣"意象都表现出对《诗经》所创立的这一诗歌意象传统的承继,具有鲜明的民族特色和文化意蕴。

(二)"鸟鸣"意象的类型性与集体共识性

与《诗经》中"鸟鸣"意象相似,在古代"飞鸟诗"中,大多数"鸟鸣"都带有母题意象的特点。如凡是"雁"的鸣叫多用在离别、思归等主题的诗中:

朝雁鸣云中,音响一何哀。问子游何乡,戢翼正徘徊。(应场《侍五官中郎将建章台集诗》)

万有皆同春,鸿雁独辞归。相鸣去涧汜,长江发江氿。(颜延之《归鸿诗》)

承君客江潭,先愁鸿雁鸣。吴山饶离袂,楚水多别情。(江淹《卧疾怨别刘长史诗》)

其实,现实生活中大雁的鸣叫声并没有什么特别引人注意的地方,它既没有

鹤的高亢,也没有黄鹂的流丽,但是一经入诗,却能引起欣赏者强烈的情感共鸣。而另一种鸟——鹤的鸣叫所引起的又是别样的情怀:

> 鹤鸣于九皋,声闻于野。(《小雅·鹤鸣》)
> 云间有玄鹤,抗志扬哀声。一飞冲青天,旷世不再鸣。(阮籍《咏怀诗》)
> 鸣鹤时一闻,千里绝无俦。伫立为谁久,寂寞空自愁。(鲍照《拟阮公夜中不能寐》)

可见,鹤的鸣叫之声在诗中常常用以表现超拔之志、孤傲之气。因此,在古代诗文中人们也常以"鸣鹤"或"鹤鸣"喻君子的才德。

凡此种种表明,出现于中国古代"飞鸟诗"中的这些"鸟鸣"意象,并非时时是诗人的个体体验和表达的当下直接听到的自然声音,而是融和着整个民族心理体验的集体表象,如同瑞士心理学家荣格所说的:"是同一类型无数经验的心理残迹;有着在我们祖先的历史中重复了无数次的欢乐与悲衷的残余,并且总的来说始终遵循着同样的路线。"①这些听觉意象也如同荣格所说的那种"原型",是一种"普遍一致和反复发生的典型的领悟模式"。这种典型的领悟模式不仅是创作者在体验和表达的当下以及读者在阅读体验中的听觉联想和听觉的还原,更重要的是,它成了诗人们在情感表达时的一种普遍一致的、较恒定的听觉领悟模式。诗人在赋诗的当下也许真实地听到了某种引起他情感波动的自然声音,也许当时时空中根本没有响起他诗中写到的那种声音,或许仅仅是一种幻觉,但这并不重要,重要的是这种种声音早已在他的心中回响。因此,在诗人表达某一种类型性的情感和情绪时,那种与此类型性的情感和情绪相联系的声音自然会在他的耳际响起。于是,漂泊的游子、闺中的思妇听到的总是杜鹃声声,戍边的将士听到的总是长空雁鸣,荷锄晚归的农夫村妇听到的总是鸡鸣鸭闹。

在日常生活中,人们每时每刻都能听到各种声响,在艺术创作中,诗人们将日常的听觉体验转化为听觉意象,一定有一个情感投射和符号化的过程。一种听觉意象在成为类型化的听觉意象之前,它也许是某些个体独自的听觉体验,当诗人

---

① [瑞士]荣格著,冯川译:《荣格文集》,北京:改革出版社,1997年版,第226页。

将这种个体的听觉体验符号化并融入某种独特的情境或诗词中的语境时,这种个体的听觉体验即成为引起无数人类似体验和情感共鸣的听觉意象,这种体验和共鸣经过无数次的重复和认同,也即成为一种集体共识性的听觉意象。

(三)"鸟鸣"意象的象征性和寓意性

作为诗歌的一种符号化的意象创作,中国古代"飞鸟诗"中的种种"鸟鸣"意象便不是那种无意义的、偶然性的和自然的声音,而是被人赋予了一定意义的象征符号。这种象征符号一方面能够唤起人们以往的听觉体验和现实的听觉联想,另一方面,它又将人们的听觉体验和听觉联想引向某种特定的情境和情感体验中,使得那种原本是偶然性、自然性的声响获得了某种意义。这种人为赋予了某种意义的听觉意象在一个民族的文学传统中经过无数次的重复使用并获得人们集体的认同,即成为一种象征性的听觉意象。

日本学者渡边护曾说:"象征就是人创造出来的符号,也可以说,它不外是人根据自己的意图赋予它以意味作用的某种感性事物罢了。"①韦勒克、沃伦说:"'象征'具有重复与持续的意义。一个'意象'可以被转换为一个隐喻一次,但如果它作为呈现与再现不断重复,那就变成了一个象征,甚至是象征(或者神话)系统的一部分。"②按照渡边护和韦勒克、沃伦的说法,象征有两方面的特点:(一)象征是人创造出来并且赋予了一定意味的符号;(二)象征是在一个系统中具有重复与持续意义的符号。古代"飞鸟诗"中的"鸟鸣"意象无疑也具有这两方面的特点。

我们以"杜鹃啼血"意象为例。其作为诗歌意象的来源主要有两方面:一是有关杜鹃鸟的传说。《禽经注》:"鷤、嶲周,子规也,啼必北向。"注云:"《尔雅》曰:嶲周,瓯越间曰怨鸟,夜啼达旦,血渍草木,凡鸣皆北向也。"又"江介曰子规"注云:"啼苦则倒悬于树,自呼曰谢豹。"二是有关蜀王望帝死后化为杜鹃鸟的传说。远古时代,有个名叫杜宇的人自立为蜀王,号望帝。他非常关心人民生活,但后来因与宰相鳖灵之妻私通而感到惭愧,遂隐居西山不出,死后化为杜鹃。《说文解字》:

---

① [日]渡边护著,张前译:《音乐美的构成》,北京:人民音乐出版社,1996年版,第8页。
② [美]韦勒克、沃伦著,刘象愚等译:《文学理论》,北京:三联书店,1984年版,第204页。

"蜀王望帝淫其相妻,惭亡去,为子雟鸟。故蜀人闻子雟鸣,皆起曰:是望帝也。"①
但在诗歌创作中却将二者自然而然地混融在一起,因为杜鹃是两个传说中共有角
色。"杜鹃啼血"便在诗文中用于表现凄苦的情绪。特别是在春夏之交,每当听到
或想到杜鹃"夜啼达旦",更会增添离别思乡之情,故又引伸出离别之苦。

　　由此可见,本来杜鹃鸟的鸣叫是与人无关的声音,只是满怀愁绪的听者将其
文化的积淀和自己的情感投射其中,使这鸣声染上了特殊而有丰富的感情色彩,
进而人们用以指称自然界中杜鹃鸣叫的语言符号。例如:

　　　　李白《宣城见杜鹃花》
　　　　蜀国曾闻子规鸟,宣城还见杜鹃花。
　　　　一叫一回肠一断,三春三月忆三巴。

　　　　韦应物《子规啼》
　　　　高林滴露夏夜情,南山子规啼一声。
　　　　邻家孀妇抱儿泣,我独展转何为情?

　　　　李中《途中闻子规》
　　　　暮春滴血一声声,花落年年不忍听。
　　　　带月莫啼江畔树,酒醒游子在离亭。

　　　　范仲淹《子规》
　　　　夜入翠烟啼,昼寻芳树飞。
　　　　春山无限好,犹道不如归。

　　可以说,这些"杜鹃啼血"意象并非是对杜鹃叫声的客观记录,而是融入了某
种情感体验并且用以象征旅人、思妇悲怨之情的听觉意象。其次,这一听觉意象
是重复和持续出现的,它已成为人们的一种集体共识并具有了约定俗成的意义指

---

　　① 　(清)段玉裁注:《说文解字注》,上海:上海古籍出版社,1988 年版,第 141 页。

向。它不再仅仅是某种具体声音的指称,也不再仅仅是个体的情感体验中个体的听觉意象,而是在中国传统文学的系统中不断重复和持续出现,成为具有相对确定意味的、抽象化和类型化的母题了。

宋代梅尧臣的《黄莺》诗曰:"最好声音最好听,似调歌舌更叮咛;高枝抛过低枝立,金羽修眉黑染翎。"把黄莺鸟动听的鸣叫,描写得传神之极。鹦哥不仅善于模仿其他鸟类的叫声,还善于学人语,白居易对此赞不绝口:"耳聪心慧舌端巧,鸟语人言无不通"。还有王维的"月出惊山鸟,时鸣春涧中",杜甫的"两个黄鹂鸣翠柳,一行白鹭上青天",杜牧的"千里莺啼绿映红,山村水廓酒旗风",李德裕的"春鸠鸣禽树,细雨入池塘",韦应物的"独怜幽草涧边生,上有黄鹂深树鸣",苏舜钦的"帘虚日落花竹晴,时有乳鸠相对鸣",杨基的"徐行不知山深浅,一路莺啼送到家",这些诗句所见略同地突出了鸟啼这一特征,绘声绘色,声色俱佳,有动有静,动静相宜,使人有身临其境的感觉,似乎鸟儿欢快的啼鸣就在眼前,真有物我合一的意境。在众多描写鸟啼的诗句中,宋代诗人陆游的《鸟啼》诗值得一读,诗云:"野人无日历,鸟啼知回时。三月闻子规,春耕不可迟。三月闻黄鹂,幼妇悯蚕饥。四时鸣布谷,家家蚕上簇。五月闻鸦舅,苗稚忧草茂。"诗人把鸟鸣和农事耕作联系起来,给人以启迪。南朝梁的诗人王籍的"蝉噪林逾静,鸟鸣林更幽",更道出了诗人对鸟鸣的独到感受。

第九节　鸟飞

一、《诗经》中的"飞翔"意象

飞,是鸟儿的基本生理特征。它们天生一副其他动物所没有的羽翅,借助风的力量,可以决起而飞、直冲云霄;不仅可以抢榆枋、越阡陌,还能够跨千里、度山川。何等自由,何其洒脱! 鸟的飞翔一直为人类所倾心羡慕、衷心向往,所以,常被著之于文史、行之于歌咏。

"鸟飞",在《诗经》的"飞鸟诗"中是复现率最高的鸟意象。据笔者不完全统计,《诗经》中有近四十章诗都有鸟的飞翔意象。其中,既有对鸟的飞翔的具体描绘：

> 肃肃鸨羽，集于苞栩。(《唐风·鸨羽》)
> 鴥彼晨风，郁彼北林。(《秦风·晨风》)
> 翩翩者鵻，载飞载下，集于苞栩。(《小雅·四牡》)
> 鴥彼飞隼，其飞戾天，亦集爰止。(《小雅·采芑》)
> 题彼脊令，载飞载鸣。(《小雅·小宛》)
> 翩彼飞鸮，集于泮林。(《鲁颂·泮水》)

更有以"××于飞"的套语结构大量创作的诗章。如为人们所熟知的：

> 燕燕于飞，差池其羽。(《邶风·燕燕》)
> 雄雉于飞，泄泄其羽。(《邶风·雄雉》)
> 仓庚于飞，熠耀其羽。(《豳风·东山》)
> 鸿雁于飞，肃肃其羽。(《小雅·鸿雁》)
> 凤凰于飞，翙翙其羽，亦集爰止。(《大雅·卷阿》)

还有对后代产生深远影响的"高飞"意象：

> 宛彼鸣鸠，翰飞戾天。(《小雅·小宛》)
> 有鸟高飞，亦傅于天。(《小雅·菀柳》)
> 鸢飞戾天，鱼跃于渊。(《大雅·旱麓》)
> 凤凰于飞，翙翙其羽，亦傅于天。(《大雅·卷阿》)

如此众多的鸟的飞翔意象出现在《诗经》中，首先反映出那个时代人们对鸟的飞行有着极大的关注和极深的体会。与《诗经》中其他有关鸟的意象相关，"飞"的意象也被赋予了特殊的象征意义(详细论述见本书第一章)。诗人们在特定的历史场景中，往往只是根据其象征意义来使用这一符号，使之更加为当时的诗歌的受众所接受。

二、鸟类"飞翔"意象的符号化

现代精神分析学家拉康认为:"人的心理经验可划分为三种:真实的、想象的、符号的。"拉康把"如其本然并力图被人们认知的的心理事件或心理经验称为'现实的';把该事件和该体验在人脑中的'再现'或'表象'(意象或语词)称为'想象的';把这些'再现'和'表象'在心理的一种结构下被组织成的'单位'称为'符号的'"。① 拉康对人的心理经验的分类对我们分析古代"飞鸟诗"中的"飞翔"意象是极有启发性的。

如果说《诗经》中的"鸟飞"意象尚处于艺术的初创时期,那么,后世的创作又在此基础上有所发展。特别是汉魏以后,诗人们已不再将外物与人的同构看作是一种确信无疑的关系逻辑,而更多的在人的主观意识的自觉中,去发现自然物的美,并在更高的层面赋予自然物以更具主体意识的含义。由此,我们亦可以将后世创作的鸟的飞翔意象表述为三种样态:自然的"飞翔"物象——人们体验和想象中的"飞翔"心象——符号化的"飞翔"母题性意象。

在现实生活中,人们时时会看到各种飞翔的鸟儿,并且在某种偶然性的场合或特定的场合中,飞鸟的身影会成为人们力图认知的心理事件。这种从我们的眼前掠过的鸟儿飞翔的影像我们称之为真实的物象,它构成了我们对鸟的飞翔的视觉体验。当这种视觉体验经过多次或无数次的重复并与人们的情感体验相融合时,它就成为一种可以"再现"的集体或个体的"飞翔"的表象,我们可称之为可通过心理体验或想象而构想出来的心象。当人们将这种发源于个体的视觉表象和有关"飞翔"的心理体验用某种文化符号确定和记录下来,便是我们所说的"飞翔"母题性意象。

应该说,中国古代"飞鸟诗"中的种种"飞翔"意象更多的是属于想象性和符号性的心理经验,而非真实的自然描摹。

在前一节中,我们曾论述过中国古典诗词中的"鸟鸣"意象是类型性的,在众多的诗词中,某种"鸟鸣"总是在特定的情境中合理的"响起",并且与某种相对确定的情感或情绪相联,因此,我们也可以说它是一种想象性的声音。同样,诗歌中

---

① 转引自冯川译本:《荣格评述》,北京:改革出版社,1997 年版,第 601 页。

所表现的鸟儿"飞翔"的意象,一般也不全是诗人在表达和情感体验的当下看到的真实的物象,而是虚拟性和幻觉性的视觉意象。

比如大鹏、凤凰、鸿鹄、鹤等就鸟类"高飞"的意象,在古代"飞鸟诗"中常常是在表达诗人的飞举愿望时出现,并与诗人的精神气质紧密相关,有些还成为某些诗人品格的独特的象征物。如嵇康的"目送归鸿,手挥五弦";(《四言赠兄秀才入军诗》)阮籍的"云间有玄鹤。抗志扬哀声。一飞冲青天。旷世不再鸣"(《咏怀诗》);李白的"大鹏一日同风起,抟摇直上九万里"(《上李邕》);等等。这些"飞翔"的鸟儿都无不是诗人最为形象生动的精神写照。

在所有符号化的"飞翔"意象中,"大鹏展翅"的母题可以说是最具典型意义的一个。在古代"飞鸟诗"中,"大鹏"是一个带有神奇象征色彩的意象,对于华夏民族的审美心理,尤其是士子文人的人格理想、精神追求具有重要影响。

"大鹏"典出《庄子·逍遥游》:"北冥有鱼,其名曰鲲。鲲之大,不知其几千里也;化而为鸟,其名曰鹏,鹏之背,不知其几千里也。怒而飞,其翼若垂天之云。……鹏之徙于南冥也,水击三千里,抟扶摇而上九万里。"庄子以"意出尘外,怪生笔端"的想象和虚构,创造了一个背负青天、巨大无比、高举远图的大鹏形象,借以表达其逍遥自适、追求绝对自由的人生理想。庄子创造的"大鹏"这一拟人化的艺术形象——虽然其原则上又否定了这一形象,但由于其本身就具有极高的审美价值,因而成为后世文人吟咏寄托的对象。

庾信的《谨赠司寇淮南公》云:"绊骥还千里,垂鹏更九飞。"此句后被杜甫在《赠特进士汝阳王二十韵》中化用为:"霜蹄千里骏,风翮九霄鹏。"白居易的《我身》诗云:"通当为大鹏,举翅摩苍穹。穷则为鹪鹩,一枝足自容。"陆游的《南堂默坐》云:"大鹏一举九万程,下视海内徒营营。"都表达了诗人志存高远的理想。大鹏还常被用来比喻杰出或得意的人物,或渴望建功立业,或祝愿仕途畅达。而王安石在《送子思兄参惠州军》中又化用为:"骥摧千里蹄,鹏堕九霄翮。"其他如沈佺期《和户部岑尚书参迹枢揆》云:"昔陪鹓鹭后,今望鲲鹏飞。"杜甫《入衡州诗》云:"紫荆寄乐土,鹏路观翱翔。"李商隐《送千牛李将军赴阙五十韵》云:"隼击须当要,鹏抟莫问程。"苏轼《再送两首》其一云:"使君九万击鹏鲲,肯为阳关一断魂。"等等,都是对于这一母题的演绎。

对于大鹏形象运用最为娴熟的,乃是诗仙李白。李白的思想受庄子和屈原影响颇深，龚自珍在《最录李白集》中说："庄、屈实二，不可以并，并之以为心，自白始。儒、仙、侠实三，不可以合，合之以为气，又自白始也。"①这不但促成了李白的浪漫主义精神，极力追求精神上的自由，而且促成了他建功立业的雄心壮志。因此，李白自命不凡，自尊自高，渴望凭借自己的才能一鸣惊人，干一番惊天动地的大事业，他的诗文中涉及大鹏意象的有20多处。但在李白的笔下，大鹏离开了庄子的根本精神，成为诗人抒发壮伟气概、表现巨大抱负的有机载体。他汲取了庄子恢弘辽阔的气魄、藐视世俗的傲骨，其旨趣却不在追求庄子那种逍遥超脱的人生境界。他曾作《上李邕》自明其志：

> 大鹏一日同风起，扶摇直上九万里。
> 假令风歇时下来，犹能簸却沧溟水。
> 时人见我恒殊调，闻余大言皆冷笑。
> 宣父犹能畏后生，丈夫未可轻年少。

在《独漉篇》中曰：

> 雄剑挂壁，时时龙鸣。不断犀象，绣涩苔生。国耻未雪，何由成名！神鹰梦泽，不顾鸱鸢。为君一击，鹏搏九天。

把大鹏看作是自己的化身，赋予大鹏以自己的理想追求和孤傲不驯的性格，对大鹏倾注了巨大无比的热情。即使到了生命的最后，理想终未实现，但作《临终歌》时，他还不忘再申大鹏之志："大鹏飞兮振八裔，中天摧兮力不济。余风激兮万世，游扶桑兮挂左袂。"而最终只能悲叹世道之不存："后人得之传此，仲尼亡兮谁为出涕？"

此外，在众多"飞鸟诗"中，假借鸟的"飞翔"表达一种对现实时空的超越的愿望，也是基于一种最基本的诗意的想象。如唐代杜甫的《鸥》：

---

① 龚自珍：《龚自珍全集》，上海：上海古籍出版社，1975 年版，第 255 页。

江浦寒鸥戏,无他亦自饶。

却思翻玉羽,随意点春苗。

雪暗还须浴,风生—任飘。

几群沧海上,清影日萧萧。

鸥鸟翼长,体形较瘦,善于飞行,能毫不费力地迎风飘举或顺风滑翔。其"雪暗还须浴,风生—任飘"的自由自在,令杜甫心生艳羡之情。清代诗论家浦起龙《读杜心解》评此诗:"羡其闲而自得,伤己之触处多愁多障也。全从反面照出自身。"①

---

① (清)浦起龙:《读杜心解》,北京:中华书局,1961年版,第524页。

第三章

"飞鸟诗"的创作典型

第一节　阮籍《咏怀诗》中孤傲、忧伤的"鸟"

阮籍《咏怀诗》共八十二首,其中有三十余首出现飞鸟意象。这里既包括对"飞鸟"泛指意义的使用,也有按照鸟的种类采其形象入诗的意象。分类列表如下:

分类	阮籍《咏怀诗》中的鸟意象及篇次	合计
泛称	翔鸟 1、寒鸟 8、双飞鸟 12、飞鸟 13、飞鸟 16、孤鸟 17、云间鸟 24、群鸟 26、东飞鸟 36、海鸟 46、高鸟 47、孤翔鸟 48、高鸟 49、鸟 76、奇鸟(凤凰)79。	15 处
特称	孤鸿 1、燕雀 8、周周 8、黄鹄 8、鸣雁 9、鹧鸪 9、黄雀 11、晨鸡 14、玄鹤 21、鹡鸰 21、凤凰 22、青鸟 22、鸾鷖 26、黄鸟 30、乌鸢 38、凫鷖 41、鸿鹄 43、鸳鸠 46、燕雀 47、鸣鹤 47、焦明 48、南飞燕 51、黄鹄 55、鹈鸰 56、鵰黄 64、黄雀 66、晨风鸟 68。	23 种（其中,燕雀、黄鹄和凤凰各重复一次）

阮籍诗中如此丰富的飞鸟意象,不仅反映出他对飞鸟形象的偏爱,更寄托了他渊放的思想旨趣。

阮籍的思想主要包括傲世拔俗和全生处顺的两方面。王钟陵也将这两方面概括为:"一是激愤于名教的虚伪,便干脆做出种种撕毁名教的行为来。此种思想动向,由现实的愤世嫉俗,走向对一种宏大人格的观念的崇尚。二是因坚持不与世俗苟合的志节,而产生了浓重的忧生之嗟。此种思想动向,由叹老悲死的个人伤感,走向对于一切传统价值的理性主义的怀疑。"①这两方面的思想旨趣也都在他创作的飞鸟诗歌中得到形象的体现。

阮籍以高鸟意象(云间鸟、高鸟、奇鸟、凤凰、玄鹤、青鸟等意象)和孤鸟意象(包括寒鸟、孤鸟、孤翔鸟、孤鸿等意象)分别象喻他傲世拔俗的远大之思、孤傲之气和全生处顺的寂寞之悲、多情之怀。

(一)高鸟意象

阮籍常以"凤凰""玄鹤""青鸟"等高鸟意象喻其济世宏放的志意。《晋书·阮籍传》载:"籍本有济世志。"具体表现在他"尝登广武,观楚、汉战处,叹曰:'时无英雄,使竖子成名!'登武牢山,望京邑而叹,于是赋《豪杰诗》"。充满了对刘、项时代的神往之情,亦可见他自视极高。然而,却适逢"魏、晋之际,天下多故,名士少有全者,籍由是不与世事,遂酣饮为常"。② 这对阮籍的精神压抑无疑是巨大的。表现于其《咏怀诗》中,往往化为一个个具体可感的意象,兴寄无端,引人遐思。如其七十九云:

> 林中有奇鸟,自言是凤凰。清朝饮醴泉,日夕栖山冈。高鸣彻九州,延颈望八荒。适逢商风起,羽翼自摧藏。一去昆仑西,何时复回翔。但恨处非位,怆悢使心伤。

诗人以奇鸟——凤凰为意象,描写其渴饮醴泉、困栖山冈,鸣则响彻九州、望则纵览八荒的英姿,可谓胸怀大志,非同凡响,象征诗人的高行远志。然而,却适逢肃杀之商风摧折,恰如诗人的现实处境,身处非位,壮志难酬,虽然可以高蹈踏虚,却难抑失望、伤感之情。此诗亦可称为一首咏凤诗。阮籍的创作虽对凤凰的传统形象有所借鉴,如黄节注此诗的凤凰之义一出自于王充《论衡》,一出自于《诗

---

① 王钟陵:《中国中古诗歌史》,北京:人民出版社,2005 年,第 211 页。
② (唐)房玄龄等撰:《晋书》第五册,北京:中华书局,1974 年版,第 1360 页。

经·卷阿》。① 但又能不拘泥于此,而能"陶性灵,发幽思"而自致远大,一改传统"奇鸟吉物为瑞应"格套,自创凤凰诗歌的新格局,并创立了咏凤诗歌的新主题。

再如其二十一云:"云间有玄鹤,抗志扬哀声。一飞冲青天,旷世不再鸣。岂与鹑鷃游,连翩戏中庭?"诗中化用齐威王"不飞则已,一飞冲天"之喻,写玄鹤志在青天,不与鹑鷃为伍,象征离洁远大之士不与世俗小人同流合污。可见,玄鹤意象也是诗人用以明志的鸟意象。而其中鹑鷃之意又是对庄子《逍遥游》池鷃笑大鹏,及《楚辞》:"凤凰不翔兮,鹑鷃飞扬。"(王逸注曰:"鹑鷃以喻小人。")、嵇康有诗云:"斥鷃擅蒿林,仰笑鸾凤飞。"(《述志诗》其二)等的化用。在世人的眼里,阮籍的追求无疑有些不合适宜,人们对他也是极不理解的。但诗人并不因此而改变对于高尚情操的追求之心。他不求别人的理解和赞同,因为他坚信自有"青鸟明我心"(其二十二)。这里,青鸟意象也象征诗人对高洁人格的执着追求。

世俗的种种鄙俗给阮籍高洁孤傲的内心带来了深深的愤慨和苦闷,而摆脱这些痛苦的方法似乎只有寄情于超世邀游了。阮诗中以"高鸟""飞鸟""云间鸟"等意象从另一方面也寄寓了其超世之心。《咏怀诗》其四十九云:"高鸟摩天飞,凌云共游嬉。岂有孤行士,垂涕悲故时。"其七十六云:"纶深鱼渊潜,矰设鸟高翔。泛泛乘轻舟,演漾靡所望。"其二十四云:"愿为云间鸟,千里一哀鸣。三芝延瀛洲,远游可长生。"还有其四十三云:"鸿鹄相随飞,飞飞适荒裔。双翩凌长风,须臾万里逝。朝餐琅玕实,夕宿丹山际。抗身青云中,网罗孰能制。"诗中的高飞鸟无疑就是自由的象征。而阮籍诗作中的这些高鸟意象及象征意义与汉末诗歌的意象创作亦可谓一脉相承。如《汉乐府·步出城东门》:"愿为双黄鹤,高飞还故乡。"《古诗十九首·西北有高楼》:"愿为双鸿鹄,奋翅起高飞。"徐干《室思》:"安得鸿鸾羽,觏此心中人。"然而,鸟也常常受到"网罗"的威胁,"鸿鹄比翼游,群飞戏太清。常恐天网罗,忧祸一旦并。"(何晏《拟古》)若想保持自由,只有高飞。"比翼翔云汉,罗者安所羁。"(曹丕《善哉行》)如能象高鸟一样翱翔于云汉之上,尘世的"网罗"又有何可惧?

(二)孤鸟意象

《晋书·阮籍传》载:"籍又能为青白眼,见礼俗之士,以白眼对之。及嵇喜来

---

① 黄节注:《汉魏六朝诗六种》,北京:人民文学出版社,2008年,第559页。

吊,籍作白眼,喜不怿而退。喜弟康闻之,乃赍酒挟琴造焉,籍大悦,乃见青眼。由是礼法之士疾之若仇,而帝每保护之。"阮籍对所谓礼法之士的鄙视是显而易见的,因此,也难免会遭受孤立和仇视。又加之其壮志不酬的悲愤,便产生深重的孤独、寂寞之情。在诗中他以"孤鸟""寒鸟"等意象表现这种孤独情怀。《咏怀诗》其一:"孤鸿号外野,翔鸟鸣北林。"其八:"回风吹四壁,寒鸟相因依。"其十七:"孤鸟西北飞,离兽东南下。日暮思亲友,晤言用自写。"其四十八:"焉见孤翔鸟,翩翩无匹群。"这些孤单单的鸟儿,在空旷的荒野上、寒风之中,独自悲号。其所象征的诗人内在形象恰如其本传所描述的,"时率意独驾,不由径路,车迹所穷,辄恸哭而反"。可见,阮籍心中充满着难以排遣的孤独之情。

　　其实,孤独感是魏晋时期士族文人内心中的一种普遍心态。这种孤独感是"一种基于自我觉醒之上的深刻的时代情绪"。① 建安诗歌中就有不少表现人生孤独感的作品。如曹操的"自惜身薄祜,夙贱罹孤苦"(《善哉行》),曹丕的"草虫鸣何悲,孤雁独南翔"(《杂诗二首》其一)、"我独孤茕,怀此百离。忧心孔疚,莫我能知"(《短歌行》),王粲的"蟋蟀夹岸鸣,孤鸟翩翩飞"(《从军诗五首》其三),以及大量表现孤独之情的曹植诗歌,如"中有孤鸳鸯,哀鸣求匹俦。我愿执此鸟,惜或无轻舟"(《赠王粲诗》)、"孤兽走索群,衔草不遑食。"(《赠白马王彪》)、"孤雁飞南游,过庭长哀吟"(《杂诗二首》其一)、"君行踰十年,孤妾常独栖"(《七哀诗》),等等。阮籍的孤独情怀与时代的孤独情绪是一致的,这些孤鸟意象无疑对阮籍的飞鸟诗创作产生深刻的影响。在阮籍《咏怀诗》中与孤鸟意象相对而出现的鸟意象还有"双飞鸟""东飞鸟"等意象,如其十二:"愿为双飞鸟,比翼共翱翔。丹青着明誓,永世不相忘。"其三十六:"彷徨思亲友,倏忽复至冥。寄言东飞鸟,可用慰我情。"又无不表达出阮籍对友情的渴慕。

　　此外,阮籍《咏怀诗》诗中还塑造了一类鸟的意象,即"燕雀""鸴鸠"之属。它们率性而飞、安时处顺,不与世事相争;与那些高飞远举的黄鹄、海鸟等形成了鲜明的对比。表现出魏晋玄学万物并生、物无贵贱的哲学思想,以及率性自然、安时处顺的处世态度。《咏怀诗》其八:"宁与燕雀翔,不随黄鹄飞。黄鹄游四海,中路将安归。"其四十六:"鸴鸠飞桑榆,海鸟运天池。岂不识宏大,羽翼不相宜。招摇

---

　　① 　袁济喜:《论六朝文士的孤独感》,《中国人民大学学报》,1995 年第 6 期。

安可翔,不若栖树枝。下集蓬艾间,上游园圃篱。但尔亦自足,用子为追随。"等等,都是阮籍"明于天人之理,达于自然之分"(《通老论》)的老庄思想的艺术反映。《庄子·逍遥游》云:"北冥有鱼,其名为鲲。鲲之大,不知其几千里也。化而为鸟,其名为鹏。鹏之背,不知其几千里也;怒而飞,其翼若垂天之云。是鸟也,海运则将徙于南冥。……蜩与学鸠笑之曰:'我决起而飞,抢榆枋,时则不至而控于地而已矣,奚以之九万里而南为?'"郭象注曰:"苟足于其性,则虽大鹏无以自贵于小鸟,小鸟无羡于天池。……故小大虽殊,逍遥一也。"①阮籍在世路艰险的情况下,以老庄体认自然、逍遥放诞,借以远祸以全生。为了全生,他甘于象燕雀、鸳鸠那样平淡度日。

由此可见,"飞鸟诗"是阮籍诗歌,特别是他八十一首《咏怀诗》中最为重要的组成部分,这不仅因为它们在《咏怀诗》中占有有很大的比重,全面和系统地象喻了阮籍独特的心路历程,而且因为在这些诗里,他赋予了"飞鸟"——这一诗歌意象许多新的形象和意蕴。可以说,阮籍对于"飞鸟"意象的创构是自觉、连贯而有系统的,与他"意悲而远,情兼雅怨"的动人诗篇一起,对后世的"飞鸟"意象的发展以及"飞鸟诗"的创作都产生来极为深刻的影响。

第二节 陶渊明田园诗中冲淡、本真的"鸟"

在魏晋诗人中,陶渊明堪称写鸟的行家。在他的 121 首诗歌中出现飞鸟意象的有 31 首,其中包括六首专门咏鸟的诗篇。在这些诗中,陶渊明以鸟喻人,在继承前代诗歌飞鸟意象创作的基础上,结合他自身独特的人生体验和感悟,赋予诗中飞鸟意象以新的审美情趣,也为后世飞鸟诗歌的的创作确立了新的意象内涵。他的飞鸟意象无不浸透着他率真自然、归隐田园的思想旨趣,成为他田园诗的重要艺术特征之一。

隐逸,是古人的一种人生态度和生存选择。能够不戚戚于贫贱,不汲汲于富贵,是隐逸高士所表现出来的基本精神情操。古代的隐逸避世思想,其由来十分

---

① (清)郭庆藩集释:《庄子集释》,北京:中华书局,1954 年版,第 5 页。

久远。《庄子·逍遥游》记述了尧让天下于许由的故事：

> 尧仕天下于许由曰："日月出矣，而爝火不息，其于光也，不亦难乎！时雨降矣，而犹浸灌，其于泽也，不亦劳乎！夫子立而天下治，而我犹尸之；吾自视缺然，请致天下。"许由曰："子治天下，天下既已治也，而我犹代子，吾将为名乎？名者，实之宾也，吾将为宾乎？鹪鹩巢于深林，不过一枝；偃鼠饮河，不过满腹。归休乎君，予无所用天下为！庖人虽不治庖，尸祝不越樽俎而代之矣。①

相传许由为尧之师，他不愿接受尧的禅让，长期隐居于箕山之中，成为历代隐者所追慕的高人。下至春秋战国时代，争战不断，时有各种救世主张纷坛于世，然也不乏弃世而逃者，《论语》中的长沮、桀溺等便是此类人物。他们与孔子的价值追求是截然不同的。孔子是避人之士，他逃避的是无道之君，但却不愿意放弃自己救世的政治理想；长沮、桀溺是避世之士，他们不仅要逃避那些无道之君，而且要逃避这个如洪水泛滥的无序世界。孔子入世，知其不可为而为之，这是一种献身，展现出悲壮和崇高；长沮、桀溺避世，以锅饼为乐，这是一种洁身，虽有消极之嫌，但也不乏抗俗超迈的飘逸。

魏朝后期至两晋时代，隐逸之风盛行。这与该时代险恶的政治动荡有关，更与该时代的玄学家倡导老庄超然物外的思想有关。而超然物外的隐或逸，既可保性命之期，以免遭不虞之政治杀戮，又可保内心之自由，得内在之享乐。王弼注《易》"遁卦"上九爻辞"肥遁无不利"时说："最处外极，无应于内，超然绝志，心无疑固。忧患不能累，矰缴不能及，是以肥遁无不利也。"②在这种理论思想的倡导下，魏晋文人名士避世成为一时风尚。《晋书·隐逸传序》言：

> 或移病而去官，或著论而矫俗，或箕踞而对时人，或弋钓而栖衡泌，含和

---

① （清）郭庆藩集释：《庄子集释》，北京：中华书局，1954年版，第5页。
② 楼宇烈校释：《王弼集校释》，北京：中华书局，1980年版，第384页。

隐璞,乘道匿辉,不屈其志,激清风于来叶者矣。①

这里所列的各种隐逸行为其方式已经大为扩展,不只限于就薮泽江湖一途,而将移病去官、著论娇俗、箕踞对人等也列人了隐逸之中。

嵇康《答难养生论》曰:

> 故世之难得者,非财也,非荣也,患意不足耳! 意足者,虽耦耕吠亩,被褐茹菽,莫不自得。不足者虽养以天下,委以万物,犹未惬然。则足者不须外,不足者无外之不须也。②

嵇康的这一番话语,虽是对如何养生而发,但却与隐逸思想密切相关。它道出了隐逸之士何以隐、又何以能隐的关键所在,这就是真正的隐逸求的是内在的自足和不为外物所羁累,"意足"而怡然自得其乐,故能持之弥坚。

作为隐居之士的陶渊明,他在精神上虽秉承了庄子、嵇康的一脉,而又极鲜明地表现出了自己独立的隐逸人格。他虽如庄子般崇慕唐尧之世的淳朴,却不否定社会的进步文明;他虽实践着嵇康的"意足者,虽榜耕欧亩,被揭晓菽,莫不自得"的理论,却无嵇康的轻肆直言、遇事便发的嫉恶刚肠和"非汤武而薄周孔"的与名教势不两立的处世态度。早在陶渊明辞世之时,其友人颜延之在为其所作的诔中,就把他称为"南岳之幽居者",并对他的隐逸备加赞赏,认为他继承了巢父、伯夷等隐逸高士的传统。稍后,在沈约所作《宋书》和后来唐人所作《晋书》的《隐逸传》里,他都占了一席之地,更有南朝钟嵘,干脆封他一个"古今隐逸诗人之宗"的称号,可见,在古人的心目中,陶渊明的社会角色,早已被定格在了隐士一族里。

陶渊明虽是大隐士,然而陶渊明也曾在宦海中浮沉过。孝武帝太元十八年,在他二十九岁时曾出任过江州祭酒;隆安三年三十五岁时,为桓玄幕僚;安帝元兴三年四十岁时,为刘裕的镇军参军;安帝义熙元年为刘敬宜的建威参军;于此年的仲秋至冬,还做了八十多天的彭泽县令。从所列官职看,陶渊明一生虽数度为官,

---

① (唐)房玄龄:《晋书·列传六十四》,北京:中华书局,1974 年版,第 1643 页。
② 韩格平译注:《竹林七贤诗文全集译注》,长春:吉林文史出版社 1997 年版,第 405 页。

但却官价甚微,无地位可言。这在当时那个以势利相尚的社会环境中,无疑是会常遭人白眼和不屑的。促使陶渊明最终走向归隐,即使"躬耕自资,遂抱羸疾",且"偃卧瘠馁有日"也不能改变其心的,有客观和主观两个方面的原因。从客观方面看,是由于对官场倾轧、政治黑暗的失望和他在仕宦经历中所遭受的劬劳和耻辱。但不可否认,在他主观的方面确实又同时存在着"性分所致"的缘由。因为在他的心灵里,始终都存有一份对于田园生活的渴望,和对人格尊严的自我期许,这是一种与其生命相伴随的内在所需。"宁固穷以齐意,不委曲而累己"(《感士不遇赋》)。

那么,在陶渊明创作的众多"飞鸟诗"中,不同形象的鸟既反映出诗人在不同时期的人生体验,也象征着诗人五官三休和飘然归隐的精神风貌,以及"质性自然"的高尚人格。

陶渊明早期诗中之"飞鸟"多用来表现其用世之心,功业追求。鸟的高飞远举象征着诗人的功业追求,《杂诗八首》其五云:"忆我少壮时,无乐自欣豫。猛志逸四海,骞翮思远翥",可看作是此期内心世界的写照。《杂诗四首》其三云:"春燕应节起,高飞拂尘梁",表达了他渴望自由搏击、积极进取的心情;《停云》诗最后一章"翩翩飞鸟,息我庭柯。敛翮闲止,好声相和。"未始没有期盼知音赏识的意味。

陶渊明怀着用世之志走入社会,然而,这是一个"杀夺而滥赏"的社会,统治集团中人得失急骤,生死无常,心情上表现紧张与颓废。因此,步入仕途的陶渊明不免碰壁,身心陷入极大的矛盾和不堪忍受的痛苦之中。这在诗中表现为不堪忍受仕宦的劬劳:其《庚子岁五月中从都还阻风于规林诗二首》之二云:"自古叹行役,我今始知之。山川一何旷,巽坎难与期。崩浪聒天响,长风无息时。久游恋所生,如何淹在兹。"另《辛丑岁七月赴假还江陵夜行涂中诗》又云:"怀役不遑寐,中宵尚孤征。商歌非吾事,依依在耦耕。"这两首诗都作于桓玄属吏任上。此时正是陶渊明官在"好爵"的时候,然而即使如此也还只是劳顿奔走以供役使的差职,"好爵"尚且如此,其他微职便可猜知。其后,他不堪屈辱主动辞官,欣然自适归隐田园。关于辞官的原因,后人以为是耻于束带见督邮,不肯为五斗米折腰,千古以来流为佳话。实际上其辞官深层原因也与其心性与官场不和有关。陶渊明在《归去来兮辞》序中明确指出:"质性自然,非矫励所得。饥冻虽切,违己交病。"其《与子俨等疏》大意也是如此:"性刚才拙,与物多忤,自量为己,必贻俗患。"《感士不遇赋》中他更从社会政治现实角度揭示了辞官之由:"雷同毁异,物恶其上;妙算者谓迷,直道者云妄。坦至公而无猜,卒蒙耻以受谤。虽怀琼而握兰,徒芳洁而谁亮!"陶渊明在长期的官场生涯中,越发感到自己的秉性与现实官场的不相容,更加坚定了要摆脱官场的羁绊、寻求能够保守自然本心的生活的决心。

此时,他的笔下出现了与高飞之鸟不同的意象群,在《始作镇军参军经曲阿》中的"望云惭高鸟,临水愧游鱼;真想初在襟,谁谓行迹拘",表达了对自由的向往,和不同于以前的意气风发、昂扬奋进的心绪。《戊申岁六月中遇火》:"果菜始复生,惊鸟尚未还;中宵伫遥念,一盼周九天。"诗中一"惊"字既写出诗人对鸟的关切,也隐喻了诗人内心的忧虑。《己酉岁九月九日》则描写了"哀蝉无留响,丛雁鸣云霄"的凄凉景象,更暗示了诗人的内心痛苦、感时之悲;《饮酒》其四中的"失群鸟"则是诗人高洁自守,不与黑暗势力同流合污的象征。在这种痛苦的思想转换中,"惊鸟""失群鸟""羁鸟"这些形象寄寓了他在寻找回归精神乐土所遭逢的客观的阻挠和内心的纠结。

叶嘉莹先生对陶渊明的心理历程有过一段充满诗意的分析:"自渊明诗中,我们就可深切地体悟到,他是如何在此黑暗而多歧的世途中,以其所秉持的、注满智慧之油膏的灯火,终于觅得了他所要走的路,而且在心灵上与生活上,都找到了他自己的栖止之所,而以超逸而又固执的口吻,道出了'托身已得所,千载不相违'的决志。所以在渊明诗中,深深地揉合着仁者哀世的深悲与智者欣愉的妙悟。"①朱光潜先生也曾论及陶渊明这一"蜕变"的痛苦过程:"谈到感情生活,正如他的思想一样,渊明并不是一个很简单的人。他和我们一般人一样,有许多矛盾和冲突;和一切伟大诗人一样,他终于达到调和静穆。我们读他的诗,都欣赏他的'冲澹',不知道这'冲澹'是从几许辛酸、苦闷得来的。"②

陶渊明此间思想转换的印记也鲜明地表现在他的"飞鸟诗"中。如他形容此时的仕宦经历是:"误落尘网中,一去三十年,羁鸟恋旧林,池鱼思故渊。"(《归园田居五首》其一)将官场生涯比作牢笼,将自己对个体自由的渴望比作恋旧林。《饮酒》其四更形象地描画了他此时的心态:"栖栖失群鸟,日暮犹独飞。徘徊无定

① 叶嘉莹:《迦陵论诗丛稿》,石家庄:河北教育出版社,1991年版,第151页。
② 朱光潜:《诗论陶渊明》,北京:三联书店,1998年版,第293页。

止,夜夜声转悲。厉响思清远,去来何依依。"陶渊明居官,本来是为实现政治上的抱负,获得人生价值实现更大自由,而实际上他非但没有实现"奉上天之成命,师圣人之遗书。发忠孝于君亲,生信义于乡间。推诚心而获显,不矫然而折誉"(《感士不遇赋》)的现实怀抱,反而因之失去了更本原的、更珍贵的个体自由。此时的陶渊明,"望云惭高鸟,临水愧游鱼。"(《始作镇军参军经曲阿》)

在摆脱了官场的羁绊,特别是寻找到自己心灵的栖止之所,达到调和静穆的诗人笔下的鸟,则是另一种形象:

> 翼翼归鸟,载翔载飞。虽不怀游,见林情依。遇云颉颃,相鸣而归。遰路诚悠,性爱无遗。

这首《归鸟》诗中之鸟,自由自在地飞翔于自然的丘林之间,与伙伴们在云间上下颉颃、相鸣而归。无论回归的路途多么遥远,只要有本真之爱相伴便心满意足。这一"归鸟"意象,不仅成为诗人理想生活的形象写照,也成为人格精神的鲜明象征。而这一形象也反复出现于陶渊明的田园诗中。如《饮酒》其七"日入群动息,归鸟趋林鸣",《咏贫士》其一:"朝霞开宿雾,众鸟相与飞。迟迟出林翮,未夕复来归。量力守故辙,岂不寒与饥。"无论早晚,鸟儿们念念不忘的仍是回归。这其中最能代表陶渊明归隐深意的当属《饮酒》其五:

> 结庐在人境,而无车马喧。问君何能尔?心远地自偏。采菊东篱下,悠然见南山。山气日夕佳,飞鸟相与还。此中有真意,欲辨已忘言。

诗人在身闲心亦闲的悠然意态中,目遇归巢的鸟儿在夕阳、山岚的映衬之下结伴而飞。那一刻静穆中的辉煌、平凡中的灿烂,化作刹那间的永恒,定格为诗人心中最美的止泊之处;那份感动,非有此人此生之经历、感悟,不能了解其奥妙之一二也。逯钦立先生对此曾有所阐发:"窃谓鱼鸟之生,为最富自然情趣者,而鸟为尤显。夫日出而作,日入而息,推极言之,鸟与我同。鸟归以前,东啄西饮,役于物之时也,遂其性故称情。微劳无惜生之苦,称情则自然而得其生。故鸟之自然无为而最足表明其天趣者,殆俱在日夕之时。既物我相同,人之能把取自然之奇趣者,亦惟此时。则山气之所以日夕始佳,晚来相鸣之归鸟始乐,因为人类直觉之作用使然,要亦知此直觉之所以有些作用,即合乎自然之哲理也。"①

陶渊明诗中大量采用禽鸟为比兴,发挥其托喻、象征作用,以表达人生感悟,这在魏晋时期的诗歌创作中,绝非偶然现象,而是有一定的思想基础的。如何晏《言志诗》中写道:"鸿鹄比翼游,群飞戏太清。常恐夭网罗,忧祸一旦并。"以鸿鹄戏太清,表达向往高蹈远遁的意愿,但也不无忧生叹死之嗟。嵇康诗中写鸟有十余处,如五言《赠秀才诗》中以"双鸾匿景曜,戢翼太山崖。抗首漱朝露,晞阳振羽仪。长鸣戏云中,时下息兰池。自谓绝尘埃,终始永不亏。"象征其绝世独立的意志品格。然而,"何意世多艰,虞人来我围。云网塞四区,高罗正参差",现实的处境却有着虞人的包围、罗网的布设,使其英雄主义理想最终被击得粉碎。阮籍尝有济世之志,然而面对祸福难测的现实,他也只是以放诞不羁的行为掩藏其避祸全身之殷忧。因此最能代表阮籍思想、情感的飞鸟意象主要还是"孤鸿""寒鸟"一类。由此可见,似乎只有陶渊明之"翼翼归鸟"的形象才达到了一种内在的精神和谐,并成为一种可以践行的人生理想。罗宗强先生对此有过一段论述:"玄学人生态度一直没有能够成为实践的人生,从嵇、阮到金谷再到兰亭。事实上,士人们都没有能够做到委运任化,把这样一种人生态度付之实践,并且常常达到物我一体、与道冥一的人生境界的是陶渊明。"②

第三节 李白诗中神奇、奔放的"鸟"

如前所述,唐代诗人对鸟的自然风采的描绘和礼赞,是史无前例的,表现出他们对大自然这一美丽生灵的崇敬和喜爱,也表达出他们充实、饱满的内心感悟和精神向往。"飞鸟"成了他们诗中的宠儿,是他们的多感的心灵的慰籍和寄托。

李白平生豪迈,浮云富贵,崇尚自然。胡应麟《诗薮》说:"李(白)才高气逸而

① 逯钦立:《汉魏六朝文学论集》,西安:陕西人民出版社,1984年版,第236页。
② 罗宗强:《玄学与魏晋诗人心态》,杭州:浙江人民出版社,1991年版,第342页。

调雄";"如星悬日揭,照耀太虚"。① 李白诗歌喜用飞鸟意象入诗,尤以凤鸟、大鹏为主,显现出符合其人格精神的审美追求和趣尚。实际上,李白诗中所写鸟类极多,并不止有凤鸟、大鹏。如《古风五十九首》其四十二以海鸥寄寓放浪江海之志:"摇裔双白鸥,鸣飞沧江流。宜与海人狎,岂伊云鹤俦。寄影宿沙月,沿芳戏春洲。吾亦洗心者,忘机从尔游。"还有《空城雀》《双燕离》《鸣雁行》《野田黄雀行》《白鹭鸶》《山鹧鸪词》《观放白鹰二首》《临终歌》《初出金门寻王侍御不遇咏鹦鹉》《侍从宜春苑奉诏赋龙池柳色初青听新莺百啭歌》《夷则格上白鸠拂舞辞》《赠任城卢主簿潜》《壁画苍鹰赞》《金乡薛少府厅画鹤赞》等几十首歌咏不同鸟类的"飞鸟诗"。这些鸟类意象的广泛使用,与其诗歌创作的思想、感情主旨相契合,创造出了动人的艺术境界。

据李浩以王琦注《李太白全集》为文本对象统计,李白集中出现的禽鸟类约有六十余种。而这些禽鸟又可以大体分为两组,一组是实际存在的鸟类即鸟类的普通意象,如鸡、燕、雁、布谷、鹅、鹤等,另一组则是神话或传说中虚构出来的鸟类,即鸟类的虚拟意象,如大鹏、凤凰、青鸟、精卫、天鸡、希有鸟、踆乌、阳乌、鸳鸯、朱鸟雀、鹡鸰等。② 而这些飞鸟意象出现于李白的诗歌创作中时,大多承继了前代意象创作所带有的原型性特点,包含着丰富而复杂的历史文化内涵,从而极大地增添了李白飞鸟诗歌独特的神奇色彩。

在李白所作的飞鸟诗中,出现频率最高的是凤鸟和大鹏。凤凰在李白的诗中,作为一种神鸟意象,首先具有原型性特点,并有着极为丰厚的历史积淀(参看本书第二章第一节)。李白少有高远之志,希望能凭一己之力,"济苍生,安社稷"。而传统的凤凰意象所具有的飞鸣以言志和出身高贵吉祥的母题,正符合李白借此抒发其理想和品格的形象要求。在李白写凤凰的诗中,一方面极力描写凤的高贵和非同凡响:"葳蕤紫鸾鸟,巢在昆山上"(《赠溧阳宋少府陟》);"凤飞九千仞,五章备彩珍"(《古风》其四);"朝饮苍梧水,夕窟碧海烟"(《赠饶阳张司户燧》)。从凤鸟的食、栖和翔等方面强调凤的超越凡俗的高贵品质。另一方面,却又以对凤凰所陷落的周遭环境的叙写写出其处境的艰危,同时也寄寓了诗人内心的压抑和

---

① (明)胡应麟:《诗薮》,上海:上海古籍出版社,1979年版,第70页。
② 李浩:《李白诗文中的鸟类意象》,《文学遗产》,1994年第3期。

苦闷:"梧桐巢燕雀,枳棘楼鸳鸾"(《古风》其三十九);"龙凤脱网罟,飘飘将安托"(《古风》其四十五);"凤鸟鸣西海,欲集无珍木"(《古风》其五十四);"鸡聚族而争食,凤孤飞而无邻"(《鸣皋歌送岑征君》);"竹实满秋浦,凤来何苦饥"(《赠柳圆》);"凤凰宿谁家,遂与群鸡匹"(《送薛九被谗去鲁》);"鸾凤翻羽翼,啄栗坐樊笼"(《至陵阳山登天柱石酬韩侍御见招隐黄山》);"鸷鹗啄孤凤,于春伤我情"(《望鹦鹉洲怀祢衡》);等等。这些诗里的凤凰意象要么无处栖身、四处飘摇,要么身陷网罟、与燕雀群鸡为伍。这样的处境无疑是诗人对贤能之人所遭受的不平对待的诗意化的比拟。

李白对诗中另一个常常写到的高鸟意象即大鹏鸟,也是充满矛盾的感情。其笔下的大鹏鸟,一方面是如《上李邕》中的形象:"大鹏一日同风起,抟摇直上九万里。假令风歇时下来,犹能簸却沧溟水。"此大鹏鸟气势豪迈,无可阻遏,天地之间任其翱翔;那是何等的自由自在!另一方面却是如《临路歌》中的大鹏:"大鹏飞兮振八裔,中天摧兮力不济。余风激兮万世,游扶桑兮挂石袂。"虽然想要高飞远举,但却为旸谷的"石袂"所累,摧折无力。以本可高飞九万里的大鹏却受困于外在的羁绊为比喻,道出了李白内在的孤傲和面对现实的无力与无奈。

与李白笔下的凤凰、大鹏的高迈、悲壮所不同的是,其诗中的鹤、鸿、莺、青鸟、朱鸟等飞鸟意象所展现的则是一个充满神仙气息的理想世界。"花暖青牛卧,松高白鹤眠"(《寻雍尊师隐居》),红花青牛,苍松白鹤,日暖人闲,超然世俗,此其居也;其人则"皎皎鸾凤姿,飘飘神仙气"(《赠瑕丘王少府》);其游则"驾鸿凌紫冥"(《古诗》其十九)、"从风纵体登鸾车"(《飞龙引》)、"客有鹤上仙,飞飞凌太清"(《古诗》其七)、"白鹤飞天书,南荆访高士"(《赠参寥子》);其事,或炼丹"朱鸟张炎威,白虎守本宅"(《草创大还赠柳官迪》),或游仙"虎鼓瑟兮鸾回车,仙之人兮列如麻"(《梦游天姥吟留别》),或寄麻姑以书"西来青鸟东飞去,愿寄一书谢麻姑"(《古有所思》),或赴王母之宴"朝饮王母池,暝投天门关"、"想象鸾仙舞,飘摇龙虎衣"(《游太山六首之六》)。在这个神仙世界,李白并不孤独,除与人为朋之外,尚可掣妇将雏:"拙妻好乘鸾,娇女爱飞鹤。提携访神仙,从此炼金药。"(《题篙山逸人无丹丘山居》)且能与旧友同乐:"令弟佐宣城,赠余琴溪鹤,何当驾此物,与尔同寥廓。"(《宣城长史弟昭赠余琴溪中双舞鹤诗以见志》)借助于神鸟,李白超凡脱俗,摆脱了尘世的种种烦恼,在虚幻之中获得了精神上的解脱。然而,究其实质,不过是聊以自解而已。"好神鸟非慕其轻举,将不可求之事以求之。欲耗壮心,遣余年也。"(范传正《唐左拾遗翰林学士李公新墓碑并序》)

李白的"飞鸟诗"中极少具体描绘,多以意为之。其主要手法大致有四种:

一、寓言。如"遥裔双彩凤,婉娈三青禽。往还瑶台里,鸣舞玉山岑。以欢秦娥意,复得王母心。区区精卫鸟,衔木空哀吟"(《寓言三首》其二)。萧士赟曰"此刺当时出入宫掖,取媚后妃、公主,以求爵位者。彩凤、青禽,以比佞幸。瑶台、玉山,以比官掖。秦娥,以比公主。王母,以比后妃。精卫衔木,以比小臣怀区区报国之心,尽忠竭诚而不见知,其意微而显矣。"①诗人的目的不在于再现彩凤、青禽、精卫的外形,而在于揭露时弊,但又不便于明言,故通过三种鸟的行动和遭遇,隐寓自己的愤然不平。

二、对比。"凤鸟鸣西海,欲集无珍木。鸒用得所居,篙下盈万族"(《古诗》其五十四)。萧士赟认为,此"谓当时君子亦有用世之意,而在朝无君子以安之,反不如小人之得位,呼俦引类,至于万族之多也。"②这里同样没有精细的形象刻划,其意仅在君子与小人之对比。作者往往用众鸟、群鸡喻群小党人,以孤凤独鸒喻个人,一与多、寡与众、个人与社会形成了一种力量的对比,矛盾的尖锐冲突,暗寓黑暗势力的强大,世风的浇薄颓坏,显示出个人的孤独和命运的悲剧性。"凤饥不啄粟,所食唯琅玕。焉能与群鸡,刺盛争一餐"(《古诗》其十四),"鸡聚族以争食,凤孤飞而无邻"(《鸣皋歌送岑征君》),"耻与鸡并食,长与凤为群"(《赠郭季鹰》),"凤凰宿谁家,遂与群鸡匹"(《送薛九被谗去鲁》)。另一组相对的形象是鸳鸯和燕雀,"梧桐巢燕雀,积棘栖鸳鸯"(《古诗》其三十九)。这些诗句,表面咏鸟,实质另有所指或谓贤者居下,不屑者反而居上,或谓君子不与小人同类合群,表现了诗人孤傲清高的情怀和愤世嫉俗的心绪。李白奉诏入长安以后,"戏万乘若僚友,视俦列如草芥"(苏轼《李太白碑阴记》引晋代夏侯湛语),粪土高力士,讥刺斗鸡徒,终于因为不肯同流合污而被"赐金放还"。联系这段经历来看,李白正如高洁的凤凰,他的被逐不也是对"孤飞而无邻"、"耻与鸡并食"的最好脚注吗?

三、比喻、拟人。李白常常以鸟自喻,借鸟抒情。其《山鹧鸪词》云:"苦竹岭头

---

① (清)王琦辑注:《李太白全集》卷二十四,北京:中华书局,1977 年版,第 1109 页。

② (清)王琦辑注:《李太白全集》卷二十四,北京:中华书局,1977 年版,第 201 页。

秋月辉,苦竹南枝鹧鸪飞。嫁得燕山胡雁婿,欲衔我向雁门归。山鸡翟雉来相劝,南禽多被北禽欺。紫塞严霜如剑戟,苍梧欲巢难背违。我心誓死不能去,哀鸣惊叫泪沾衣。"明人胡震亨云:"意当时有劝白依谁氏者,而安于南不欲去,托为鹧鸪之言以谢之。"(转引自王琦《李太白全集》)又,李白《醉题王汉阳厅》云:"我似鹧鸪鸟,南迁懒北飞。"比较这两首诗,都是以鹧鸪自喻。而"彼人之猖狂,不如鹊之疆疆。彼妇人之淫昏,不如鹑之奔奔"。(《雪谗诗赠友人》)显然是以人比鸟。"白鹭之白非纯真,外洁其色心匪仁。阙五德,无司晨。胡为啄我葭之紫鳞,鹰鹯鵰鹗,贪而好杀,凤凰虽大圣,不愿以为臣。"(《夷则格上白鸠拂舞辞》)诗中写白鹭形美心恶;鹰鹯鵰鹗,贪而好杀。明写鸟,实拟人。

李白诗文中鸟类意象的托兴,多具固定的原型范式。诗意在大体确定的区域内来回辐射,引发出读者习惯性的联想。但有些鸟类意象又具多义性,即某一意象中包含着两层或多层不同的含义。钱钟书先生所说的"喻之二柄"与"喻之多边",实际上就指出意象的多义性。所谓喻之二柄是指"同此事物,援为比喻,或以褒,或以贬,或示喜,或示恶,词气迥异"。喻之多边则是指"事物一而已,然非止一性一能,遂不限于一功一效。取譬者用心或别,著眼因殊,指同而旨则异,故一事物之象可以孑立应多,守常处变"。① 李白诗中多以燕雀喻群小,如《古风五十九首》其三十九之"梧桐巢燕雀",但亦可比喻蓬处自全,如《野田黄雀行》。鹤多用以喻得道之仙人或志向高远之人,如《游敬亭寄崔侍御》之"瑶台雪中鹤,独立窥浮云",亦可用来喻指炙手可热的在位之人,如《古风五十九首》其四十二之"宜与海人狎,岂伊云鹤俦"。凤多用来喻理想精神与贤能之臣,但也有用来喻奸邪佞幸之徒,如《寓言三首》其二"遥裔双彩凤"。

四、造境。"觉不盼庭前,一鸟花间鸣。借问此何时,春风语流莺。"(《春日醉起言志》)沉睡乍醒,鸟鸣花间,春至矣,惊破一场佳梦。"一鸟"取其声,"流莺"报以时,诗人之意,不在于模声状形,而在于造成一种如梦似醒、似是而非的朦胧意境。故前有"处世若大梦""所以终日醉"之因,后有"感之欲叹息,对酒还自倾"之果。再如《梦游天姥吟留别》中之"莺",《望木瓜山》中之"鸟",皆类此。诗中"意"与"象"密不可分,然而写意与绘形却可以有所侧重。以此观之,李白咏鸟则

---

① 钱钟书:《管锥编》第1册,北京:中华书局,1986年版,第37-39页。

重于写意而轻于绘形。

如所周知,李白诗歌受陶渊明、庄子和屈原影响较深。其"飞鸟诗"创作,亦不例外。比如,陶诗曰:"望云渐高鸟,临水愧游鱼。"(《始作镇军参军经曲阿作》)李诗云:"日落看归鸟,潭澄羡跃鱼。"(《送别》)显系脱胎而成。再如,陶诗曰:"众鸟欣有托,吾亦爱吾庐。"(《读山海经十三首》之一)李诗云:"孤云还空山,众鸟各已归。彼物皆有托,吾生独无依。"亦为化境之作。至于李诗中以鸳鸟、凤凰喻君子,群鸡、鸢鸠喻小人,亦可从庄子、屈原的作品中探出其源。

第四节 杜甫诗中朴素、多情的"鸟"

如果说李白的"飞鸟诗"是"重于写意而轻于绘形"的话,那么,杜甫的"飞鸟诗"则更多地是在声色描绘之中达于意象圆融之境。

据有关杜诗的意象统计表明,杜甫所作全部诗歌中,"鸟"的共名出现了160次,"鸟"的特称共有五十种之多。① 他也与李白一样,在诗歌创作中大量使用"飞鸟"意象;由此,共同反映出盛唐诗人在诗歌创作中对此类意象的熟知和偏爱,同时也说明当时的诗歌审美对它的广泛接受和喜爱。然而,诗歌意象的创造既有明显的递相沿袭性,也更具有突出的主观象喻性和多义岐解性。这就使得李杜的"飞鸟诗"创作,虽在相近的大的历史背景之下,并有着相似的文化继承传统,但却由于二人种种个体的生命过程和心灵感受的不同而呈现出了不同的艺术风貌。这恐怕也是诗歌意象创造层出不穷、常变常新的艺术魅力之所在。

从对"飞鸟"意象的选择上,杜甫就与李白存在着较大的差异。那些深受李白钟爱的凤凰、大鹏、青鸟等形象,在杜诗中却不再扮演主要角色,甚至很少出现。如"青鸟"就只出现了1次,"鹏"也只有6次。"凤凰"则更是让位于更加人间化的"飞鸟""大雁"等意象了。意象选择的不同,使得杜甫的"飞鸟诗"也不像李白诗中对"鸟"的比兴托喻那样集中而又对比强烈,而是描写更为生动,内涵更为丰

---

① 陈植锷:《诗歌意象论——微观诗史初探》,北京:中国社会科学出版社,1990年版,第215—217页。

富多样、含蓄蕴籍。杜诗还不同于李诗的以意为主、不求形似,而更加注重对"飞鸟"意象的声色描摹,这也使得杜甫的"飞鸟诗"增添了许多现世的情怀和深长的感叹。

在杜甫的诗歌创作中,咏鸟诗并不多,总计不过二十余首,但他在诗中所采用的飞鸟意象却十分丰富。

杜甫的一生饱受漂泊之苦。对于处在客居生活之中的人,季节的迁变尤能引起内心的感怀。而大雁的春来秋去,燕子的筑巢育子,是最能触动旅人心绪的生活景象。杜甫将沉郁的情思化为"雁""燕"等候鸟意象,既没有脱离传统的母题意义,又寄托了他自己的生命体验和感悟。如他的《归雁》诗:"东来万里客,乱定几年归? 肠断江城雁,高高向北飞。"诗人经历安史之乱,漂泊于西南蜀地。乡关万里,山水阻隔,不知何时才能回到东方的故园? 望着向北飞去的大雁,知道春天即将到来,而归家的愿望却始终难以实现,真是令人肝肠寸断。其他专题咏雁的诗还有《孤雁》(一作《后飞雁》)《归雁二首》《官池春雁二首》,而散见于不同诗章中"雁"意象也极为丰富。如《月夜忆舍弟》中的:"戍鼓断人行,秋边一雁声。露从今夜白,月是故乡明。"设想兄弟在边关月圆之夜,忽闻一声雁鸣,不知引起多少思乡之情。再如《雨晴》中的:"塞柳行疏翠,山梨结小红。胡笳楼上发,一雁入高空。"一派塞上特有的晚春景象。而他写燕子的诗歌,大多来自于对生活的观察和细致入微的心理体验。以他的《双燕诗》最为典型:"旅食惊双燕,衔泥入此堂。应同避燥湿,且复过炎凉。养子风尘际,来时道路长。今秋天地在,吾亦离殊方。"此诗托燕自喻。诗人旅居蜀地不得回归故里,而忽见双燕衔泥归巢,心里为之一震。细想自己随地羁栖,暂避祸殃,却未曾想来时容易去时难,一家老少久居殊方,饱尝世间炎凉甘苦。最后,希望今秋亦能像燕子一样离去。真可谓句句说燕,却句句自慨。而作于唐代宗大历五年的《燕子来舟中作》,是写诗人留滞潭州,漂泊舟居,于舟中两见早春新燕,触景怆怀,怜燕而自怜,心中涌起无限的飘零之感、流离之思。当然,在杜甫诗中也有许多直接描写燕子生动之态的诗句,以表现自然的美好和诗人心中的欢愉。如"细雨鱼儿出,微风燕子斜"(《水槛遣心(一作兴)二首》其一),"双双新燕子,依旧已衔泥"(《春日梓州登楼二首》其一)等都是赏心悦目的早春景象。

从所有杜诗中的鸟意象来看,杜甫似乎对鸥鸟情有独钟。诗人在其《漫成二首》中写他如何爱看鸟："江皋已仲春，花下复清晨。仰面贪看鸟，回头错应人。"因为看鸟看得痴迷竟然错应了他人。而杜甫尤爱看鸥鸟，这从他诗中众多的鸥鸟意象及诗句中即可看出。如《雨四首》其二云："暮秋霑物冷，今日过云迟。上马迥休出，看鸥坐不辞。"为看鸥鸟而不愿离开。因此，在他的诗中，鸥鸟可以扮演多种角色。它既可以是春天到来的讯号："野外堂依竹，篱边水向城。蚁浮仍腊味，鸥泛已春声"（《正月三日归溪上有作简院内诸公》）、"远鸥浮水静，轻燕受风斜"（《春归》）；也可以是秋天将至的表征："浦帆晨初发，郊扉冷未开。村疏黄叶坠，野静白鸥来"（《朝二首》其二）。然而，于今仅见的杜甫所作咏鸥诗只有《鸥》。这首作于他举家移居夔州之后的五律，以生动、形象的白描笔法，描绘了一副雪天白鸥戏水图。诚如浦起龙的评点所说，诗人"羡其闲而自得，伤己之触处多愁多障也"。而杜甫在所作的《去蜀》一篇中，更是表达了要将残生托付给白鸥，不再寄希望于朝廷的召唤："五载客蜀郡，一年居梓州。如何关塞阻，转作潇湘游。世事已黄发，残生随白鸥。安危大臣在，不必泪长流。"虽然，诗歌的主旨是在发抒内心的愤懑和无奈，但亦可看出白鸥在杜甫心中的独特意义。

由于杜甫喜爱禽鸟，对禽鸟的观察细致入微，所以，在他的诗里，无论何种禽鸟意象都往往形象生动、意趣盎然。如《花鸭》云："花鸭无泥滓，阶前每缓行。羽毛知独立，黑白太分明。不觉群心妒，休牵众眼惊。稻粱霑汝在，作意莫先鸣。"先是生动描绘出花鸭光洁鲜亮、黑白分明的毛羽和从容缓行的姿态，后点明其不以物喜、随遇而安的豁达心理。全诗形貌逼真，情理俱佳，达到了物我相通、诗意圆融的境界。再如《春水》云："三月桃花浪，江流复旧痕。朝来没沙尾，碧色动柴门。接缕垂芳饵，连筒灌小园。已添无数鸟，争浴故相喧。"写桃花三月，江水潮平。诗人在垂钓、灌园之时，看到无数小鸟来江边沙岸洗澡，叽叽喳喳，一片喧哗。好一派春意盎然的田园风光！杜诗中还有许多类似写鸟的绝佳好诗。如"桃花细逐杨花落，黄鸟时兼白鸟飞"（《曲江对酒》）、"何处莺啼切，移时独未休。"（《上牛头寺》）、"山花相映发，水鸟自孤飞。"（《送何侍御归朝》）、"雀啄江头黄柳花，鵁鶄鸂鶒满晴沙"（《曲江陪郑八丈南史饮》）等，可谓情景相谐、触处俱佳。而如《绝句三首（其二）》云："门外鸬鹚去不来，沙头忽见眼相猜。自今已后知人意，一日须来一百回。"写来情真意切，视若同类，亦被视为绝唱。

杜甫在对飞鸟意象的创作中，还善于调动听觉、视觉等感知印象，创造出声色俱丽的绝妙好词。最有名的如"两个黄鹂鸣翠柳,一行白鹭上青天。"(《绝句》)。诗中的"黄鹂""翠柳","白鹭""青天",色彩何其明丽?更加以一"鸣"、一"上"两个动词,使人仿佛听到黄鹂的悦耳鸣叫和白鹭的振翅高飞,为诗歌增添了无数活泼生动之气。再如《上牛头寺》写莺啼:"花浓春寺静,竹细野池幽。何处莺啼切,移时独未休。"诗中牛头古寺的"花""竹""寺""池"皆为静幽之景,若没有其中"莺啼"不休这一声音意象,就只是对一座冷清孤寂的山寺的描写。可见,诗中声声莺啼亦可谓为全诗点睛之象。又比如写"翡翠",其《重过何氏五首》其三云:"落日平台上,春风啜茗时。石阑斜点笔,桐叶坐题诗。翡翠鸣衣桁,蜻蜓立钓丝。自今幽兴熟,来往亦无期。"翡翠是翠鸟的一种,其羽毛鲜艳、色彩炫目,煞是好看。这首诗是杜甫在结束齐赵壮游后到长安谋事,在与权贵达官交往中所作。全诗叙述再次造访何家时所见园林美景。其中写翡翠、蜻蜓之句,瞬间成像,光影奇幻,乃为诗中极精巧之笔。

在杜甫诗中,咏鹰鹘的诗篇共有五首,其中三首是题画诗。与他对日常凡鸟的描写不同,诗中猛禽的意象表现出雄奇、豪壮的侠义之气。

据史料记载,唐代历朝皇帝都喜爱豢养鹰隼和鹰猎活动。为此,唐代专门设立饲养管理宫廷鹰犬机构——五坊。据《新唐书》第204卷《方技·杜生传》记载,五坊完全是为皇族围栏射猎提供辅助猎具的养殖场,第一坊为雕坊,饲养精猛大雕,第二坊为鹘坊,第三坊为鹞坊,第四坊为鹰坊,第五坊为犬坊。其主管由宦官担任,坊中所有猛禽都是从各地供奉而来。① 因此,唐代的王公将相、贵族豪强也以喜好鹰猎成风,影响所及,"臂鹰架鹘"在唐朝民间也十分风行,诗人元稹就曾说过"养禽当养鹘"。这都势必影响当时的文人对鹰猎文化的态度和对鹰鹘等猛禽的审美趣味。

杜甫在青年时代写的《画鹰》就有"素练风霜起,苍鹰画作殊。……何当击凡鸟,毛血洒平芜"这样豪壮的诗句。画绢上的鹰,勃勃英气似真鹰,正表现了诗人的壮心义气和豪迈之情。但是经历"安史之乱"以后,其所作的《画鹘行》《义鹘行》虽仍能用笔神妙、抑扬尽致,亦不乏恣肆奇情、杀气英风,却也增添了许多沉郁悲怆的意味。《唐诗选脉会通评林》记有吴山民对《义鹘行》的评语:"子美平生要

---

① (宋)欧阳修:《新唐书》,北京:中华书局,1975年版,第1218页。

借奇事以警世,故每每说得精透。如此诗说老鹘仁慈义勇,所以人父息之情;而慷慨激昂,正欲使毒心肠人敛威夺魂。"①《唐诗归》评《画鹘行》中"乾坤空峥嵘,粉墨且萧瑟。缅思云沙际,自有烟雾质"四句为诗人"自悲自负"之语。② 自悲"吾今意何伤,顾步独纡郁",自负"缅思云沙际,自有烟雾质",然遭时运不遇,只好以鹰鹘自勉了,"聊为义鹘行,用激壮士肝"了。而在《呀鹘行》中,诗人以鹘病张口借以自况。鸟中之鹰鹘,亦是人中之自我。虽晚景可哀,知己难可为,但仍有"烈士暮年,壮心不已"之雄心。

杜诗中还有两篇咏杜鹃的诗,但其在假借望帝与杜鹃典故的基础上,结合上元元年七月,明皇迁居西内,高力士流巫州等现实中的乱局,讽刺批判李辅国等不忠不义之举,尚不如禽鸟之义行。同时,更抒发了诗人对国破家亡的深悲剧痛,以及对明皇玄宗的忠孝之情。

"飞鸟"意象只是杜诗中众多艺术形象之一类,但在诗人多情的观照之下,它们与杜诗中其他意象一同构筑了其"情芳意古,蕴籍宏深"(《三唐诗品》)③的诗歌艺术品格和气质,从中使得百代之下我们仍能透过这些充满灵动之气的飞鸟,感悟诗人的情志、领略其胸怀,并捕捉到这些大自然的精灵曾打动诗人的那些转瞬即逝、灵光乍现的美丽。

---

① 陈伯海主编:《唐诗汇评》上,杭州:浙江教育出版社,1995 年版,第 967 页。
② 陈伯海主编:《唐诗汇评》上,杭州:浙江教育出版社,1995 年版,第 968 页。
③ 陈伯海主编:《唐诗汇评》上,杭州:浙江教育出版社,1995 年版,第 904 页。

第四章

飞鸟与诗性思维

第一节 "天命玄鸟,降而生商"——神秘互渗的图腾思维

陈勤建的《中国鸟信仰·序》说:中国"亘古以来,就是一个鸟的世界。生活在其间的中国先民,与鸟为伴、以鸟为生,与鸟结下了难分难舍的深厚感情,萌发了对鸟的无限眷恋和敬仰,生活与心灵呈现出惟鸟是从的鸟化境界,形成了神奇的鸟信仰文化。"①

《诗经》时代,是"鸟"作为意象出现于我国古代文学创作中的源头阶段。这部诗歌总集中的鸟意象极为丰富,而究其发生的源头也是与上古时期的氏族生活和文化积淀有着密切的关系,其中,对鸟图腾的崇拜就是其重要的文化源头之一。远古时期的先民以"鸟"为图腾,视鸟为氏族部落的保护者,乃至族群生命的始祖。因此,在我国早期的原始神话和歌谣中,"鸟"意象具有特殊而又强烈的象征意味。

一、图腾的崇拜与原始思维

人类最早的作为观念的符号之一就是图腾。图腾源于早期人类的原始思维。原始思维是一种求同性思维,其最主要的特征就是泛联系性和泛象征性。列维一斯特劳斯在《野性的思维》中引证前人的人类学考察时说:"奥撒格人把活动物和不活动物分为三类。它们分别与天空(太阳、星星、鹤、天体、夜、昴宿星团等)、水

---

① 陈勤建:《中国鸟信仰·序》,北京:学苑出版社,2003 年版,第 1 页。

(贻贝、龟类、宽叶香蒲、雾、鱼等)和旱陆(黑熊、白熊、美洲狮、豪猪、鹿、鹰等)相联系。如果我们不知道按照奥撒格人的思想脉络,鹰与闪电联系、闪电与火联系、火与煤联系、煤与土地联系,就不会理解鹰的地位。于是鹰就是'煤主人'之一,因而成了一种陆地动物。同样事先无可依据的是,鹈鹕由于长寿,金属由于坚硬而各有其象征作用。有锯齿尾的海龟,一种无实际用处的动物,往往在仪式中使用。其重要性的原因只有当我们知道'13'这个数对于奥撒格人具有一种神秘意义时才可理解。初升旭日射出十三道光线,它们被分为六道线和七道线两组,分别对应于右边和左边、陆地和天空、夏天和冬天。这类海龟的尾巴被说成有时有六个锯齿,有时有七个锯齿。因而它的胸脯就代表天穹,胸脯上的灰线则代表银河。同样也将很难预测麋的泛象征作用,它的身体是名副其实的世界缩影:它的毛皮代表草,腿代表山丘。肋部代表平原,脊椎骨代表地形起伏,脖颈代表河谷,鹿角代表整个水陆网道……"[1]这些例子很容易使我们想到中国古代的易象思维中以风、雷、水、火分统万物的思想,以及伏羲氏死后身体化为山水大地的传说。列维一布留尔把这种泛联系观归结为一种原始思维的神秘互渗律。这种思维路径消解事物之间的对立,而只着重它们之间的联系。巫师为什么插羽毛呢? 是因为"健飞的鸟能看见和听见一切,它们拥有神秘的力量,这力量固着在它们的翅和尾的羽毛上"。[2]

　　因此,所谓泛联系性思维看重的联系不是必然联系,而是偶然的表象联系。它来源于某种偶然的联想,但这种联想一旦被其一群人认可,便形成了一种共同心理和共同观念,而且有可能代代相传,构成了一种"集体无意识"的潜在思维惯性。因此,我们说,尽管泛联系性思维是非理性的,但其象征意义却是约定俗成的,是不能随意置换的。

　　图腾其实就是起源于这种神秘互渗的联想。人们把某种动物、植物甚或是无生命之物作为自己氏族的图腾,主要是因为这个事物带来了神秘的联想,或是认为它是自己的祖先,或是认为它的某种力量左右自己的命运,于是这个事物就变

---

① ［法］列维－斯特劳斯著,李幼燕译:《野性的思维》,北京:商务印书馆,1987年版,第69页。

② ［法］列维－布留尔著,丁由译:《原始思维》,上海:商务印书馆,1981版,第69页。

得神圣不可侵犯了。这些图腾的种类十分复杂和丰富,有实物,甚至也有某些事物的现象。这些图腾符号主宰着初民的精神世界,也给初民以丰富的联想和艺术激情。在这些对图腾的理解中,已经孕育了神话思维———一种把人、自然物通过神话般生活场景多方位联系起来的对世界的解说。这种解说的意义和被解说的图腾符号相配合,就形成了原始兴象的象征艺术。赵沛霖在《兴的源起》一书中,详细讨论了在中国古代,鸟类、鱼类、树木、虚拟动物等原始兴象如何经过长期的象征意义积淀,最后演化成中国古代诗歌中凝固化了的象征符号的。

特别应该注意的是,这种原始的象征性思维建构的基础不是像我们现代人那样的类比或比拟,而是感应相通。其言说方式不是"好像""比如",而是"就是"。在体认一个事物时,他们并不考虑把认识的主体与客体分离,而是把主体对客体的主观感受与客体本身混为一谈。不过在原始时代,人们面对这种现象并不困惑,而是认为理所当然,其来源于一种物我一体的感应观。这种思维方式大量的遗留在原始的诗歌中,比如闻一多先生以《诗经》中鸟的兴象做例子说:

> 三百篇中以鸟起兴者,亦不可胜计,其基本观点,疑亦导源于图腾。歌谣中称鸟者,在歌者之心里,最初本自视为鸟,非假鸟以为喻也。假鸟为喻,但为一种修辞术;自视为鸟,则图腾意识之残余。历时愈久,图腾意识愈淡,而修辞意味愈浓,乃以各种鸟类不同的属性分别代表人类的不同属性……①

在这里,闻一多先生实际上区分了原始的象征和我们后来所说的象征类比的区别。在原始人那里,取象征的言说方式是因为真的把象征物和被象征物认为同一,把象征符号的能指与所指完全等同,因此,对他们来说,象征本身就是一种思维方式;而在"文明人"那里,象征仅仅是一种修辞手段,人们把象征物和非象征物分得很清楚,取象征意义,无非是以象征物的不同属性来代表被象征物的不同属性而已。

---

① 闻一多:《闻一多全集·诗经新义》第二册,上海:开明书店,1948年版,第107页。

二、《诗经》与鸟图腾

其实,《诗经》中大部分的"鸟"意象已经不是纯粹"原始的象征";经过长期的象征意义积淀,很多都已演化成诗歌中凝固化了的象征符号和修辞手段(参看本书第一章第一节)。其中,最为著名的具有原始图腾意义的"鸟"意象就是创生殷商始祖契的"玄鸟"。

"玄鸟生商"的神话,最早的记载见于先秦时的《诗经·商颂》《离骚》《天问》《吕氏春秋·音初》。汉时的《史记·殷本纪》《白虎通·姓名篇》《潜夫论》《易林》等书中皆有记载。

在我国的氏族社会末期,部落或部族联盟的分布形成了三大区域,且各自形成了独特的原生态文化。聚焦以东部沿海地区作为殷商摇篮的东夷部族,其诸部落多以"鸟"为图腾,如舜族以凤鸟为图腾,丹朱族以鹤为图腾,后羿以鸟为图腾等。之所以将鸟作为图腾祖先,目前较一致的看法是,源于远古人类崇鸟的心理。鸟的飞行功能和益鸟啄食害虫保护农田的本能行为,却使人类觉得是神灵感应所致,从而对鸟崇敬,视为同类与保护神。①

《诗经·商颂》中的《玄鸟》《长发》二篇就是对殷人氏族的"玄鸟"图腾崇拜的忠实写照:

> 天命玄鸟,降而生商,宅殷土芒芒。(《玄鸟》)
>
> 有娀方将,帝立子生商。
>
> 玄王桓拨,受小国是达,受大国是达。(《长发》)

《商颂》是祭祀殷商祖先的宗教乐歌。在当时殷人的观念中,氏族的始祖与作为图腾的"玄鸟"是一体难分的。正是由于"玄鸟"的神性,才赋予了氏族存在的特殊性和合理性,并且保佑本氏族的兴旺发达。从这一意义上讲,殷王就是神鸟的化身,故亦可以以鸟名之。朱熹在解释《长发》中的"玄王"时说:"玄王,契也。

---

① 付亚庶:《中国上古祭祀文化》,北京:高等教育出版社,2005年版,第71–72页。

……或曰,以玄鸟降而生也。"①指出殷王契因"玄鸟"而称为玄王的图腾意义。

有关这则神话的具体内容直到秦汉之际才保留了较为详细的记录。《吕氏春秋·音初》云:

> 有娀氏有二佚女,为之九成之台,饮食必以鼓。帝令燕往视之,鸣若谥隘。二女爱而争搏之,覆以玉筐。少选,发而视之,燕遗二卵,北飞,遂不反。二女作歌,一终曰:"燕燕往飞",实始作为北音。②

作为"北音"之始的"燕燕往飞"所体现的以歌咏鸟类来寄托怀念和向往祖先之情,是鸟类图腾崇拜的宗教观念和感情在诗中的突出表现。这种情况对于后代产生了深刻的影响,直到"三百篇"还有它的痕迹。如《邶风·燕燕》之"燕燕于飞,差池其羽。"

后有《史记·殷本记》曰:

> 殷契,母曰简狄,有娀氏之女,为帝喾次妃。三人行浴,见玄鸟堕其卵,简狄取吞之,因孕生契。契长而佐禹治水有功……封于商,赐姓子氏。③

因简狄吞食"玄鸟"卵而生契的神迹,殷周之际便被奉为高禖神,掌管人间男女婚姻之事(《礼记·月令》)。郑玄注:"高辛之出,玄鸟遗卵,简狄吞之而生契,后王以为禖官嘉祥而立其祠焉。")。而"玄鸟"也成为神的使者。每当春天来临,玄鸟至而祀高禖,祈祷爱情美满(《礼记·月令》:"是月也,玄鸟至。至之日,以大牢祠于高禖。天子亲往,后妃帅九嫔御。乃礼天子所御,带以弓韣,授以弓矢,于高禖之前。"④《周礼·地官司徒》"媒氏"条:"中春之月,令会男女,於是时也。奔者不禁。若无故而不用令者,罚之。"⑤)。后来,"玄鸟"意象与"燕子"意象合并,特

---

① （宋）朱熹:《诗集传》,上海:上海古籍出版社,1987 年版,第 167 页。
② 国学整理社原辑:《诸子集成·吕氏春秋》第六册,北京:中华书局,1954 年版,第 59 页。
③ （汉）司马迁:《史记·殷本纪》,北京:中华书局,1998 年版,第 53 页。
④ （清）阮元校刻:《十三经注疏·礼记正义》,北京:中华书局,1980 年版,第 1361 页。
⑤ （清）阮元校刻:《十三经注疏·周礼注疏》,北京:中华书局,1980 年版,第 733 页。

别是"双燕"的意象,成为诗歌中歌咏爱情、亲情、友情的常见母题。

当然,先民的图腾崇拜为后世所提供的"飞鸟"意象还有许多。如经常入诗的"凤凰""青鸟""雎鸠""乌鸦"等都曾是先民崇信的图腾。(《左传·昭公十七年》"少皞氏鸟名官"之史:"我高祖少皞挚之立也,凤鸟适至,故纪于鸟,为鸟师而鸟名。凤鸟氏,历正也;玄鸟氏,司分者也;伯赵氏,司至者也;青鸟氏,司启者也;丹鸟氏,司闭者也。祝鸠氏,司徒也;雎鸠氏,司马也;鸤鸠氏,司空也;爽鸠氏,司寇也;鹘鸠氏,司事也。五鸠,鸠民者也。"①)

在图腾崇拜的时代,人们有意地把自然物象同人事联系起来,与原始思维的路径相一致:即透过事物间的某种同构性建立对事物的理解,尽管这些类比仅仅只看重表象同构,而非内在本质的同构。这种类比实际上也是联想,也就是被事物间某种同构关系所提示的对事物之间联系的理解。

比如在《山海经》中"人鸟互化"的神话思维模式,将人的精神祈愿与鸟的自由飞翔相类比,在这种非逻辑而合乎情理的联想中达到对人精神本质的理解。这一形象化的、不自觉的艺术创造也为后世诗歌创作提供了一种独特的抒情范式。如《山海经·北山经》中著名的"精卫填海"的神话:

> 发鸠之山,其上多柘木。有鸟焉,其状如乌,文首、白喙、赤足,名曰精卫,其鸣自詨。是炎帝之少女名曰女娃,女娃游于东海,溺而不返,故为精卫。常衔西山之木石,以堙于东海。②

因"女娃"溺水东海,心有不甘而变化为"精卫"小鸟,并志平大海的动人形象,引发后人无数以化为"飞鸟"来超越现实困境的遐想和诗意。如曹丕《清河作诗》:"愿为晨风鸟,双飞翔北林。"阮籍《咏怀诗》:"愿为双飞鸟,比翼共翱翔。鸿鹄相随飞,飞飞适荒裔。双翮临长风,须臾万里逝。"傅玄《青青河边草篇》:"梦君如鸳鸯,比翼云间翔。"陆机《拟东城一何高诗》:"思为河曲鸟,双游沣水湄。"等等,可谓难以计数、美不胜收。

---

① (清)阮元校刻:《十三经注疏·春秋左传正义》,北京:中华书局,1980年版,第2083页。
② 张耘点校:《山海经·穆天子传》,长沙:岳麓书社,2006年版,第53-54页。

此外,由于鸟图腾崇拜,以及鸟类与遥远空间的联系,鸟类俨然成为沟通人神的媒介,鸟类的出现往往带有预示意义,这种预示可分为吉凶两种,而鸟意象也被赋予了吉凶观念。

> 《山海经·南山经》:"五采而文,名曰凤皇……饮食自然,自歌自舞,见则天下安宁。"①

可见,凤凰是吉祥之鸟,也是祥瑞观念的体现。而"颙"则是大旱的征兆:

> 《山海经·南山经》:"令丘之山,有鸟焉,其状如枭,人面四目有耳,其名曰颙,其鸣自号也,见则天下大旱。"②

"鴸"鸟的叫声是被放逐的前兆(《南山经》);"毕方"是兆火之鸟(《西山经》);"胜遇","见则其国大水"(《西山经》)。这种认为鸟类拥有某种预示吉凶的作用的原始思维,为鸟占行为提供了思想基础。

刘毓庆在《诗经鸟类兴象与上古鸟占巫术》中,对中国先秦典籍中的鸟占资料进行了梳理,并对这种习俗的产生、它的思维基础原始思维等进行了阐述。他说:"鸟占是一种原始习俗,是根据鸟的有叫、飞行或出没活动来预测事物吉凶的。法国学者盖依将此认作是领会'天语'的一种方式。也就是说,神通过鸟把信息传递给人类,而人类通过对鸟活动的辨识才能认识这种神秘信息的意义。这种习俗几乎不同程度地存在于世界上所有的民族中。"③

在《周易》中有关于鸟占的材料也是比较丰富的。这种关于鸟占的卦爻所凝固形成的思维与意象在后世文学中应用广泛。

> 《明夷》:"初九:明夷于飞,垂其翼。君子于行,三日不食。有攸往,主人

---

①　张耘点校:《山海经·穆天子传》,长沙:岳麓书社,2006年版,第9页。
②　张耘点校:《山海经·穆天子传》,长沙:岳麓书社,2006年版,第11页。
③　刘毓庆:《〈诗经〉鸟类兴象与上古鸟占巫术》,《文艺研究》,2001年第3期。

有言。"

《明夷》："六二：明夷，夷于左股，用拯马壮，吉。"①

此卦爻辞下几条亦言及明夷。明夷，即羽毛鲜亮的锦鸡。从卦爻辞中，可以发现鸟占与狩猎的密切关系，明夷受伤的位置不同，所得到的占卜结果是不同的。

《渐》："初六：鸿渐于干，小子厉有言，无咎。"

鸿，鸿雁。渐，《象传》说"渐之进也"，所以古今注疏家大都释"渐"为"进"。渐在本卦中，是描述的鸿雁降落时的动作。本爻是说鸿雁徐徐降落在山涧里，这预示着小孩子会得疫病。如果发生争吵，没什么危害。

《渐》："六二：鸿渐于磐，饮食衍衍，吉。饮食衍衍，不素饱也。"②

本爻是说鸿雁徐徐降落在山坡上，在那里安然自得地觅食，这预示着吉利。可见，"渐"卦的爻辞都是讲根据大雁停落的地方来进行占卜的。再如《小过》，也是以鸟来占卜的：

《小过》："亨利贞。可小事，不可大事。飞鸟遗之音，不宜上宜下，大吉。"

此爻辞是根据飞鸟的鸣叫声音来进行吉凶判断的。《小过》："初六：飞鸟以凶。"以，与，及也。指飞鸟带来凶兆。主要指拜访别人时的吉凶祸福。

可见，古人常常根据飞鸟的鸣叫声音、飞行的方向、降落的地点等因素来判断吉凶。刘毓庆认为，鸟作为一种信息载体即占卜物而出现，是《诗经·国风》中鸟

---

① （清）阮元校刻：《十三经注疏·周易正义》，北京：中华书局1980年版，第49页。
② （清）阮元校刻：《十三经注疏·周易正义》，北京：中华书局1980年版，第63页。

类起兴意象产生的观念背景。因此,他认为"这种信仰与观念,依附于原始的人类生活经验的背景,随着历史的运行,在人们的心灵深处逐渐生根,化育出一种生命意识,影响到了他们对外在事物的认识,也影响到了他们对未来事物的判断与生活的情绪。在中国人特有的思维方式支配下,从而以象征、隐喻的形式携带着人生的悲欢离合、喜怒哀乐的清绪,渗透到了中国诗歌艺术之中,并在其中发挥着展示情绪、和谐物我、交融情景、渲染气氛的作用。因而在中国先民的歌唱集——《诗经》中,鸟类兴象相当多地表现出了鸟情占卜的特点"。①

第二节　"黄鹤一去不复返,白云千载空悠悠"
——取象尽意的意象思维

意象思维,是借助意象进行思维的认知方式,带有浓厚的直观体悟色彩。从具有深刻而广泛影响力的中华元典中可以看出,意象思维一直是最具中国特色的一种习惯性思维方式。王夫之说:"盈天下而皆象矣。《诗》之比兴,《书》之政事,《春秋》之名分,《礼》之仪,《乐》之律,莫非象也。"(《周易外传·系辞下传》卷六)所揭示的正是这一特点。

中国传统思维方式受中国传统的天人合一观念的影响,形成了一种融自然、社会、人生为一体的直观整体思维方式。在这里,天人合一,主客不分,吾心即宇宙,宇宙即吾心。在这里,意象不等于客观事物的一般映象或表象。所以它既不是再现,也不是表现,更不是再现和表现的简单叠加,意象的产生就是主体对客体的意向性活动的结果,意象存在于主客体之间的意向性结构中。

据《周易》言之,意象即"尽意"之象。王弼《周易略例》亦言:"夫象者,出意也……象生于意,故可寻象以尽意。"②对语言难以表达的东西,对只可意会不可言传的韵味、情志或情趣等,往往需要借助于"象"来传达显现。另外《周易》对"象"的另一重要规定就是"取物观象"。其《系辞下》云"古者包牺氏之王天下也,仰则

---

①　刘毓庆:《〈诗经〉鸟类兴象与上古鸟占巫术》,《文艺研究》,2001年第3期。
②　楼宇烈校释:《王弼集校释》,北京:中华书局1980年版,第609页。

观象于天,俯则观法于地,观鸟兽之文与地之宜,近取诸身,远取诸物,于是始作八卦,以通神明之德,以类万物之情”。① 这说明,“象”是由人们对自然现象及社会现象的观察、体验、创造而来。

文学创作中的意象思维也是一种“观物取象”“以象尽意”的创造性思维过程,不过此处的“观”,与《易》之观象尽意是“貌同而心异”的。② 它不仅是一般的目观,而且是深入心观,唯有“心观”,才能通过提炼、概括,取其“尽意”之象。这“象”得之于物,但又不等于物。物是一种客观的实在,而“象”则是熔铸了主体情志的心灵化的物,具有符号象征的性质。

一、取象譬类的思维传统对飞鸟意象的塑形

《周易·系辞》中所谓“观象于天”“取法于地”“近取诸身”“远取诸物”的取物观象地原则,反映了《易经》多从自然与人本身来取像比类。《周易·系辞》中说:“引而伸之,触类而长之,天下之能事毕矣”,③“其称名也小,其取类也大,其旨远,其辞文,其言曲而中,其事肆而隐”,④讲的都是以人事与自然互相观照,在互参中比类,从而体会“神明之德”“万物之情”。后世皎然也说:“取象曰比,取义曰兴,义即象下之意。凡禽鱼草木人物名数,万象之中义类同者,尽入比兴。”⑤取象比类,以“象”喻示天地之德,譬类万物之情,是《周易》的取象原则与思维方式。类、比指向譬、喻,通过形象譬喻、暗示,说明事理,是意象思维的主要特征之一。

意象思维的暗示与象征意味,在古代诗歌创作和诗学理论中得到了最充分的发展。《礼记·学记》说:“不学博依,不能安诗。”郑注:“博依,广譬喻也。”孔疏:“博,广也。依,谓依倚也。谓依附譬喻也。若欲学诗,先依倚广博譬喻,若不学广博譬喻,则不能安善其诗,以诗譬喻故。”⑥“广博譬喻”说的是诗的言说特点,实质也是言说方式,它暗示出诗所示之“象”,具有广泛的象征意义。由此可见,取

---

① （清）阮元校刻:《十三经注疏·周易正义》,北京:中华书局1980年版,第86页。
② 钱钟书:《管锥编》第一册,北京:中华书局1979年版,第11页。
③ （清）阮元校刻:《十三经注疏·周易正义》,北京:中华书局1980年版,第80页。
④ （清）阮元校刻:《十三经注疏·周易正义》,北京:中华书局1980年版,第89页。
⑤ 张伯伟:《全唐五代诗格汇考》,南京:江苏古籍出版社,2002年版,第230页。
⑥ （清）阮元校刻:《十三经注疏·礼记正义》,北京:中华书局,1980年版,第649页。

"象"譬类是贯穿中国文化的一种重要的表达方式。

在古代飞鸟诗中的取象譬类的意象思维传统肇始于《诗经》之六义。所谓"温惠柔良者,《诗》风也。……《关雎》兴于鸟,而君子美之,为其雌雄之不乖居也。《鹿鸣》兴于兽,君子大之,取其见食而相呼也。"①至楚辞又继承了这一思维传统,并在屈原自著伟辞的杰作中增添了新的意象思维内容,也极大地扩展了飞鸟诗的意象境界。东汉王逸在《楚辞章句·离骚经序》中对此做出了深刻的理论概括:"《离骚》之文,依诗取兴,引类譬喻。故善鸟香草,以配忠贞;恶禽臭物,以比谗佞;灵修美人,以媲于君;宓妃佚女,以譬贤臣;虬龙鸾凤,以托君子;飘飘云霓,以为小人。"②魏晋以后,托鸟以言志、籍鸟以喻情的飞鸟诗层出不穷,不仅鸾凤鸿雁、玄鹤燕雀的意象构建已渐成常式,而且取象于其他鸟类意象所作的飞鸟诗大多带有特殊的形象喻意。如唐人顾况的《海鸥咏》:

> 万里飞来为客鸟,曾蒙丹凤借枝柯。
>
> 一朝凤去梧桐死,满目鸱鸢奈尔何。

诗人明显是以海鸥自喻。写海鸥虽然曾经在凤凰那里借枝暂栖,可是一旦失去依托,其处境将会多么险恶。诗中的"鸱鸢",显然就是社会中黑暗势力、邪恶势力的化身。再如杜甫笔下的《鹦鹉》:

> 鹦鹉含愁思,聪明忆别离。
>
> 翠衿挥短尽,红嘴漫多知。
>
> 未有开笼日,空残宿旧枝。
>
> 世人怜复损,何用羽毛奇。

这首五律寄托了杜甫的失意之愁和乡思之慨。首联以鹦鹉聪明能言而含愁思、忆别离,提挈全诗。接着写它翠衿短尽,伤其憔悴;红嘴多知,惜其空言;未见

---

① 国学整理社原辑:《诸子集成·淮南子》第七册,北京:中华书局1954年版,第353页。

② (宋)洪兴祖:《楚辞补注》上,北京:中华书局,1957年版,第8-9页。

开笼,苦于拘束,空留旧枝,悲其远离。最后,沉痛地指出:因受人喜爱而遭到损伤,羽毛之奇又有何用!全诗一意贯注,真是穷形尽相,哀感伤怀。清代顾嗣立在其《寒厅诗话》中引用俞场的话说:"少陵咏物多用比兴赋。……集中如《鹦鹉》、《鸂鶒》、《花鸭》、《麂》、《猿》、《蒹葭》、《苦竹》,全是比体。"①虽是评价杜甫的咏物诗(其中包括咏鸟诗),但也道出了几乎所有此类飞鸟诗的意象思维的特点。

古代飞鸟诗以鲜明、生动、活泼的形象譬喻,来暗示、象征"言外之意""象外之象"的认识方式,是中国意象思维的诗化特征之一。它以"取象譬类""引譬连类""依类象形"的方式贯穿在古代飞鸟诗的创作传统之中,呈现出诗意盎然的勃勃生机。

二、忧乐相伴的思维过程对飞鸟意象的晕染

意象思维过程中始终带有浓烈的情绪、丰富的想象和强烈的内心活动。《周易·系辞传》曰:"作易者,其有忧患乎?"又曰:"知周乎万物而道济天下,故不过;旁行而不流,乐天知命故不忧。"苏渊雷《易学会通》对《周易》的忧乐问题有很好的论述,他说:"圣人知生生之无已,明忧患之无穷,故作易以通变,终未济以求济,庶仁智各有所得,能通天下之志焉。"②由此可见,关心"天下之志"是《周易》忧乐情怀的内在动力。何谓天下之志?其志,就在于对民之忧乐关注的情怀。《系辞传》这些言语不在于说明卦象与物的关系,而在于说明卦象所体现出的圣人之意,这正是对《周易》之忧乐情怀的解说。盖圣人之忧,在民之忧;圣人之志,在于"使民不倦""使民宜之"。这种忧以天下、乐以天下的情怀,贯穿于中国古代文人士子的整体情感世界之中。

意象思维的这一忧乐天下的情感特征,在古代飞鸟诗的创作实践中也得到了最为充分的表现。

早在《诗经》的时代,作诗者就已经明确认识到诗歌抒发情志、表达怨愤的艺术功能。《小雅·节南山》就记有家父作诗以讽的诗句:"家父作诵,以究王讻。式讹尔心,以畜万邦。"而《诗经》中借飞鸟意象抒发忧乐之情的作品十分丰富,如

---

① (清)王夫之等撰:《清诗话》上,上海:上海古籍出版社,1963 年版,第 84 页。
② 苏渊雷:《易学会通》,郑州:中州古籍出版社,1985 年版,第 105 页。

《雎鸠》《鸳鸯》歌咏爱情,《燕燕》《雄雉》感伤远别,《鸨羽》刺劳役,《晨风》怨不归,《鸤鸠》比君子,《鸿雁》抚流民,《秦风·黄鸟》"挽三良",《小雅·黄鸟》思远人,《大雅·凫鹥》谢公尸,《商颂·玄鸟》颂祖先。汉代儒者将其概括为"诗言志"说。《毛诗序》说:"诗者,⋯⋯情动于中而形于言"、"情发于声"、"变风发乎情"、"发乎情,民之性也",肯定了情乃是诗的内在动力。后来孔颖达《毛诗正义》说:"兴者,托事于物,则兴者,起也;取譬引类,起发己心。"宋代胡寅《与李叔易书》引李仲蒙言说:"触物以起情,谓之兴,物动情者也。"其中,"起发己心"即"起发己情"也。"兴"一面是"托物于物",一面通过"取譬引类",即通过所"托"之"物",来"起发己情"。可见,意象之"象"是"寓情"之象,情感与形象是紧密结合到一起的。扩大而言之,作为意象思维诗化特征的"情",并不仅限于人之常情。如在道家,可以体现为一种向往与自然相圆融的自由精神;在儒家,体现为一种以"仁"、"礼"为核心的伦理倾向。但它们都具有充满情感、向往完善的共同愿望。

杜甫是典型的儒者,其思想来自先秦儒家。先秦儒家思想中的亲亲、仁民、爱物、平等等进步思想,都为杜甫所继承。因此,在对"飞鸟"意象的选择上,杜甫就与李白存在着较大的差异。那些深受李白钟爱的凤凰、大鹏、青鸟等形象,在杜诗中却不再扮演主要角色,甚至很少出现。如"青鸟"就只出现了 1 次,"鹏"也只有6 次。"凤凰"则更是屈居第三而让位于更加人间化的"飞鸟""大雁"等意象了。意象选择的不同,使得杜甫的"飞鸟诗"也不像李白诗中对"鸟"的比兴托喻那样集中而又对比强烈,而是描写更为生动,内涵更为丰富多样、含蓄蕴籍。如他的《题桃树》:

> 小径升堂旧不斜,五株桃树亦从遮。
> 高秋总馈贫人实,来岁还舒满眼花。
> 帘户每宜通乳燕,儿童莫信打慈鸦。
> 寡妻群盗非今日,天下车书已一家。

仇兆鳌评曰:"堂前鸦燕,就现前景物,写出一番仁民爱物之意。"① 杨伦评曰:

---

① (清)仇兆鳌:《杜诗详注》,北京:中华书局,2004 年版,第 1119 页。

"此诗于小中见大,直具民胞物与之怀,可作张子《西铭》读,然却无理学气。"①从杜甫内心自然流露出的这种仁爱精神,是他长期的士人道德理想修养的真实体现。

由此也可看出,在飞鸟诗的创作中,意象思维的情感特征首先就体现在诗人对飞鸟意象的选取上。根据飞鸟诗中各类飞鸟意象的情感意涵,可以将它们大体分为两组:一组是现实生活中实际存在的鸟类意象,如莺、燕、雁、布谷、鹅、鹤、鸥、鹭、杜鹃、鹦鹉等,另一组则是神话或传说中虚构出来的鸟类的虚拟意象,如大鹏、凤凰、青鸟、精卫、天鸡、希有鸟、踆乌、阳乌、鸳鸯、朱鸟雀等,这些飞鸟意象多带有意象本身所具有的原型性特点,同时又积淀着丰富而复杂的历史文化内涵。前者往往暗示出诗人们崇高的使命感和责任心,表达他们想要济苍生,安社稷,使寰区大定,海县清一,圣君贤臣,和衷共济,实现理想的社会图式的美好理想和强烈愿望。后者则用以象征诗人们追求自由解放的个性精神,主要表现他们放旷的情怀,不羁的个性,高蹈的志趣,往往具有反主流文化、反人性异化、皈依自然的冲击力量。因此,诗人在意象思维的过程中对不同种类的飞鸟意象,其感情倾向也各不相同。

古代飞鸟诗创作中意象思维的情感特征,是其诗化特征的鲜明标志。它以形象的譬类,将其蕴涵的深刻情感展现出来;这些饱含忧乐情感的飞鸟意象,充分体现了中国传统文化充满了忧乐天下之情的诗意精神。

三、风格独具的思维主体对飞鸟意象的创新

意象思维首先是诗人主体性的思维,离开了诗人的主体意识与主体的生命,就没有意象思维的存在,也就没有意象的产生,当然也就不会有诗的生命。诗,是一种生命的完成。可以说,诗是一个诗人本身的生命与他创造的艺术生命的统摄和融合,借主观的观点,并透过生存境况的各种样相来表现人的最深刻的精神内含,而这种内含往往是失败的和痛苦的,但经过艺术的表现后,这种失败和痛苦终于得以沉静和超越。意象思维如果离开了诗人的主体性,那是不可想象的。意象的发现之所以如此重要,也就是因为意象的产生是诗人的生命形式的产生,是诗

---

① (清)杨伦:《杜诗镜铨》,上海:上海古籍出版社,1982 年版,第 517 页。

人的创造精神的结晶。歌德也曾经说过这样的话："人每发现一个新的事物,就意味着在自我中诞生了一个新的器官。"①而诗人在意象思维中产生的意象,也就是这样的新的事物,当然也就意味着诗人的新生命的诞生是诗人生命形式的一种永恒的延展。因此,意象思维还是一种不可重复的、创造性的思维方式。意象思维的不可重复性并不是说意象思维那种状态不可重复,而是指诗人具体的意象思维的某一过程和意象思维的成果是不可重复出现的。因为意象思维是一种独具创造性的思维,每一个新意象产生的过程都是一次性创造的过程,要求诗人运用自己全部的生命体验和审美功底才能成功。

中国古代诗歌多以自然景物构象,"飞鸟"就是自然界中最为生动的物象之一,因而深受诗人们的喜爱。然而,可以入诗的鸟类意象却十分的有限,这就难免会出现不同诗人对同一意象的重复使用。因此,在意象思维中如何出新、变巧,决定着诗歌艺术个性水平的优劣高下。例如历来以"鹤"为意象的飞鸟诗不计其数,佳篇杰作也不在少数,其中,盛唐诗人崔颢的《黄鹤楼》就显得尤为突出:

> 昔人已乘黄鹤去,此地空余黄鹤楼。
>
> 黄鹤一去不复返,白云千载空悠悠。
>
> 晴川历历汉阳树,芳草萋萋鹦鹉洲。
>
> 日暮乡关何处是,烟波江上使人愁。

严羽说:"唐人七言律诗,当以崔颢《黄鹤楼》为第一。"但是此诗前两联却不守平仄,三"黄鹤",二"空"字重复,第三句用六仄声,第四句用三平声收尾,就是在这种语言变幻中表现出流转不已的的悲凉感慨:岁月不再,世事茫茫。颈联异峰突起,格调上由散变正,工整的偶句使黄鹤楼前景观喧闹热烈,既与前联截然异趣,又逗出尾联日暮乡关的愁绪。而尾联正是在触景生情中,借烟波江上,将抽象的乡关之愁写得具体、饱满、又与首联的人去楼空回抱呼应,达到词意俱不尽的境界。所以沈德潜评此待为"意得象先,神行语外,纵笔写去,遂擅千古之奇"。② 据

---

① ［德］爱克曼著,朱光潜译:《歌德谈话录》,北京:人民文学出版社,1978 年版,第 207 页。
② (清)沈德潜:《唐诗别裁集》,北京:中华书局,1975 年版,第 182 页。

说李白很欣赏这首诗。元人辛文房《唐才子传》记白登黄鹤楼见崔诗而感叹:"眼前有景道不得,崔颢题诗在上头。"本欲赋诗只得作罢。① 此事是否确实已不可考,但是李白集中却有两首模仿崔作的诗。一首是《鹦鹉洲》:

> 鹦鹉来过吴江水,江上洲传鹦鹉名。
> 鹦鹉西飞陇山去,芳洲之树何青青?
> 烟开兰叶香风暖,岸夹桃花锦浪生。
> 迁客此时徒极目,长洲孤月向谁明?

王琦以为此诗作于乾元元年(758 年)流放夜郎途中。因而此诗借鹦鹉起兴,应该说是有一种迁客的悲愤,比崔颢咏黄鹤更为深沉。但是比起崔诗,此诗的意象运用却未出神入化。

另一首是《登金陵凤凰台》:

> 凤凰台上凤凰游,凤去台空江自流。
> 吴宫花草埋幽径,晋代衣冠成古丘。
> 三山半落青天外,二水中分白鹭洲。
> 总为浮云能蔽日,长安不见使人愁。

凤凰台在今南京城外。南朝宋元嘉十六年,有鸟翔集山间,文彩五色,音声谐和,丛鸟群附,时人谓之凤凰。起台于山,谓之凤凰台,山曰凤凰山。本诗作于流放夜郎遇赦后。诗人登台眺望,江山胜景尽收眼底,方今兴衰,身世坎坷种种感慨涌上心头,于是他所喜爱的崔颢诗那种音响情韵模式激起他的诗思。将种种感慨溶铸在诗的这样意象中。可见,诚如李白这样的作诗圣手要想通过再造意象以达到崔颢原作的奇境,也并非易事。

因此说,诗的意象带有强烈的个性特点,也最能见出诗人的风格。只有当诗人的意象思维融入到他自身的生命体验中去,才有可能创造出独具个性色彩的生

---

① (元)辛文房撰,舒宝璋校注:《唐才子传》,郑州:中州古籍出版社,1987 年版,第 52 页。

动意象,这种意象也才会成为飞鸟诗中乃至整个诗性文化中的杰出代表。诗人有没有独特的风格,在很大程度上取决于他能否经过意象思维创造出自己独具个人艺术风貌的意象。

第三节 "惊飞远映碧山去,一树梨花落晚风" ——情景交融的艺术境界

一、飞鸟与诗情的交融

情景交融,即诗人的情感与外在景物相互融合,是中国古典诗歌的一大特色。对此中国古代诗人和诗论家们有过极为精辟的论述。早在魏晋南北朝时期,陆机就在其《文赋》中说:"遵四时以叹逝,瞻万物而思纷;悲落叶于劲秋,喜柔条于芳春……慨投篇而援笔,聊宣之乎斯文。"①这是讲四季交替,万物盛衰,自然景物的变化引起诗人内心情感的波澜,从而产生出创作的激情。刘勰在《文心雕龙》中提出了"睹物兴情""情以物兴""物以情观""情以物迁"等观点。

这些是讲自然景物对人情感的触发以及诗人情感渗透在景物中的互动过程。钟嵘《诗品序》中说:"气之动物,物之感人,故摇荡性情,形诸舞咏。"②这也是文以情生,情以物感之意。上述观点基本上一脉相承,都是阐述创作之前情与景的关系问题,可以看作是情景交融理论的萌芽。唐代王昌龄在前代这些诗歌情景理论的基础上,对情景交融的认识取得了重大的进展。他提出"诗贵销题目中意尽。然看当所见景物与意惬者相兼道。若一向言意,诗中不妙及无味。景语若多,与意相兼不紧,虽理通,亦无味。昏旦景色,四时气象,皆以意排之,令有次序,令兼意说之为妙。"③"景入理势者,诗一向言意,则不清及无味;一向言景,亦无味。事须景与意相兼始好。凡景语入理语,皆须相惬,当收意紧,不可正言。"④这些说法

---

① 周伟民、萧华荣注释:《〈文赋〉〈诗品〉注译》,郑州:中州古籍出版社 1985 年版,第 19 页。
② 曹旭:《诗品集注》,上海:上海古籍出版社 1994 年版,第 1 页。
③ 张伯伟:《全唐五代诗格汇考》,南京:江苏古籍出版社,2002 年版,第 168 页。
④ 张伯伟:《全唐五代诗格汇考》,南京:江苏古籍出版社,2002 年版,第 158 页。

明确表达了诗歌创作中,所要表达的情与所要描写的景应和谐统一,不能有所偏废。明代谢榛在《四溟诗话》中说:"作诗本乎情景,孤不自成,两不相背","景乃诗之媒,情乃诗之胚,合而为诗"。① 对此清代王夫之的阐述更为透彻,他在《夕堂永日绪论内编》中说:"夫景以情合,情以景生,初不相离,唯意所适。截分两橛,则情不足兴,而景非其景。"②又说:"情景名为二,而实不可离。神于诗者,妙合无垠。"③剖析了情与景之间的关系,描述了二者交融产生出诗歌意境美的状态。

由这些表述可以看出,中国古代诗学中的情景交融观念是经过漫长的历史不断发展完善,才最终走向成熟的。在诗歌创造中,诗人的内心情感与外在景物相互契合,相互交融,不可分离。情是诗歌所要表达的最主要的部分,诗人把情感寄于景中,使情感的表达变得含蓄、耐人寻味、富有美感。情与景的完美融合,创造出情景交融、蕴藉深远的诗歌意境。使人读之,回味无穷。情景交融艺术手法在唐诗中得到了广泛的运用,创造出了古典诗歌的最高审美境界,取得了后人难以逾越的艺术成就。

具体而言,情景交融的核心内涵在古代飞鸟诗中的体现主要包括以下几个方面:

1. 情真意切

诗是心声,不可以伪。任何诗歌都在某种程度上表现出诗人的真实情感,但并不是任何真实的情感都可以成为诗。道理很简单,真情要有理想,要崇高雅洁,并且要在具象中形式化。真只有与善结合在一起时,才有可能是美的。就诗的情感来说,诗的真就在于描绘出普通的、一般人能理解到的真实,是逻辑上或称情理上可能有的真实。

古代飞鸟诗与其他中国古典诗歌一样,在抒发种种悲欢之情时,往往能够借飞鸟意象表达对生活的真切感受。诗中的飞鸟以及相关的抒情场景也许并非诗人所处的真实背景,但当诗人将饱满的感情和向善的愿望倾注于诗歌形象之中,诗歌便有了真切感人的力量。如初唐张九龄的《同綦毋学士月夜闻雁》:

---

① 丁福保辑:《历代诗话续编·四溟诗话》下,北京:中华书局,2006 年版,第 1393 页。
② 戴鸿森:《姜斋诗话笺注》,北京:人民文学出版社,1981 年版,第 76 页。
③ 戴鸿森:《姜斋诗话笺注》,北京:人民文学出版社,1981 年版,第 316 页。

> 栖宿岂无意,飞飞更远寻。长途未及半,中夜有遗音。
>
> 月思关山笛,风号流水琴。空声两相应,幽感一何深。
>
> 避缴归南浦,离群叫北林。联翩俱不定,怜尔越乡心。

本诗题为"闻雁",但在诗中既不写如何闻雁,也未道诗人如何观雁,而是诗人将心比心,写出所拟想的大雁飞栖不定的艰辛,实则借此灌注自己孤凄、哀澹之情。《李于鳞唐诗选》引黄尔调评此诗曰:"咏物诗必胸中有一段至理深情;触景生怜,闻声知感,方有关切,此诗可法。"《唐诗归》:"钟云:'亦不用实,字字凄切,字字深远,老杜咏物诸作,得此法之妙。"①

再如同样是咏雁的杜甫的《归雁》亦写得感情深郁、动人心魄:

> 东来万里客,乱定几年归。
>
> 肠断江城雁,高高向北飞。

以雁为对比物、陪衬物,重点写诗人自己。诗人历经安史之乱的祸害,这时正漂泊百南。乡关万里,云山阻隔,何时才能归去? 望着北归的雁行,诗人其要肝肠寸断了。字里行间,溢满悲愤,读之令人下泪。明代王文禄说:"杜诗意在前,诗在后,故能感动人。今人诗在前,意在后,不能感动人。盖杜遭乱,以诗遣兴,不专在诗,所以叙事、点景、论心,各各皆真,诵之如见当时气象,故称诗史。今人专意作诗,则惟求工于言,非真诗也。空同诗自叙亦曰:予之诗非真也,王叔武所谓文人学子之韵言耳。是以诗贵真,乃有神,方可传久。"诗贵真,是指诗人的感情有真切的体验,并与诗人的人格、志趣一致,并非虚伪造作,为赋新诗强说愁。所谓"在心为志,发言为诗","情动于中而形于言",表现在诗中才能生气贯注,玲珑圆满,具有强大的情感力量。

2. 鲜明丰满

诗歌情景交融的境界首先体现为一片视觉形象,也就是王国维所说的,能写真景物谓之有境界。景物包括自然景物与人情世相。景物之真当是指描绘的鲜

---

①　转引自陈伯海主编:《唐诗汇评》,杭州:浙江教育出版社,1995 年版,第 66 页。

明丰满。语言是抽象的符号,要使抽象转化为形象,关键在于诗人选用准确、精炼而又新颖独创的语词,启示读者的联想,显现栩栩如生而又情意缠绵的景象。如杜甫的《小寒食舟中作》:

> 佳辰强饮食犹寒,隐儿萧条戴鹖冠。
> 春水船如天上坐,老年花似雾中看。
> 娟娟戏蝶过闲慢,片片轻鸥下急湍。
> 云白山轻万余里,愁看直北是长安。

诗作于大历五年(770年)春,杜甫掩留潭州。全诗的愁情完全融入到春江景象中。颈联描绘蝶与鸥,均不是勾勒外形,而是刻划其动作中神态;而鸥的神态,又有四个层次的形容:轻鸥——片片轻鸥——轻鸥下——下急湍。"轻"字,既有轻重意,更有轻捷、轻松自如意。"片片"可以看到此起彼落,如树叶,如风筝飘逸而下的样子。"下"字有飘飞感。"急湍"与"闲幔"对,又衬托出轻鸥的矫健、灵便。此联两句刻划出舟在江中所见的景象,鲜明面又生动。

但是诗中的景象是情感的对应,景与情必须融会一起。王夫之说:"情景虽有在心在物之分,而景生情,情生景,哀乐之触,荣悴之迎,互藏其宅。天情物理,可哀而可乐,用之无穷,流而不滞;穷且滞者不知尔。"[①]因而,诗的境界鲜明,并不取决于景物的形似,而重在神似。神似的要领就是景象包括了诗人的情感,是诗人情中之景。这就使得境界鲜明而有生气,丰满而有思致。以致情也是景,景也是情。

如唐代元稹的《生春》诗,便是以鸟的欢歌抒写诗人对春天发自肺腑的欣喜和欢愉之情:

> 何处生春早? 春生鸟思中。
> 鹊巢移旧岁,莺羽旋高风。
> 鸿雁惊沙暖,鸳鸯爱水融。

---

① 戴鸿森:《姜斋诗话笺注》,北京:人民文学出版社,1981年版,第76页。

最怜双翡翠,飞入小梅丛。

春天从何产生?诗人欣喜地回答:是从鸟类引起的遐想中产生。喜鹊、鹰鸢、鸿雁、鸳鸯,还有翡翠,经过寒冬,仿佛一下子都到了人间,充满了生命的活力,在那里欢快地嬉戏、飞翔,就好像是它们的到来才唤醒了大自然的春天。诗人真情赞叹鸟儿——大自然的美妙精灵,是它们年复一年及时地为人间传送着春天的消息,曾不知逗引起人类多少美好的情思!

诗中景象一旦与情思融浃,景非滞景,景总关情,那其中极精微,极细致,极曲折、极深厚之处,就能迸发出鲜明、丰满的境界美。

3. 含蓄隽永

诗是诗人情感的载体。诗人感情必须融入到意象中婉转曲折地表现出来。美是一个过程,从感性到理性,从形体到精神,从个别到一般,其间的过程越是隐蔽,曲折,美的意蕴越是能充分体现出来。含蓄的情感、含蓄的美也才愈能引导读者进入审美过程中,以意逆志,再想象,再创造,引发出无尽的情意,使得诗歌"言有尽而意无穷"具有千载隽永的意味。

任何优秀的诗篇,都富于含蓄隽永的境界美。但是在自然性意象中,更富于美的神韵。自然景物的色彩、形状、声音、气味,对于人的感觉器官发生种种刺激,并在表象中对人发生综合的情感应力,经过人的长期社会实践,逐渐形成较为稳定的意义联想,所谓"春山如笑,夏山如怒,秋山如妆,冬山如睡。"(恽格:《南日画跋》)这也是黑格尔说的,自然由于感发心情和契合心情得到美的特性。同时,正因为自然美还处于形式状态,因而心情感发,包括审美感受还是不确定的,抽象的,更能促进从形体到精神,从有尽的内意到无穷的外意,更富于神韵。

如韦应物的《滁州西涧》:

独怜幽草涧边生,上有黄鹂深树鸣。
春潮带雨晚来急,野渡无人舟自横。

诗的前二句"独怜幽草涧边生,上有黄鹂深树鸣"是说:诗人独独喜爱涧边生长的幽草,上有黄莺在树阴深处啼鸣。这是清丽的色彩与动听的音乐交织成的幽雅景致。"独怜"是偏爱的意思,偏爱幽草,流露着诗人恬淡的胸怀。后两句"春潮带雨晚来急,野渡无人舟自横"是说:傍晚下雨潮水涨得更急,郊野的渡口没有行人,一只渡船横泊河里。这雨中渡口扁舟闲横的画面,蕴含着诗人对自己无所作为的忧伤,引人思索。

再如唐代雍裕之的一首小诗《残莺》也是情景逼真、含蓄蕴籍:

> 花闲莺亦懒,不语似含情。
>
> 何言百啭舌,惟余一两声?

这是一首笔触很空灵、感情很丰富的小诗。全诗不作具体的实景描写,几乎全部是诗人主观情意的表现。不说花尽莺残,而说"花闲莺懒",已带有强烈的惜春情绪,又不将这种情绪道破,而是再写一笔残莺的含情脉脉、欲语又迟;最后再以诘问收束,尤觉含蓄不尽、余味无穷。

在这些以飞鸟意象构成的意境中,境中之意均难以言说,却又含味不尽。宗白华对其中道理曾有精辟的分析:

> 艺术意境的创构,是使客观景物作我主观情思的象征。我人心中情思起伏,波澜变化,仪态万千,不是一个固定的物象轮廓能够如量表出,只有大自然的全幅生动的山川草木,云烟明晦,才足以表象我们胸襟里蓬勃无尽的灵感气韵。恽南田题画说:"写此云山绵邈,代致相思,笔端丝纷,皆清泪也。"山水成了诗人画家抒写情思的媒介所以中国画和诗,都爱以山水境界做表现和咏味的中心。和西洋自希腊以来拿人体做主要对象的艺术途径迥然不同。董其昌说得好:"诗以山川为境,山川亦以诗为境。"艺术家禀赋的诗心,映射着天地的诗心。(诗纬云:"诗者天地之心。")山川大地是宇宙诗心的影现;画家诗人的心灵活跃,本身就是宇宙的创化,它的卷抒取舍,好似太虚片云,寒塘雁迹,空灵而自然![1]

---

[1] 宗白华:《美学散步》,上海:上海人民出版社,1981 年版,第 72 – 73 页。

审美境界并不限于这四维,他如风格的个性化、艺术的新颖性、技巧的圆润性、声律的和谐性等,都有助于境界美的形成。但是又以上述四维最主要。格调鄙俗,情感虚伪,形象苍白,索然无味是决不能创造出境界的。

二、飞鸟诗情景交融的样态

中国古代诗歌情景交融的创作类型多样,对此宋代范晞文在《对床夜语》中针对具体的诗作进行了分类,他说:"'水流心不竞,云在意俱迟'。景中之情也。'卷帘唯白水,隐几亦青山'。情中之景也。'感时花溅泪,恨别鸟惊心'。情景相融而莫分也。"①

我们就依此,将古代飞鸟诗情景交融的创作类型分为飞鸟藏情式、情托飞鸟式和情鸟并茂式三类,加以分析。

第一类是"飞鸟"藏情式。

在创作中,诗人将心中强烈浓郁的情感转移到飞鸟意象上,通过描写飞鸟的情态委婉含蓄地表达感情。我们在这类诗中看到的虽全都是飞鸟之形影,却可以感到处处含情。情藏于飞鸟之象中,更显情深意浓。如杜甫的《绝句》:

迟日江山丽,春风花草香。

泥融飞燕子,沙暖睡鸳鸯。

全是写景,春意盎然:春天在阳光的照耀下,江山秀丽,微风拂来,花香草翠。燕子飞来飞去,衔泥造巢;由于日晒沙暖,鸳鸯在沙滩上贪睡不起了。从飞鸟与山水花草的和谐景致中一股融融的春意扑面袭来,诗人对明媚春光的喜爱之情和对蓬勃生机的赞赏之意亦自画面涌出,足让人与他共享那份喜悦心情。全诗表面无一处涉及情字,然实质却处处都在抒情。

诗中的飞鸟和所要表达的感情在通常情况下多是谐调一致的,可有时为了加强所要表达的感情,诗人就把相互矛盾的感情色彩和飞鸟意象放在一起写,构成强烈的反差,亦可耐人寻味。王夫之对此就曾在《姜斋诗话》中说:"以乐景写哀,

---

① 郭绍虞:《中国历代文论选》第三册,上海:上海古籍出版社,1980 年版,第 944 页。

以哀景写乐，一倍增其哀乐。"①如唐代金昌绪所作的著名闺怨诗《春怨》即可谓之典型：

> 打起黄莺儿，莫教枝上啼。
> 啼时惊妾梦，不得到辽西。

黄鹂鸟本是鸣声动听、惹人事爱的小鸟，可是，诗中的女主人公却偏要将它"打起"，不让它"啼"。这是为什么呢？原来，她怕惊破了自己的梦，使自己不能在梦中远去辽西边地。诗中采用抽蕉剥笋、层层倒叙的手法，激起了读者一连串的疑问。当然，如果这位闺中少妇做的梦，是象岑参《春梦》中所写的："洞房昨夜春风起，故人尚隔湘江水。枕上片时春梦中，行尽江南数千里。"能在梦中与所思念的亲人相见，那么，这个黄莺儿就实在该打；但如果她做的梦是像张仲素《秋闺思》中所写的那样："梦里分明见关塞，不知何路向金微。"那么，还是以不打为是。这首具有民歌风味的五绝，表面上看只是一首抒写儿女之情的小诗，其实却有着深刻的时代内容，它通过打起黄莺的描写表达了对远征异乡的亲人的怀念，反映了当时兵役制下广大人民所承受的痛苦。

藏情于飞鸟意象，一切都通过生动逼真的画面表达出来；全诗虽不直接写出"情"字，然而所要抒发的情感却已充分展现在所描绘的飞鸟意象所构成的诗意景象中了。

第二类是情托"飞鸟"式。

这种类型表达感情的方式比较直接，往往直抒胸臆。有时诗中甚至全不写飞鸟的外在形象，但读者却能在浓郁的情中体悟出清晰的飞鸟意趣来。情托飞鸟式，就是指飞鸟形象在诗人的情感抒发中不描自现。诗人将读者带入广阔的艺术想象天地，使诗作的内涵更加丰富，余韵悠长。

诗如白居易的《问鹤》：

> 鸟鸢争食鹊争窠，独立池边风雪多。

---

① 戴鸿森：《姜斋诗话笺注》，北京：人民文学出版社，1981 年版，第 10 页。

尽日踏冰翘一足,不鸣不动意如何?

诗人是引鹤为知友的,这里的所谓"问",只是为了以乌鹊之辈蝇争蚁夺、庸庸碌碌反衬出鹤的超凡脱俗、落落不群的品格。诗人的主观情感可谓一目了然,而隐身于诗意后面的鹤的影子纯然就是诗人精神、情怀的象征。它始终翘然站立在诗歌的情景之中,自成境界。

杜牧《早雁》亦属其例:

> 金河秋半虏弦开,云外惊飞四散哀。
> 仙掌月明孤影过,长门灯暗数声来。
> 须知胡骑纷纷在,岂逐春风一一回。
> 莫厌潇湘少人处,水多菰米岸莓苔。

全诗以意为主,句句似在写雁,却句句又是写时事、诉民苦。首句用早雁惊飞四散比喻边民遭异族侵扰、流离失所的残酷现实,反映出作者对晚唐国力衰微而备受外族入侵的忧愤和关心民苦的深沉感情。

还有苏轼所作的《杏花白鹇》:

> 天工剪刻为谁妍? 抱蕊游峰自作团。
> 把酒惜春都是梦,不如闲客此闲看。

宋人李昉蓄养白鹇,称之为"闲客"。苏轼本意是感叹世人花下饮酒、怜惜春光都不过如梦幻一般,不能够像白鸥那样悠闲自。诗人不过是寄情于物、感发胸臆,从此一意义上看,诗中"白鹇"就始终不过是一位"闲客"而已。

第三类是情鸟并茂式。

这种方式就是将诗情和飞鸟融合在一起写,融情于鸟,以鸟衬情,二者相互生发渗透,从而达到浑然一体的状态。具体诗作,写法多样,各有千秋。

如白居易《赋得听边雁》:

惊风吹起塞鸿群,半拂平沙半入云。

为问昭君月下听,何如苏武雪中闻。

　　首二句先从鸿雁惊风而起入笔,细致刻画了在大漠边塞的壮阔背景下,雁群掠过平沙、高飞入云的苍茫景象,后二句融情入景,抒发对王昭君、苏武等民族英雄的无限崇敬和缅怀之情。鸿雁为表现塞外枯寒的特有意象,与诗人的情感指向相统一;全诗景为情设、情与景谐,因而成为咏雁的名篇。

　　而白居易的《白鹭》,手法与此又有不同:

人生四十未全衰,我为愁多白发垂。

何故水边双白鹭,无愁头上亦垂丝?

　　诗人开篇以抒情直起,感叹忧愁早衰、鬓发垂白。再以灵动之思,寄形白鹭,笑其无愁而垂丝,一气流转、妙趣横生。写鸟如此,可谓得其神韵。

　　再如杜牧《鹭鸶》,想象奇美、自创高格。其诗曰:

霜衣雪发青玉嘴,群捕鱼儿溪影中。

惊飞远映碧山去,一树梨花落晚风。

　　前两句写白鹭溪中捕鱼,用笔较实,似无余味;后两句以碧山映衬远去的白鹭,又以风吹梨花为喻,笔触空灵,极富美感。统观全篇,飞鸟与人情自然化和,鸟为情之形,情为鸟之神,于是才能创出"一树梨花落晚风"的绝妙意境。明人杨慎说:"杜牧之咏鹭鸶诗,分明鹭鸶迷也。"[1]可见此诗之高妙、传神之处,非沉迷之人不可得也。

　　正是诗人们不断尝试新的表现方式,才使得情景交融的艺术手法在飞鸟诗中表现得璀璨多姿。当然,以上对于各类型中情与景的区分,是为了分析的方便而取其各有侧重的方面加以说明的。事实上,诗人写飞鸟以抒情并不是彼此割裂、

---

[1]　(明)杨慎著,王仲镛笺证:《升庵诗话笺注》,上海:上海古籍出版社,1987 年版,第 345 页。

孤立进行的。无论采用何种类型的方式谋篇,情景交融,关键还是在于"融"。惟有情和景互相契合渗透,"景以情合,情因景生",形成水乳交融的一体,方能达到"妙合无垠"之境。

第五章

飞鸟与诗性表达

第一节　视角选择的多样性

一、咏鸟诗——以鸟为核心意象

传统的咏物诗有广狭二义之分,广义的咏物,几乎天地间所有存在之物都可作为歌咏的对象;狭义的咏物,则认为时间、季节,以及人都不应作为咏物的对象。但无论如何划分,按对象来确定咏物诗与非咏物诗的界限却是一致的。一般认为,以物为主要歌咏对象的诗就可以称之为咏物诗。当然,与山水诗、田园诗、边塞诗等所表现的较大的物象相比,咏物诗的对象似乎更为具体而细微。

咏鸟诗,在古代诗歌分类中并没有这样的专称,而只有单独吟咏某种鸟类的诗篇,如咏鹤、咏雁等;又由于以飞鸟为物象,所以将咏鸟的诗篇都归入了咏物诗。那么,套用咏物诗的概念,咏鸟诗就是以鸟为主要歌咏对象的诗;它们或以鸟为题目,或以鸟为诗的主体;在诗中或重在写形,或重在写意,但都很好地借咏鸟表达了诗作者的思想情感、审美体验。

以本文为飞鸟诗所作的界定,古代的咏鸟诗只是飞鸟诗中的一部分。但由于咏鸟诗的飞鸟形象集中而又突出,飞鸟寓意明确而又充分,所以,亦可称它们是古代飞鸟诗中的"正规军",或"主力军"。也正是在由它们为核心所构筑的飞鸟诗王国中,作家云集、作品纷呈,才使飞鸟诗与其他咏物诗划清了界限,而蔚成大国。

二、鸟景诗——以鸟为辅助意象

在一些并不以鸟为题或主要意象的诗,甚至根本就不属于咏物诗的诗歌作品中,作者因诗意与情感的凑泊,常常在对其他意象的描写中"嵌入"飞鸟意象以构成动人的意境。此类诗歌虽不能纳入咏鸟诗的范围之内,但其于飞鸟意象的诗意创构亦可成为飞鸟诗国中的杰出代表和艺术珍品,丝毫也不容忽视。

此类以飞鸟意象构成佳句妙境的诗作,在古代诗歌创作中往往能超乎常境,知名度很高,一点儿也不逊色于那些专门咏鸟的名篇。诸如:

> 池塘生春草,园柳变鸣禽。(南朝宋谢灵运《登池上楼》)
> 喧鸟覆春洲,杂英满芳甸。(谢朓《晚登三山还望京邑》)
> 蝉噪林愈静,鸟鸣山更幽。(南朝梁王籍《入若邪溪》)
> 人归落雁后,思发在花前。(隋代薛道衡《人日思归》)
> 黄鹤一去不复返,白云千载空悠悠。(唐代崔颢《黄鹤楼》)
> 感时花溅泪,恨别鸟惊心。(唐代杜甫《春望》)
> 旧时王谢堂前燕,飞入寻常百姓家。(唐代刘禹锡《乌衣巷》)
> 鸟宿池边树,僧敲月下门。(唐代贾岛《题李凝幽居》)

以上诸篇无一首专事咏鸟,然而,却因其绝妙佳构流传百代、令人叹服。因此,很难想象,如果把此类诗歌排除在飞鸟诗外,将会造成飞鸟诗的世界里多么大的缺失和遗憾! 如果没有对此类诗歌的认识、欣赏,那么我们对中国古代飞鸟诗歌的认知也将是不够全面和深入的。

三、禽言诗——以鸟为拟人喻象

随着人们对鸟鸣想象的日益丰富和诗歌艺术的不断发展,产生了一种新的诗歌体裁——"禽言诗"。禽言者,鸟语也。禽言诗已不是在诗歌中一般地描写鸟鸣,而是用拟人化的笔法,把鸟鸣当作人语,立意造型融为一体,具有诙谐含蓄、妙趣横生的艺术效果。钱钟书先生在《宋诗选注》注周紫芝《禽言》时说:

《山海经》里写禽类、兽类以至鱼类（像《东山经》的），常说"其鸣自呼"或"其鸣自号"等等，可是后世诗人只把禽鸟的叫声作为题材。摹仿着叫声给鸟儿栖一个有意义的名字，在从这个名字上引申生发，来抒写情感，就是"禽言"诗。①

严格地讲，真正的"禽言"诗里应带有鸟的鸣叫之声。

北宋梅尧臣就创作了许多这样的诗，《提壶鸟》《啼禽》《啼鸟》《闻禽》等皆是。他写的《四禽言》分别模仿杜鹃、提壶、婆饼焦、竹鸡四种鸟的叫声，化入作者所要叙述的事和所要抒发的情：

不如归去，春山云暮。万木兮参云，蜀天兮何处？人言有翼可归飞，安用空啼向高树？

提壶芦，沽美酒。风为宾，树为友。山花缭乱目前开，劝尔今朝千万寿。

婆饼焦，儿不食，尔父向何之？尔母山头化为石。山头化石可奈何，遂作微禽啼不息。

泥滑滑，苦竹岗。雨萧萧，马上郎。马啼凌兢雨又急，此鸟为君应断肠。

第一首借杜鹃"不如归去"的叫声寄托归思。第二首借提壶鸟的叫声劝酒祝寿。第三首则通过婆饼焦的鸣叫述说一个传说故事。第四首通过竹鸡"泥滑滑"（灰胸竹鸡）的叫声描述雨中行路的艰难。这些诗中既有鸟语，又有人言，人言鸟语浑然而成一体，诗句明白流畅，朴实无华，而意境却幽远、深邃。这四首诗中以《婆饼焦》一首最为生动、婉曲。"婆饼焦"是一种鸟的名称。因其鸣声如婆饼焦，故名。宋代王质《林泉结契》卷一："婆饼焦，身褐，声焦急，微清，无调。作三语：初如云婆饼焦；次云不与吃；末云归家无消息。后两声若微于初声。"大约是因为婆饼焦的叫声异常婉转，富于变化，使人听起来不禁浮想联翩。

同梅尧臣相比，苏、陆的禽言诗内容更充实，生活气息更浓厚，有些诗比较深刻地反映了当时的社会矛盾。

----

① 钱钟书：《宋诗选注》，北京：生活·读书·新知三联书店，2002年版，第243页。

如苏轼《五禽言》中的一首：

> 南山昨夜雨，西溪不可渡。溪边布谷儿，劝我脱破袴。不辞脱袴溪水寒，水中照见催租瘢。

"脱却破袴"是当地人对杜鹃叫声的想象，诗人把它巧妙地嵌入诗中，构思成一幅感人的画面：一位勤苦劳作的农民被阻在雨后暴涨的溪水边，当他不得已脱下破袴踏入冰冷的溪水时，水中映出了他身上地主逼租留下的伤痕。这几句诗，不仅写出了农民凄苦的外貌，而且写出了他们悲凉的心境，反映了作者对劳动人民的深切同情。

陆游写的《禽言》四首，是借"架犁""拔笋""打麦作饭""堂前捉绩子"等鸟鸣声直接描写农事活动的。

> 架犁架犁，南村北村雨凄凄。夜起饭牛鸡未啼，日莫砣砣行千畦……
> 老翁老尚健，打麦持作饭。终岁垄亩间，劳苦孰敢怨……

近于白描的几笔勾勒，把农民起早贪黑、冒雨耕作的勤苦，以及虽劳苦而不敢有所怨尤的抑郁心情表现了出来。《堂前捉绩子》一首生动地描写了蚕女们的生活：

> 堂前捉绩子，力作忘朝餐。鹅黄雪白相照耀，插茅作簇高如山。蚕女采桑至煮茧，何暇膏沐梳鬐鬟？缫成蜀锦与楚縠，舞姝缠头不论束。

蚕女们从采桑养蚕到煮茧缫丝，废寝忘餐地劳动，她们创造的社会财富被阔人们恣意挥霍，而自己却连起码的梳洗打扮都无暇顾及。这首诗里，鸟鸣与全诗的意境自然地融和在一起，不露痕迹，使诗歌有声有色，有景有情，在读者面前展示出一幅农村生活的生动画面。

宋以后，不断有人写作禽言诗，如元代梁栋写过《四禽言》。其一云：

脱却破袴,贫家能有几尺布? 纤尽寒机无得裁,可人不来廉叔度。脱却破袴。

这首诗用朴素凝炼的语言,反映了穷苦人民衣不蔽体的悲惨生活。东汉人廉叔度在蜀郡为官时,曾经废除不许百姓点灯的禁令,使人民得以日耕夜织。诗人借古喻今,叹惜没有关心人民疾苦的官吏。诗歌首尾用"脱却破袴"呼应,一方面使"禽言"意味更突出,另一方面,由于运用了反复的手法,使感情抒发得更为强烈。

后世禽言诗中,最有名的当推明代邱濬的《三禽言》。邱濬熟谙历史掌故,他的禽言诗均取材于古代寓言或历史故事,因而有较充实的思想内容,对后人多有启示和教益。这里介绍其中的两首:

行不得也哥哥,十八滩头乱石多。东去入闽南入广,溪流湍驶岭嵯峨。行不得也哥哥。

不如归去,中华不是胡居处。江淮赤气亘天明,居庸是汝来时路。不如归去。

前一首诗以宋金对抗为背景。宋高宗建炎三至四年,金兵南浸,其中一路从湖北进入江西,追赶宋隆佑皇太后。隆佑由南昌仓猝南逃到赣州,这里的十八滩头,水性湍急,显示宋王室前程凶险。辛弃疾曾写《菩萨蛮》词一首感怀此事,词中有"江晚正愁予,山深闻鹧鸪"的名句。邱濬即以鹧鸪叫声入诗,反复咏叹,表现了深沉的民族感情。后一首诗小序云:"元至正十六年,子规啼于居庸关。"至正十六年,即公元1357年,其时,以推翻蒙古贵族黑暗统治为目标的元末农民大起义已风起云涌,"不如归去"表达了当时汉族人民驱逐元朝统治者的共同要求。这首诗以杜鹃的啼鸣衬托人民的反抗情绪,透过活泼轻捷的语句,读者感受到了诗人堂堂的民族正气。如果说宋代诗人的禽言诗多是一幅幅色调柔美的耕织图和乡俗画,那么,明代邱濬的禽言诗则是一篇篇明快的政治小品。

第二节　意象构建的丰富性

清代章学诚《文史通义·易教下》说："有天地自然之象,有人心营构之象。"①从古代咏物诗论,我们看到,古人是把咏物诗大致也分为两体的:"咏物诗有两法:一是将自身放顿在里而,一是将自身站立在旁边"(李重华《贞一斋诗说》)。"咏物有二种,一种刻画,如画家小李将军,则李义山、郑谷、曹唐是也;一种写意,工者颇多"(查为仁《莲坡诗话》)。所谓"刻画"的咏物诗,以描摹形容物状、物态为工,这种诗须与物保持一定距离,即"将自身站在旁边",才能观察细致,体物入微。这种诗,今天看来,多是无寄托的咏物诗。所谓"写意"的咏物诗,以写物寓意为尚,以全部精神入之,才能寄托深远。这种诗,是有寄托的咏物诗。这两类咏物诗,都不乏脍炙人口的名篇。但从总的情况来着,还是以提倡有寄托的理论居多,这种理论一直占有主导地位。

古代飞鸟诗的形象塑造亦可大致分为两种:一种重在对飞鸟的外在形象的描摹;一种则重在借飞鸟以托寄诗人的情怀。比较而言,前者显然不如后者所取得的诗歌成就大。

一、直写飞鸟之象

这类飞鸟诗大多采用赋体,图状绘貌,再现形象。好似一幅幅静物写生画,神态自若、惟妙惟肖。正如《文心雕龙·物色》所说:"体物为妙,功在密附。故巧言切状,如印之印泥,不加雕削,而曲写毫芥。故能瞻言而见貌,印字而知时也。"②作品如骆宾王七岁时所写的《咏鹅》:"鹅,鹅,鹅,曲项向天歌。白毛浮绿水,红掌拨清波。"即活灵活现地再现了红掌白鹅在绿水中划游高歌的形象。再如杜牧的《鹭鸶》:

---

① (清)章学诚著,刘公纯标点:《文史通义》,北京:古籍出版社,1956年版,第5页。
② 范文澜:《文心雕龙注》,北京:人民文学出版社,1958年版,第694页。

霜衣雪发青玉嘴,群捕鱼儿溪影中。

惊飞远映碧山去,一树梨花落晚风。

前两句写白鹭溪中捕鱼,用笔较实,似无余味;后两句以碧山映衬远去的白鹭,又以风吹梨花为喻,笔触空灵,极富美感。后人的一些咏鹭名句,如元代顾瑛的"白鸟群飞烟树末,青山都在雪花中"(《泊垂虹桥口占》)、清代郑板桥的"忽漫鹭鸶惊起去,一痕青雪上西山"(《潍县竹枝词四十首》其十六)等,也许正是受了杜诗的启迪。

还如唐代陆龟蒙德《翠碧》:

红襟翠翰两参差,径拂烟华上细枝。

春水渐生鱼易得,莫辞风雨坐多时。

首句写其羽色之美丽可爱,次句言其身姿之矫捷轻盈,三四句写其不顾风雨久立枝头期待水中游鱼的情态,摹状逼真,如在目前,读来趣味盎然。

但是,这一类只是对飞鸟作"纯粹"描绘的飞鸟诗,尽管根据个人经历、感悟的不同,也能从中读出些许人生兴味,却难免使人觉得含蕴肤浅,所以,在古代飞鸟诗的创作中并不占据主流。

二、借飞鸟以寓意

王夫之《薑斋诗话》云:"意犹帅也……烟云泉石,花鸟苔林,金铺锦帐,寓意则灵。"[1]又如沈祥龙《论词随笔》云:"咏物之作,在借物以寓性情,凡身世之感,君国之忧,隐然蕴于其内,斯寄托遥深,非沾沾焉咏一物矣。"[2]这一类飞鸟诗的写法,与前一类不同。首先,就创作目的来说,它虽仍要图貌写象,表现飞鸟的神态,但主要目的已不在于飞鸟本身,而是要托物寓意。所谓"意",或言志,或抒情,或议论,或说理,是诗人要通过飞鸟来表达的主观情意。但这种情意与抒情诗中"思接

---

① 戴鸿森:《薑斋诗话笺注》,北京:人民文学出版社,1981年版,第44页。
② 唐圭璋:《词话丛编》第23册,北京:中华书局,1986年版,第5页。

千载,视通万里"的自由表达也不同,它必须在吟咏飞鸟的基础上进行,或借鸟述志,或托鸟喻意,或以鸟论理,离不开飞鸟,因而它还是飞鸟诗。其次,就创作的重心来说,它同前一类也不同。它的重心已放在所托喻的"意"上,而不再是鸟的形与神。但它与抒情诗也不一样,抒情诗的重心完全是抒发诗人主观的情,而这类体物寓意的飞鸟诗,所表达的重心不一定是所托喻的意,所占的篇幅也不一定是情意部分为多,飞鸟仍是它占主导地位的内容。最后,就创作手法而言,前一类飞鸟诗主要运用赋体直接描写刻画,有时或用一些简单的比喻、拟人手法,而这一类体物寓意的咏物诗,则兼用比兴、象征、拟人、抒情、议论等,手法较为多样、较为复杂。

体物寓意类飞鸟诗,大致也可以分为三种写法:

(一)托鸟拟人

这种写法的飞鸟诗,或利用某些飞鸟与人们的精神道德有某种相似之处,或人为地将飞鸟意象和与之并无内在联系的社会伦理品德进行象征比附,即以鸟比德,在写鸟的同时,着重表现人的精神品德。

李白的《白鹭鸶》:

> 白鹭下秋水,孤飞如坠霜。
> 心闲且未去,独立沙洲旁。

这首诗写白鹭鸶孤飞独立,不仅写了它的色泽、姿态、神态与境遇,而且托鸶喻人,象征了诗人自己孤寂、彷徨的心境和不愿同流合污的高洁志趣。可以说诗中所咏的白鹭鸶,就是诗人李白的自我写照。

白居易的《池鹤》:

> 高竹笼前无伴侣,乱鸡群里有风标。
> 低头乍恐丹砂落,晒翅常疑白雪消。
> 转觉鸬鹚毛色下,苦嫌鹦鹉语声娇。
> 临风一唳思何事,怅望青田云水遥。

这首七律,就是描写丹顶鹤的超凡脱俗、落落不群的孤高情操和气质,寄托了诗人的人品和追求的。首联写诗人对它的评价,以群鸡作反衬。颔联写鹤的形象,"低头""晒翅",把丹顶鹤写得呼之欲出,一个"恐",一个"疑",又透露出诗人对丹顶鹤十分珍爱的微妙心理。丹顶雪翅,相映愈鲜,在这样美丽的生灵面前,那灰不溜秋的鸬鹚、那娇声媚人的鹦鹉,就都相形见绌、黯然失色了。尾联转入对鹤临风长鸣似欲一举青田的描写,更拓宽了诗的意境,使人觉得旨趣无穷。

(二)缘鸟写情

这种写法的飞鸟诗,不再束缚在"比德"的框框内,而是前进一步,注重自然物象本身的描绘以及由此触发的诗人深沉情感的抒写,走向"感兴"和"移情"的新途。

日人遍照金刚《文镜秘府论·地卷·十七势》云:"感兴势者,人心至感,必有应说,物色万象,爽然有如感会。"①也就是说,诗歌创作中的感兴,就是一种生动的情感状态,是人的具体感官与物接触、遭遇时所产生的一种情感状态。只有在这种状态中,才能作诗,也才能懂诗;换句话说,诗在根本上就是这种诗人感兴状态的直接呈现。所以说,"兴至则神超理得,景物毕肖;兴尽则得意忘象,矜慎不传。"②这种类型的飞鸟诗,由物感兴,灵活地表达诗人的情兴,最有灵气,也最具深情。

杜甫《绝句三首》其二以动人的笔墨,为我们呈现了一段儿诗人与一只鸬鹚之间真挚、细腻的人鸟情:

> 门外鸬鹚去不来,沙头忽见眼相猜。
>
> 自今以后知人意,一日须来一百回。

有一只鸬鹚常常飞到诗人家门外,可是不知什么原因却再也没有飞来。后来在水边诗人又见到了它,它也正猜疑地注视着诗人。诗人忍不住说道:从今以后,

---

① [日]遍照金刚著,王利器校注:《文镜秘府论校注》,北京:中国社会科学出版社,1983年,第126页。

② (明)王绂:《书画传习录》,转引自胡经之编《中国古典文艺学丛编》(一),北京:北京大学出版社,2001年版,第44页。

你应当明白我是不会伤害你的了吧？那么你应该每天都频频飞来与我作伴啊。诗中充满了诗人对鸬鹚深挚的怀念和喜爱之情。

唐代钱起的《归雁》诗，触物起情，兴感摇曳，人鸟之间真可谓"情往似赠，兴来如答"：

> 潇湘何事等闲回？水碧沙明两岸苔。
> 二十五弦弹夜月，不胜清怨却飞来。

诗人是吴兴人，这时在长安及京畿做官。这首诗构思奇美，是飞鸟诗中的名篇。诗人从南雁北归，联想到它们的栖息地潇湘一带，又从湘水联想到神话传说中善于鼓瑟的湘灵（舜妃），再根据瑟曲《归雁操》把鼓瑟与雁归联系在一起，展开了奇思妙想。作者问雁：潇湘水暖，水碧沙明，是一个风景优美的地方，大雁你却为什么要轻易地回来呢？这设问是扑面惊人的。接着又代雁作答：原来是湘灵鼓瑟、哀怨凄凉，使大雁不忍再听下去才飞回来的。诗人的成名之作即《湘灵鼓瑟》，诗中寄寓了舜妃（即湘夫人）对死于苍梧（九疑山）的丈夫舜的思念，也曲折地表达了贬迁湘水的楚客不堪卒听的心情。而在《归雁》中，诗人也正是借乡愁满腹的旅雁来表达自己宦游他乡的羁旅之思的。全诗笔法空灵、意韵缠绵，有着十分强烈的抒情效果。

为了突出某种强烈的感情，诗人还有意识地赋予客观事物一些与自己的感情相一致，但实际上并不存在的特性，这样的修辞手法叫做移情。运用移情修辞手法，首先将主观的感情移到事物上，反过来又用被感染了的事物衬托主观情绪，使物人一体，能够更好地表达人的强烈感情，发挥修辞效果。

表现在诗歌创作中，当一个人的心境愉快时，他倾向于以肯定的态度来作诗。在这种情绪下，一些看似平常的物象都可能引起他愉快的情绪体验。例如"细草偏承回辇处，飞花故落舞筵前。宸游对此欢无极，鸟弄歌声杂管弦。"（苏颋《奉和春日幸望春宫应制》）一诗绝妙，诗人巧妙地运用移情手法，把他陪天子赏春的喜悦之情于不知不觉之间移至原来无感情的自然景物"细草""飞花"那里，这样就使人和自然巧妙融为一体。因此，读者就能欣赏到鸟儿献媚似的卖弄清脆婉转的歌喉来应和乐器的吹奏之音。

反之,当诗人惊惶不安或惆怅的时候,他所接触到的自然景观也必然会染上不安定的因素或感伤的情调。如唐代大诗人杜甫生活在"烽火连三月"的乱世,目睹百姓因"安史之乱"而流离失所的处境和长安失陷后"城春草木深"的荒凉景象,因而会产生一种忧虑、悲哀的"心境"。他怀着这种心境来看花,自然而然会产生"感时花溅泪"的移情现象。兼之音信不通,"家书抵万金",对家中妻子儿女的牵挂和强烈的思念,也会使杜甫内心怀有撇下妻子儿女孤身浪迹宦游的恨别"心境",这时鸟儿的啼叫也会让他感到心惊,于是产生了"恨别鸟惊心"的移情现象。

(三)借鸟论理

这是指借助飞鸟诗来议论、说理,或借鸟议政,或以鸟喻理,或由鸟咏史。

1. 借鸟议政

借鸟议政一般出于三种情况,一是为了避免遭到统治者或政敌的迫害,不直接以诗论政,而是通过飞鸟诗的形式曲折地指斥、批评朝政,为自己披上一层保护色;二是为了形象生动地表达政见,借飞鸟来表示,收到通俗易懂、富有意味的效果;三是诗人性格方面的因素,有些诗人喜谐谑打趣,有的十分清高,不屑于与当朝政要议政,因而借飞鸟来讽嘲、戏谑。这些借鸟议政的飞鸟诗往往寓庄于谐,带有寓言诗的意味。但全诗以飞鸟为题,对所咏的飞鸟都有具体生动的描写,可见其形,可味其神,仍然是飞鸟诗之属。如杜牧的不少作品都表现出强烈的爱国忧民的感情,《早雁》便是其中一例。

金河秋半虏弦开,云外惊飞四散哀。

仙掌月明孤影过,长门灯暗数声来。

须知胡骑纷纷在,岂逐春风一一回。

莫厌潇湘少人处,水多菰米岸莓苔。

这也是一首著名的飞鸟诗,诗中以"早雁"比喻战乱流离中的边地人民,表达了诗人沉重的哀伤之情。诗的背景是这样的:唐武宗会昌二年(842年)八月,回鹘(北方少数民族)乌介可汗率兵南侵,致使北方人民流离失所。时杜牧任黄州刺史,因以早雁为题,托物寓慨。此诗通篇采用比兴象征手法。表面上似乎句句写雁,实际上句句扣着人事。首联写早雁因受到胡人的袭击而凉飞逃散,令人同情;

领联写征雁飞临长安的情景：孤雁在月明之夜飞过仙掌，雁影使仙掌更显岑寂（"仙掌"为西汉长安建章宫内有铜铸仙人，舒掌捧托承露盘；此为唐代诗人以汉喻唐的典型方式。）；雁声传入冷宫中，独对昏灯的失宠者听之更觉悲哀伤感，境界极为冷寂清寥。颈、尾两联，是诗人叮嘱"早雁"，既已南来，虽然冬天已过，又怎么能飞回战乱危险的北方？不访就在尚有菰米、莓苔的江南留居下来，以免再遭胡人射猎之灾。语意层层转跌，曲尽情致。

2. 以鸟喻理

这种飞鸟诗通过飞鸟来喻理，既可形象生动地讲清道理，使人容易领会，又能婉转含蓄，意蕴深长，令人回味不尽。如欧阳修的《画眉鸟》：

> 百啭千声随意移，山花红紫树高低。
> 始知锁向金笼听，不及林间自在啼。

这首诗前两句极写画眉鸟在山林间自由飞翔、自在鸣叫的欢快和动听，后两句对比以往所听的锁在金笼中画眉鸟的啼鸣，哪如此美听！由此点明了一个真理：失去了自由的画眉鸟，即使将它用金笼供养起来，它也没有身在大自然快乐啊！由物及人，人不也是这样吗？

再如金人马祖常的《诮燕》：

> 风雨池塘斗颉颃，春去秋来一生忙。
> 世间多少宽闲境，辛苦营巢傍屋梁。

这首诗讥诮燕子一味辛苦劳碌，却不知享受安闲之境，实际上是诗人人生观的一种反映，隐含了对世间一意追逐功名富贵以至失去人生享受者的讽劝。

3. 由鸟论史

这类诗通过某种契机由飞鸟联系到历史，借写鸟而咏史，说出诗人独特的见解。如唐代李益《隋宫燕》：

> 燕语如伤旧国春，宫花欲落旋成尘。

自从一闭风光后,几度飞来不见人。

燕语伤春,燕情恋旧。诗人将隋宫的颓败和春燕归巢联系起来,以代燕说话末寄托兴亡之叹,吊古伤今,感慨深沉。中唐诗人刘禹锡有一首《乌衣巷》,也是借年复一年、依旧来归的春燕以反衬人世盛衰的:

朱雀桥边野草花,乌衣巷口夕阳斜。
旧时王谢堂前燕,飞入寻常百姓家。

这是一首著名的以怀古为题的飞鸟诗。凭吊东晋时南京秦淮河上朱雀桥和南岸的乌衣巷的繁华鼎盛,而今野草丛生,荒凉残照。感慨沧海桑田,人生多变。特别是对飞燕形象的设计,好像信手拈来,实际上凝聚着作者的艺术匠心和丰富的想象力。当然生活中,即使是寿命极长的燕子也不可能是四百年前"王谢堂前"的老燕。但是作者抓住了燕子作为候鸟有栖息旧巢的特点,这就足以唤起读者的想象,暗示出乌衣巷昔日的繁荣,起到了突出今昔对比的作用。诗人的感慨更是藏而不露,寄寓在景物描写之中。因此它虽然景物寻常,语言浅显,却有一种蕴藉含蓄之美,使人读起来余味无穷。以燕栖旧巢唤起人们想象,含而不露;以"野草花""夕阳斜"涂抹背景,美而不俗。语虽极浅,味却无限。施补华的《岘佣说诗》评这首诗的三、四句时说:"若作燕子他去,便呆。盖燕子仍入此堂,王谢零落,已化作寻常百姓矣。如此则感慨无穷,用笔极曲。"①

第三节 风格形成的复杂性

诗歌风格是诗歌的思想内容和艺术形式有机结合所形成的整体风貌。而诗歌的内容和形式不仅仅与诗人的思想精神、个性气质密切相关,而且应该是诗人的创作个性与诗歌的表现对象,以及诗歌自身规律等因素综合作用的结果,它的

---

① (清)王夫之等撰:《清诗话》下册,北京:中华书局,1963年版,第971页。

体现,也只能由作品内容形式的各种因素在和谐同构前提下共同完成。任何单一的思路都难于洞悉文学风格的成因从而迫寻到风格、领悟到风格。

　　风格的涵容性、意会性对风格构成和风格领悟是至关重要的。就构成角度看,风格无形有迹,它不是文学文本中的语言、结构、手法、情感、思想、形象、情节、环境等具体因素,但又必须由这些因素来综合产生,产生的条件是它们达到和谐组合浑然天成,从而自然而然地流露出来。任何强求和别出心裁的设计往往会违背风格的自然天性,最终难于促成文本有价值的风格特色。从风格领悟角度看,由于风格是一个灵动变化无形有迹的“场”,因而纯理性化的分析演绎往往难得其神,甚至还可能消解它。风格需要品味,需要充分感性化的理性思维来“感触”它,需要涵容性形象性的词语来表述它,这样的词语必然带有艺术色彩。因此,对风格的把握本身历来就体现出强烈的艺术性。譬如中国人习惯用“雄浑”“疏野”“绚丽”“自然”“冲淡”“高古”“豪放”“婉约”等一类精炼的语言来表述文本的具体风格状态,但何谓“雄浑”“疏野”“绚丽”“自然”“冲淡”“高古”“豪放”“婉约”等风格,这就得要通过灵动的想象和意会才能得其真味,而想象永远都带着天然的艺术色彩。

　　但为了研究分析的方便,我们还是将问题分解为三个方面,以阐明不同的成因对飞鸟诗所表现出来的不同风格的影响,

一、时代风尚对飞鸟诗的创作影响

　　正如刘勰《文心雕龙·时序》所说:“文变染乎世情,兴废系乎时序。”任何作家的风格、任何文本的风格实际上从来就没有离开过社会、历史等客体因素而能够纯主观化地形成。即如杜甫,如无对那个动荡社会深重苦难的体验,怎能如此沉郁顿挫;而李白的放达,则是文化反叛精神对其个性的一种充实。我们并不否定个性的巨大作用,但个性在作家身上总要借助具体的东西来体现,因为作家并不能生活于虚空之中,文学风格总会与客体因素发生直接和间接的联系。所以,作家越是关心国家、民族的命运,越是积极反思传统文化的优缺点,越是积极投身于时代、社会洪流之中,他的个性便越可能向着健康和成熟发展,作品风格的形成可能性也就必然增大。否则,无病呻吟,个性再强烈,所能产生的最多也不过是极端形式主义化的空洞的言之无物的艳丽与浮泛“风格”。

　　我们从不同时代的飞鸟创作的比较中,就可以明显地看出外在的时代变迁所带来的诗人创作风格以及诗歌文本的不同特点。我们就以建安时期和正始时期的飞鸟诗为例,比较说明这一现象。

　　在汉末魏晋诗人中,钟嵘《诗品》首列曹植、刘桢。他评曹植曰:“骨气奇高,词采华茂。”①述刘桢为“仗气爱奇,动多振绝。真骨凌霜,高风跨俗”。② 这两位诗人所代表的建安文学都具有一个统一的特征,便是气骨高扬。刘勰的看法和钟嵘相同,他指出建安文学的特征是“慷慨以任气,磊落以使才”。③ 此时阔大而沉重的社会现实,使得文士们获得了坚实的写作内容;惨烈悲极的生死遭遇使得诗人们在歌咏之中,流露出一股扑面而来的人生哀乐之情。而以三曹为首用乐府古题进行的诗歌创作,完全是一片古直苍凉之音。在此时的飞鸟诗中,无论是曹操《却东西门行》的“鸿雁出塞北,乃在无人乡。举翅万里馀,行止自成行”,王粲《诗》的“鸷鸟化为鸠,远窜江汉边。遭遇风云会,托身鸾凤间”,刘桢《赠徐干诗》的“方塘含清源,轻叶随风转。飞鸟何翩翩,乖人易感动”,还是曹丕《善哉行》(铜雀园诗)的“飞鸟翻翔舞,悲鸣集北林。乐极哀情来,寥亮摧肝心”、《杂诗二首》其二的“草虫鸣何悲,孤雁独南翔。郁郁多悲思,绵绵思故乡”,曹植《赠王粲诗》的“中有孤鸳鸯,哀鸣求匹俦。我愿执此鸟,惜哉无轻舟”、《杂诗七首》的“空室自生风,百鸟翩南征。春思安可忘,忧戚与我并”,都无不灌注着建安时代的精神血脉和郁勃的凛凛生气。

　　而在紧随其后的正始时期,却由于天下多故,诛戮交加,党派纷争,祸福倚伏,这一切在士人们的思想和心理上造成了一派沉重压抑的阴霾。为了全身避祸,文人们或背弃世俗、与道翱翔,或不置臧否、如履薄冰,于是,便有了像“嵇志清俊”那样的激烈情怀,也有了“阮旨遥深”那样的深沉感慨。而嵇康的“目送归鸿,手挥五弦。俯仰自得,游心太玄”、“习习谷风,吹我素琴。交交黄鸟,顾俦弄音”,以及阮籍的“孤鸿号外野,翔鸟鸣北林。徘徊将何见,忧思独伤心。”“云间有玄鹤,抗志扬哀声。一飞冲青天,旷世不再鸣”,更是二人面对艰难时世、不堪沉沦的伟大心灵

---

① 曹旭:《诗品集注》,上海:上海古籍出版社,1994 年版,第 97 页。
② 曹旭:《诗品集注》,上海:上海古籍出版社,1994 年版,第 110 页。
③ 范文澜:《文心雕龙注》,北京:人民文学出版社,1958 年版,第 66 页。

的形象投影,虽后世"时运交移,质文代变",①也实难超越其境。

二、诗人个性对飞鸟诗的创作影响

刘熙载的"文如其人"说、曹丕的"文气论"以及刘勰的"才、会、学、习"说,都是从主观方面寻找风格成因的典型代表。诚然,由于文本中风格呈现为一种独具的特色,因而与作家的个性必有天然的亲缘关系。所谓创作个性,指的是作家在其先天的性格与气质基础上经由其生活实践历程逐渐形成的关于创作的立场观点、情感思想、审美趣味、写作技能、语言运用等的独特性,在创作中它表现为一种综合形态。于是,李白诗风的飘逸畅达被归因于其性格的活跃与易于冲动,而杜甫诗风的沉郁顿挫,被归因于其性格的内倾与深沉。刘勰说得更仔细:

> 是以贾生俊发,故文洁而体清;长卿傲诞,故理侈而辞溢;子云沈寂,故志隐而味深;子政简易,故趣昭而事博;孟坚雅懿,故裁密而思靡;平子淹通,故虑周而藻密;仲宣躁锐,故颖出而才果;公幹气褊,故言壮而情骇……②

似乎任何有风格有特点的作家,都可以在其心灵深处找到性格原因。

具体到飞鸟诗的风格表现上,我们可以看出:

一方面,不同诗人的飞鸟诗创作存在着明显的风格差异。如同样是写鸥鸟的诗,有的诗人就写得雄奇奔放,有的则细腻柔婉:

1. 杜甫《旅夜书怀》:

> 细草微风岸,危樯独夜舟。
>
> 星垂平野阔,月涌大江流。
>
> 名岂文章著,官应老病休。
>
> 飘飘何所似? 天地一沙鸥。

---

① 范文澜:《文心雕龙注》,北京:人民文学出版社,1958 年版,第 671 页。
② 范文澜:《文心雕龙注》,北京:人民文学出版社,1958 年版,第 506 页。

末联诗人即景自况,以沙鸥自比,自伤飘泊。自问自答,老怀悲凉之状愈加突出。广阔的"天地",映衬一微小的"沙鸥",愈显出自己飘零不遇的身世的可悲与可叹。这个比喻,与开篇的自白首尾相顾。"一沙鸥"呼应"独夜舟",抒情主人公孤独流浪的形象完全凸现出来了。全诗意境雄浑,《瀛奎律髓汇评》引纪昀的评论说:"通首神完气足,气象万千,可当雄浑之品。"①

2. 刘长卿《弄白鸥歌》:

> 泛泛江上鸥,毛衣皓如雪。
>
> 朝飞潇湘水,夜宿洞庭月。
>
> 洞庭归客正夷犹,爱此沧江闲白鸥。

在潇湘水边,在洞庭湖上,不时可以看到群群白鸥泛波嬉游,怡然自乐。对此美景,作为洞庭归客的诗人也不禁流连忘返、与之相戏,从而分享了它们的快乐。此诗格调轻快,全无悲苦之声。

3. 明代袁凯《观沙鸥》:

> 门外群鸥我所知。终朝相见不相离。
>
> 借尔桥东杨柳岸,明年春日更添儿。

此诗并无直接描写,而以作者的口吻说出,自然亲切。诗人不仅以鸥为友、须臾不离,而又更进一步为之细心设想:桥东柳岸,风光独好。是给它明年产子育雏的理想园地。真可谓心思绵密、情真意切,使全诗更添韵外之致。

另一方面,即便是同一个诗人,随着其年龄的增长、阅历的增加,所作的飞鸟诗也会发生风格上的改变。正如叶梦得《石林诗话》评王安石诗云:"王荆公少以意气自许,故诗语惟其所向,不复更为涵蓄。……后为群牧判官,从宋次道尽假唐人诗集,博观而约取,晚年始尽深婉不迫之趣。乃知文字虽工拙有限,然亦必视初

---

① (元)方回选评,李庆甲校点:《瀛奎律髓汇评》,上海:上海古籍出版社,1986年版,第534页。

壮,虽此公,方其未至时,亦不能力强而遽至也。"①王安石年轻时"意气自许","诗语惟其所向",缺乏"涵蓄"之风。晚年退居金陵,多写山水景物诗,形成了"半山体"的"深婉不迫"风格。这种风格上的改变在其飞鸟诗中也表现得非常明显。

其作于早年读书应举时期的《次韵答陈正叔二首》(其二)有"田宅荒凉去复来,诗书颜发两尘埃。忘机自许鸥相狎,得祸谁期鹤见媒",诗人自谓可与鸥鸟相处无间。忘机,即泯灭机心。"鸥相狎"的典故出于《列子·黄帝》:"海上之人有好沤鸟者,每旦之海上,从沤鸟游,沤鸟之至者百数而不止。其父曰:'吾闻沤鸟皆从汝游,汝取来,吾玩之。'明日之海上,沤鸟舞而不下也。"谓人有机变之心,鸥鸟就不同他亲近。鸥相狎,是说鸥鸟愿同他亲近。这是诗人反用此典故,以写其谈泊名利、恬静无求的心境。然后再用鹤媒的传说比喻志趣清高的人不希望陷入官场,受到功名富贵的羁縻(捕鹤的人喂养一种驯鹤叫鹤媒,用来招引野鹤,野鹤受鹤媒的引诱,进入猎人设置的网罗,被人捕获。所以野鹤见到鹤媒就要遭殃。)。此诗可谓语直而意切,磊落以使气。

而到熙宁九年,王安石罢相,被迫退出政治激流,以判江宁府衔退居金陵,次年六月又辞去判江宁府的职衔,以集禧观使名义闲居半山园,直至元祐元年病逝,在寂寞、彷徨、孤愤中度过了一生的最后十年。这时期,他早年锐意进取奋发有为的精神消磨殆尽,但并未忘却现实,时时关注着政治局势的变化。隐居中,他常常借登山临水、寻僧谈禅、读书吟诗来驱遣内心的忧愤,寻求精神寄托。生活思想的转折,使其诗风发生了明显变化。如《半山春晚即事》:

> 春晚取花去,酬我以清阴。
> 翳翳陂路静,交交园屋深。
> 床敷每小息,杖屦亦幽寻。
> 惟有北山鸟,经过遗好音。

晚春的风把花吹落了,处处绿荫。山上的路护着浓荫,半山园的林屋一片鸟声,十分幽静。诗人有时设椅小坐休息,有时扶杖穿着草鞋探寻美丽的风景。当

---

① (清)何文焕辑:《历代诗话》上,北京:中华书局,1981 年版,第 419 页。

北山上的小鸟经过时,听听鸟儿美妙的叫声。诗中的鸟儿已与浓荫深掩的小园自然融合,没有什么现实的奢望和托寄,只有如天籁般的啼鸣渲衬出半山园的幽静和园主人悠闲自娱的心境。笔法轻熟,情韵散淡。

三、意象特征对飞鸟诗的创作影响

飞鸟诗的风格差异还会受飞鸟意象自身特点的影响。一方面,大自然中的鸟类品种繁多,各具特色。其中有的善飞,而有的善鸣;有的形象粗砺,而有的则体貌姣好;另一方面,由于国土地域辽阔和文化历史悠久,诗人心中的鸟儿也有南北、水陆不同,善恶、美丑之分。这就造成诗人们在飞鸟诗创作的取象方面,既有广泛选择的灵活性,更有深受地域文化、历史传统所范围的规约性。

因此,有些飞鸟意象依照其生物特性而被赋予了一些独特的意涵,并被历代诗人广泛采用。

1. 鹰隼——雄豪

鹰隼,嘴弯曲而锐利,四趾具钩爪,翅强劲有力,飞行迅疾;多栖息于山林或平原地带,白天活动。为肉食性猛禽,素有"空中狮虎"之称。因此,以它们为意象的飞鸟诗,大都感情激越、形象劲健、气韵雄豪。

杜甫《杨监又出画晓十二扇》:

> 近时冯绍正,能画鸷鸟样。
> 明公出此图,无乃传其状。
> 殊姿各独立,清绝心有向。
> 疾禁千里马,气敌万人将。
> 亿昔骊山宫,冬移含元仗,
> 天寒大羽猎,此物神俱王,
> 当时无凡材,百中皆用壮。
> 粉墨形似间,识者一调帐。
> 干戈少暇日,真骨老崖嶂。
> 为君除狡兔,会是翻鞲上。

此诗作于安史之乱以后。诗中由画鹰的神俊姿态联想到开元间天子射猎的盛况,而归结到对时局的感慨:战乱频仍,干戈少暇,雄鹰虽老却仍然盼望着为国君清除那些作乱的"狡兔",表现出诗人对国家安危的深切关注。清人李长诈评此诗:"咏画忽寓兴亡之感,可称高壮。"①

宋代曾巩《一鹗诗》:

> 北风万里开蓬蒿,山木汹汹鸣波涛。
> 尝闻一鹗今始见,眼俊骨紧精神豪。
> 天昏雪密飞转疾,暮掠东海朝临洮。
> 社中神狐倏闪内,脑尾分磔垂弓橐。
> 巧兔狞鸡失草木,勇鸷一下崩其毛。
> 窟穴呦呦哭九子,帐前活送双青猱。
> 啁啾燕雀谁尔数,骇散亦自之其曹。
> 势疑空山竭九泽,杀气已应太白高。
> 归来磔鬼载俎豆,快饮百瓮行春醪。
> 酒酣始闻壮士叹:"丈夫试用何明遭?"

这首七言歌行着意渲染了鱼鹰搏击鸟兽、所向无敌的勇猛豪健,直至最后在写猎者满载而归、食肉饮酒之后,才突然跌出一句生不逢时的壮士之叹,鹗之豪俊得意、大显身手越发反衬出人之落拓失时、怀才不遇,赞鹗原是为了叹人,作者的寄寓是意味深长的。

2. 杜鹃——悲惋

杜鹃,是广泛分布于我国的一种夏候鸟,古代尤以四川的杜鹃最为有名。那是因为在古代蜀国流传着一个关于蜀王望帝死后化为杜鹃鸟的传说。远古时代,有个名叫杜宇的人自立为蜀王,号望帝。他非常关心人民生活,但后来因与宰相鳖灵之妻私通而感到惭愧,遂隐居西山不出,死后化为杜鹃。《说文解字》:"蜀王望帝淫其相妻,惭亡去,为子隽鸟。故蜀人闻子隽鸣,皆起曰:是望帝也。"《成都

---

① 　(清)杨伦笺注:《杜诗镜铨》,北京:中华书局,1962 年版,第 630 - 631 页。

记》："杜宇死，其魂化为鸟，名杜鹃。"但在诗歌创作中却将二者自然而然地混融在一起，因为杜鹃是两个传说中共有角色。"杜鹃啼血"便在诗文中用于表现凄苦的情绪。特别是在春夏之交，每当听到或想到杜鹃"夜啼达旦"，更会增添离别思乡之情，故又引伸出离别之苦。因此，这一类飞鸟诗的格调大多是沉郁的，风格也多是悲恸的。

李白《宣城见杜鹃花》：

> 蜀国曾闻子规鸟，宣城还见杜鹃花。
> 一叫一回肠一断，三春三月忆三巴。

远离故乡的诗人在宣城见到了一丛丛盛开的杜鹃花，不由得联想起蜀中杜鹃那一声声令人肠断的悲啼，于是写下了这首情思绵绵的怀乡之作。花鸟情思，自然融和。巧妙地嵌入"一"和"三"两个数字，在看似重复的句式中强化了诗的感情色彩，读来令人回肠荡气。

范仲淹《子规》：

> 夜入翠烟啼，昼寻芳树飞。
> 春山无限好，犹道不如归。

"不如归"是四声杜鹃的鸣声，古人常拟之为"不如归去"。《本草纲目》："杜鹃……其鸣若曰'不如归去'。"在宋代以后的禽言诗中，"不如归去"成为最常见的题材之一。在诗里，诗人吟咏的是子规，抒写的却是自己浓郁的乡思。尽管异乡也有芳树、翠烟，无限美好的春山，却也留不住一颗思乡恋井的赤子之心。

而另一方面，有些飞鸟的特性又与某些诗人的个性相凑泊，因而受到诗人的衷心喜爱。诗人常以之入诗，寄兴抒怀，使之化为诗人人格力量和创作风格的显著符号和重要代表。如前文论及的李白偏爱大鹏、苏轼以鹤明志都是极具典型意义的例证。

结　语

　　古代诗歌的鸟类意象与其他意象一样,大都是随着《诗》《骚》的创生、演化而来。这些鸟类意象,一般都有着自己渊远流长、相对独立的意象系列。其系列之象所涵括的"意"——主题,也是在各自的历史进程中逐步完成其文化意涵的建构的。其中有不少具有母题性的鸟类意象已越超了作品本身个别性的意义,它们出现于具体作品中虽仅为辅助,却因其意象系列本身的强大凝聚力而使作品主题变得富有多重性。不同的鸟类意象系列既相互关联,又各具特色。其间的关联也不是线性对应式的,而是深在的、网状交织着的。许多作品,确非某一鸟类意象所能包举涵盖,而是要借助于其他意象系列,组合成一个完整的诗歌题旨。

　　鸟类意象系列的递迁深受传统的接受方式制约,这方式深刻影响着诗歌创作者和欣赏者对鸟类意象的接受和使用。六朝至唐宋以降,各种类书与笺注本主要为的是便于文学(不限于文学)创作与接受。古代诗人和读者对鸟类意象的独特感知和意绪,有许多就是由这些类书、笺注所培养起来的。诸如《文选》《初学记》《艺文类聚》《事类赋》及各种选本、笺注等,保存了许多古代有关鸟的神话、传说和诗文出处,为古人的诗歌创作和欣赏提供了极为丰富的鸟类意象宝库。而这些文献也为我们研究古代诗歌鸟类意象系列的文化渊源和不同的创作语境提供了宝贵的历史资料。

参考书目

（汉）许慎：《说文解字》，天津：天津古籍出版社，1991 年版。

（汉）司马迁：《史记》，北京：中华书局，1998 年版。

（汉）班固：《前汉书》，北京：中华书局，1998 年版。

（晋）葛洪：《神仙传》，上海：上海古籍出版社，1990 年版。

（晋）干宝：《搜神记》，北京：中华书局，2015 年版。

（晋）陶潜：《搜神后记》，北京：中华书局，1981 年版。

（晋）陈寿撰、南朝宋·裴松之注：《三国志》，北京：中华书局影印，1998 年版。

（南朝宋）范晔：《后汉书》，北京：中华书局，1998 年版。

（南朝宋）刘义庆撰，郑晚晴辑注：《幽明录》，北京：文化艺术出版社，1988 年版。

（梁）萧子显：《南齐书》，北京：中华书局，1972 年版。

（唐）欧阳询：《艺文类聚》，上海：上海古籍出版社，1982 年版。

（唐）欧阳修：《诗本义》，《四部丛刊》三编，上海：上海书店，1935 年版。

（唐）房玄龄等撰：《晋书》，北京：中华书局，1974 年版。

（唐）令狐德棻：《周书》，北京：中华书局，1971 年版。

（后晋）刘昫撰：《旧唐书》，北京：中华书局，1975 年版。

（宋）郭茂倩：《乐府诗集》，上海：上海古籍出版社，1998 年版。

（宋）洪兴祖：《楚辞补注》上，北京：中华书局，1957 年版。

（宋）罗愿：《尔雅翼》，合肥：黄山书社，1991 年版。

（宋）郑樵撰：《通志》，北京：中华书局，1987 年版。

（南宋）朱熹：《诗集传》，上海：上海古籍出版社，1987年版。

（南宋）朱熹：《朱子语类》，北京：中华书局，1986年版。

（元）辛文房撰，舒宝璋校注：《唐才子传》，郑州：中州古籍出版社，1987年版。

（元）祝尧：《古赋辩体》，上海：上海古籍出版社，1993年版。

（元）方回选评，李庆甲校点：《瀛奎律髓汇评》，上海：上海古籍出版社，1986年版。

（明）胡应麟：《诗薮》内编卷一，上海：上海古籍出版社，1979年版。

（明）杨慎：《升庵经说》上册，北京：中华书局，1985年版。

（明）李时珍：《本草纲目》（点校本第四册），北京：人民卫生出版社，1981年版。

（明）杨慎著，王仲镛笺证：《升庵诗话笺注》，上海：上海古籍出版社，1987年版。

（清）章学诚著，刘公纯标点：《文史通义》，北京：古籍出版社，1956年版。

（清）王夫之著，戴鸿森笺注：《薑斋诗话笺注》，北京：人民文学出版社，1981年版。

（清）王夫之等撰《清诗话》，北京：中华书局，1963年版。

（清）何文焕辑：《历代诗话》，北京：中华书局，1981年版。

（清）杨伦笺注：《杜诗镜铨》，北京：中华书局，1962年版。

（清）浦铣著：《历代赋话》，上海：上海古籍出版社，1995年版。

（清）王先谦：《荀子集解》，北京：中华书局，1954年版。

（清）王先谦：《诗三家义集疏》，北京：中华书局，1987年版。

（清）刘宝楠：《论语正义》，北京：中华书局，1954年版。

（清）俞琰：《咏物诗选》，成都：成都古籍书店，1984年版。

（清）陈大章：《诗传名物集览》，上海：商务印书馆，民国二十六年版。

（清）方玉润：《诗经原始》，北京：中华书局，1986年版。

（清）丁福保辑：《历代诗话续编》，北京：中华书局，1983年版。

（清）马瑞辰：《毛诗传笺通释》，北京：中华书局，1989年。

（清）陈奂：《诗毛氏传疏》，上海：商务印书馆，1934年版。

（清）阮元校刻：《十三经注疏》，北京：中华书局影印本，1980年版。

（清）赵翼：《廿二史札记》，北京：中华书局，1984 年版。

（清）何焯《义门读书记》，上海：上海古籍出版社，1992 年版。

（清）段玉裁注：《说文解字注》，上海：上海古籍出版社，1988 年版。

（清）严可均校辑：《全上古三代秦汉三国六朝文》，北京：中华书局，1958 年版。

（清）沈德潜：《古诗源》，北京：中华书局，1963 年版。

（清）郭庆藩：《庄子集释》，北京：中华书局，1961 年版。

（清）浦起龙：《读杜心解》，北京：中华书局，1961 年版。

（清）王夫之等撰：《清诗话》上，上海：上海古籍出版社，1963 年版。

（清）仇兆鳌：《杜诗详注》，北京：中华书局，2004 年版。

（清）杨伦：《杜诗镜铨》，上海：上海古籍出版社，1982 年版。

（清）沈德潜：《唐诗别裁集》，北京：中华书局，1975 年版。

（清）王琦辑注：《李太白全集》，北京：中华书局，1977 年版。

龚自珍：《龚自珍全集》，上海：上海古籍出版社，1975 年版。

国学整理社原辑：《诸子集成》，北京：中华书局，1954 年版。

张伯伟：《全唐五代诗格汇考》，南京：江苏古籍出版社，2002 年版。

闻一多：《闻一多全集》，北京：生活、读书、新知三联书店，1982 年版。

赵沛霖：《兴的源起——历史积淀与诗歌艺术》，北京：中国社会科学出版社，1987 年版。

王靖献著，谢濂译：《钟与鼓——〈诗经〉的套语及其创作方式》，成都：四川人民出版社，1990 年版。

林坚等选注：《历代咏鸟诗品评》，哈尔滨：黑龙江人民出版社，1987 年版。

张秉成、张国臣主编：《花鸟诗歌鉴赏辞典》，北京：中国旅游出版社，1990 年版。

韩学宏著：《唐诗鸟类图鉴》，杨东峰摄影，郑州：中州古籍出版社，2005 年版。

贾祖璋：《鸟与文学》，上海：上海古籍出版社，2001 年版。

赵敏俐：《中国古代歌诗研究——从〈诗经〉到元曲的艺术生产史》，北京：北京大学出版社，2005 年版。

刘毓庆：《〈诗经〉百家别解考》，太原：山西古籍出版社，2002 年版。

程俊英：《诗经译注》，上海：上海古籍出版社，2004 年版。

杨伯峻:《春秋左传注》,北京:中华书局,1981 年版。

俞绍初:《王粲集》,北京:中华书局,1980 年版。

陈子展:《诗经直解》,上海:复旦大学出版社,1983 年版。

朱自清:《经典讲义》,北京:中国青年出版社,2009 年版。

张光直:《商代的巫与巫术》,《中国青铜时代》二集,三联书店,1990 年版。

张光直:《青铜挥麈·作为巫具的鸟》,上海:上海文艺出版社,2000 年版。

周振甫:《文心雕龙注释》,北京:人民文学出版社,1981 年。

张正明:《楚文化史》,上海:上海人民出版社,1995 年版。

张正明:《楚史》,武汉:湖北教育出版社,1996 年版。

徐华铛:《中国龙凤》,北京:中国轻工业出版社,1998 年版。

钱钟书:《管锥编》,北京:中华书局,1986 年版。

钱钟书:《宋诗选注》,北京:生活·读书·新知三联书店,2002 年版。

成林、程章灿:《西京杂记全译》,贵阳:贵州人民出版社,1993 年版。

简宗悟:《汉赋史论》,台北:东大图书公司,1993 年版。

吴仪凤:《咏物与叙事——汉唐禽鸟赋研究》,台北:花木兰文化出版社,2007 年版。

费振刚等辑校:《全汉赋》,北京:北京大学出版社,1993 年版。

赵幼文:《曹植集校注》,北京:人民文学出版社,1984 年版。

林庚:《唐诗综论》,北京:人民文学出版社,1987 年版。

黄节注:《汉魏六朝诗六种》,北京:人民文学出版社,2008 年版。

朱光潜:《诗论》,北京:三联书店,1984 年版。

朱光潜:《诗论陶渊明》,北京:三联书店,1998 年版。

马积高:《赋史》,上海:上海古籍出版社,1987 年版。

陈宏天主编:《昭明文选译注》第二册,长春:吉林文史出版社,1994 年版。

曹旭:《诗品集注》,上海:上海古籍出版社,1994 年版。

王玫:《六朝山水诗史》,天津:天津人民出版社,1996 年版。

吴文治编:《明诗话全编》,南京:江苏古籍出版社,1997 年版。

张玉毅:《古诗赏析》,上海:上海古籍出版社,2000 年版。

曹顺庆等主编:《比较文学论》,成都:四川教育出版社,2002 年版。

杨乃乔等主编:《比较文学概论》,北京:北京大学出版社,2002 版。

陈惇等主编:《比较文学》,北京:高等教育出版社,1997 年版。

叶维廉:《寻找跨中西文化的共同文学规律——叶维廉比较文学论文选》,北京:北京大学出版社,1987 年版。

庞进:《凤图腾》,北京:中国和平出版社,2006 年版。

张耘点校:《山海经、穆天子传》,长沙:岳麓书社,2006 年版。

徐震堮校:《世说新语校笺》,北京:中华书局,1984 年版。

袁轲:《古神话选释》,北京:人民文学出版社,1979 年版。

袁轲:《山海经校注》,上海:上海古籍出版社,1980 年版。

张觉:《吴越春秋全译》,贵阳:贵州人民出版社,2008 年版。

王叔岷:《列仙传校笺》,北京:中华书局,2007 年版。

余冠英:《诗经选》,北京:人民文学出版社,1995 年版。

张怀瑾:《文赋译注》,北京:北京出版社,1984 年版。

杨琳:《小尔雅今注》,北京:汉语大词典出版社,2002 年版。

冯川:《荣格评述》,北京:改革出版社,1997 年版。

郭光校注:《阮籍集校注》,郑州:中州古籍出版社,1991 年版。

王钟陵:《中国中古诗歌史》,北京:人民出版社,2005 年。

楼宇烈校释:《王弼集校释》,北京:中华书局,1980 年版。

韩格平译注:《竹林七贤诗文全集译注》,长春:吉林文史出版社1997 年版。

叶嘉莹:《迦陵论诗丛稿》,石家庄:河北教育出版社,1991 年版。

逯钦立:《汉魏六朝文学论集》,西安:陕西人民出版社,1984 年版。

罗宗强:《玄学与魏晋诗人心态》,杭州:浙江人民出版社,1991 年版。

陈植锷:《诗歌意象论——微观诗史初探》,北京:中国社会科学出版社,1990 年版。

付亚庶:《中国上古祭祀文化》,北京:高等教育出版社,2005 年版。

苏渊雷:《易学会通》,郑州:中州古籍出版社,1985 年版。

周伟民、萧华荣注释:《〈文赋〉〈诗品〉注译》,郑州:中州古籍出版社1985 年版。

丁福保辑:《历代诗话续编·四溟诗话》,北京:中华书局,2006 年版。

戴鸿森:《姜斋诗话笺注》,北京:人民文学出版社,1981 年版。

陈伯海主编:《唐诗汇评》,杭州:浙江教育出版社,1995 年版。

宗白华:《美学散步》,上海:上海人民出版社,1981 年版。

郭绍虞:《中国历代文论选》,上海:上海古籍出版社,1980 年版。

唐圭璋:《词话丛编》,北京:中华书局,1986 年版。

王利器校注:《文镜秘府论校注》,北京:中国社会科学出版社,1983 年。

胡经之编《中国古典文艺学丛编》,北京:北京大学出版社,2001 年版。

［法］约斯特著,廖鸿钧等译:《比较文学导论》,长沙:湖南文艺出版社,1988 年版。

［法］列维－斯特劳斯著,李幼燕译:《野性的思维》,北京:商务印书馆,1987 年版。

［法］列维－布留尔著,丁由译:《原始思维》,上海:商务印书馆,1981 版。

［德］爱克曼著,朱光潜译:《歌德谈话录》,北京:人民文学出版社,1978 年版。

［瑞士］荣格著,冯川译:《荣格文集》,北京:改革出版社,1997 年版。

［日］渡边护著,张前译:《音乐美的构成》,北京:人民音乐出版社,1996 年版。

［日］遍照金刚著,王利器校注:《文镜秘府论·南卷·论文意》,北京:中国社会科学出版社,1983 年版。

［美］韦勒克、沃伦著,刘象愚等译:《文学理论》,北京:三联书店,1984 年版。